Barbara Baraldi

La stagione dei ragni

GIUNTI

www.giunti.it

Via Bolognese 165 – 50139 Firenze – Italia
Via G. B. Pirelli 30 – 20124 Milano – Italia

Prima edizione: giugno 2021

La vita dell'uomo è una lunga marcia attraverso la notte.
Bertrand Russell

Prologo

Il primo ad accorgersene fu Carlo Brezzi, sedici anni, mentre percorreva il ponte Vittorio Emanuele I in sella alla sua BMX argento e blu. Aveva passato la serata con un paio di amici che abitavano dalle parti di viale Thovez, fumando erba e improvvisando acrobazie in freestyle tra i saliscendi alle spalle del santuario della Grande Madre.

Mancavano pochi minuti alla mezzanotte del 26 agosto 1988. In qualunque altro periodo dell'anno il traffico sarebbe stato intenso, con il consueto viavai di automobili e taxi che sfilavano da una parte all'altra del ponte che animava le serate dei weekend cittadini. Ma, nonostante fosse un venerdì, le strade erano pressoché deserte.

Molti torinesi dovevano ancora rientrare dalle località di villeggiatura. Poco importava se poi, dopo essere stati gomito a gomito sulle spiagge di Alassio o lungo i sentieri di Sestriere, si sarebbero ritrovati tutti in coda in autostrada sotto un sole rovente, agognando l'avvistamento del casello autostradale come un'oasi nel deserto, quasi dovessero pagare pegno dopo aver stillato dall'estate fino all'ultima goccia di vacanza.

Per Carlo era normale restare in città ad agosto. Non solo perché i soldi in casa non erano mai abbastanza. I suoi avevano divorziato quando era piccolo e da allora viveva con la madre, che per anni aveva lavorato come corrispondente dall'estero, e non era certo tipo da villeggiatura.

E poi la città semideserta esercitava su di lui un fascino quasi ancestrale. A volte si sentiva come un archeologo sulle tracce di una civiltà scomparsa. Aveva un'indole curiosa ed era capace di trascorrere ore intere a vagare senza meta alla ricerca di scorci suggestivi, per poi immortalarli con la Leica M3 che gli aveva regalato il nonno per il compleanno. Passavano settimane prima di riempire il rullino e sviluppare i negativi, ma l'attesa era ricompensata dal senso di meraviglia che gli provocava ammirare e catalogare le stampe, rese ancora più affascinanti dal bianco e nero, selezionando le fotografie migliori, che poi aveva cura di attaccare sulle pagine del suo diario.

Il ragazzo frenò bruscamente circa a metà del ponte, convinto di aver visto qualcosa muoversi sulla ringhiera. Rimase per qualche istante in osservazione, poi scese dalla bici e la appoggiò col manubrio sul marciapiede. Si avvicinò con cautela, come se temesse di spaventare un animale selvatico che aveva scelto proprio quell'angolo come rifugio per la notte.

Al di sotto dell'asfalto, il fiume si srotolava sinuoso, trasportando acque scure leggermente increspate dalla brezza.

Carlo si chinò, notando che i paletti di ferro erano attraversati da una lanugine, una specie di tessuto leggero e traslucido che li collegava gli uni agli altri con fili sottilissimi, visibili soltanto quando lo sguardo intercettava un riflesso della luce proiettata dai lampioni.

La schiena fu percorsa da un brivido. Per qualche motivo, si sentì improvvisamente inquieto.

Tirò su le maniche della felpa Best Company fino ai gomiti con un gesto nervoso, poi si protese verso il corrimano per sbirciare oltre il parapetto.

Si ritrasse immediatamente.

Un ragno grosso come un pugno attraversò il suo campo visivo.

Carlo scattò istintivamente all'indietro, mentre un gridolino gli sfuggiva dalle labbra. Annaspò goffamente nell'aria per mantenere l'equilibrio, continuando a retrocedere, ma cadde con il sedere sull'asfalto.

Per qualche istante fu incapace di muoversi. Era come pietrificato, con gli occhi sgranati e la bocca socchiusa per la sorpresa. Una strana sensazione gli lambiva le tempie, come se dita invisibili gli stessero solleticando la cute. Si ravviò i capelli per scacciarla, poi, dopo una breve esitazione, raccolse le gambe e, restando chino, fece un passo verso la ringhiera, arrestandosi a una ragionevole distanza di sicurezza.

Nei confronti dei ragni provava una sorta di riverenza, piuttosto che paura. Li considerava creature affascinanti quanto ripugnanti. Non ne aveva mai preso uno in mano, nemmeno quegli innocui gambalunga che di tanto in tanto spuntavano negli angoli del soffitto della sua camera da letto. Non ne aveva neanche mai schiacciato uno, non volontariamente, almeno. Nei casi in cui doveva sfrattare l'ospite indesiderato, si limitava a raccoglierlo su un foglio protocollo per poi accompagnarlo gentilmente fuori dalla finestra.

Il ragno continuò la sua marcia attraverso la ringhiera, seguendo una traiettoria obliqua fino a eclissarsi dietro una colonnina.

Forse si tratta di un'allucinazione, si disse. Un brutto scherzo giocato da un micidiale mix di erba e stanchezza.

Chiuse gli occhi. Fece un sospiro.

Quando li riaprì, si rese conto che nei dintorni c'erano altri ragni, più o meno della stessa forma del primo. Erano di svariate dimensioni, qualcuno persino più grande del suo pugno, mentre i più piccoli assomigliavano a sassolini sospesi nel vuoto. La maggior parte era immobile, altri si spostavano sulla superficie della tela, pizzicandola con movimenti incessanti delle zampe.

Perplesso quanto incredulo, Carlo cominciò a percorrere il ponte a ritroso, senza mai perdere di vista la ringhiera. Con suo grande sconcerto scoprì che era completamente ricoperta di ragnatele, così spesse in certi punti da non lasciar intravedere il paesaggio circostante. Ovunque era un brulicare di ragni, troppi per poterli contare.

Giunto all'estremità, attraversò la strada per ispezionare la ringhiera dal lato opposto, solo per rendersi conto che anche da quella parte non c'era un solo centimetro libero dalle ragnatele e dai loro occupanti a otto zampe. Centinaia, forse migliaia di ragni avevano colonizzato entrambe le sponde del ponte, un esercito taciturno quanto laborioso.

Da dove venivano? Da quanto tempo erano lì? Non potevano essersi materializzati nel giro di poche ore. Nel tardo pomeriggio, quando aveva attraversato il ponte, con gli occhiali scuri e le cuffie nelle orecchie poteva non averci fatto caso. La settimana prima, quando aveva percorso la stessa strada, non aveva notato niente di strano. Era stata disattenzione o si erano insediati dopo?

Quei ragni avevano proliferato indisturbati, tessendo le loro tele fino a impacchettare un ponte di centocinquanta metri. Possibile che nessun altro se ne fosse accorto? Era pur vero che la città era mezza vuota, ma erano troppi per passare inosservati.

Neanche gli amici con cui aveva trascorso la serata vi avevano fatto alcun accenno, eppure abitavano nei paraggi. Carlo si grattò il mento, pensieroso. Di certo quei due non erano usciti di casa per via del vento forte che aveva sferzato la città negli ultimi giorni. Li conosceva abbastanza bene da sapere che si erano barricati tra le mura domestiche a cimentarsi in interminabili sfide a *Microprose Soccer*.

Raggiunse la postazione della bici, poi estrasse dallo zaino la macchina fotografica. Non era sicuro che la luce dei lampioni fosse sufficiente a impressionare la pellicola, ma un tentativo di immortalare la scena andava pur fatto. Per quel che ne sapeva, i ragni potevano dileguarsi da un giorno all'altro, esattamente com'erano comparsi.

Si avvicinò nuovamente alla ringhiera, studiando attentamente l'inquadratura per includere sia la bici che il maggior numero di ragni. Si assicurò di non mettere il dito davanti all'obiettivo.

Prima di schiacciare il pulsante dell'otturatore, la sua attenzione fu richiamata da un rumore in lontananza. Un'auto proveniente da corso Moncalieri aveva imboccato il ponte e si stava dirigendo a velocità moderata nella sua direzione.

Carlo pensò che non poteva giungere in un momento più opportuno. Avrebbe potuto contare sulla luce aggiuntiva proiettata dai fanali e, con un po' di fortuna, avrebbe ottenuto delle stampe decenti.

Mentre l'auto si avvicinava, fece tre scatti consecutivi, per poi voltarsi a guardarla sfilare verso piazza Vittorio.

Dopo aver lanciato un'ultima occhiata alla ringhiera, inforcò la bici e si mise a pedalare per tornare a casa.

I silenziosi occupanti del ponte, a differenza di quanto temeva Carlo, non si dileguarono tanto in fretta. Nei giorni successivi, a mano a mano che la città si ripopolava, la notizia della loro presenza si propagò rapidamente, spingendo ogni giorno centinaia di curiosi a convergere in quella zona per vederli con i propri occhi.

Il fenomeno sollevò un acceso dibattito nella comunità scientifica, coinvolgendo ricercatori ed esperti provenienti dalle università di tutto il Paese. Nessuno, tuttavia, fu in grado di fornire una spiegazione convincente.

Ci fu chi parlò di infestazione, chi propose una radicale bonifica e chi, al contrario, auspicava la tutela delle bestiole, nonostante i più impressionabili si rifiutassero di percorrere il ponte persino in automobile.

Inevitabilmente, col passare delle settimane, della questione si parlò sempre meno. Un po' perché la gente si era abituata, un po' perché le pagine dei giornali tornarono a riempirsi di politica e di speculazioni intorno a certi fatti di sangue avvenuti in città. E un po' perché, giorno dopo giorno, la presenza dei ragni si era fatta sempre più esigua.

Finché a fine ottobre, dopo una serie di giornate di maltempo, non rimase alcuna traccia nemmeno delle ragnatele.

Con il passare degli anni, in molti finirono per dimenticarsi di quel fenomeno curioso quanto inspiegabile.

Qualcuno, tuttavia, si ritrovò di tanto in tanto a ripensare al periodo tra la fine dell'estate e l'inizio dell'autunno di quell'anno, che la cronaca locale aveva soprannominato "la stagione dei ragni".

1

Il sostituto procuratore Francesco Scalviati parcheggiò la sua Fiat Croma su un lato della strada sterrata, dietro una volante della polizia. Aprì la borsa di pelle appoggiata sul sedile del passeggero e ne estrasse la penna stilografica e una voluminosa agenda dalla copertina nera. Scorse velocemente le pagine fino al 27 agosto e, dopo aver controllato l'orario sull'orologio da polso, scrisse: *Ore 2:10, Pian del Lot.*

Il magistrato aveva i capelli leggermente spettinati per via della levataccia. I baffi, in compenso, mantenevano l'abituale, ordinata compostezza, quasi un rigore che non perdevano mai. Al momento di uscire di casa per rispondere alla chiamata della centrale, tuttavia, la rinuncia alla cravatta era stata inevitabile. Aveva scarsa dimestichezza con i nodi e le attività manuali in generale, come se le dita, pur lunghe e affusolate, mancassero della coordinazione necessaria per i movimenti di precisione. Era Greta a occuparsene ogni mattina, quando lui si preparava per andare in ufficio.

Più che un'abitudine, era un rito con cui inauguravano la giornata, un ultimo contatto prima di congedarsi, in attesa di rivedersi alla fine dell'attività lavorativa. O, forse, un surrogato di un'affettività che troppo spesso lui non riusciva a dimostrare. I suoi abbracci erano sempre un po' ingessati, i suoi baci sfuggenti. Questo atteggiamento non aveva niente a che fare con i sentimenti che provava, ma con una sorta di pudore nei confronti delle dimostrazioni d'affetto. La questione era fonte di interminabili discussioni con la moglie, che lo accusava di essersi inaridito, ma per quel che ricordava era sempre stato così. D'altronde, non aveva mai visto suo padre esternare il proprio affetto, tantomeno con i figli, con i quali aveva un atteggiamento distaccato, a volte inquisitorio, come se le loro azioni fossero costantemente sotto scrutinio.

Agganciò la penna al taschino del soprabito e, con l'agenda sottobraccio, uscì dalla sua auto e si incamminò lungo la strada che si inerpicava sul colle.

Solo per immobilizzarsi dopo pochi passi. Gli era parso di vedere con la coda dell'occhio qualcuno all'interno della volante. Sbirciò dal parabrezza, mantenendosi a debita distanza.

C'era un uomo con un completo scuro, seduto sul sedile posteriore, con le braccia raccolte dietro la schiena, come se fosse ammanettato. Quando si accorse di essere osservato, sembrò destarsi dal torpore e gridò qualcosa di indecifrabile.

Dopo un attimo di esitazione, Scalviati scosse la testa e riprese il cammino.

Al di sopra delle linee flessuose delle colline, una miriade di stelle punteggiava il cielo notturno, rischiarato dalla luna piena. Il lampeggiante di un'ambulanza parcheggiata più avanti, di traverso sulla carreggiata, tingeva ciclicamente la vegetazione circostante con bagliori bluastri.

Due paramedici stavano parlottando tra loro seduti su un muretto. Scalviati li salutò con un cenno del capo e imboccò il sentiero che conduceva a una radura al limitare di una zona boschiva.

Al centro del prato c'era un'utilitaria bianca con uno sportello aperto. Nelle vicinanze, due poliziotti in uniforme si stavano coordinando per stendere il nastro di contenimento. Uno di loro, accorgendosi della presenza del magistrato, alzò una mano per attirare la sua attenzione e, dopo aver affidato il rocchetto al collega, lo raggiunse di corsa.

«Buonasera, dottore» disse trafelato.

«Buonasera a lei, sovrintendente Loiacono. Può aggiornarmi sulla situazione? Dalla centrale mi hanno parlato di un duplice omicidio.»

«È così» rispose Loiacono. «Si tratta di un uomo e di una donna. Lui si trova all'interno della macchina, mentre lei l'abbiamo trovata a un centinaio di metri di distanza, tra quegli alberi laggiù.» E indicò una zona in cui la vegetazione era più fitta.

«Cosa sappiamo delle vittime?»

«Abbiamo già identificato l'uomo dai documenti nel cruscotto. Paolo Ginestra, anni trentaquattro, incensurato. Originario di Asti ma residente in città.»

«E la donna?»

«Sconosciuta. Secondo l'assistente Marcucci potrebbe essere una ragazza di strada.»

Scalviati corrugò la fronte. «E perché sosterrebbe una cosa del genere?»

«Un po' per l'abbigliamento, definiamolo... succinto, e un po' perché siamo in una zona isolata, ma non troppo distante dalla città, che si presta particolarmente a questo tipo di incontri.»

«Non è un po' poco per saltare alle conclusioni?»

Loiacono si strinse nelle spalle. «Ho riferito solo le testuali parole di Marcucci.»

«Comunque sia, una donna non dovrebbe essere giudicata da come si veste, non trova?»

«Certo dottore, senz'altro. Anche un uomo, se è per questo.»

Scalviati sospirò. «Forza, mi faccia vedere cosa abbiamo.»

Loiacono si incamminò verso l'utilitaria, per poi arrestarsi a qualche metro di distanza. «L'abbiamo trovata così, con la portiera del passeggero ancora aperta.»

Al passaggio del magistrato, l'altro poliziotto fece un passo indietro, salutandolo con deferenza, poi continuò a stendere il nastro di contenimento intorno all'area.

Scalviati si mosse con circospezione, tenendo lo sguardo puntato a terra per assicurarsi di non calpestare tracce o possibili reperti. L'erba era alta e non voleva rischiare che una disattenzione compromettesse la raccolta di indizi. Indizi di cui, ora più che mai, aveva un disperato bisogno.

Perché sapeva bene che quella che si apprestava a perlustrare era la scena di un crimine diversa dalle altre.

2

Giunto in prossimità dell'utilitaria, Scalviati si rese conto che il finestrino del posto di guida era frantumato. I frammenti ancora fissati al telaio erano ridotti a una graniglia spigolosa, così malferma che sarebbe bastato un colpo di vento per farla collassare.

All'interno dell'abitacolo, il corpo dell'uomo era accasciato sul sedile, con la testa reclinata di lato, appoggiata sul rivestimento della portiera. Sulla fronte si apriva la ferita di un proiettile, da cui partiva una striscia di sangue rappreso che gli attraversava lo zigomo, fino a lambirgli il mento. La bocca era semiaperta, gli occhi a mezz'asta sembravano fissare un punto indefinito davanti a sé, oltre il volante. Le braccia erano abbandonate lungo i fianchi, con i palmi delle mani rivolti verso l'alto come in posizione meditativa. Il torace e le gambe erano cosparsi di schegge di vetro, e sul tessuto della camicia si allargavano due chiazze rossastre, in corrispondenza del cuore e del polmone destro.

Un altro duplice omicidio.

Il terzo nell'arco di diciotto mesi, con i precedenti ancora avvolti nella nebbia dell'incertezza. Di nuovo, si trattava di una coppietta appartata in un luogo isolato.

In occasione del ritrovamento dei primi due cadaveri, nel febbraio dell'anno precedente, in procura si era pensato a un movente passionale. Il caso era stato affidato a Scalviati, che era il magistrato più giovane della sezione penale, recentemente nominato pubblico ministero dopo aver rivestito per quattro anni il ruolo di giudice istruttore. Un'opportunità offerta dai piani alti per farsi le ossa sul campo con un'indagine che, almeno in apparenza, non doveva riservare particolari sorprese.

I primi sospetti convergevano verso l'ex fidanzato della ragazza, che sembrava non aver preso bene la rottura. Ma a nulla erano valsi i tentativi di inchiodarlo: aveva un alibi di ferro.

I rilievi dattiloscopici sulla scena del crimine non avevano evidenziato impronte digitali a parte quelle delle vittime, l'arma del delitto non era mai stata trovata. Così, le indagini si erano presto arenate per l'insufficienza di indizi e l'assenza di testimoni. Il fascicolo era rimasto sulla scrivania del magistrato in attesa di nuovi sviluppi che consentissero di allargare la cerchia dei sospettati.

C'era tuttavia un particolare su cui Scalviati non aveva mai smesso di arrovellarsi. La presenza di uno strano medaglione sulla scena del crimine, che secondo i familiari non apparteneva a nessuna delle due vittime, e che suggeriva l'ipotesi del coinvolgimento di una setta esoterica.

A settembre dello stesso anno erano stati rinvenuti altri due cadaveri. Si trattava di una giovane coppia in campeggio libero sulle rive del fiume Dora Riparia, non molto distante da Rivoli. Fin dal principio era stata evidente la somiglianza nell'esecuzione dei delitti: anche in questo caso, le vittime erano state freddate con tre colpi di pistola. Ma c'erano anche diversi elementi di difformità, che avevano spinto le indagini in una direzione completamente diversa. A cominciare dal fatto che al cadavere della ragazza era stata effettuata un'inquietante mutilazione *post-mortem*. Le era stata rimossa la milza, con un'incisione tutt'altro che chirurgica.

Quel particolare era stato interpretato come un avvertimento della malavita organizzata. C'era la possibilità, infatti, che il delitto fosse maturato nell'ambiente del traffico di droga.

Il ragazzo ucciso, di madre francese, era un piccolo spacciatore che bazzicava dalle parti dei Murazzi. La sua fedina penale comprendeva anche piccoli furti e svariate denunce per rissa.

Sotto il coordinamento del magistrato, la polizia aveva effettuato una serie di retate nei locali collegati allo spaccio e condotto interrogatori senza sosta tra gli esponenti della delinquenza locale.

Ma mentre i verbali si ammucchiavano senza che emergesse alcun elemento utile a fare chiarezza sugli omicidi, nella mente di Scalviati si era fatto strada il sospetto che i due casi fossero correlati. Che non avessero niente a che fare né con un movente passionale né con lo spaccio di droga. E che l'artefice fosse la stessa persona.

Non aveva alcuna prova a sostegno di questa teoria, solo la sensazione che i delitti facessero parte di un disegno più grande di cui, però, ancora non riusciva ad afferrare i contorni. Ogni volta che l'occhio si posava sui fascicoli dei due casi, lo assaliva una persistente inquietudine.

Come se una presenza oscura si fosse infiltrata nel ventre della città e lui fosse l'unico in grado di percepirla.

A peggiorare le cose, aveva cominciato ad avvertire un certo malumore nei suoi confronti serpeggiare tra i corridoi della procura. Si era sparsa la voce che fosse troppo pignolo nell'applicare i principi di garanzia e non abbastanza determinato quando si trattava di usare le maniere forti per estorcere una confessione. Qualcuno dubitava persino che avesse i requisiti necessari per condurre le indagini.

«Loiacono» chiamò. «Una torcia elettrica, per favore».

Diresse il fascio di luce all'interno dell'abitacolo, illuminando dapprima il poggiapiedi del passeggero, poi i sedili posteriori, alla base dei quali erano allineate due scarpette dall'allacciatura di velcro, accanto a un camion giocattolo dei pompieri.

«Non mi ha parlato di un bambino» disse.

«Quale bambino?» chiese Loiacono, disorientato.

«Guardi lei stesso. Quelle scarpe andranno bene a un bambino di quattro, cinque anni.»

Loiacono scosse leggermente la testa. «Non abbiamo trovato nessun bambino, dottore.»

«M-mm...» fece Scalviati, pensieroso.

Si spostò in corrispondenza dello specchietto retrovisore. Rimase immobile, in silenzio, con lo sguardo fisso su ciò che restava del finestrino.

«Qualcosa non va?»

Scalviati fece qualche passo indietro. Per alcuni istanti sembrò tentennare, come se stesse cercando una posizione di equilibrio su una superficie instabile. Poi alzò la torcia elettrica, puntandola verso il cadavere come se fosse una pistola. «Dev'essere da qui che ha sparato il primo colpo» mormorò. «Abbastanza distante per non farsi scorgere dai passeggeri dell'auto, ma abbastanza vicino per essere sicuro di non sbagliare il tiro più importante. Il primo, con cui ha colpito il cuore dell'uomo.»

«Come fa a esserne così sicuro?»

«Le ferite non sono disposte a caso, ma lungo un triangolo i cui vertici sono cuore, polmone destro, testa. È evidente che quest'uomo è morto pressoché all'istante, senza avere alcuna possibilità di reagire. Quindi dev'essere stato colpito a un organo vitale.»

«E non potrebbe dunque essere la testa?»

«La ferita alla testa è circondata da un alone scuro. Il proiettile è stato sparato a distanza ravvicinata. Quasi a bruciapelo.»

«Come un'esecuzione.»

«Esatto. L'assassino è un discreto tiratore, ma non ama il rischio.» Così dicendo, Scalviati orientò la luce verso il suolo, si inginocchiò e si mise a frugare nell'erba, seguendo cerchi concentrici dal diametro sempre più ampio. Di tanto in tanto, si fermava per soppesare tra le dita un sassolino o un frammento di legno, per poi liberarsene.

«Ha perso qualcosa, dottore?»

Scalviati ignorò la domanda. Si spostò, avanzando sul terreno come se stesse scontando una penitenza, per poi immobilizzarsi di fronte alla ruota anteriore dell'auto. Dopo una breve esitazione, rovistò nella tasca del soprabito e ne estrasse un fazzoletto di seta. Lo utilizzò per raccogliere un piccolo cilindro di metallo dai bordi frastagliati e i riflessi color rame, incastrato sotto il battistrada dello pneumatico.

«Un bossolo» commentò, alzandosi.

«Per la miseria» fece eco Loiacono.

In nessuna delle precedenti scene del crimine ne era stato rinvenuto uno. A nulla erano valse le ripetute, approfondite ispezioni eseguite dal personale del gabinetto scientifico. L'assassino era sempre stato meticoloso, assicurandosi di non lasciare tracce. Ma se davvero si trattava della stessa persona, questa volta aveva commesso un errore.

Forse era stato interrotto. O forse aveva potuto dedicare meno tempo del necessario a ripulire la scena perché rischiava di essere scoperto da qualcuno di passaggio.

Ma c'era anche la possibilità che fosse diventato così sicuro di sé da farsi imprudente.

Scalviati avvolse il bossolo nel fazzoletto e lo affidò al suo interlocutore. «Ci pensi lei a consegnarlo alla scientifica.» Si spostò in corrispondenza del lato del passeggero e osservò il sedile. «La ragazza sedeva qui. Ha visto tutto. Avrà urlato per lo spavento, mentre il vetro andava in frantumi e il corpo del compagno veniva scosso dai proiettili. Potrebbe essere rimasta paralizzata dalla paura per qualche istante di troppo, ma il suo primo pensiero dev'essere andato al bambino che era sul sedile posteriore.» Parlò in tono sospeso, come se stesse assistendo a una ricostruzione della scena che stava descrivendo.

«Non sappiamo ancora se ci fosse un bambino...»

«L'aggressore l'ha trascinata fuori dall'auto, ci sono segni di colluttazione sul terreno. Ma in qualche modo dev'essere riuscita a liberarsi. Si è messa a correre. Forse sperava di raggiungere il bosco, dove avrebbe avuto una possibilità di far perdere le proprie tracce...»

«Purtroppo, l'assassino l'ha raggiunta.»

Scalviati fece un cenno di assenso. Scrisse alcune annotazioni sulla sua agenda, poi chiese di essere condotto sul luogo di ritrovamento del cadavere della ragazza.

«Mi segua» disse Loiacono. «Ma la avverto: non è un bello spettacolo. È conciata male, poveretta.»

Aveva ragione.

Quando Scalviati si trovò di fronte a quel corpo scomposto, con il collo ritorto in maniera innaturale, la testa ficcata in un cespuglio di rovi e il ventre coperto di sangue, che inzuppava il tessuto chiaro del vestito strappato, non ebbe più alcun dubbio.

C'era un mostro in città.

E spettava a lui catturarlo.

3

Francesco Scalviati aveva una regola: non parlare mai con la moglie degli aspetti più crudi del suo lavoro.

Durante i sopralluoghi gli era capitato di imbattersi nei corpi dilaniati dalle lamiere dopo uno scontro ad alta velocità, in vittime martoriate da incidenti sul lavoro o per tragiche fatalità avvenute tra le mura domestiche, in suicidi particolarmente cruenti o in giovanissimi in overdose rinvenuti ai margini della Crocetta con l'ago ancora conficcato nel braccio.

Considerava doveroso preservare la moglie da tutto ciò che avrebbe potuto turbarla. Perché quando Greta sorrideva aveva il sorriso più luminoso che lui avesse mai visto, ma quando si rattristava era come se il mondo stesso sprofondasse insieme a lei.

Lasciarla fuori era forse anche un modo per esorcizzare l'effetto che quelle visioni avevano su di lui. Anche sulle scene dei delitti più efferati, il magistrato cercava sempre di mostrarsi imperturbabile. Ma adesso, mentre osservava il cadavere della sconosciuta e gli occhi si soffermavano sull'incisione a lato del torace da cui, presumibilmente, il suo assassino le aveva estratto la milza, non riuscì a trattenere un moto di sgomento.

«Chi farebbe una cosa del genere?» mormorò Loiacono.

Scalviati strinse i pugni, cercando di soffocare la collera. Quella catena di delitti, iniziata diciotto mesi prima, faceva parte del progetto di una mente criminale. Si sentiva schiacciato dalla responsabilità di non aver fatto abbastanza per fermarla.

Ma non avrebbe perso altro tempo a seguire false piste. Alla collera seguì la determinazione.

«La borsa della ragazza?» chiese.

«Per ora non abbiamo trovato nessuna borsa.»

Anche nelle altre scene del crimine mancavano alcuni effetti personali delle vittime. «Chi ha effettuato la segnalazione al 113?»

Loiacono estrasse un taccuino dalla tasca. «Un certo… Renato Bergesio, che abita qui al Pian del Lot, a un chilometro di distanza.»

«Cos'ha detto esattamente?»

«Non saprei. Bisognerà chiedere all'operatore che ha ricevuto la segnalazione.»

«Ha avuto modo di incontrare questo Bergesio?»

«Non era qui al nostro arrivo. Io e il mio collega eravamo di pattuglia a Mirafiori quando abbiamo ricevuto la chiamata della centrale. Abbiamo controllato il sacrario, non sarebbe la prima volta che qualche farabutto si mette in testa di rievocare le gesta dei tedeschi all'epoca dell'occupazione. Questa zona è meta abituale di estremisti di destra, e in passato si sono verificati disordini. Vedendo che era tutto tranquillo, per un po' abbiamo girato nei dintorni, finché non ci siamo accorti della presenza dell'utilitaria.»

«La centrale parlava esplicitamente di duplice omicidio?»

«Esatto.»

«Dobbiamo quindi presumere che il signor Bergesio fosse al corrente della presenza di due cadaveri.» Scalviati si incamminò verso la strada. «Ma come poteva saperlo, se abita a un chilometro da qui?»

«Forse ha sentito gli spari» suggerì Loiacono.

«Non regge. Degli spari non implicano necessariamente un cadavere, figuriamoci due. Senza contare che da quella distanza avrebbe potuto scambiarli per fuochi artificiali, che sono piuttosto comuni alla fine dell'estate.»

«Avrà visto i corpi dalla strada, mentre rientrava a casa.»

Scalviati si guardò intorno. «Dalla strada è visibile soltanto l'utilitaria al centro del prato. Avrebbe dovuto inoltrarsi tra la vegetazione, e dopo aver trovato il cadavere all'interno dell'auto, spingersi fino a quegli alberi laggiù, dove c'è la ragazza. Piuttosto insolito, per qualcuno che passava per caso.»

«Crede che questo Bergesio sia coinvolto, e stia nascondendo qualcosa?»

«È presto per dirlo» rispose. «Troppi elementi non quadrano. E non parlo soltanto degli omicidi. Non dimentichiamo che c'è un bambino scomparso.»

«Con tutto il rispetto, dottore, cosa ci faceva un bambino insieme a una coppietta imboscata sui colli?»

«È quello che intendo scoprire. A questo punto non possiamo nemmeno escludere che sia stato rapito. In questo momento potrebbe trovarsi nelle mani dell'assassino.»

«Preferisco sperare che sia riuscito a scappare, e si sia nascosto nella boscaglia…»

«Mi metto subito in contatto con la centrale per organizzare una squadra di ricerca.» In prossimità della volante, Scalviati rivolse a Loiacono uno sguardo interrogativo. «Ora vuole dirmi chi è quel tizio ammanettato all'interno della sua macchina?»

«Volevo giusto parlargliene» ribatté. «Credo sia un turista americano, perché quando parla sembra di sentire Dan Peterson. È comparso dal nulla durante il sopralluogo, e si è messo a sbraitare contro di me e il mio collega.»

«Sbraitare?»

Loiacono iniziò a gesticolare animatamente. «Ecco, io... stavo perlustrando l'interno della macchina...» Si interruppe, come se fosse alla ricerca delle parole giuste per proseguire. «Insomma, ho aperto il cruscotto alla ricerca di documenti. Non mi sono accorto della presenza di quell'individuo finché non si è messo a gridare che potevano esserci delle impronte, e che stavo contaminando la scena del crimine.»

«Be', non aveva tutti i torti. Avrebbe dovuto indossare i guanti. O aspettare i colleghi della scientifica.»

«D'accordo, ma io non mi sarei mai *osato* di dire una cosa del genere a un agente di polizia!» Era curioso come Loiacono, sebbene di origine pugliese, avesse completamente assorbito cadenza e modi di dire tipici torinesi, come usare al riflessivo il verbo osare. «Che poi, come ci è finito un turista sulla scena di un crimine?»

«Già. Stanotte questo posto sembra più frequentato di via Nizza all'ora di punta.»

«In ogni caso, mi è parso quantomeno sospetto. Quando si è messo a blaterare di FBI e procedure da rispettare, ho pensato che avesse bevuto un bicchiere di troppo e ho provveduto all'arresto per ubriachezza molesta.»

«FBI, ha detto?»

«Probabilmente ha la testa piena di telefilm americani come quelli che passano di pomeriggio su RAI Due.»

«E va bene» fece Scalviati. «La lascio finire di mettere l'area in sicurezza e contatto la centrale. Le prossime ore saranno cruciali, e non c'è tempo da perdere.»

4

Il magistrato si sedette al posto di guida della volante. Rivolse uno sguardo fugace all'uomo ammanettato che sedeva sul retro, poi sganciò il ricevitore della radio.

«Sostituto procuratore Francesco Scalviati» annunciò.

«Buonasera, dottore. Assistente capo Cortenovis, per servirla» rispose la voce attraverso l'altoparlante.

«Sono sulla scena, al Pian del Lot. Confermo la presenza di due cadaveri. Presumo che la squadra scientifica e il medico legale siano in arrivo.»

«Affermativo. Sono già stati avvisati e saranno lì a momenti.»

«Molto bene. Ma avrò bisogno di rinforzi. C'è da organizzare una squadra di ricerca per ritracciare un bambino scomparso.»

«Con tutto il rispetto, non credo sia necessario...»

«Senta, non posso stare a spiegarle i dettagli, ma sono convinto che ci fosse un bambino sull'auto delle vittime, che al momento risulta disperso.»

«Mi scusi, non intendevo contraddirla. C'era un bambino a bordo, ma non risulta affatto scomparso. In verità, è stato proprio lui a segnalare la presenza dei cadaveri.»

Scalviati aggrottò le sopracciglia, disorientato. «Può spiegarsi meglio? Mi risulta che a chiamare il 113 sia stato un residente della zona, un certo Renato Bergesio.»

«È esatto. Glielo posso confermare perché sono stato io a rispondere alla chiamata. Il Bergesio mi ha spiegato che era passata l'una quando ha sentito suonare il citofono della sua abitazione. Quando è sceso, si è trovato davanti questo bambino, che ha detto di chiamarsi Tito e che appariva in stato confusionale. Preoccupato, gli ha chiesto dove fossero i suoi genitori, e il piccolo ha risposto che la mamma e lo zio erano morti.»

«La mamma e lo zio?»

«Così ha riferito.»

«Ha detto qualcos'altro?»

«Non mi pare. Comunque le farò avere la trascrizione della telefonata.»

«Perfetto. C'è qualcosa che non quadra, però. Mi risulta che l'abitazione del Bergesio si trovi a un chilometro dal luogo dei delitti. Devo dunque presumere che il piccolo Tito, dopo essere riuscito a fuggire, abbia vagato nel bosco e l'abbia raggiunta per caso?»

«Così parrebbe, dottore.»

Scalviati rifletté per qualche istante. «Il bambino si trova ancora a casa del signor Bergesio?»

«Al momento, sì.»

«Faccia inviare una volante che lo accompagni in questura. Dobbiamo rintracciare i suoi parenti più prossimi e avvertirli, e assicurarci che qualcuno di loro possa prendersi cura di lui.»

«Sarà fatto.»

«E mandi qualcuno a piantonare la casa del Bergesio. C'è

un assassino a piede libero, e non vorrei che avesse seguito il bambino.»

«Farò il possibile. In questo periodo siamo a corto di personale, molti agenti sono ancora in congedo ordinario per le vacanze estive...»

«Non mi importa se dovrà richiamare in servizio pure i poliziotti in pensione, o smarcare la scorta a qualche padreterno. Ho bisogno che quella casa sia sorvegliata ventiquattro ore su ventiquattro.»

«Certo, dottore. Informo subito il commissario Costanza.»

Dopo aver riagganciato il ricevitore, Scalviati appoggiò l'agenda sul volante e iniziò a riempire le pagine di annotazioni. Scriveva velocemente, staccando di tanto in tanto il pennino della stilografica dalla carta per riordinare i pensieri, alla ricerca di connessioni con gli altri casi. Tre duplici omicidi, compiuti con la stessa modalità. Tre colpi di pistola per ogni vittima. E due ragazze a cui era stata rimossa la milza. Il gesto inconsulto di una mente disturbata o c'era dell'altro?

Provava un sottile turbamento a ripensare alla presenza di quel bambino sulla scena. Cosa ci faceva lì? Perché la madre lo aveva portato con sé all'incontro con lo "zio"? Doveva aver visto tutto, eppure persisteva l'impressione che l'assassino non si fosse curato di lui. Com'era riuscito a scappare senza essere notato? L'assassino era troppo impegnato a occuparsi della madre? O l'aveva lasciato andare deliberatamente?

«Ha intenzione di ignorarmi ancora a lungo?»

Il magistrato si voltò, incrociando lo sguardo glaciale del suo interlocutore. Naso dritto, mascella squadrata, dimostrava meno di trent'anni. Indossava un completo scuro che gli sembrava scolpito addosso.

«Mi scusi?»

Un mezzo sorriso. «*Glad to have your attention*, dottor Scalviati.»

«Di che parla?»

«Le spiegherò tutto, *I promise*. Potrebbe togliermi le manette? Le mie braccia stanno diventando… come si dice… *stiff*.»

«Non posso farlo, se prima non mi dice chi è lei e cosa ci faceva qui.»

«Sono un cittadino americano, ma non sono di certo un turista. Sono un agente speciale dell'FBI. Sono venuto in Italia appositamente per incontrarla, dottor Scalviati. Il mio nome è Isaak Stoner.»

5

Leda De Almeida si svegliò di soprassalto. Il cuore batteva così veloce che sembrava volerle balzare fuori dal petto.

Aveva il respiro corto e i pensieri sommersi da immagini frammentate. Una lunga strada nel deserto, una moschea circondata da forze armate, un camaleonte che si arrampicava nella gabbia di un bazar. Sbatté le palpebre un paio di volte per dissolvere i residui di un sogno così vivido da sembrare reale.

Il bagliore lunare filtrava dalla finestra, tracciando una sinistra geometria di ombre.

Suoni acuti, ripetitivi. Come una sirena antiaerea.

Ci vollero alcuni istanti per riconoscere la sua stanza da letto. Quei suoni insistenti erano gli squilli del telefono sul comodino.

Da quando era rientrata dal Libano, le capitava di tanto in tanto di svegliarsi nel cuore della notte con l'impressione di trovarsi ancora a Beirut, nella camera d'albergo che per quasi un anno era stata la sua casa.

Succedeva sempre alla stessa ora: mezzanotte e un quarto. L'ora in cui un colpo di bazooka lanciato da una pattuglia di Hezbollah aveva colpito il fuoristrada su cui viaggiava insieme al suo operatore e al suo interprete, durante il tentativo di attraversare il confine con Israele. Era stata l'unica soppravvissuta, ma soltanto perché gli aggressori l'avevano data per morta.

In un riflesso automatico, lanciò un'occhiata alla radiosveglia.

Erano le due. Provò quasi sollievo. Alzò la cornetta e la portò all'orecchio.

«Pronto?»

«De Almeida, ci sei? Sono Enrico.»

«Enrico? Ma lo sai che ore sono?»

Enrico Loi era il caporedattore cronaca del quotidiano *La Stampa*. Dopo la convalescenza, le aveva offerto di lavorare per la sua redazione. Purtroppo aveva una visione del giornalismo completamente diversa da quella di Leda.

I due erano arrivati ai ferri corti un paio di mesi prima. Leda si stava occupando di un'inchiesta su un giro di prostituzione dai risvolti politici. Si era infiltrata fingendosi un'immigrata clandestina. Era stato un impegno logorante. Aveva dovuto costantemente guardarsi le spalle per paura che la sua copertura saltasse.

Quando era sul punto di convincere una testimone chiave a fare i nomi dei vertici dell'organizzazione, Loi l'aveva fermata.

I tempi erano cambiati, l'Italia era cambiata, le aveva detto. Quel tipo di inchiesta non avrebbe interessato abbastanza i lettori per giustificare i rischi e i costi.

Leda era convinta che avesse subito pressioni dall'alto e se n'era andata dalla redazione sbattendo la porta. Da allora, sbarcava il lunario scrivendo oroscopi per un paio di rotocalchi e gestendo la rubrica della posta per un settimanale di attualità.

«Ti chiedo scusa per l'orario» disse lui. «Ma ho appena avuto una soffiata. La polizia ha trovato altri due cadaveri.»

«*Altri* due cadaveri?»

«Sai bene a cosa mi riferisco. È da un po' che circola la voce che ci sia un mostro a Torino, e quello che è successo stanotte ne è la conferma.»

«Parli degli omicidi dell'anno scorso?»

«C'è uno schema, De Almeida. La ragazza ha subito un'orrenda mutilazione. Le è stato rimosso un organo interno, come quella uccisa un anno fa.»

«Madre santissima, è spaventoso.»

«Non è l'unico elemento in comune. Mi chiedo quando le autorità si decideranno a prendere sul serio quello che sta succedendo in città. Non parliamo di regolamenti di conti tra la malavita organizzata, che pure sarebbero preoccupanti, ma di qualcuno che sta prendendo di mira cittadini inermi, massacrandoli come bestie da macello sotto il naso degli inquirenti.»

«D'accordo, ma cosa vuoi da me?»

«Ti voglio sul campo» sentenziò. «Nessuno meglio di te può dare a questa storia la copertura che merita. Tra poche ore, giornali e televisioni non parleranno d'altro. Quello che ti sto offrendo è un posto in prima fila per seguire l'andamento delle indagini.»

Leda avvolse nervosamente le dita tra le spire del cavo telefonico. «Ti ricordo che non lavoro più per il giornale.»

«Guarda che non hai mai dato formalmente le dimissioni. Per l'amministrazione sei semplicemente in aspettativa non retribuita.»

«Non so che dirti. Provvederò a presentarle domani stesso.»

«Al diavolo, De Almeida! Possibile che tu debba sempre metterla sul personale? Capisco che abbiamo avuto delle divergenze, ma non puoi gettare via un'opportunità così. Possiamo lasciarci il passato alle spalle, una volta per tutte?»

«Personale? Io parlo di deontologia professionale! Hai archiviato la mia inchiesta in un momento cruciale, senza nemmeno leggere una riga di quello che avevo scritto. Perché dovrei pensare che questa volta sarà diverso?»

«Perché te lo devo, maledizione! Non credere che abbia preso alla leggera la decisione di interrompere la tua inchiesta, ma non ho avuto scelta. E non avrei mai, ripeto mai, voluto che a causa di questo incidente di percorso arrivassimo a un punto di rottura.»

«Dunque ammetti di aver subito pressioni.»

«No, sto solo dicendo che ti rispetto come persona e come professionista. Non posso immaginare nessuno migliore di te su questa storia. Ho bisogno della passione che sai infondere in tutto quello che fai. Ho bisogno del tuo punto di vista su una faccenda che scuoterà la società fino alle fondamenta. Tra poco si scatenerà il caos. I cittadini si sentiranno indifesi, avranno paura a uscire di casa. Chiederanno risposte che le istituzioni non saranno in grado di dare. Tu starai nel mezzo.»

Leda si prese qualche istante per riflettere. Non poteva negare che l'opportunità di riavere il suo posto in redazione era invitante. Ma si chiese se non stesse semplicemente reagendo alle lusinghe di colui che, solo poco tempo prima, aveva stroncato sul nascere la sua carriera di giornalista investigativa.

Era davvero questo che voleva? Tornare in pista pur non fidandosi di colui che avrebbe dovuto guardarle le spalle? O forse, invece, stava permettendo all'orgoglio di sabotare un'occasione perfetta per riprendere in mano le redini della propria vita?

«De Almeida, sei ancora lì?»

Si schiarì la voce. «Il direttore cosa dice?»

«È entusiasta. Ho già sentito il tipografo per far ripartire le rotative. Hai circa due ore per fare un sopralluogo e scrivere un pezzo di mille parole. Usciremo con un'edizione straordinaria a metà mattina, con le ribattute in prima pagina.»

«Mi vuoi sul posto e mi chiedi mille parole in due ore? Pensi che si scrivano da sole guardando la pagina?»

«Se fosse stato un incarico semplice, non avrei voluto te.»

«E va bene» sospirò. «Lo farò, ma alle mie regole. E dovrai accettarle.»

«Non chiedo di meglio. Ti aspetto in redazione alle quattro, De Almeida.»

6

Scalviati osservò il volto dell'uomo che aveva detto di chiamarsi Isaak Stoner e di essere un agente speciale dell'FBI, come se stesse cercando di decifrarne le intenzioni. Ma l'altro restava illeggibile, ricambiando il suo sguardo con cautela. E una vena di compiacimento in fondo agli occhi.

Nella mente del magistrato, le domande si rincorrevano senza sosta. Cosa voleva da lui l'esponente di un'agenzia governativa straniera? Si trattava di un tentativo di ingerenza nell'attività giudiziaria italiana?

Com'era finito sulla scena del crimine? Doveva presumere che quella catena di omicidi avesse messo in moto forze occulte, le cui ramificazioni si estendevano addirittura oltreoceano?

«Il mio tesserino è nella tasca interna della giacca» disse Stoner. «Può controllare, se vuole.»

In tutta risposta, Scalviati abbassò il finestrino e chiamò il sovrintendente Loiacono.

«Liberi quest'uomo, per cortesia.»

«Ne è sicuro?» disse cautamente quest'ultimo.

«Proceda. Me ne assumo io la responsabilità.»

Dopo che gli furono tolte le manette, Stoner si massaggiò i

polsi con un certo sollievo. Poi estrasse il tesserino di riconoscimento e lo mostrò al magistrato.

Scalviati lo scrutò per qualche istante, soffermandosi sul nome e sulla dicitura "special agent". Non aveva motivo di dubitare che fosse autentico.

«So cosa sta pensando» disse Stoner. «Si sta chiedendo, ovviamente, cosa diavolo ci faccio qui.»

«Tra le altre cose.»

«Non si preoccupi, le spiegherò tutto. Chiedo scusa per il modo in cui mi sono rivolto ai suoi collaboratori. È stato eccesso di zelo. Come si dice... *out of professional habit.*»

«Deformazione professionale.»

«Proprio quello che volevo dire! Comunque, mi permetta una premessa. Lavoro come analista all'unità di Scienze comportamentali, una divisione del Bureau che si occupa di analizzare e prevedere il comportamento dei criminali. Negli ultimi anni, alcuni miei colleghi hanno messo a punto un metodo per classificare una particolare categoria di assassini, per cui è stata coniata la definizione di *serial killer.*»

«Assassino seriale?»

«Un pluriomicida di natura compulsiva, apparentemente privo di movente, ma con un *modus operandi* ben riconoscibile. Le vittime, il più delle volte perfetti sconosciuti, sono solitamente scelte in base a una tipologia ben precisa, esattamente come sta succedendo qui a Torino.»

«E lei che ne sa di cosa sta succedendo a Torino?»

«So che sono state aggredite delle coppie appartate in luoghi isolati. E che questo è il terzo caso imputabile allo stesso individuo.» Stoner assunse un tono confidenziale. «Sono arrivato in Italia due giorni fa in accordo con la sua procura, in qualità di consulente esterno, per le competenze maturate all'unità di Scienze comportamentali.»

«Non ne so niente» commentò Scalviati con un certo scetticismo. «Sicuro di aver parlato con il procuratore?»

«Le comunicazioni sono avvenute tra la procura e il mio supervisore. Non sono stato coinvolto direttamente, quindi non le so spiegare come mai lei non sia stato informato. Ci sarà stato un *misunderstanding*, o forse il documento che mi riguarda è stato dimenticato sulla scrivania di un funzionario disattento.»

«Sta insinuando che in procura non sappiamo fare il nostro lavoro?»

«Naturalmente no» sospirò Stoner. «Mi perdoni se le sembro troppo diretto, ma non erano queste le circostanze in cui speravo di incontrarla. Intendevo presentarmi lunedì mattina nel suo ufficio per discutere di un mio eventuale coinvolgimento nelle indagini, ma questo omicidio ha scombussolato i miei piani.»

Scalviati cominciava a spazientirsi. Sapeva bene che, alla luce degli scarsi risultati ottenuti fino a quel momento, tra i vertici della procura regnava un certo scontento. Qualcuno poteva pure essersi mosso in direzione di un potenziamento del pool di indagine, ma era possibile che, senza interpellarlo, fosse stato chiamato ad affiancarlo addirittura un consulente straniero?

Uno scenario improbabile, dato che fino a quel momento era opinione comune tra i suoi colleghi, procuratore capo compreso, che non ci fosse alcuna connessione tra gli omicidi.

E poi cominciava a trovare fastidiosa la presunzione dello straniero e i suoi modi da primo della classe. Come se i suoi termini da accademia del crimine facessero da lasciapassare per ficcare il naso tra i fascicoli della procura. Gli sembrava una specie di imbonitore da fiera che cercava di vendere un elisir miracoloso. Anzi, una formula segreta con cui avrebbe identificato il colpevole degli omicidi con la semplice imposizione delle mani.

«Non abbiamo cominciato con il piede giusto, vero?»

«Decisamente no» ammise Scalviati. «E sappia che finché non avrò chiarito la sua posizione lei rimane un sorvegliato speciale. Quindi le sconsiglio di lasciare la città, tantomeno il Paese.»

«Non è mia intenzione. Capisco la sua diffidenza, ma come le dicevo sono venuto in Italia sperando di rendermi utile.»

«Questo lo vedremo. Comunque, deve ancora spiegarmi come mai si trovava qui. E spero che abbia una motivazione convincente.»

«È presto detto. Questa sera ho cenato al Circolo Canottieri. Confesso di essermi attardato un po', anche per smaltire l'ottimo vino che mi è stato servito. All'uscita dal locale, è passata una volante della polizia a sirene spiegate. Poco dopo, mentre ero in auto per rientrare in albergo, sono stato sorpassato dall'ambulanza, che correva nella stessa direzione. Ho deciso di seguirla, temendo che fosse successo qualcosa di grave. Non mi sbagliavo.»

«Ha il dono della preveggenza, agente Stoner?»

«No, ma ho un discreto istinto quando si tratta di crimini violenti.»

Il magistrato rifletté per alcuni istanti. Poi aprì l'agenda e svitò il cappuccio della stilografica. «Dove alloggia, agente Stoner?»

«Al Principi di Piemonte.»

«Un albergo di classe. È stato qualcuno del personale a consigliarle il ristorante?»

«Esatto. Essendo nuovo in città, ho pensato fosse saggio rivolgermi alla reception.»

«Dell'*ottimo vino* che le è stato servito ricorda il nome?» chiese Scalviati guardandolo negli occhi.

Stoner si schiarì la voce. «Mi perdoni, devo considerarlo un interrogatorio formale?»

«Si limiti a rispondere alla domanda.»

«Un Barbera dell'84, se non erro.»

«Cos'ha mangiato?»

«*Tajarìn* al tartufo bianco e poi un brasato.»

«Ha una certa dimestichezza col nome dei piatti tipici locali, per essere americano.»

«Ho una discreta memoria. E un interesse per la vostra cultura che devo a mia moglie, e alla sua passione per la lirica e il *bel canto*.»

«È per questo che il suo italiano è così buono?»

«La ringrazio. In effetti la mia conoscenza della lingua è stato uno dei motivi per cui sono stato scelto per questo incarico.»

«Oltre alle... "competenze" maturate all'unità di Scienze comportamentali, s'intende.»

«Ora è lei che sembra voler insinuare qualcosa.»

«Da quanto ho capito, lei ha un'auto, agente Stoner...»

«Ho noleggiato una Renault 5 all'aeroporto. È parcheggiata poco più indietro, lungo la strada.»

«Torniamo al Circolo Canottieri» disse Scalviati. «È stato servito da un uomo o da una donna? Ricorda il nome?»

Stoner esitò per un istante, come se stesse rovistando nella memoria. «La cameriera si chiamava Angela» disse poi. «Una ragazza dai capelli rossi molto cortese. Abbiamo anche scambiato qualche parola. Quando ha saputo che ero americano, mi ha detto che sogna da anni un viaggio negli Stati Uniti. Le ho suggerito qualche meta fuori dai soliti itinerari.»

«Se è stato così soddisfatto del servizio, presumo che abbia lasciato una mancia generosa.»

«Diecimila lire. Una cifra che in dollari basterebbe a comprare un'automobile.»

«M-mm» fece Scalviati. Ripose agenda e stilografica. «Per ora è libero di andare. Non sono ancora sicuro che sia stato un piacere conoscerla, ma terrò presente quello che mi ha detto.» Mentre l'altro si apprestava ad aprire la portiera, aggiunse: «Non si disturbi a venire nel mio ufficio. Sarò io a cercarla».

7

Leda si lavò il viso con abbondante acqua fredda e rivolse un'occhiata fugace allo specchio. Sarà stata la stanchezza, ma era uno di quei momenti in cui gli occhi castani erano così chiari da sembrare gialli.

Una caratteristica che da bambina l'aveva resa oggetto di una certa diffidenza, soprattutto dopo che il bullo di classe, alle elementari, aveva messo in giro la voce che fosse il marchio della strega. Come se non bastasse essere già presa di mira per l'accento spagnolo.

Suo padre, fotoreporter di origine catalana, l'aveva rassicurata in un modo che non aveva mai dimenticato.

Le aveva detto che il suo sguardo, certi giorni, era così luminoso perché aveva il sole negli occhi. E che ogni volta che si fosse sentita triste o arrabbiata, avrebbe potuto afferrarne un raggio, e sarebbe bastato per illuminare qualsiasi posto oscuro.

Quella frase aveva avuto un effetto inaspettato. Le aveva infuso una strana euforia, che col tempo si era tramutata in temerarietà. Forte della convinzione di avere un superpotere, Leda aveva cominciato a reagire ai soprusi. Questo non aveva fatto desistere i più prepotenti dal darle il tormento, ma almeno le era valsa una certa fama da dura.

Fece un movimento un po' troppo brusco e la gamba sinistra si irrigidì. Avvertì una fitta che, dall'interno del ginocchio, si irradiava sottopelle fino alla caviglia, come se le articolazioni si stessero spezzando, e dovette aggrapparsi al lavandino per non perdere l'equilibrio. Aprì l'armadietto dei medicinali in un riflesso automatico, poi lo richiuse subito. No, non poteva permettersi di tornare alle vecchie abitudini.

Fece una serie di respiri profondi, cadenzati, espellendo l'aria il più lentamente possibile, nell'attesa che gli spasmi si affievolissero. Aveva dovuto abituarsi a quei dolori, acuti quanto inattesi, che per fortuna da tempo si presentavano solo sporadicamente.

Durante il ricovero a Tel Aviv, Leda non sapeva se avrebbe superato gli innumerevoli interventi chirurgici a cui doveva sottoporsi. Se sarebbe riuscita a camminare di nuovo, se avrebbe mai rivisto suo figlio.

Aveva smesso persino di guardarsi allo specchio perché temeva che i suoi occhi avessero cambiato colore. Aveva paura di non potersi più affidare a quel raggio di sole per essere trascinata fuori dalla scatola buia in cui si sentiva rinchiusa.

Perché l'attentato che le era quasi costato la vita le aveva tolto ogni certezza, tranne una: il dolore.

Un dolore che l'aveva accompagnata in tutte le attività, anche le più banali, come allacciarsi le scarpe o prelevare un libro da uno scaffale. Era stato il suo compagno al risveglio e l'ultimo bacio prima di dormire.

L'unico sollievo era donato dai farmaci, che però era stata

costretta ad assumere in dosi sempre più elevate perché facessero effetto.

E anche se alla fine era riuscita a rimettersi – letteralmente – in piedi, dopo quasi un anno di fisioterapia ed esercizi di rafforzamento muscolare, nel frattempo aveva sviluppato una dipendenza dagli antidolorifici. Una dipendenza subdola, considerando che solo grazie alla chimica riusciva a dare alle sue giornate una parvenza di normalità.

Era in quei momenti che le tornavano in mente le parole del padre. Rifiutava di essere definita dal dolore, perché Leda voleva essere ancora la ragazza con il sole negli occhi. Voleva camminare con il sole negli occhi anche quando non c'era spazio nel cielo se non per le nuvole.

Ma non c'era niente di normale nel ritrovarsi all'angolo di una strada in mezzo ai tossici per procurarsi un flacone di Fentanyl, un oppioide cinquanta volte più forte dell'eroina, illegale in Italia ma facilmente reperibile con le conoscenze giuste.

Così, dopo la lotta per ricominciare a camminare, era iniziata la lotta per disintossicarsi. Aveva dovuto fare appello a tutta la sua forza di volontà, per se stessa ma soprattutto per suo figlio, respingendo il conforto delle pillole anche quando il dolore si risvegliava.

Sapeva di non avere più bisogno di quella roba, come sapeva che adesso, se avesse mantenuto la calma, il dolore sarebbe passato. Preferiva zoppicare un po' piuttosto che rinunciare alla lucidità. Si era persino scelta un bastone da passeggio con l'impugnatura intarsiata a forma di testa di civetta, che secondo alcuni colleghi la faceva sembrare un'eccentrica gentildonna d'altri tempi.

Prese un elastico e raccolse i capelli in una crocchia. Erano voluminosi, lunghissimi, anche se i ricci li facevano sembrare più corti. Era impossibile domarli con la spazzola, quindi all'occorrenza si limitava a raccoglierli dietro la testa. A volte pensava che i suoi capelli fossero un po' come i suoi pensieri. Inestricabili.

Si spostò in camera da letto, prelevò dal cassetto una canottiera nera e la infilò, poi si gettò addosso una camicia ampia e la legò con un nodo in vita. Indossò il primo paio di jeans che le capitò sottomano e ficcò i piedi negli stivaletti, poi lanciò un'occhiata alla radiosveglia. Doveva sbrigarsi o non avrebbe fatto in tempo.

Afferrò la sua Canon e, dopo essersi posizionata nell'angolo più buio della stanza, ne sganciò cautamente lo sportellino posteriore, solo per rendersi conto che il vano della pellicola era vuoto. Enrico non aveva parlato di fotografi, quindi era ovvio che avrebbe dovuto pensarci lei a raccogliere qualche scatto.

Si recò nello studio e rovistò nei cassetti della scrivania alla ricerca di un rullino vergine. Li aprì in sequenza, esplorandoli fino agli angoli, nella speranza che uno fosse finito dietro la cancelleria o le risme di carta per la macchina da scrivere. Niente da fare. E non c'era tempo per passare in redazione a prenderne uno al volo.

Si spostò nella camera del figlio. Sapeva che aveva il sonno pesante, ma cercò comunque di non far rumore. Non voleva rischiare di svegliarlo, soprattutto per non doversi sorbire le lamentele su quanto ci tenesse alla privacy. A volte pensava che crescere un adolescente fosse un esercizio di abnegazione ai limiti dell'esperienza mistica.

Leda esplorò la stanza con lo sguardo, sforzandosi di ignorare la confusione che regnava tra quelle pareti. Quanti appelli a sistemare quel caos erano stati ignorati!

Si mise a frugare nello zaino ai piedi del letto, ma c'erano solo vestiti appallottolati, il walkman, musicassette e pacchetti di caramelle mezzi vuoti. Ispezionò la scrivania, ma con un movimento maldestro urtò un portapenne, rovesciandone il contenuto sul pavimento.

«Ma'?» mugugnò il figlio, ridestandosi.

«Torna a dormire» intimò lei, spostando l'attenzione alle mensole tra il poster degli Scorpions e la locandina di *Ritorno al futuro*.

«Si può sapere che stai facendo in camera mia?»

«Niente, è solo che non riesco a trovare la tua macchina fotografica.»

Il ragazzo si sollevò sui gomiti. «A che ti serve, scusa? Non hai la tua?»

«Non ho neanche un rullino buono. Sarà perché me li usi tu?»

«È appoggiata sul videoregistratore, sotto la TV.»

Leda afferrò la fotocamera e la soppesò per qualche istante tra le mani. «Dimmi che è carica.»

«Dovrebbero esserci ancora quattro o cinque scatti.»

«Li farò bastare. Buonanotte!» Leda fece per uscire dalla stanza.

«Aspetta! Che ci devi fare a quest'ora?»

«Ti spiegherò più tardi. Probabilmente sarò di ritorno prima dell'ora di pranzo, ma dovrai arrangiarti per la colazione. Dovrebbero esserci dei cereali in dispensa, e forse un cornetto avanzato da ieri. Vedi tu. Cerca solo di caricare la lavastoviglie se sporchi qualcosa, e se scendi al bar ricordati le chiavi di casa. E metti in ordine la tua camera, per una volta.»

Il ragazzo bofonchiò qualcosa che assomigliava a un assenso, poi tornò a raggomitolarsi tra le lenzuola.

8

La famiglia del sovrintendente Raffaele Loiacono era molto legata alle proprie tradizioni. Il giorno di ferragosto, per esempio, era consuetudine riunirsi a casa di Saverio, un cugino che aveva fatto carriera come sindacalista e che ora abitava in una monofamiliare a Nichelino. Non era di certo una reggia, ma era un bel salto di qualità dall'alloggio popolare alle Vallette – praticamente un dormitorio – in cui si era sistemato nel '64, quando appena ventenne aveva lasciato Cerignola per fare l'operaio a Torino.

Al pari di tanti altri meridionali in cerca di lavoro al nord, Saverio si era imbarcato sul Treno del Sole. Un nome curioso per un convoglio che viaggiava di notte, ma evocativo quanto bastava per far dimenticare che era il treno degli emigranti, che abbandonavano la propria terra e i propri affetti nella speranza di partecipare al boom economico dell'Italia di quegli anni. Composto esclusivamente di carrozze di seconda classe, partiva ogni giorno da Reggio Calabria o da Palermo per raggiungere la stazione di Porta Nuova, nel capoluogo piemontese, alle otto del mattino successivo.

Saverio si era fatto accompagnare dal fratello con la sua Fiat 500 fino alla stazione di Napoli. In valigia aveva messo un vestito buono, calzini e biancheria intima di ricambio e un involto con dei panzerotti fritti preparati dalla madre.

Giunto sulla banchina, l'aveva trovata affollata da centinaia di altri ragazzi come lui, ognuno con il proprio bagaglio, che fosse una valigia in similpelle o di cartone come la sua o una semplice busta di tela. Ognuno con quello sguardo apparentemente disinvolto, quasi corrucciato, con cui mascheravano la paura del futuro e la nostalgia di casa che già cominciava a mordere il petto. Tra loro spiccavano le donne con il vestito della domenica e i bambini al seguito che andavano a nord per ricongiungersi ai mariti, e anziani con appresso scatoloni di vettovaglie che si recavano dai figli o dai nipoti per offrire un po' di supporto materiale.

Il treno era arrivato al tramonto già stipato di passeggeri, e Saverio si era chiesto come fosse possibile farcene entrare altri. Al momento di salire c'era stato un gran movimento, tra le corse dei ritardatari che si affrettavano a raggiungere il binario, gli abbracci di chi salutava per l'ultima volta la fidanzata o la madre, chi si accalcava alle porte e chi cercava di fare entrare il bagaglio dal finestrino. Trovare un posto a sedere era un'utopia, e piuttosto che percorrere il convoglio avanti e indietro sgomitando per vincere la ressa dei corridoi, Saverio si era accucciato ai piedi di un sedile, nei pressi della porta dello scompartimento, accanto a un gruppo di siciliani in pantofole che parlavano fitto nel loro dialetto come se fossero nel salotto di casa.

Durante il viaggio, mentre dai finestrini sfrecciavano i tetti di migliaia di case, coi loro terrazzi e i giardini illuminati dal chiarore lunare, spiagge deserte e scogliere a strapiombo sul mare, aveva conosciuto un palermitano che gli aveva consigliato di fare domanda alla Fiat, che era in cerca di personale per il reparto di assemblaggio. E così aveva fatto.

A Torino ci aveva messo un po' a orientarsi. L'architettura era diversa, la gente era diversa, le sue giornate erano scandite dalle sirene dei turni alla catena di montaggio. Al mattino c'era sempre la nebbia e la sera, dalla finestra del condominio, si faceva fatica a vedere il cielo.

Al paese suo, le finestre erano sempre spalancate, e di notte prima di addormentarsi poteva guardare le stelle senza muoversi dal letto. Se aveva bisogno di qualcosa poteva rivolgersi al vicino dal balcone. La domenica mattina poteva sentire gli schiamazzi dei bambini che giocavano in piazza o il mormorio dei fedeli durante la processione del santo.

Lontano dalle sue radici, in una città di un milione di abitanti, si era sentito isolato. Aveva assaporato il gusto amaro dei pregiudizi, mentre sui portoni di certe palazzine spuntavano cartelli con scritto "non si affitta ai meridionali" e nei quotidiani apparivano annunci matrimoniali con cui si cercava un "giovane settentrionale". Qualcuno diceva: «Vengono da giù, ma sono brave persone». D'altronde, i torinesi li poteva pure capire. Le loro consuetudini erano state travolte da un flusso migratorio che in pochi anni aveva destabilizzato ogni equilibrio. Probabilmente si erano ritrovati spaesati nella propria città tanto quanto gli immigrati. C'era da aspettarsela un po' di diffidenza, anche se era insopportabile quando assumeva i contorni di vero e proprio razzismo.

Per Raffaele era stato tutto più semplice, proprio grazie all'aiuto di Saverio. Era stato lui a inviargli per posta il bando di concorso per entrare in polizia, ben sapendo che il cugino sognava un futuro in divisa già da bambino.

Nel corso di una decina d'anni, erano saliti molti altri compaesani, attirati dall'opportunità di un lavoro fisso o per riunirsi ai familiari, al punto che si era costituita una piccola comunità fatta di parentele e amicizie, e in cui vigeva un legame di solidarietà.

Per la famiglia Loiacono, Saverio era diventato un punto di riferimento. Era a lui che si rivolgeva chi aveva difficoltà a trovare un alloggio o chi aveva bisogno di un consiglio per risolvere una disputa con il datore di lavoro.

Col tempo, si erano consolidate nuove tradizioni, forse per mitigare la nostalgia della terra d'origine. Come il pranzo di ferragosto, a cui Raffaele era particolarmente affezionato.

Il periodo estivo garantiva una partecipazione più consistente, ci venivano persino dei lontani cugini da Genova, ovviamente con i figli appresso, e non era raro che l'invito a unirsi ai festeggiamenti si estendesse ai vicini di casa e ai colleghi di lavoro.

Mentre le donne preparavano i piatti tipici come le orecchiette alle cime di rapa, il piccione arrostito o le focacce di cui i più piccoli andavano ghiotti, gli uomini si sfidavano al bigliardino che dalla tavernetta veniva spostato in giardino.

Si trattava di un autentico torneo a dimensione familiare che a partire dall'82 poteva contare addirittura su una miniatura della Coppa del Mondo come premio per il vincitore. L'atmosfera che si respirava era quella delle grandi competizioni, in cui in gioco era soprattutto il prestigio dei partecipanti.

I due che finivano sempre per sfidarsi in finale erano Giangiacomo, il marito di una sorella di Raffaele, e Nicola, il figlio di un collega di Saverio. Negli ultimi cinque anni erano sempre stati loro a contendersi il titolo di campione, durante partite al cardiopalma in cui seguire i movimenti della pallina che saettava da un'estremità all'altra del campo poteva dare le vertigini.

Adesso, il sovrintendente Raffaele Loiacono, che dall'esterno della volante aveva ascoltato la conversazione tra Scalviati e l'americano, si rendeva conto di aver respirato la stessa tensione che anticipava le partite tra Giangiacomo e Nicola. Aveva avuto l'impressione che quei due si stessero sfidando su un campo da gioco in cui la minima disattenzione poteva costare cara.

Ogni gesto sembrava perfettamente calibrato, ogni scambio di battute celava una strategia ben precisa da parte dell'uno o dell'altro. Non era sicuro di aver compreso fino in fondo i motivi che avevano spinto il magistrato a fare domande che a lui parevano insignificanti, né se le risposte dell'americano fossero state del tutto sincere.

Quello che sapeva era che per il momento i due si erano limitati a studiare le reciproche reazioni.

E che l'incontro decisivo era stato soltanto rimandato.

9

Sotto lo sguardo attento di Scalviati, Stoner si incamminò verso la Renault 5 parcheggiata a qualche decina di metri dall'auto del magistrato.

Loiacono sorrise nervosamente. «Chiedo scusa, dottore, ma non ho potuto fare a meno di ascoltare la conversazione.»

«Non si preoccupi, non era mica un conclave» ribatté Scalviati, dopo aver annotato la targa. «Comunque, non credo a una parola di quello che ha detto quell'uomo.»

«Pensa che nasconda qualcosa?»

«Senza dubbio. Su questo caso ne sa molto più di quello che vuol farci intendere. Temo ci sia ben altro dietro il suo atteggiamento da buon samaritano impaziente di istruire la magistratura italiana sui metodi di indagine del Bureau.»

Più Scalviati ci rifletteva su, più si convinceva che la presenza sulla scena dell'agente dell'FBI non poteva essere una coincidenza. Ripensò ai casi precedenti, una catena di morti dietro cui soltanto lui, contro il parere degli altri magistrati, aveva intuito la mano di un unico, spietato individuo.

Nei mesi successivi al secondo duplice omicidio, alcuni giornalisti avevano accusato la magistratura di sottostimare il problema della sicurezza in città.

In prima linea c'era Enrico Loi, caporedattore cronaca del quotidiano *La Stampa*, che nei suoi editoriali aveva chiamato in causa più volte Scalviati. Era possibile che i vertici della procura avessero preso sul serio quelle accuse al punto da mobilitare risorse internazionali? Doveva dunque pensare che fossero sul punto di tagliarlo fuori dalle indagini?

«In effetti mi è sembrato un tipo piuttosto losco, quello Stoner» disse Loiacono.

«Comunque sia, voglio vederci chiaro. Devo sapere come è finito qui. Non mi bevo di certo la storiella che ha raccontato su quanto si sia allarmato nel vedere una volante sfrecciare per strada.»

«Sospetta che sia coinvolto?»

«Non arriverei a tanto. Intendo comunque smascherare il suo bluff.»

«Rifiuterà la sua offerta di contribuire alle indagini?»

«Al contrario. Più dubito di lui, più lo terrò vicino. Voglio sapere chi incontra, a chi telefona, che strade frequenta e persino che cravatta indossa. Lo terrò al passo, cercando di non fargli mai vedere il guinzaglio.»

Tra le luci della città sottostante brillavano i lampeggianti di un paio di auto della polizia in avvicinamento.

«Rinforzi in arrivo» commentò Loiacono.

Scalviati controllò l'orario sull'orologio da polso. «Meglio così, c'è molto da fare. Questa notte lei è di servizio fino alle sette, giusto?»

«Sì, dottore. Turno in quinta.»

«Quindi domani è il suo giorno di riposo.»

«Esatto. Riprenderò servizio domenica sera alle sette.»

«E per domani sera, ha impegni?»

«Niente di che. Vorrei trascorrere una serata tranquilla in famiglia, magari prendere un film a noleggio da guardare insieme a mia moglie. Perché me lo chiede?»

«Che ne dice di una cena al Circolo Canottieri?»

Loiacono si grattò la nuca, disorientato. «Come, scusi?»

Scalviati lo guardò con fermezza. «Ho bisogno di qualcuno che vada a controllare se esiste una cameriera di nome Angela e se ricorda di aver servito l'americano. Voglio sapere se Stoner ha mangiato, come sostiene, *tajarìn* e brasato, e se ha davvero lasciato una buona mancia. Lei e la sua consorte, naturalmente, siete liberi di ordinare ciò che preferite, sarete miei ospiti.»

«Una visita al ristorante per fare qualche domanda la posso pure fare, ma non vorrei approfittare della sua ospitalità.»

«Sciocchezze» tagliò corto Scalviati. «Inserirò il conto nella mia nota spese. Però mi raccomando di mantenere una certa discrezione. Niente divisa, dovrà essere un sopralluogo del tutto informale. Voglio mantenere la presenza dell'americano lontana dai riflettori. Dirà che si trova in città per visitare, che ne so, il museo egizio o le residenze sabaude, che ha conosciuto Stoner in albergo e che è stato lui a consigliarle il ristorante. Crede di poterlo fare?»

«Certamente» fece Loiacono, quasi scattando sull'attenti.

Una volante si fermò di fronte ai due. Scesero due operatori in tuta bianca, uno dei quali trasportava una voluminosa valigetta, l'altro con una reflex a tracolla. Un uomo con indosso un impermeabile scuro si avvicinò al magistrato.

«Dottor Scalviati» disse tendendo la mano.

«Commissario Costanza» ribatté l'altro, stringendola vigorosamente. «Vedo che ha portato con sé i ragazzi della scientifica.»

Costanza era un uomo sulla cinquantina dal viso coriaceo, occhi infossati e calvizie incipiente. Aveva un fiammifero in bocca che continuava a manovrare incessantemente con la punta delle dita. «Per quel che vale, mi sarei portato dietro pure il mago Silvan. Ho l'impressione che questo spargere reagenti e raccogliere tessuti dalle scene del crimine finisca solo per creare complicazioni. Come se le scartoffie che dobbiamo riempire non fossero già abbastanza. Siamo poliziotti, non dannati scienziati.»

«Abbia pazienza, commissario» ribatté Scalviati. «Siamo in un periodo di transizione, è vero. La tecnologia ci sta cambiando la vita, e nessuno sa se sia un bene o un male. Ma da quando il dottor Di Cara è a capo del gabinetto scientifico ha portato numerose innovazioni, tra cui un metodo efficacissimo per l'identificazione dei reperti balistici.»

«Non mi fraintenda, ho la massima stima del dottor Di Cara. È solo che sarò all'antica, ma quando si tratta di sbattere un criminale dietro le sbarre credo che i metodi della vecchia scuola siano sempre i migliori.»

«La vecchia scuola non tramonterà mai» disse Scalviati. «So che a volte il lavoro dei tecnici di laboratorio possa sembrare astruso, ma va semplicemente contestualizzato. Sono convinto che il contributo del reparto scientifico avrà sempre più importanza per risolvere casi come questo.»

«Duplice omicidio, giusto?»

Scalviati annuì. Gli illustrò a grandi linee quanto aveva visto sulla scena del crimine, senza tralasciare le sue considerazioni sulle analogie con i delitti dell'anno precedente.

«Un mostro, eh?» commentò il commissario. «Ci mancava solo un fottuto maniaco, in questa città di pazzi.»

«Perdoni l'interruzione, dottor Scalviati» si intromise Loiacono dall'interno della volante. «Sono in contatto con la centrale, vorrebbero parlare con lei.»

«Chiedo scusa» disse il magistrato, congedandosi dal suo interlocutore. Si avvicinò all'automobile e si fece passare il ricevitore dal finestrino. «Scalviati.»

«Il bambino è stato identificato» disse la voce all'altro capo della linea. «Si tratta di Tito Ferretti, figlio dei coniugi Gaetano e Monica Ferretti.»

«Ottimo lavoro. Come avete fatto?»

«È stato lui a dirlo direttamente agli agenti che ho inviato a casa di Bergesio.»

«Dobbiamo dunque presumere che il cadavere vicino al bosco sia di Monica...»

«Faremo i dovuti riscontri, ma sembra proprio così. Ho appena parlato al telefono con la signora Luciana Bonfante, sua sorella. L'ho informata dell'accaduto, e ha detto che proprio questa sera Monica le aveva chiesto di badare al piccolo Tito, ma che ha dovuto rifiutare perché lavorava fino a tardi.»

«Che mi dice del padre?»

«Pare si trovi all'estero. Fa il camionista.»

«Capisco» fece Scalviati. Almeno qualcosa, nella ricostruzione degli eventi, cominciava a quadrare. La donna doveva aver portato con sé il figlio durante l'incontro con l'amante, Paolo Ginestra, colui che il piccolo Tito chiamava "lo zio", come a intendere che fosse qualcuno con cui aveva a che fare regolarmente. Rimaneva aperta la questione su come Tito fosse riuscito a raggiungere la casa di Bergesio.

«In questo momento gli agenti sono in viaggio verso la questura con il bambino. Anche la signora Bonfante dovrebbe essere qui a momenti.»

«Mi avvio immediatamente anch'io.» Così dicendo, Scalviati estrasse dalla tasca le chiavi della macchina e si diresse a passo spedito verso la sua Croma.

10

«Ehi, che cazzo crede di fare?» ringhiò il commissario Costanza. Una donna appostata in prossimità del nastro di contenimento stava puntando l'obiettivo della sua macchina fotografica sulla scena del crimine, dove si muovevano rapidamente agenti in divisa e tecnici della scientifica intenti nei rilievi.

«Leda De Almeida, *La Stampa*» rispose lei, esibendo il tesserino. «Crede di poter rispondere a qualche domanda per il giornale?»

«Ha voglia di scherzare?»

«Cerco solo di fare il mio lavoro.»

Costanza le si avvicinò con incedere quasi marziale. «Il suo lavoro? Mi stia a sentire, De Almeida o come cavolo si chiama. Se ne deve andare subito da qui. Sta ostacolando il sopralluogo delle forze dell'ordine. Ci sono dei morti ammazzati, per la miseria!»

«Da quando esercitare il diritto di cronaca è considerato un ostacolo?»

«Mi dia quella dannata macchina fotografica» sbottò Costanza, tentando di strappargliela di mano.

Leda fece un passo indietro. «Ehi! Che modi!»

«Loiacono!» gridò allora il commissario. Quando il giovane

sovrintendente fu nelle vicinanze, aggiunse: «Mi tolga di mezzo questa ficcanaso». Fece un gesto di stizza e si allontanò.

«Mi scusi» disse Loiacono, scavalcando il nastro di contenimento. «Ma devo chiederle di lasciare la scena.»

«Si può sapere che gli prende, a quello?»

Loiacono si trincerò dietro uno sguardo accondiscendente. «Non me lo faccia ripetere, per favore. L'ha sentito, il commissario.»

«Tutto ciò che chiedo è una dichiarazione da parte del suo superiore.»

«Non credo che sia possibile, in questo momento. Andiamo, la accompagno alla macchina.»

«Non è necessario. La trovo da sola.» Leda fece per incamminarsi lungo il sentiero, ma si fermò dopo pochi passi e si voltò indietro. «Se il commissario non è proprio in vena, posso accontentarmi di qualche indicazione di massima. Costanza ha parlato di morti ammazzati. Potrebbe essere più preciso?»

Loiacono fece un passo in avanti. «Deve andarsene. Glielo chiedo per favore, non mi metta nei guai...»

Ci fu un lungo, silenzioso scambio di sguardi tra i due. Leda fece un sospiro, poi: «Loiacono, giusto?».

L'altro annuì.

Leda esitò per qualche istante, come se stesse cercando le parole giuste per proseguire. «Non serve un indovino per capire che si tratta di una faccenda piuttosto seria... Non crede che la gente abbia il diritto di sapere cosa sta succedendo?»

«Sa bene che non posso dirle nulla, le indagini sono coperte dal segreto istruttorio. Mi dia retta, torni a casa. Con ogni probabilità ci sarà una conferenza stampa nel corso della giornata di domani. Potrà fare tutte le domande che crede.»

«Lo farò. Ma questa notte l'articolo lo devo scrivere comunque. Che Costanza sia d'accordo o no, domattina il giornale uscirà con un'edizione straordinaria, con tanto di titolo a nove colonne e tutto il resto. Il problema è che le voci stanno già cominciando a circolare, si dice che ci sia un mostro a piede libero.»

«Capisco, ma...»

«È nell'interesse di tutti che il mio articolo sia il più possibile ben documentato, perché senza il supporto di una buona informazione la gente darebbe retta alle peggiori chiacchiere da bar. Penserà che le autorità non stanno facendo niente per fermare l'assassino o, peggio, non hanno le competenze per farlo. Si scatenerebbe il panico. Questa faccenda potrebbe diventare persino una questione politica. I cittadini finirebbero per non fidarsi più di chi li deve proteggere. Non credo che sia questo che vuole, vero?»

«No, certo che no» disse Loiacono, frastornato. «Ma come fa a sapere queste cose?»

«È il mio lavoro» tagliò corto Leda. «E badi bene che non ho alcun desiderio di screditare le forze dell'ordine. È solo che nel mio pezzo non posso inventare nulla, posso solo riportare quello ho in mano. E al momento non è molto.»

«Si metta nei miei panni... Il commissario mi farebbe a pezzi se sapesse che mi sono lasciato scappare qualcosa.»

«Qualunque cosa lei mi dica, prometto che sarà in via confidenziale.»

Loiacono sembrò per un attimo combattuto, poi scosse la testa. «Non posso...»

«Senta, la consideri un'opportunità. Ha di fronte la persona che firmerà il pezzo d'apertura per il più importante quotidiano della città. Non le chiedo informazioni sensibili, solo qualche chiarimento che possa gettare luce sul caso perché, mi creda, tra poche ore non si parlerà d'altro. Non vorrà che i torinesi pensino che la città non è più sicura? Che si dovranno chiudere in casa perché le forze dell'ordine non stanno facendo il loro mestiere? Gli ultimi vacanzieri rientreranno nel fine settimana. Pensa che torneranno al lavoro serenamente, sapendo che i loro figli non sono protetti?»

«Non è così» protestò Loiacono. «Le assicuro che il dottor Scalviati sta facendo tutto il possibile per assicurare il responsabile alla giustizia.»

«Il sostituto procuratore Francesco Scalviati è stato incaricato delle indagini?»

Un cenno di assenso. «Lo conosce?»

«L'ho incontrato un paio di volte. Sono certa che sia una persona perbene, e probabilmente è un ottimo magistrato, ma è davvero l'uomo adatto per questa indagine?»

«Ci può giurare. Gli è bastata un'occhiata alla scena del crimine per ricostruire gli avvenimenti. Ha trovato subito il bossolo espulso dall'arma del delitto, e le assicuro che non era proprio in bella vista.»

«Scalviati è ancora nei paraggi?»

«No, è appena andato via. A dire la verità, l'ha mancato per un paio di minuti.»

Leda si guardò brevemente intorno, come se temesse che ci fosse qualcuno in ascolto. «Alla ragazza è stato rimosso un organo, giusto?»

«La milza» rispose Loiacono. «Ho trovato io il cadavere, proprio laggiù, verso quegli alberi. È stato terribile. Ma mai quanto scoprire che c'era un bambino, in macchina con la coppia assassinata. Deve aver visto tutto, anche se per fortuna è riuscito a scappare e a chiamare aiuto.»

«Loiacono, per la miseria!» tuonò la voce di Costanza. «Togliti di dosso quella reporter e torna qui, che c'è bisogno di te!»

«Mi scusi, adesso devo proprio andare» disse lui, rivolgendosi a Leda. «Buona fortuna per il suo articolo. Mi spiace di non aver potuto rispondere alle sue domande.»

«Va bene così» ribatté con un sorriso. «Mi è stato più utile di quanto non creda.»

11

Leda rivolse un'ultima occhiata alla scena del crimine, poi alzò gli occhi verso la luna. Era così luminosa da sembrare un sole notturno, e proiettava ombre lunghe sul terreno e sulla vegetazione circostante.

Quando Loi le aveva detto che si trattava di una storia che avrebbe scosso la società fino alle fondamenta, aveva pensato che stesse esagerando. Ma ora, mentre si incamminava verso la sua auto, non aveva dubbi che l'intuizione del suo caporedattore si sarebbe rivelata profetica.

Durante la breve permanenza sulla scena, si era sforzata di ignorare il sottile senso di angoscia che le si era insinuato nelle viscere, come una malattia contagiosa veicolata dalla stessa aria che vi si respirava. Un'aria che trasportava pensieri foschi insieme all'eco della violenza di cui era stata testimone.

Entrò nell'abitacolo e si sedette al posto di guida. Aprì il vano portaoggetti. Prelevò il registratore portatile e inserì una cassetta vergine. Collegò un piccolo microfono e lo portò vicino alle labbra, poi schiacciò i due tasti per avviare la registrazione.

«La verità ha molte forme e, a volte, molti volti» disse. «Dovrebbe essere solida come il granito, ma troppo spesso è mutevole come le maree. Mai come adesso appare sfuggente, persino inafferrabile. Come l'assassino che si aggira per le strade della nostra città, assalendo vittime inermi che hanno l'unica colpa di trovarsi nel posto sbagliato al momento sbagliato. Una coppia di fidanzati è stata freddata a colpi di pistola questa notte, sull'altopiano del Pian del Lot, a pochi chilometri dal centro urbano. Un altro duplice omicidio apparentemente insensato, che si aggiunge ai due precedenti, tuttora avvolti nel mistero. Sono molteplici gli elementi che fanno presumere che sia opera di un maniaco, eppure, fino a oggi, tra gli inquirenti non si è levata nessuna voce a conferma di questa ipotesi. Hanno dunque omesso la verità per calcolo o per incompetenza? Sono loro stessi a brancolare nel buio o fa tutto parte di una strategia per offrire una sorta di verità di comodo, in cui il male sembra lontano dalla nostra quotidianità, dalle vite dei comuni cittadini, come se potesse colpire solo nel sottobosco malavitoso, tra coloro che sono collusi con le mafie o sono implicati nel terrorismo? Da quanto trapelato da una prima ricostruzione, questa volta sarebbe addirittura coinvolto un bambino, in qualità di testimone dei fatti. Un innocente che la società avrebbe dovuto proteggere, ma la cui vita sarà segnata per sempre da questa terribile esperienza.»

Fece una pausa per riflettere. «Solo conoscendo la verità i cittadini possono procurarsi gli strumenti per difendersi» disse poi. «E come difendersi quando gli stessi inquirenti, guidati dal sostituto procuratore Francesco Scalviati, si rivelano ostili alla verità, coprendo la propria inefficienza con giustificazioni di circostanza?»

Leda schiacciò il tasto stop, inserì le chiavi nel quadro di accensione e avviò il motore dell'auto. Ora che aveva le prime battute dell'articolo, non restava che correre in redazione e lasciarsi guidare dal flusso dei pensieri per concludere la stesura.

12

Scalviati varcò l'ingresso della sala d'attesa della questura.

Due poliziotti erano appostati nelle vicinanze della porta. Accanto a loro era seduta una donna dall'aspetto dimesso, con i capelli raccolti alla bell'e meglio e lo sguardo provato, ma con una durezza di fondo che la faceva apparire quasi accigliata. Indossava un vestito un po' logoro alle estremità, su cui aveva gettato un giaccone maschile. Stringeva a sé un bambino sui quattro anni appoggiato sulle sue gambe, sostenendolo per la nuca.

«La signora Bonfante, presumo.»

«Luciana» rispose lei con voce roca.

«Sono il sostituto procuratore Francesco Scalviati. Le porgo le mie più sentite condoglianze. Sappia che sono determinato a catturare il responsabile di quel che è successo a sua sorella.»

«Non lo dica se non lo intende per davvero.»

Scalviati prese posto accanto a lei. «Questo dev'essere il piccolo Tito.»

Luciana si limitò ad annuire.

Il bambino aveva i capelli biondo cenere, tagliati a scodella. Indossava una maglietta con la stampa di un coccodrillo stilizzato e un paio di pantaloni di almeno una taglia più grande, sostenuti da bretelle elastiche.

Sembrava assopito, ma in un sonno inquieto, intermittente, da cui emergeva di tanto in tanto, emettendo un mugolio o muovendo di scatto un piedino. Non indossava scarpe, ma soltanto un paio di calzini bianchi con qualche alone scuro sul tallone e sulle punte.

Vederlo così aggrappato al collo della zia, con un coniglietto di pezza stretto in una mano, fece provare a Scalviati un certo sollievo. Quando aveva trovato le sue scarpette nella stessa auto con il cadavere di Paolo Ginestra, aveva temuto il peggio. Non poteva immaginare cosa aveva passato, ma almeno era vivo. E al sicuro.

«È stato molto coraggioso» commentò.

«Nessun bambino dovrebbe assistere a una cosa del genere.» Luciana fece una smorfia, poi estrasse dalla borsetta un pacchetto di sigarette. Ne infilò una tra le labbra e tentò ripetutamente di accenderla con un accendino evidentemente esausto.

«Sarà importante l'affetto e il sostegno da parte della sua famiglia.»

«Affetto e sostegno...» Luciana riuscì a far scaturire una fiammella dall'accendino. «Cercherò di ricordarlo quando mi chiederà perché non c'è più la sua mamma a rimboccargli le coperte.»

Scalviati non poté fare a meno di notare le mani della donna. Mani dalle unghie rotte e calli che portavano i segni di lavori pesanti. Probabilmente era più giovane di lui, eppure il viso era segnato come quello di una vecchia statua esposta alle intemperie.

«Vedo che Tito ha una buona confidenza con lei, si è completamente abbandonato nel suo abbraccio. Le capita spesso di occuparsi di lui?»

Luciana aspirò una boccata di fumo. «Io e Monica abitiamo...» si interruppe per un attimo, e sembrò lottare per cacciare un moto di rabbia. «*Abitavamo*... nello stesso quartiere. Poteva capitare che lei e Tito dormissero da me per qualche giorno, quando Gaetano era via. Non si è mai potuta permettere una babysitter, quindi se faceva tardi per lavoro lasciava il piccolo a casa mia.»

«Che lavoro faceva?»

«Niente di stabile. È stata impiegata presso un'impresa di pulizie e ha fatto l'operaia in una cartiera. Ultimamente faceva la commessa in un negozio di alimentari.»

«Il marito fa l'autotrasportatore, vero?»

«E con questo?»

«Le chiedevo solo conferma che si trovi all'estero.»

La donna si protese verso il tavolino e spense la sigaretta nel posacenere, schiacciandone più volte l'estremità incandescente sulla superficie di ceramica. «È partito ieri mattina per la Cecoslovacchia.»

«Sua sorella si trovava in compagnia di un certo Paolo Ginestra. Da quel che mi è stato raccontato, Tito si riferiva a lui chiamandolo "zio", ma immagino non ci sia alcun vincolo di parentela...»

«No di certo» ribatté seccamente. «Ora, se non le spiace, vorrei tornare a casa. Il bambino è sfinito, ha bisogno di dormire in un letto.»

«Non ho intenzione di trattenerla. Consideri però che Tito è stato testimone degli omicidi. So che non sarà semplice, ma nei prossimi giorni avrò bisogno di fargli qualche domanda.»

Luciana lo guardò sdegnata. «Lei ha figli, dottor Scalviati?»

I due poliziotti all'ingresso si scambiarono un'occhiata perplessa.

«No» rispose lui d'istinto. Poi si schiarì la voce. «In verità, mia moglie è da poco entrata nella trentottesima settimana di gravidanza.»

«Congratulazioni. Maschio o femmina?»

«Femmina» rispose, non senza un certo imbarazzo. «E lei, ha figli?»

«Due, maschio e femmina. Li ho avuti presto, il primo a sedici anni. Ma non rimpiango niente, anche se non ho mai potuto prendere il diploma. Ora si sono fatti grandi. Quando anche la sua bambina crescerà, dottor Scalviati, si renderà conto di cosa significa tentare di proteggerla dalle brutture del mondo e fallire miseramente. Ogni. Singola. Volta. Capirà cosa significa deluderla. Che essere genitori vuol dire anche compiere errori madornali nonostante le migliori intenzioni. E quanto sia difficile convivere col senso di colpa.»

«Non mi fraintenda, non volevo di certo...»

«Finché il padre non torna a casa, Tito è sotto la mia responsabilità» lo interruppe Luciana. «Spetta a me donargli un minimo di pace nonostante la situazione, nonostante ciò che ha vissuto. Ha bisogno di lasciarsi questa storia alle spalle. Non sono certo nella posizione di darle consigli, ma una cosa mi sento di dirgliela. Lo lasci in pace, non crede che abbia già sofferto abbastanza? Ha quattro anni e mezzo, per la miseria!»

Scalviati sostenne il suo sguardo. «Farò del mio meglio per non destabilizzarlo. È sottinteso che il colloquio avverrà in presenza di uno specialista in psicologia infantile.»

«A volte il nostro meglio non è abbastanza.»

«Lo so. Ma anch'io ho un dovere nei suoi confronti. Arrestare la persona che gli ha strappato via la madre in modo tanto feroce. E per farlo non posso tralasciare niente, neanche il più piccolo indizio. Sono consapevole che frugare tra i suoi ricordi di questa notte sarà un processo doloroso, ma Tito potrebbe aver colto un particolare apparentemente insignificante che potrebbe rivelarsi essenziale.»

«Lei è abituato a ottenere tutto quello che vuole, vero?»

«Sono un semplice funzionario che tenta di conciliare legge e giustizia.»

«Come le pare.» Luciana si alzò di scatto. «Posso andare ora?»

«Naturalmente. La ringrazio per la disponibilità e per la schiettezza. Anche se sono convinto che non mi abbia detto tutta la verità su sua sorella.»

«Cosa vorrebbe insinuare?»

«Il bambino. Monica glielo lasciava spesso, vero? E non si trattava soltanto di orari di lavoro.»

Luciana trasse un ampio respiro. «Monica era… un'anima inquieta. Non so cosa stesse cercando di preciso, ma nel suo continuo vagare si è persa parecchie volte. Non che io non abbia fatto i miei sbagli, ma come sorella maggiore ho cercato di offrirle il sostegno che nostra madre non ci ha mai dato.» Il suo sguardo passò brevemente in rassegna le fotografie della Torino di primo Novecento che erano appese alle pareti. «Monica usciva spesso, è vero. E se proprio vuole saperlo, Paolo non era il suo unico amante.»

«Le aveva detto che sarebbe uscita con lui, ieri sera?»

«No. Soltanto che aveva voglia di andare al cinema.»

«Le ha detto dove?»

«No.»

«C'era un genere che amava particolarmente? Una sala che frequentava d'abitudine?»

«Non saprei... Be', le piacevano i film romantici. È tutto quello che posso dirle.» Il viso di Luciana aveva perso la durezza di poco prima. Gli occhi erano arrossati e le labbra le tremavano leggermente. Sostenendo Tito tra le braccia, si avviò verso l'uscita.

Mentre osservava la donna allontanarsi, Scalviati disse: «Un'ultima domanda, se non le spiace. Ha per caso cambiato i calzini al piccolo Tito?».

Luciana si immobilizzò sulla soglia. «Come, scusi?»

«Ho notato che i calzini non presentano tracce di erba o di terra, il che è curioso, considerando che il bambino ha camminato nel bosco per un chilometro.»

«Le pare che mi sia portata dietro dei calzini di ricambio?» rispose lei senza guardarlo. «Dopo che ho ricevuto la telefonata della polizia, mi sono messa qualcosa addosso e sono corsa qui.»

13

Leda aveva una buona confidenza con i composti chimici necessari allo sviluppo fotografico. La prima volta che suo padre l'aveva portata in camera oscura era stato come entrare in una stanza delle meraviglie e, dopo i primi istanti di smarrimento di fronte alla quantità di sostanze e alla varietà di attrezzature necessarie, si era incantata a osservare le immagini affiorare sulla carta fotografica a mano a mano che i fogli venivano trasportati da una vaschetta all'altra.

Aveva mantenuto la convinzione che quel procedimento avesse qualcosa di magico anche quando ne aveva appreso ogni segreto, ogni espediente per accelerare l'asciugatura e il fissaggio dei negativi o per far emergere dettagli inaspettati persino in fotografie sovraesposte. Piccoli accorgimenti che le erano stati utilissimi durante il suo incarico di corrispondente dall'estero, in tutte le circostanze in cui non aveva avuto la possibilità di affidare a un professionista lo sviluppo degli scatti effettuati al fronte.

Dopo aver lavato accuratamente la pellicola, la immerse nella soluzione stabilizzatrice. Trascorsi trenta secondi, la rimosse dal serbatoio e la tagliò in quattro parti. Infine, usando le apposite mollette, appese i ritagli al filo teso tra l'ingranditore e il lavandino e lasciò la stanza. Non appena i negativi fossero stati asciutti, avrebbe potuto procedere alla stampa.

Quando entrò nell'ampio open space della redazione, trovò Enrico Loi seduto sul ripiano di una delle scrivanie ad attenderla.

Capelli lisci con la riga in mezzo, barba incolta, giacca di lino blu su un paio di jeans chiari, aveva l'abituale sguardo stralunato che lo caratterizzava anche quando le circostanze non lo costringevano a svegliarsi alle due di notte. «Tutto bene? Stavo cominciando a preoccuparmi.»

«Esagerato» disse lei. «Ho approfittato del sopralluogo per fare qualche fotografia, e sono passata in camera oscura per sviluppare i negativi.»

«Dopo tutto questo tempo riesci ancora a sorprendermi. E pensare che ero pronto ad accontentarmi di un'immagine di repertorio.»

«Sul serio? A saperlo mi sarei risparmiata la ramanzina di quel fanatico del commissario Costanza. Ero convinta fosse sottinteso che dovessi occuparmi anche della documentazione fotografica.»

«In effetti è così. Mauro è ancora in ferie e non ho fatto in tempo a trovare un altro fotografo. Speravo che ci pensassi tu alle foto, ma non potevo di certo chiedertelo.»

«Che c'è, ti metto soggezione, adesso?» disse Leda sedendosi alla sua abituale postazione. Premette il pulsante di accensione dell'Olivetti M24 e prese possesso della tastiera.

«Va be', ti lascio lavorare. Non preoccuparti delle stampe, ci penso io.» Così dicendo, si avviò verso l'uscita.

Mentre attendeva l'avvio del programma di videoscrittura, Leda prelevò dalla borsa il suo registratore portatile. Prese un paio di cuffie dal cassetto della scrivania e le collegò al dispositivo. Poi cominciò a trascrivere l'inizio dell'articolo inciso quando era in auto.

Era abbastanza veloce sui tasti da sostenere il ritmo della dettatura, ma non amava particolarmente digitare al computer. Per quanto efficiente, lo considerava un mezzo impersonale, privo dell'intimità che le trasmetteva la sua macchina da scrivere, una Lettera 32 che aveva comprato di seconda mano al mercatino del Balon e con la quale aveva mosso i primi passi nel mondo del giornalismo.

Non se n'era mai separata e continuava a utilizzarla regolarmente, nonostante i progressi tecnologici la facessero apparire uno strumento sorpassato, costringendola a volte a trascrivere in digitale i suoi pezzi prima di sottoporli alla redazione.

Forse era solo nostalgia per un tempo in cui la tecnologia era meno invasiva, ma era affezionata alla ritualità della dattilografia, al contraccolpo del martelletto, al tintinnio del campanello di fine linea, alla leggera resistenza del carrello durante il trascinamento per andare a capo. Era come se il dialogo con la meccanica la aiutasse a tradurre meglio le emozioni in parole.

Al termine della battitura dell'introduzione, Leda osservò lo schermo nero popolato di scritte verdi. Si concesse qualche minuto per rileggere quanto aveva scritto e riordinare i pensieri. Poi riprese a digitare, lasciandosi guidare dalle immagini catturate dall'occhio della mente sulla scena del crimine.

Un'automobile isolata con una portiera aperta e un cadavere al suo interno – scrisse – *è l'emblema di un orrore che dai luoghi isolati di periferia si estende all'intera città, gettando nello sconcerto i suoi abitanti per l'inaudita violenza che vi si è consumata.*

Continuò a digitare senza sosta, lanciando di tanto in tanto delle occhiate all'orologio appeso alla parete. Si rese conto che il battito del cuore era accelerato soltanto quando sollevò le dita dalla tastiera, dopo aver scritto la frase di chiusura.

Controllò il conteggio delle parole per assicurarsi di non aver superato il limite, inserì un floppy disk nel lettore e memorizzò l'articolo sul supporto magnetico.

«Interessanti, le fotografie nel tuo rullino» disse la voce di Enrico Loi. Era sulla soglia del suo ufficio che soppesava alcuni ritagli di carta fotografica.

«Da quanto tempo sei qui?»

«Un paio di minuti. Ma non volevo disturbare la creativa in azione.»

«Premuroso da parte tua.»

«Un po' interessato, lo ammetto. È arrivato il grafico e non volevo rallentare il tuo lavoro. È il momento di procedere all'impaginazione.»

Leda gli consegnò il dischetto con l'articolo. «È tutto tuo. Dicevi delle foto?»

«Perfette, ho già scelto la migliore» rispose sventolando una delle immagini. «È solo che, mentre smistavo i negativi, mi sono accorto che c'erano alcune fotografie personali. Scusa, è stato più forte di me. Non ho potuto fare a meno di dare un'occhiata.»

«Figurati, ho dimenticato di dirti di ignorare tutta la prima parte del rullino, l'ha usato mio figlio.»

«È un aracnofilo, per caso?»

Leda gli rivolse uno sguardo disorientato. «Di che stai parlando?»

«Ci sono delle foto che riprendono dei ragni annidati tra i paletti di una ringhiera. Parecchi ragni. Ho ancora i brividi.»

«Ragni?» ripeté Leda, esterrefatta.

«Decine. Alcuni sono davvero grossi.»

«Non capisco. Carlos non me ne ha mai parlato...»

«Immagino siano state scattate di recente, perché fanno parte di una sequenza che termina subito prima delle tue fotografie di questa notte. E vuoi sapere la cosa che ha attirato di più la mia attenzione? A colpo d'occhio, la ringhiera sembra quella di ponte Vittorio Emanuele I.»

14

Francesco Scalviati rientrò a casa alle prime luci dell'alba. Aveva impiegato più del previsto per riordinare gli appunti, in modo da impostare fin da subito l'attività investigativa, che già da ora si prefigurava complicata. Avrebbe potuto occuparsene lunedì mattina alla riapertura degli uffici della procura, ma lui era fatto così. Ragionava in fretta, e ogni volta che faceva un sopralluogo sulla scena di un crimine aveva bisogno di disciplinare a caldo le impressioni, per poi rifletterci su con più calma nei giorni successivi.

Dopo il colloquio con Luciana Bonfante si era recato al centro di risposta della questura, dove aveva incontrato l'assistente capo Cortenovis, l'operatore che aveva raccolto la segnalazione. Costui gli aveva mostrato la trascrizione della conversazione della chiamata al 113 in cui, insieme alle dichiarazioni del Bergesio, comparivano le parole pronunciate dal piccolo Tito quando si era presentato alla sua porta: «Apri, ho sonno. Il babbo è via, e la mamma e lo zio sono morti».

Parole che non avevano fatto che accrescere nel magistrato la sensazione che la dinamica della fuga del bambino fosse tutt'altro che chiara. Parole che avevano continuato a ronzargli in testa mentre ripensava a quel particolare che aveva notato nell'osservare i suoi calzini puliti, nonostante avesse attraversato un bosco senza scarpe.

Non era l'unico elemento fuori posto. Non poteva ignorare la sensazione che il piccolo Tito non fosse del tutto in sé. La zia aveva insistito che fosse soltanto assonnato, ma Scalviati era convinto che la donna non avesse detto tutta la verità.

Il bambino sembrava in uno stato di coscienza alterato. Forse a causa del trauma che aveva subito, ma il magistrato si era chiesto se non soffrisse di qualche patologia. Un'altra spiegazione, tutt'altro che rassicurante, era che gli fossero stati somministrati dei farmaci.

Prima di lasciare la questura, il magistrato aveva atteso il ritorno di Loiacono, che lo aveva aggiornato sull'attività della squadra scientifica. Non erano stati trovati altri indizi. Per il momento, il bossolo era l'unico elemento rilevante.

Al commissario Costanza, infine, aveva chiesto di assegnare un agente di piantonamento alla casa della zia di Tito e di avviare le indagini su Paolo Ginestra e su Monica Ferretti. Se davvero la donna aveva un altro amante, andava identificato al più presto.

Nel passato delle due vittime si poteva nascondere un collegamento con i casi precedenti. Scalviati era convinto che l'assassino avesse agito con premeditazione, e sebbene l'agente Stoner avesse parlato di perfetti sconosciuti, la sua esperienza escludeva che avesse scelto le proprie vittime a caso.

Ancora adesso, mentre appoggiava soprabito e borsa ai piedi della scrivania del suo studio, si ritrovò a pensare all'incontro con l'agente dell'FBI. Ben lontano dall'accontentarsi della sua versione dei fatti, era più che mai determinato a scoprire quali fossero le sue reali intenzioni.

Era esausto, ma resistette alla tentazione di abbandonarsi sul divano. Salì le scale e aprì la porta della camera da letto, togliendosi le scarpe prima di entrare.

Greta era appoggiata alla testata del letto, con la schiena curva, le braccia avvinghiate alle tibie e gli occhi sbarrati, puntati su di lui come se stesse guardando un intruso.

«Che ci fai già sveglia?»

Nessuna risposta.

Greta aveva un viso affusolato dai lineamenti alteri, su cui spiccavano il naso leggermente aquilino e le labbra carnose, che in genere evidenziava con uno strato di rossetto rosso fuoco. Sui lunghi capelli lisci, neri come inchiostro di china, brillavano i riflessi rosati della luce dell'alba che filtrava dalle imposte.

Scalviati si sedette sul letto. «Va tutto bene?»

«È stata una notte terribile» disse lei con un filo di voce.

Per un attimo, la mente di Scalviati lo riportò sulla scena del crimine, al cospetto del cadavere della ragazza. La posa scomposta, il ventre coperto di sangue. «È successo qualcosa?»

«Ho avuto paura che ci fosse qualcuno in casa» rispose esitante. «Mi sono svegliata di soprassalto perché ho sentito un rumore. Era buio, ma non potevo accendere la luce. Ero come paralizzata, non riuscivo nemmeno a scendere dal letto.»

«Che tipo di rumore?»

«Un tonfo sordo, come un oggetto caduto sul pavimento. Volevo chiamare il tuo nome, ma non mi usciva la voce. Ho atteso di vederti comparire sulla soglia, sperando che fossi rientrato, ma più il tempo passava più mi rendevo conto che non potevi essere stato tu.»

Non era una novità. Negli ultimi mesi, era già capitato che

Greta si svegliasse nel cuore della notte senza alcun motivo apparente, per poi rimanere in uno stato intermedio tra il sonno e la veglia, durante il quale era incapace di reagire agli stimoli anche per diversi minuti.

Scalviati dava la colpa alla pressione emotiva della gravidanza. Greta era sempre stata piuttosto apprensiva, e forse la causa di quegli episodi andava ricercata nel timore che qualcosa potesse andare storto, soprattutto alla luce di due aborti spontanei che l'avevano provata sia a livello fisico che psicologico.

«Sarà stato un incubo. È normale essere un po' tesa, con tutti gli ormoni che hai in circolo.» Tentò un sorriso, protendendo la mano per accarezzarle il pancione.

Greta si sottrasse al contatto. «Non è stato un incubo! So bene quello che ho sentito.»

«Non potrebbe essere stato un rumore da fuori a svegliarti, allora?»

«Era qui, ti dico!»

«Scusa, sto solo cercando di razionalizzare. Se ci fosse stata un'effrazione me ne sarei accorto rientrando a casa, ma sembra tutto in ordine.»

«Che ne sai? Hai ispezionato tutte le stanze?»

Scalviati scosse la testa.

«E allora non trattarmi con accondiscendenza. Odio quando fai il magistrato con me. Tu non sai quello che ho provato. Guarda in che stato sono!» Sfuggì allo sguardo del marito, mentre gli occhi le si riempivano di lacrime. «Sono orribile. Sembro una mongolfiera. Ho le caviglie a pezzi, riesco a malapena ad alzarmi da sola, sono sempre fiacca. Come potrei difendermi da un'aggressione?»

«Greta, guardami, ti prego. Sei ancora più bella di quando ti ho conosciuto. E, credimi, non ho alcuna intenzione di minimizzare l'accaduto, né le tue emozioni. Se può aiutarti a stare meglio, posso dare un'occhiata in giro.»

Senza attendere la risposta, Scalviati si alzò e cominciò a perlustrare ogni stanza, compresi il bagno, dove aprì la tenda per sbirciare all'interno della vasca, e lo sgabuzzino con i materiali per le pulizie.

Quando rientrò in camera, trovò la moglie assopita, con le mani sul ventre e il viso leggermente reclinato verso la finestra.

Prese un cuscino che era caduto sul pavimento e glielo sistemò sotto i piedi, poi si spogliò, tolse l'orologio da polso e lo appoggiò sul comodino. Infine, dopo una doccia veloce, indossò una maglietta e si rannicchiò accanto a lei.

15

Scalviati si svegliò con un gradevole profumo di caffè che gli solleticava le narici. Si protese verso il comodino e controllò l'orologio. Erano quasi le nove.

Dal pianterreno provenivano i rumori di piatti e posate che venivano maneggiati energicamente.

Dopo una sosta in bagno per rinfrescarsi, si rivestì in fretta e scese le scale.

Greta era in cucina, intenta a sistemare sul tavolo un vassoio che conteneva una coppia di calici, con tanto di piattini e cucchiaini, una ciotola di crema di latte e una con del cioccolato fuso.

Vedendo comparire il marito sulla soglia, si aprì in un sorriso luminoso. «Ben arrivato, dormiglione.»

Trovarla di buonumore dopo una nottata così era consolante e al tempo stesso estraniante. Per quanto cercasse di abituarsi ai suoi frequenti sbalzi d'umore, Scalviati trovava conforto nella speranza che sarebbero passati una volta portata a termine la gravidanza. «Avrò dormito sì e no tre ore.»

«Comunque sia, ero convinta che il telefono ti avesse svegliato.»

«Ha chiamato qualcuno?»

«Bevilacqua ha chiesto di te.»

«Il *procuratore capo* Bevilacqua? Quando?»

Greta spense la fiamma della caffettiera. «Circa mezz'ora fa. Ha detto che ti aspetta a mezzogiorno in tribunale per la conferenza stampa.»

Scalviati si stropicciò nervosamente la fronte. Sperava che la procura lasciasse passare almeno il fine settimana prima di avviare il grande circo mediatico. Non era pronto ad affrontare la stampa, avrebbe avuto bisogno di più tempo per studiare i fascicoli ed elaborare una strategia di comunicazione che non contemplasse il «no comment» e insieme evitasse di far trapelare informazioni che avrebbero potuto mettere in allerta il colpevole. Il tutto, possibilmente, senza scatenare la psicosi da mostro tra i cittadini.

Niente come la pressione dell'opinione pubblica era capace di creare complicazioni nel lavoro della magistratura. Un lavoro che, almeno per come lo intendeva lui, necessitava di spazi di tranquillità e riflessione.

Si sedette a tavola. «Che profumo invitante» disse per nascondere il nervosismo.

«Mi sono svegliata con una voglia tremenda di biscotti al cioccolato.» Greta si armò di presine ed estrasse dal forno una teglia piena di biscotti fumanti dalle forme variegate. Li ripose in una scodella che posò al centro del tavolo. Poi versò cioccolato, crema di latte e caffè in ogni calice. «Già che c'ero, ho preparato il *bicerìn*.»

«Delizioso» commentò Scalviati, dopo averne assaggiato un sorso. Prese un biscotto e lo spezzò tra i denti. «Però. A una colazione così potrei abituarmi.»

«Non ci provare» si schermì lei, accomodandosi di fronte al marito. «Ti ricordo che tra poco saremo in tre.»

«Hai poi riflettuto sui nomi di cui abbiamo parlato?»

Greta fece una piccola smorfia. «Sì, però non saprei. Lo so che Vittoria era il nome di tua nonna e le eri molto affezionato, ma non credi che sia un po' altisonante? Quanto a Cassandra, non hai paura che sembri... menagramo?»

«Menagramo? È un nome bellissimo!»

Bevve un lungo sorso del suo bicerìn. «D'accordo, ma hai presente l'*Iliade*?»

«Ero certo che prima o poi la tua formazione classica mi si sarebbe rivoltata contro.»

«È che vorrei che il nome fosse espressione della sua personalità. Bisognerebbe guardarla negli occhi, ma non posso neanche immaginare che la nostra piccola possa venire al mondo senza avere ancora un nome!»

«In effetti le ecografie non danno un'idea molto precisa del viso.»

Greta raschiò col cucchiaino i residui di crema al cioccolato e caffè dal fondo del calice. «Sai, pensavo di telefonare a Riccardo, più tardi.»

«Il tuo agente?»

Greta era un'attrice teatrale in ascesa. Dopo una gavetta da comprimaria in una serie di produzioni minori, aveva raggiunto una discreta notorietà interpretando Mirandolina in un'avanguardistica rivisitazione della *Locandiera* di Goldoni, che era andata in replica per otto mesi all'Alfieri. A causa di alcune complicazioni insorte al terzo mese di gravidanza, tuttavia, era stata costretta ad abbandonare le scene, confidando di riprendere a recitare non appena fosse nata la bambina.

Il suo allontanamento aveva creato qualche grattacapo alla produzione, dato che la sostituzione con un'attrice più giovane e meno esperta aveva portato a una rapida interruzione delle repliche. Ne era seguito un contenzioso in materia di compensi, che al momento non sembrava avviato a una conclusione amichevole, considerando che fino all'ultimo Greta aveva tenuto la produzione all'oscuro della sua gravidanza.

«Devo cominciare a valutare le mie opzioni già da ora, per quando ricomincerò a recitare.»

Scalviati fece un sospiro. «È solo che mi sembra prematuro. La piccola deve ancora nascere, e già fai progetti per quando sarà autosufficiente.»

«Sciocchezze. Te l'ho detto che non ho intenzione di trasformarmi in una di quelle madri che rinunciano a realizzarsi per allevare i figli.»

«Non puoi lasciar passare almeno il primo anno? Il mio stipendio ci garantisce una certa stabilità. Non è necessario lavorare entrambi.»

«Come puoi ridurre le mie aspirazioni a una volgare questione economica? Dio, a volte mi sembra di sentire mio padre. Il fatto che sia una donna non significa che non abbia delle ambizioni. Siamo negli anni Ottanta, nel caso non te ne fossi ancora accorto.»

Scalviati protese le mani in avanti. «Non prendertela. Ero convinto che fossimo d'accordo a mettere in pausa i tuoi impegni col teatro. La bambina avrà bisogno del contatto con la sua mamma per crescere bene.»

«Da quando sei esperto di psicologia neonatale?» Greta si alzò e, mentre cominciava a sparecchiare, aggiunse: «Comunque, resto dell'opinione che Eleonora sarebbe un magnifico nome».

16

Nella sala consiliare del tribunale si respirava un'aria di sobrietà. Complice il periodo estivo e lo scarso preavviso con cui era stata annunciata la conferenza stampa, non erano molti i cronisti presenti, quasi tutti alle dipendenze di qualche testata locale.

Non c'era da meravigliarsene, dopotutto l'articolo di Leda era stato pubblicato appena un paio d'ore prima, e la notizia del duplice omicidio al Pian del Lot non aveva ancora avuto una risonanza tale da giustificare la trasferta dei giornalisti dei quotidiani nazionali.

Non appena il procuratore capo Giuseppe Bevilacqua ebbe terminato il suo discorso, Leda si rese conto che non aveva fatto che minimizzare le implicazioni di quanto avvenuto in nottata. Nell'illustrare la dinamica del duplice omicidio, il magistrato aveva omesso di pronunciare la parola "mostro", riferendosi al colpevole come "omicida mosso da motivazioni ignote" e sottolineando che "dagli accertamenti effettuati non erano emersi collegamenti significativi con gli omicidi verificatisi in città lo scorso anno".

Accanto a Bevilacqua sedevano al tavolo dei relatori il commissario Costanza e il sostituto procuratore Francesco Scalviati, che di tanto in tanto si scambiavano qualche frase sottovoce. Quanto avrebbe desiderato, Leda, ascoltare cosa si dicevano quei due. Era sicura che i loro argomenti fossero molto più interessanti delle ingessate dichiarazioni del capo della procura.

Non le sfuggì l'occhiata fugace che le rivolse Scalviati.

Alzò una mano per intervenire, ma la parola fu invece ceduta al collega di una TV locale seduto dietro di lei, che chiese se fosse già stato individuato un sospettato.

Lei attese pazientemente la risposta di Bevilacqua, diplomatica quanto evasiva, poi si alzò in piedi.

«Leda De Almeida, *La Stampa*» annunciò. «Vorrei sapere se avete letto il mio articolo di questa mattina.»

«Signora De Almeida» disse Costanza. «La invito a rispettare l'ordine degli interventi. Il procuratore risponderà ai suoi quesiti non appena arriverà il suo turno.»

«La domanda era retorica» puntualizzò. «Ho l'impressione che il dottor Bevilacqua l'abbia letto eccome, perché le sue parole sembravano calibrate apposta per smentirne il contenuto.»

Costanza fece un sogghigno. «Presuntuoso da parte sua.»

«Presuntuoso è il malcelato tentativo di costruire una narrazione lontanissima dalla realtà dei fatti, ignorando le problematiche di sicurezza sollevate da episodi come questi. Episodi di violenza sistematica nei confronti di cittadini inermi.»

Tra i presenti in sala si levò un acceso mormorio, subito placato da un altro intervento del commissario. «Ma come si permette?»

«Mi piacerebbe sapere che idea si è fatto su questi delitti il dottor Scalviati, a cui non è stato ceduto il microfono nonostante risulti incaricato delle indagini.»

«Sa bene che è dovere degli inquirenti mantenere la necessaria discrezione nelle prime fasi di indagine. Soprattutto quando si tratta di omicidi.»

«Vorrei solo qualche risposta. Non chiedo certo di visionare i fascicoli della procura.»

«Certo che li leggiamo, i giornali» proruppe Scalviati. «E ovviamente ho letto anche il suo articolo. L'ho trovato provocatorio, quando non pretestuoso. Un tentativo di suscitare clamore, speculando su vicende estremamente drammatiche.»

Il procuratore Bevilacqua gli rivolse uno sguardo storto, come per invitarlo a moderare i toni.

«Provocatorio? Il mio intento, semmai, era di stimolare il dibattito. E ricordare che la gente comincia seriamente ad avere paura.»

«Non credo che divulgare informazioni sensibili sia il modo migliore per iniziare un dibattito. Con tutto il rispetto per il suo lavoro, avrebbe potuto evitare di scrivere che era presente un testimone oculare, a maggior ragione quando si tratta di un minore, esponendolo a un rischio gravissimo.»

«Se si trovava in auto insieme alle vittime, dubito che all'assassino sia sfuggita la sua presenza.»

«E lei che ne sa? C'è un motivo preciso per cui vorremmo evitare di far trapelare certe informazioni, che nelle opportune circostanze possono aiutare nell'identificazione del colpevole.»

«Che mi dice del bossolo che è stato trovato sulla scena del crimine?»

Scalviati esitò per qualche istante prima di rispondere. «Sono in corso le analisi per stabilire se il modello dell'arma è lo stesso degli altri delitti.»

«Ammette dunque la possibilità che ci sia davvero un mostro a piede libero?»

«Lo chiami come vuole. Del resto, lei ha la facoltà di offrire ai suoi lettori l'interpretazione dei fatti che più le piace. Ma io non posso scartare nessuna ipotesi. Gli omicidi di cui parla potrebbero essere connessi oppure no. Non posso ignorare che ci sono dei punti in comune, ma anche delle incongruenze, e la mia opinione in merito la conoscerà quando avrò abbastanza elementi per formularla. Nel frattempo, continuerò ad agire secondo le procedure e i vincoli imposti dal mio ruolo, ma soprattutto nel rispetto che tutti dobbiamo nutrire verso le vittime. Ho una responsabilità ben precisa nei confronti di cittadini e istituzioni, quella di assicurare il colpevole – o i colpevoli – alla giustizia. E mi creda, è quello che farò.»

17

Al termine della conferenza stampa, mentre giornalisti e operatori televisivi lasciavano la sala, Bevilacqua aprì la sua ventiquattrore ed estrasse una copia del quotidiano *La Stampa*. Il titolo a caratteri cubitali recitava: *Ancora il mostro*, mentre sul sommario si leggeva: "*Duplice omicidio nella notte al Pian del Lot. È la terza volta che l'assassino delle coppiette colpisce in pochi mesi. L'identità delle due vittime di ieri notte non è ancora stata resa nota. Presente un testimone. È emergenza sicurezza, ma per gli inquirenti la parola d'ordine è minimizzare*". La fotografia a centro pagina ritraeva l'utilitaria sul prato con intorno i tecnici della scientifica intenti nei rilievi, e il commissario Costanza che protendeva una mano in avanti, come a tentare di impedire lo scatto.

«Piuttosto agguerrita quella De Almeida» commentò. «Se non la conoscessi, penserei che ha un conto in sospeso con la magistratura.»

«Se non ricordo male era una corrispondente dall'estero» ribatté Scalviati.

«Ha fatto la gavetta a Teheran durante la rivoluzione, poi si è trasferita a Beirut per seguire gli sviluppi del conflitto del Libano meridionale. È sparita per qualche anno, qualcuno l'aveva data per morta in un attentato.»

«Ha indagato su di lei, dottor Bevilacqua?»

«In realtà, ho sempre letto i suoi articoli con piacere. Era una voce fuori dal coro, almeno per quanto riguarda la politica internazionale. Polemica, forse, ma sempre ben informata.»

«Su questo non ci sono dubbi. Poco fa, durante la conferenza, Costanza mi ha raccontato di come sia comparsa all'improvviso sulla scena del crimine. Si è trattenuta solo per pochi minuti, ma le sono bastati per estorcere a qualcuno dei nostri abbastanza informazioni per scrivere il suo articolo.» Sapeva che si trattava di Loiacono, ma evitò di specificarlo. Non era il caso di inguaiare il giovane sovrintendente, che probabilmente aveva soltanto peccato di ingenuità.

«Farebbe comodo durante gli interrogatori ai sospettati più reticenti» scherzò Bevilacqua.

«A proposito di questa notte, c'è un argomento di cui le volevo parlare. Gli operatori del primo intervento hanno sorpreso un americano, un certo Isaak Stoner, a curiosare nei pressi della scena del crimine. A quanto pare, è un agente dell'FBI.»

«FBI?»

«Le volevo chiedere se ne sapeva qualcosa. Stoner ha detto che è venuto in Italia in accordo con la procura, come consulente alle indagini.»

Bevilacqua scosse la testa, contrariato. «*In accordo* con la procura?»

«È quello che ha detto. Abbiamo intrattenuto un breve scambio, questa notte. È stato piuttosto evasivo. Ho avuto l'impressione che stesse nascondendo qualcosa.»

«Be', non si sa mai cos'hanno in mente gli americani.»

«Lei ha idea con chi potrebbe aver preso accordi, in procura?»

«Non saprei, davvero, ma mi sembra improbabile che qualcuno abbia preso un'iniziativa del genere. Le comunicazioni con le agenzie straniere avvengono tramite l'Interpol o con l'intermediazione del Consolato generale.»

«Eventualmente mi rivolgerò a loro. Ho trovato strano che conoscesse bene i casi di omicidio dell'anno scorso. E sembrava sicuro che si trattasse dello stesso assassino. Una possibilità di cui, date le circostanze, credo anch'io si debba tenere conto.»

«Senza dubbio» concordò Bevilacqua. «Ora che ci penso, ricordo che di recente c'è stato un incontro tra forze di polizia internazionali. Una conferenza sui moderni metodi di indagine che si è tenuta proprio nella sede dell'FBI a Quantico, in Virginia. Ha partecipato anche il dottor Di Cara della scientifica.»

«Non ne avevo idea.»

«Credo fosse fine aprile o i primi di maggio. Qualche settimana dopo il rientro di Di Cara, ho ricevuto una comunicazione via fax da parte del Bureau. Un'offerta di consulenza sugli omicidi dell'anno scorso.»

«Ha parlato di questa comunicazione con Di Cara?»

«No, confesso di non aver dato molto peso alla questione. Crede che abbia mantenuto dei contatti con gli americani?»

Scalviati rifletté per qualche istante. «Di Cara è sempre molto attento alle nuove tecniche investigative. Potrebbe essersi confrontato con loro quando era negli Stati Uniti. Quello che non mi spiego è cosa può aver suscitato l'interesse dell'FBI negli omicidi, al punto da inviare un agente sul campo.»

«Temo di non poterla aiutare» ammise Bevilacqua. «Pur apprezzando il gesto, ho declinato l'offerta e, almeno con il mio ufficio, non ci sono state altre comunicazioni.»

Scalviati si fece pensieroso. «Immagino che troverò il fax in archivio.»

«Naturalmente. Insieme alle centinaia di documenti scambiati a vario titolo con il ministero, le altre procure, i presidi di polizia e carabinieri.»

«Farò una ricerca. Forse mi aiuterà a capirci qualcosa, in questo garbuglio.»

«Buona idea» tagliò corto Bevilacqua. «Ma mi dica, piuttosto, come sta Greta?»

«Sta bene, la ringrazio» rispose Scalviati. Dopo una breve esitazione, aggiunse: «Con i suoi alti e bassi».

«Il gran giorno si avvicina, mi pare.»

«La dottoressa dice che dovrebbe nascere tra circa due settimane, giorno più giorno meno.»

«Luna permettendo.»

«Prego?»

«Ci sono passato anch'io. Ora tutti i miei figli sono maggiorenni, grazie al cielo, ma non ce n'è stato uno che sia nato al termine presunto. Tutti e tre hanno aspettato il cambio di fase della luna.»

«Suggestivo, non c'è che dire.»

«Avete già deciso il nome del piccolo?»

«È una femmina» precisò. «E nonostante abbiamo passato in rassegna tutti i nomi dei nostri parenti più prossimi e quelli delle eroine letterarie preferite di Greta, le lunghe discussioni a cena, i suggerimenti delle riviste premaman e tutto il resto, non siamo ancora giunti a un compromesso.»

«Probabilmente il nome giusto arriverà quando smetterete di cercarlo.»

«Spero soltanto che la piccola non nasca nel frattempo, o

Greta non me lo perdonerebbe mai.» Scalviati controllò l'orologio. «A proposito, devo proprio andare.»

«Ci mancherebbe. Non voglio trattenerla oltre.» Bevilacqua si alzò e gli strinse la mano. «E se fossi in lei non mi preoccuperei più di tanto per le parole di quella giornalista. La procura è dalla sua parte, e il giornale di oggi tra poche ore sarà soltanto carta straccia. Solo, cerchi di stare lontano da De Almeida il più possibile.»

18

Uscendo dal tribunale, Scalviati si sentiva tutt'altro che tranquillo. Per qualche motivo le parole del dottor Bevilacqua, anziché rassicurarlo, avevano avuto l'effetto opposto. Che la procura fosse *dalla sua parte* era tutto da vedere, non solo per lo scetticismo che Bevilacqua aveva già dimostrato nei confronti del suo approccio alle indagini, ma anche perché il suo nome era balzato agli onori della cronaca in termini non proprio lusinghieri.

Per quanto riguardava Stoner, decise che avrebbe proceduto con cautela ma con fermezza. Forse era stato davvero Di Cara a stabilire un contatto con il Bureau, ma la presenza dell'americano in città rimaneva controversa. Una visita al consolato era di rigore.

E poi c'era dell'altro. Quella frase sull'influenza delle fasi lunari nel determinare la data del parto continuava a ronzargli in testa. Non stava pensando alla nascita di sua figlia, ma a una possibile relazione con l'attività dell'assassino a cui stava dando la caccia. Una relazione che il suo superiore gli aveva involontariamente suggerito.

Mentre camminava lungo il marciapiede, una voce alle sue spalle lo distolse da quelle riflessioni.

«Dottor Scalviati!»

Si voltò. Leda De Almeida gli stava rivolgendo un cenno di saluto. Se la trovò accanto prima di riuscire a svicolare.

«È un tentativo di fraternizzare con il nemico?»

Leda abbozzò un sorriso. «Piuttosto, di stabilire una tregua. Ha tempo per un caffè?»

«Spiacente, vado di fretta.» Senza smettere di camminare, Scalviati estrasse dalla tasca le chiavi della macchina.

«Aspetti» disse lei zoppicando. «Prometto che le ruberò solo qualche minuto.»

Si fermò accanto alla sua Croma. «Si sente bene?»

«È solo una vecchia ferita che ogni tanto torna a farsi sentire. Allora, che ne dice di una pausa? Se preferisce un tramezzino, potremmo fare un salto al Mulassano.»

«Grazie, ma mia moglie mi aspetta per pranzo.»

«È così impaziente, la sua signora?»

Scalviati la squadrò con sospetto. «Voglio sperare che non stia meditando un reportage sulla mia vita privata.»

«Non è necessario stare sulla difensiva. Non rinnego ciò che ho scritto, ma ho una deontologia professionale. Nel mio mestiere devo basarmi sui fatti, e i fatti parlano di una comunicazione inadeguata tra le autorità e la società civile. Noi che stiamo dall'altra parte della barricata dobbiamo sapere se la magistratura sta prendendo sul serio un problema che è sotto gli occhi di tutti. Temo, però, di essere stata troppo severa nel giudicarla.»

«È forse in cerca di un'assoluzione, De Almeida?»

«È solo che, da quello che ho visto questa mattina, è evidente che non condivide la posizione ufficiale della procura. Lei l'aveva già capito, che gli omicidi dell'anno scorso erano correlati. Ma il procuratore capo non l'ha supportata, forse per ristrettezza di vedute o per eccesso di prudenza. Sbaglio?»

«Se sta cercando di porgermi le sue scuse, ha uno strano modo di farlo.»

«Penso soltanto che potrebbe essere conveniente per tutti stabilire una comunicazione migliore.»

«Non dubito che sia mossa da buone intenzioni. Quello che non approvo sono i suoi metodi.»

«Con tutto il rispetto, è ai lettori del giornale che devo rendere conto.»

«A costo di estorcere informazioni riservate a un funzionario di polizia?»

«Costanza le ha raccontato com'è andata veramente?»

«Che importa di cosa mi ha detto Costanza. Ha pubblicato informazioni che non eravamo pronti a divulgare. E c'è un solo modo in cui può averle ottenute: approfittando della buona fede di qualcuno, spingendolo a rivelare ciò che avrebbe dovuto tacere.»

Leda fece un sospiro. «Spero che il sovrintendente Loiacono non passi dei guai a causa mia. Si vede che è una persona perbene, e non l'avrei coinvolto se il commissario Costanza non avesse cercato di cacciarmi dalla scena.»

«Comunque sia andata, come faccio a credere che non stia cercando di coinvolgermi in un'innocua conversazione per farmi abbassare la guardia? Magari nella speranza che mi faccia scappare qualche indiscrezione.»

«Lei non smette mai i panni del magistrato, vero?»

«Ho solo imparato a guardarmi da persone come lei.»

«Ora sta decisamente esagerando. Comunque, se preferisce mantenere le distanze, rispetto la sua decisione.»

«La prenderò in parola.»

Leda fece un passo indietro. «Be', se mai dovesse cambiare idea, sa dove trovarmi. Arrivederci, dottor Scalviati.»

Scalviati la guardò allontanarsi. «Addio, Leda De Almeida.»

19

La telefonata di Loiacono arrivò alle sei di domenica pomeriggio. Dopo aver risposto dalla sala, Scalviati si trasferì all'apparecchio del suo studio, com'era consuetudine per le questioni di lavoro.

«Ieri sera sono stato a cena al Circolo Canottieri, come mi aveva chiesto» disse il giovane sovrintendente.

«È riuscito a parlare con la cameriera nominata da Stoner?»

«*Sissignore*. È stata una serata veramente piacevole, era una vita che io e mia moglie non facevamo un'uscita di coppia. Sa, con i figli e i turni in quinta non c'è mai un attimo di tregua. Quindi, per prima cosa ci tenevo a ringraziarla per l'ospitalità, anche da parte di mia moglie. Stefania voleva farlo personalmente, ma ho ritenuto che non fosse opportuno.»

«Non mi deve mica ringraziare. Mi fa piacere sapere che lei e sua moglie abbiate passato una bella serata, ma si trattava comunque di lavoro.» Il magistrato si mise a riordinare i giornali accatastati sulla scrivania. Con buona pace dell'opinione di Bevilacqua, il clamore suscitato dall'articolo di De Almeida si era tutt'altro che placato. Il *Corriere della sera* titolava un trafiletto: *C'è un mostro a Torino?* L'articolo era relegato al taglio basso, ma comunque in prima pagina, segno che quello che succedeva in città cominciava a suscitare interesse anche a livello nazionale. *La Stampa*, invece, apriva con un articolo in cui De Almeida correggeva il tiro sugli attacchi del giorno precedente. *Il pm annuncia: è caccia al mostro*, era il titolo.

Accanto al consueto resoconto sulle code autostradali causate dal controesodo che si ripeteva ogni anno, c'era anche la notizia di un curioso fenomeno osservato sul ponte Vittorio Emanuele I. Il parapetto era infestato da una comunità di ragni venuti da chissà dove, che l'avevano colonizzato nel giro di poche ore.

«Ha ragione, ma pensi che non mi *osavo* nemmeno di chiamarla al suo numero privato, per di più in un giorno festivo, volevo aspettare domani con la riapertura degli uffici» disse Loiacono dall'altro capo della linea. «So che il suo numero di casa me l'ha dato lei, e si è pure raccomandato di informarla tempestivamente, ma essendo domenica ero preoccupato di disturbare. Dato che monterò in servizio tra poco, però, ho preferito non rimandare più. Non è brutto momento, vero?»

«Niente affatto» precisò Scalviati, vagamente spazientito. «Ma mi dica cos'ha scoperto.»

«Certo, vengo subito al punto. Premetto che quando siamo entrati e ci hanno fatto accomodare al nostro tavolo, a occuparsi delle nostre ordinazioni era un ragazzo, purtroppo non ricordo il nome, o forse non gliel'ho chiesto. Mia moglie, però, è stata categorica a esigere di essere serviti da Angela. Devo ammettere che ho scoperto un lato di Stefania che non conoscevo. Si è comportata come un vero e proprio agente sotto copertura. Ha convinto il personale che il nostro "amico americano" – così l'ha definito – era rimasto talmente soddisfatto del trattamento ricevuto che avremmo voluto essere serviti dalla stessa persona. Hanno dovuto fare uno strappo alla regola, perché, come sa, ogni cameriere è assegnato a un'area ben precisa della sala, ma mia moglie è stata così garbata, e allo stesso tempo risoluta, che l'hanno assecondata volentieri.»

«La prego, Loiacono, non si perda in preamboli. Mi interessa solo sapere se la cameriera ha confermato la versione di Stoner.»

«Mi sembra giusto, dopotutto sono andato lì per questo. Però glielo devo dire, se fossi stato da solo, sicuramente mi sarei fatto scappare che stavo indagando per conto della procura. Invece è filato tutto liscio. Non hanno avuto modo di dubitare che io e mia moglie fossimo turisti. E grazie all'intraprendenza di Stefania, la cameriera ci ha pure presi in simpatia! Ci ha offerto l'aperitivo, che non era previsto nel servizio. Anche se credo che, in fondo, coltivasse la speranza di ricevere una buona mancia.» Una pausa. «Mi scusi, mi rendo conto che sto di nuovo divagando... Per farla breve, sappia che mia moglie ha finto di informarsi sull'impasto dei *tajarìn* – di cui conosce benissimo la ricetta – e sulla qualità del brasato, e la signorina Angela ha confermato che sono le portate che ha ordinato anche l'americano. In quanto al vino, non lo ricordava con esattezza, ma è quasi sicura che fosse un Barbera.»

«M-mm...» fece Scalviati.

«Tutto a posto, no? L'americano non ha mentito.»

«Su questo non ho dubbi. Il problema è scoprire quali sono le sue reali intenzioni.»

«E se volesse semplicemente dare una mano?»

«Oppure è alla ricerca di altre informazioni, col pretesto di partecipare alle indagini sul presunto mostro.»

«Informazioni di che genere?»

«Non saprei. Potrebbe essere interessato ai retroscena della nostra politica interna. Non sarebbe la prima volta che gli americani tentano di interferire nelle questioni italiane. Non dimentichi che, pur essendo alleati, dal dopoguerra in poi il loro comportamento nei nostri confronti non è sempre stato trasparente.»

«Teme che sia una... spia?»

«Quel che so è che il suo comportamento risulta a dir poco sospetto. A cominciare dall'inspiegabile accuratezza con cui è stato in grado di descrivere un semplice pasto al ristorante.»

«Non riesco a seguirla.»

«Mi aspettavo quantomeno una piccola discrepanza tra la versione della cameriera e la sua. E invece è stato così preciso da farmi pensare che si fosse premurato di procurarsi una copertura, nel caso qualcuno avesse nutrito dei sospetti nei suoi confronti. Andiamo, ricordava persino l'annata del vino che ha bevuto!»

«Come le dicevo, la cameriera non era sicura...»

«Ha capito cosa intendo.»

«Certo, è chiaro.»

«Be', se è tutto, non mi resta che lasciarla ai suoi impegni.»

Loiacono si schiarì la voce. «In effetti, c'è un'altra questione di cui le volevo parlare...»

«Riguarda l'americano?»

«Tutt'altro... Non so come dirglielo, ma...»

«Qualche problema con il personale del ristorante?»

«No, si figuri. Sono stati tutti molto cortesi. Mi riferisco all'articolo sul giornale di ieri. Leggendolo mi sono reso conto di essere stato indiscreto con quella giornalista. Mi sono lasciato sfuggire informazioni e non avrei dovuto. Sono davvero dispiaciuto che lei sia stato attaccato per causa mia.»

«Stia tranquillo, Loiacono. Cose del genere possono capitare a tutti, anche ai migliori.»

«Sono così sollevato! Temevo una sanzione disciplinare.»

«Figuriamoci! Mi raccomando solo che non capiti più.»

«Può contare su di me.»

«Non mi resta che salutarla.»

«Ci sarebbe un'ultima cosa...»

«Mi dica» sospirò Scalviati. Quasi sovrappensiero, si mise a sfogliare il quotidiano che aveva di fronte.

«Il conto del ristorante.»

«Come, scusi?»

«Io e mia moglie abbiamo speso novantamila lire, e ovviamente ho dovuto tirarli fuori di tasca mia. Non potevo certo chiedere al cassiere di inviare la ricevuta in procura. Capisce anche lei che con due figli piccoli e lo stipendio che è quello che è, di questi tempi risulta sempre più difficile far quadrare il bilancio familiare.»

«La rimborserò domani stesso» disse. «Passi dal mio ufficio appena può e mi porti la ricevuta.» Giunto alla pagina della programmazione cinematografica, Scalviati ebbe un sussulto. Rimase in silenzio per qualche istante.

«Dottore, è ancora lì?»

«Sì, certo» rispose distrattamente. «Dato che tra poco monterà in servizio, c'è un'altra cosa che devo chiederle di fare.»

20

«Carlos!» gridò Leda mentre appoggiava le posate sul tavolo. «La cena è pronta.»

Il ragazzo chiuse il libro di testo e si spostò in cucina. «Per piacere, mamma. Ti ho detto mille volte di non chiamarmi così.»

«Cosa vorrebbe dire? È il tuo nome!»

«Sai benissimo che preferisco Carlo. Sto persino pensando di farlo cambiare all'anagrafe.»

«Ancora con questa storia» sospirò. «È il nome che io e tuo padre abbiamo scelto per te. Che differenza farà mai una lettera in più?»

«Sono nato e cresciuto in Italia, non so lo spagnolo, eppure a scuola mi prendono per un immigrato. I professori che non mi conoscono scandiscono le parole. Vuoi proprio saperlo? Quella esse in più mi fa sentire straniero.»

«Che sciocchezza. Come se ci fosse qualcosa di male a essere un immigrato! Torino è diventata un centro industriale proprio grazie all'immigrazione. Prima di stabilirmi qui, ho vissuto in tutto il mondo per seguire mio padre, ma sono sempre stata orgogliosa delle mie origini.»

«Quasi dimenticavo. Ha telefonato papà mentre eri fuori casa.»

«Qualche novità dal suo *buen retiro* in Toscana?» L'ex marito di Leda, Iacopo Brezzi, dopo dieci anni passati a gestire una caffetteria si era reinventato come imprenditore vinicolo. Era tornato al paese natale, nella val d'Elsa, dove produceva Chianti con le uve che coltivava lui stesso.

Si erano conosciuti ai tempi dell'università. Leda era rimasta incinta pochi mesi prima di presentare la tesi, e si era sposata alla fine del tirocinio da giornalista. Ai colleghi che insinuavano che Iacopo non fosse alla sua altezza rispondeva che, con tutti gli intellettuali boriosi con cui aveva a che fare per lavoro, almeno lui aveva il pregio di farla ridere.

Il rapporto si era deteriorato per le frequenti trasferte all'estero di Leda. Quando il direttore le aveva proposto l'incarico in Libano, Iacopo le aveva chiesto di mollare tutto per cambiare vita insieme.

Aveva scelto di partire, Leda. E, mentre si trovava a Beirut, Iacopo aveva lasciato Torino alla volta della Toscana. La separazione era stata dolorosa, soprattutto perché Carlo era ancora piccolo. Erano d'accordo che sarebbe stato con il padre fino al suo ritorno in Italia. Ma l'attentato aveva complicato tutto.

«Viene in città giovedì prossimo per incontrare un cliente importante» disse Carlo. «Ci siamo accordati per cenare tutti insieme, a casa nostra. Non ti dispiace, vero?»

«Figurati» ribatté Leda sforzandosi di nascondere il suo disappunto. «Immagino si porterà appresso Deborah.»

«Non vedo perché no. Fanno coppia fissa da un po'.»

«Com'è possibile che tutti gli adolescenti del mondo odino i nuovi compagni dei genitori, mentre tu sei così tollerante? Avrai mica un debole per lei?»

«Sei tu che sei prevenuta. Piuttosto, che fine ha fatto la mia macchina fotografica? Oggi pomeriggio volevo tornare al ponte a fare qualche foto con la luce del giorno.»

«Scusa, l'ho dimenticata sulla scrivania in redazione. La recupero domani.»

«Immagino non ci sia speranza di avere anche un paio di rullini nuovi.»

«Ci mancherebbe. Devo comprarli, dato che abbiamo esaurito le scorte. Cosa dicevi del ponte?»

«Non l'hai saputo? Che razza di giornalista sei?»

Leda lo dardeggiò con un'occhiataccia. «Non fare il saccente con me, sai? Comunque, le ho viste le fotografie che hai scattato. Tutti quei ragni, madre santa! Quando vado a riprendere la tua Leica, mi faccio dare anche le stampe. Devo ammettere che non sono affatto male.» Poi addolcì il tono. «Tuo nonno sarà fiero di te.»

21

Loiacono indicò al collega di accostare la volante e gli chiese di aspettarlo lì. Si avviò verso il botteghino del cinema Charlie Chaplin e si accodò alle persone in attesa di acquistare il biglietto.

«Salve, agente. Per il ridotto deve mostrarmi il tesserino.»

«Non sono qui per lo spettacolo» precisò. «Ma per rivolgerle qualche domanda.»

La ragazza sbirciò attraverso il vetro per fare il conto delle poche persone in coda. «D'accordo, ma non posso lasciare la postazione fino almeno a un quarto d'ora dopo l'inizio del film. Sa, i ritardatari.»

«Senz'altro. Posso...» Loiacono compì un passo verso l'ingresso.

«Prego.»

Entrò e si sedette su uno sgabello del bar. Ordinò una Tassoni e si mise a sfogliare distrattamente gli opuscoli appoggiati sul bancone. Scambiò qualche parola con il barista, poi si mise a gironzolare avanti e indietro, passando in rassegna le locandine dei film in arrivo appese alle pareti.

Superato il cartellone di *Nuovo cinema paradiso* si soffermò sulla gigantografia di Bruce Willis in *Trappola di cristallo*, contemplandola come se si trovasse al cospetto di un'alta carica dello stato. Si rassettò la giacca della divisa, assunse una posizione solenne e, con espressione determinata – o, piuttosto, contrita – mormorò: «Stai parlando con me?».

«Ha confuso i film.» La voce alle sue spalle lo fece sobbalzare.

Si voltò, incrociando il viso divertito della cassiera. «Chi, io? Ah… sì, certo.»

«Allora, De Niro, cosa voleva chiedermi?»

Lui sorrise nervosamente. «Loiacono. Sovrintendente Loiacono.» Tolse il berretto e si asciugò il sudore dalla fronte. Aveva l'impressione che lì dentro facesse ancora più caldo che fuori. Poi, cercando un tono autorevole, chiese: «Lei era di servizio venerdì sera?».

«Direi di sì, dato che sono l'unica cassiera disposta a tenere aperta la baracca nel periodo estivo.»

«Si ricorda per caso di una coppia con un bambino di quattro anni? Lui sulla quarantina, lei sui venticinque, bionda, capelli circa fino a qui» e si indicò una spalla.

«Bionda naturale o tinta?»

«Oddio… Non saprei.»

«La stavo prendendo in giro. Ovviamente, non posso ricordarmi di tutti quelli che vengono a fare il biglietto. A dire la verità, il più delle volte non li guardo nemmeno in faccia.»

«Capisco, però non credo che la sala sia poi così frequentata, in questo periodo.»

«In effetti, no. E in particolar modo queste rassegne estive.»

«Sarebbe importante se facesse uno sforzo per ricordare. Si tratta del duplice omicidio avvenuto l'altra notte.»

Poco prima, durante la telefonata con Loiacono, Scalviati si era imbattuto nella programmazione dei cinema della città. La maggior parte aveva già riaperto dopo la pausa estiva, sebbene con proiezioni limitate. Si era accorto che al Chaplin era in corso una rassegna di film in seconda visione, e che quel fine settimana era in cartellone *Qualcosa di travolgente*, una commedia romantica che aveva riscosso un discreto successo all'uscita, l'autunno precedente.

Secondo la sorella, Monica amava i film romantici. Poteva essere quello il cinema in cui aveva trascorso la serata, prima di appartarsi insieme all'amante sui colli del Pian del Lot. Era il primo passo per ricostruire cos'era successo la sera in cui era stata uccisa. Forse aveva incontrato qualcuno. Forse, proprio il suo assassino.

«Il mostro?» proruppe la cassiera, guardandosi intorno con apprensione. «Non sta cercando di far colpo su di me, sovrintendente Loiacono?»

«Con tutto il rispetto, lei è una bellissima ragazza, ma sono felicemente sposato» precisò. «Con due figli.»

«Lei ha un modo strano di parlare.»

«Perché, scusi?»

«Messa così, sembra che sia sposato *con due figli*.»

«È quello che ho detto.»

«Appunto.»

«Per piacere, torniamo a noi, signorina...?»

«Valeria.»

«Bene, Valeria. Se ha letto il giornale di stamattina, avrà visto in prima pagina i volti delle due vittime. Proprio non si ricorda se gli ha venduto i biglietti?»

«Mi spiace, i giornali non li leggo. Però, a dirla tutta, questo è un film per coppiette e genitori con figli se ne vedono ben pochi. Una ragazza mi è rimasta impressa perché, all'uscita, teneva in braccio un bambino un po' grandicello. Se la dormiva beato, fregandosene del chiasso che faceva la gente che aveva intorno.»

«Era bionda?»

«Sì.» Valeria corrugò la fronte, come se stesse rovistando nella memoria alla ricerca di un ricordo sfuggente. «Aveva un vestito corto, chiaro. Mi pare fosse bianco. Anzi, no, era color crema.»

22

La prima cosa che fece Scalviati lunedì mattina, non appena prese posto alla scrivania nel suo ufficio del tribunale, fu recuperare i fascicoli dei due casi di omicidio avvenuti l'anno precedente e controllarne le date.

Poi prese dal cassetto una vecchia agenda e verificò le fasi lunari.

Si rese conto che entrambi si erano consumati con la luna piena.

La stessa luna che splendeva in cielo nella notte tra venerdì e sabato, quando erano stati uccisi Monica Ferretti e Paolo Ginestra.

Non si rimproverava di non essersene accorto prima, non era certo sua consuetudine abbinare l'astronomia ai crimini violenti. Ma se due duplici omicidi avvenuti con la stessa luna potevano costituire una coincidenza, il terzo rivelava uno schema.

Doveva esserci un motivo, rituale o personale, per cui l'assassino colpiva con la luna piena. E la chiave per decifrarlo, forse, si celava già nel primo anello di quella catena di sangue.

Aprì il fascicolo relativo all'omicidio di Dante Petrasanta e Linda Frasso. Sfogliò rapidamente le fotografie scattate al parco del Valentino la notte di venerdì 13 febbraio 1987. I corpi delle vittime crivellati da tre colpi di pistola: al cuore, al polmone destro, alla testa.

Ferite che si disponevano in modo da formare un triangolo.

Secondo alcuni, Torino sorge all'estremità di due triangoli magici: il primo, legato alla magia bianca, la collega a Lione e Praga. Il secondo, quello della magia nera, a Londra e San Francisco. Scalviati ne aveva sentito parlare ai tempi del liceo, ma non aveva mai dato peso a queste dicerie, che considerava fantasiosi racconti inventati per far colpo sulle ragazze.

Si soffermò sull'inquadratura del medaglione che era stato rinvenuto ancora stretto nel pugno del ragazzo. Osservò la figura incisa su un lato.

Inizialmente non era stato chiaro di cosa si trattasse. Era stato possibile identificarla grazie alla passione di Di Cara per l'astronomia.

L'incisione raffigurava un astrolabio, uno strumento di navigazione in grado di calcolare la distanza tra la terra e i corpi celesti, come il sole.

E la luna.

Ma l'astrolabio aveva anche un significato esoterico.

La presenza di quel medaglione sulla scena degli omicidi Frasso-Petrasanta lo aveva spinto a indagare su quel sottobosco di sette e culti pagani che, periodicamente, balzavano agli onori della cronaca per qualche discutibile rituale di iniziazione o per le loro pratiche sessuali.

Scavando tra le credenze popolari, Scalviati aveva così scoperto che piazza Statuto era considerata il cuore nero della città, al punto che alcuni identificavano con Lucifero il genio alato in cima al Monumento ai caduti del Fréjus.

E indicavano come vertice del triangolo del male l'astrolabio posto sul piccolo obelisco che sorge nella stessa piazza. Poco importa che in realtà sia stato collocato a supporto di un calcolo matematico per misurare il meridiano passante per Torino. C'è chi vuole vedere significati occulti persino in quelli che dovrebbero essere avamposti del pensiero razionale.

"Un triangolo", ripeté mentalmente Scalviati.

Come la figura in cui si disponevano le ferite d'arma da fuoco sui cadaveri.

Forse l'assassino era mosso da motivazioni di carattere esoterico. Un fanatico che utilizzava una forma maniacale di misticismo per giustificare le sue fantasie omicide. Doveva dunque presumere che fosse implicata una setta?

All'epoca, durante le indagini, non era emerso alcun collegamento tra le vittime e il mondo dell'occulto. I due ragazzi uccisi coltivavano passioni perfettamente in linea con i coetanei e, a detta dei conoscenti, conducevano una vita tutto sommato ordinaria.

Aprì il fascicolo relativo al secondo caso, datato 6 settembre 1987. I primi a intervenire sulla scena del crimine erano stati due agenti della polizia di Rivoli, avvertiti da un pescatore della zona.

Avevano rinvenuto i cadaveri delle due vittime, Robert Lescaux e Alice Dallara, nei pressi di una radura sulle rive del fiume Dora Riparia. Erano entrambi nudi, lui all'interno della tenda da campeggio in cui avevano trascorso la notte, lei distesa sull'erba, con le interiora ancora esposte dopo che le era stata rimossa la milza. L'incisione era approssimativa. L'aggressore aveva dei rudimenti di anatomia, ma non era un professionista.

La stessa mutilazione era stata inflitta a Monica Ferretti.

"Perché la milza?", si chiese il magistrato.

Scorse tra i verbali degli interrogatori, la maggior parte raccolti negli ambienti dello spaccio frequentati da Lescaux. Possibile che tutto quel lavoro fosse stato inutile?

Prese un raccoglitore dall'armadietto e ci infilò la documentazione relativa ai due casi. Scrisse sull'etichetta: *Toro rosso sangue*.

Gli sembrò appropriato dare all'operazione per catturare un mostro il nome del leggendario toro rosso che aveva liberato da un drago la valle in cui sorge Torino, all'epoca della sua fondazione.

Aveva appena terminato di riordinare la scrivania che la voce di Cecilia, la sua segretaria, lo avvisò attraverso l'interfono che c'era una telefonata in attesa. Si trattava del commissario Costanza.

23

«Gaetano Ferretti, il marito della vittima, è rientrato ieri sera dalla Cecoslovacchia» disse Costanza.

«È stato informato dell'accaduto?»

«Naturalmente. Era scosso, ma non sembrava sorpreso che la moglie fosse in compagnia di un altro uomo. Temo che fosse al corrente dei suoi tradimenti.»

«Capisco.»

«Mi rendo conto che le indagini si stiano orientando in tutt'altra direzione, ma vorrei verificare se Ferretti si trovava davvero all'estero, o se la sua è un'elaborata messinscena per costruirsi un alibi. Per quel che mi riguarda, lo ritengo a tutti gli effetti un sospettato per l'omicidio della moglie e del suo amante. Ho parlato con un vicino di casa, i due coniugi avevano di frequente delle liti piuttosto accese.»

«Avete contattato il suo datore di lavoro?»

«Provvedo oggi stesso.»

«Qualche novità da parte della pattuglia di sorveglianza a casa Bergesio?»

«Direi di no. In quarantotto ore non c'è stato nessun movimento sospetto. Posso procedere al richiamo?»

«Faccia pure. La priorità è proteggere il piccolo Tito.»

«Anche su questo fronte, tutto tranquillo. Per ora continua a stare dalla zia. Gli agenti di piantone non hanno riportato niente di strano nei dintorni dell'abitazione.»

«Molto bene. Inizieremo con gli interrogatori domani mattina, quindi dovrà notificare la convocazione al signor Ferretti e al signor Bergesio. Ascolterò contestualmente anche il piccolo Tito.»

«Invio gli uomini in mattinata.»

«Ha avuto modo di indagare sull'altra vittima, Paolo Ginestra? Vorrei parlare con i suoi familiari e con qualcuno della sua cerchia di amicizie.»

«Siamo stati a casa sua» rispose Costanza. «Viveva da solo, in un appartamento in zona Barriera. Per quanto riguarda i parenti stretti, posso dirle che i genitori sono entrambi deceduti, ma ha un fratello che abita in provincia di Varese. Ginestra era un impiegato delle Poste. Siamo già al lavoro per ottenere la lista dei suoi colleghi.»

«Vorrei sentirne almeno un paio, domani. Magari quelli che lo conoscevano meglio.»

«Non sarà un problema.»

«Bene. La lascio al suo lavoro.»

Dopo aver riagganciato, chiamò Cecilia e le dettò un documento. Al termine, le chiese di inviarlo al Consolato americano a Milano.

Poi la avvertì che sarebbe stato fuori sede per il resto della mattinata. Afferrò il soprabito e si avviò verso l'uscita.

24

«Dottor Scalviati, è un piacere ricevere la sua visita.» Luigi Di Cara si alzò dalla sua postazione, ai piedi di una struttura di legno che riproduceva sommariamente il telaio di un'automobile. All'interno era posizionata una tavola di compensato con una sagoma umana tracciata col gessetto sulla superficie. Da tre punti distinti partivano alcuni fili rossi di spago che si diramavano a raggiera, come se facessero parte di uno strano telaio.

«Perdoni l'intrusione, ho pensato di passare qui in laboratorio per chiederle qualche anticipazione sui rilievi» disse il magistrato, stringendogli la mano. «Da quanto vedo, si è messo già al lavoro.»

Di Cara era sulla soglia della quarantina, con i capelli precocemente brizzolati e un'innata eleganza nei movimenti. Aveva i tratti del viso ben delineati e occhi intensi, che sembravano scrutare il suo interlocutore con la stessa attenzione dedicata ai reperti che gli venivano sottoposti.

«Mi scusi per lo scompiglio, sto terminando la ricostruzione della scena del ritrovamento del cadavere di Paolo Ginestra.»

«Immagino che quella sagoma rappresenti la vittima.»

«Vede quei fili rossi? Una delle estremità è agganciata al punto di ingresso dei proiettili, mentre le diramazioni si collegano ai punti dell'abitacolo in cui sono stati rinvenuti gli schizzi di sangue.»

«Affascinante.»

«A volte, osservare una rappresentazione visiva può aiutare a comprendere quello che è successo molto di più che un semplice rapporto dattiloscritto.»

«È un po' come se avesse fermato il tempo al momento degli spari.»

«Più o meno. Per la ricostruzione mi sono basato sulle fotografie scattate dai miei ragazzi e sui rilievi planimetrici. C'è voluto un po', ma sono abbastanza soddisfatto del risultato.»

«Dalla disposizione degli schizzi di sangue, si direbbe che i colpi siano stati sparati da due diverse angolazioni.»

Di Cara indietreggiò, invitando con un gesto il magistrato a imitarlo. «Il colpo al cuore è stato sparato da quella posizione.» Indicò un adesivo rotondo sul pavimento, a una certa distanza dalla portiera. «Per questo gli schizzi di sangue si distribuiscono secondo linee diagonali. Per sparare il proiettile che ha colpito la fronte della vittima, l'assassino ha compiuto un paio di passi in avanti, e infatti è stato sparato quasi a bruciapelo.»

«È la prima cosa che ho notato.»

Di Cara raggiunse l'estremità frontale del modello in legno. «La traiettoria del proiettile che ha centrato il polmone destro, invece, proviene dal lato opposto.»

«Dunque, l'assassino si è spostato dal lato del passeggero per prendere la mira.»

«Esattamente.» Di Cara mostrò al magistrato un altro adesivo sul pavimento. «Ha fatto fuoco da quella posizione.»

Scalviati rifletté per qualche istante. «Il terzo colpo, quindi, non è stato sparato contestualmente agli altri due.»

«Diciamo che il nostro uomo si è preso i suoi tempi. La mia opinione è che abbia sparato i primi due colpi per mettere fuori gioco Ginestra, per poi occuparsi della ragazza. Dev'esserci stata una breve colluttazione, come si evince dal terreno smosso in corrispondenza della portiera del passeggero. Monica Ferretti ha tentato di sfuggire all'aggressione, dandosi alla fuga. L'assassino l'ha inseguita lungo il prato. Ha fatto fuoco su di lei quando era arrivata al limitare della boscaglia. Ancora una volta, il primo colpo ha colpito il cuore, ma in questo caso attraverso la schiena, dove è visibile il foro d'entrata del proiettile.»

«Lei è crollata a terra...»

«Dopo averla raggiunta, l'assassino le ha sparato ancora due volte, frontalmente» continuò Di Cara. «A quel punto ha effettuato la rimozione della milza, poi è ritornato sul luogo dove era parcheggiata l'automobile per sparare il terzo colpo a Ginestra, anche se di certo era già deceduto. La domanda è: perché avrebbe fatto una cosa del genere?»

«In ogni aggressione le ferite si dispongono allo stesso modo» precisò Scalviati. «L'assassino ha una specie di ossessione per il triangolo.»

Di Cara sfilò gli occhiali. «Ci troviamo di fronte a un individuo estremamente metodico, che non lascia nulla al caso. Come dimostra l'assenza di reperti e il fatto che i rilievi dattiloscopici non hanno evidenziato alcuna impronta digitale che non appartenesse alle due vittime. Le uniche che non sono ancora state identificate sono presumibilmente quelle del bambino. L'assassino ha ripulito perfettamente la scena, lasciando dietro di sé i cadaveri come uniche tracce del suo passaggio.»

«Eppure, una cosa se l'è lasciata sfuggire.»

25

«Lei si riferisce, ovviamente, al bossolo.»

«Ha avuto modo di dargli un'occhiata?»

«Mi segua.» Di Cara si spostò alla scrivania. Prelevò delle fotografie da un fascicolo e le consegnò al magistrato. «Dia un'occhiata a questi ingrandimenti.»

Scalviati le osservò per qualche istante. «Sul fondello del bossolo è incisa la lettera H. Identifica un tipo di proiettile particolare?»

«Non esattamente. In realtà è un modello piuttosto comune. La lettera H è semplicemente il marcatore punzonato dalla casa costruttrice – Winchester – su tutte le cartucce calibro .22 *long rifle* di sua produzione.»

«Calibro .22» commentò Scalviati. «Lo stesso dei duplici omicidi dell'anno scorso.»

Di Cara annuì. «Anche nei casi Frasso-Petrasanta e Dallara-Lescaux, le pallottole estratte dai cadaveri erano di tipo *long rifle*, in piombo ricoperto galvanicamente di rame. Sono chiamate Lubaloy: cartucce ad alta velocità. E sono convinto che quando potrò analizzare le pallottole utilizzate negli omicidi di venerdì scorso, avranno le stesse caratteristiche.»

«Qualche ipotesi sull'arma?»

«Sarà necessaria un'analisi più approfondita del bossolo, ma dalla marcatura lasciata dal percussore, a colpo d'occhio scommetterei su una Beretta serie 70.»

«Anche in questo caso, un'arma piuttosto comune.»

«È comunque un bel passo in avanti. Soprattutto se considera lo scetticismo del dottor Bevilacqua sulla sua ipotesi del maniaco.»

«Gli americani lo chiamerebbero serial killer.»

Di Cara gli rivolse uno sguardo incuriosito. «Anche lei si sta interessando ai metodi americani, dottor Scalviati?»

«Ho avuto una conversazione con un agente dell'FBI, l'altra notte. Un certo Isaak Stoner.»

«Stoner?» Di Cara apparve sorpreso. «Non sapevo si trovasse in Italia.»

«Lo conosce?»

«L'ho incontrato in occasione di una conferenza a Quantico, lo scorso aprile. È lì che ho appreso i nuovi metodi di analisi delle macchie di sangue.»

«Che tipo è questo Stoner? Pensa che ci si possa fidare?»

«È uno che sa il fatto suo. È una specie di enfant prodige nello studio delle menti criminali. Pecca un po' di arroganza, ma probabilmente è dovuto alla sua giovane età.»

«Quindi ha parlato con lui, mentre si trovava negli Stati Uniti.»

«Certo. Con lui e con alcuni suoi colleghi di Scienze comportamentali.»

«Non vorrei sembrarle indiscreto, ma durante la conversazione le è capitato di accennare agli omicidi dell'anno scorso?»

«È così» ammise Di Cara. «Mi chiedevo che tipo di approccio avrebbe adottato il Bureau in casi come quelli, in cui la presenza di reperti è particolarmente esigua. Perché me lo chiede?»

«Sto cercando di capire il motivo per cui Stoner si trova a Torino.»

Di Cara corrugò la fronte. «Quando ero negli Stati Uniti, mi è capitato spesso di sentirmi chiedere com'è vivere in Italia, a contatto con tante bellezze architettoniche del passato, con una storia così rilevante alle spalle. Le tradizioni culinarie, il clima mite... Sono nato in un piccolo paese della provincia di Foggia, ma lei sa quanto ami vivere qui a Torino. Il luogo di nascita è casuale, ma quello dove vivere è una scelta. Ammetto, forse, di essermi lasciato andare a delle iperboli con i colleghi americani nell'esprimere il mio apprezzamento per la nostra città. Non credevo di essere stato così convincente da spingere uno di loro a venire qui in vacanza.»

«A suo dire, non si tratta affatto di turismo. Né di assaggiare le specialità mediterranee, anche se sembra un buon conoscitore della nostra cucina. Pare sia venuto per collaborare alle indagini.»

«Gliel'ha detto esplicitamente? Senza giri di parole?»

«Come lo sto dicendo a lei.»

«È curioso. Non ho più sentito né Stoner né i suoi colleghi da quando sono rientrato in Italia.»

«La ringrazio. È tutto quello che volevo sapere. Arrivederci, dottor Di Cara. Mi contatti non appena avrà completato le analisi.»

26

La receptionist del Principi di Piemonte fece un sorriso garbato. «Sostituto procuratore Francesco Scalviati, ha detto?»

«Esatto.»

«Un attimo, prego.» Sollevò il ricevitore del telefono e compose un numero sulla pulsantiera. Dopo qualche istante, disse: «*Good morning, Mr. Stoner. Deputy attorney Francesco Scalviati would like to speak with you. Can I let him go up there*?» Seguì un breve silenzio, in cui la ragazza rimase in ascolto di ciò che le veniva detto dall'altro capo della linea. «*Thank you, I'll let him know*» disse infine.

«Tutto a posto?» chiese Scalviati.

«Certamente. Mr. Stoner ha detto che si stava preparando per uscire a pranzo, e ha chiesto se può attenderlo in sala.»

Scalviati diede un'occhiata all'orologio. Non si era reso conto che fosse già passato mezzogiorno. «Con piacere.»

Si sedette su un divanetto e si mise a sfogliare il quotidiano appoggiato sul tavolino. In prima pagina spiccavano le drammatiche immagini del disastro aereo avvenuto il giorno prima alla base NATO di Ramstein, in Germania, durante l'esibizione delle Frecce Tricolori.

A seguito di una collisione, due velivoli erano precipitati

sulla pista. Uno si era schiantato sulla folla che assisteva alla manifestazione. Era il più grave incidente nella storia delle esibizioni acrobatiche. Mentre si stava ancora cercando di determinare il numero di vittime, la tragedia sollevava dubbi sulle misure di sicurezza per gli spettacoli aerei.

Quando vide uscire Stoner dalla cabina dell'ascensore, Scalviati si alzò per andargli incontro.

Senza dire una parola, i due si limitarono a una stretta di mano e un cenno del capo a mo' di saluto. Poi si diressero insieme verso l'uscita.

«Cominciavo a temere che non volesse più incontrarmi» disse Stoner.

«Avevo bisogno di riflettere su quanto mi ha detto.»

«*Fair enough.*» Giunto sul marciapiede, si guardò intorno come alla ricerca di un punto di riferimento tra le auto parcheggiate a lato della strada e i palazzi in stile razionalista che svettavano verso il cielo terso. «Se conosce un buon locale nelle vicinanze, potremmo pranzare insieme.»

«C'è un ristorante a pochi minuti da qui. Il proprietario è un vecchio amico.»

«Non chiedo di meglio.»

«Venga, le faccio strada.»

I due si incamminarono lungo via Gobetti, svoltarono in via Cavour e poi in via Roma.

In piazza CLN, il magistrato si fermò dinanzi alla maestosa statua dalle forme femminili distesa sulla fontana. La luce del sole la rendeva di un candore quasi abbagliante. La osservò come se la stesse vedendo per la prima volta.

«*Magnificent*» disse Stoner.

Scalviati rimase in silenzio per qualche istante di troppo.

Poi si voltò verso il suo interlocutore e tentò un tono disinvolto. «Rappresenta la Dora Riparia, uno dei fiumi principali che attraversano Torino. La statua dell'uomo barbuto qui accanto, invece, rappresenta il fiume Po.»

«Trovo affascinante che ogni città italiana nasconda incantevoli tesori artistici. Basta svoltare un angolo per imbattersi in qualcosa di nuovo, di inaspettato. Forse lei ci è abituato, ma per me è una continua scoperta.»

Il magistrato non rispose. Stava pensando a ben altro che al patrimonio artistico della città.

Per un attimo, la mente l'aveva riportato ai fascicoli che aveva consultato in mattinata, al duplice omicidio Dallara-Lescaux. I cadaveri erano stati rinvenuti fuori Torino, sulle rive della Dora Riparia, dove i due si erano appartati in campeggio libero.

Il duplice omicidio di venerdì notte, invece, si era consumato non molto lontano dal corso del fiume Po. Esattamente come gli omicidi Frasso-Petrasanta, avvenuti al parco del Valentino, che è lambito dalle sue acque.

Tutte e tre le aggressioni erano avvenute nei pressi dei principali fiumi della città.

Non poteva essere un caso. C'era un legame di qualche tipo, un simbolismo ricorrente nella scelta dei luoghi delle aggressioni.

Mentre si incamminava verso piazza San Carlo, Scalviati poteva quasi avvertire lo sguardo delle due statue alle sue spalle, come se fossero mute custodi di un segreto che non era loro permesso rivelare.

Non ancora.

27

Il cameriere dell'osteria Rondò si avvicinò al tavolo. «Posso offrirvi un calice di vino, intanto che scegliete le portate?»

«Volentieri» rispose Stoner, distogliendo lo sguardo dal menu. «Qualche consiglio?»

«Be', abbiamo un ottimo Grignolino del Monferrato, ma se preferite un bianco...»

«Andrà benissimo, grazie» intervenne Scalviati. Attese che il cameriere si allontanasse, poi si rivolse all'americano. «Mi parli di questi nuovi metodi di indagine di cui mi ha anticipato venerdì notte.»

«*Straight to the point, uh*?»

«Temo che il momento dei preliminari sia già passato, agente Stoner. Sto indagando sull'attività di un maniaco che da più di un anno sta spargendo sangue innocente nella mia città, senza lasciare alcun indizio che ci permetta di identificarlo.»

«Ha dunque chiarito la mia posizione con il procuratore capo?»

«Diciamo che, per il momento, non ho motivo di dubitare delle sue buone intenzioni.»

«Ma ancora non si fida di me...»

«Mi fido del dottor Di Cara, che ha usato parole di stima nei suoi confronti.»

«Sono felice di saperlo. Purtroppo, ho avuto modo di trascorrere con lui meno tempo di quello che avrei voluto, ma mi è parso molto qualificato. Possiede una caratteristica rara per chi fa un lavoro come il nostro: la creatività.»

«Sono d'accordo.»

Il cameriere ricomparve al tavolo e, sotto lo sguardo attento di Stoner, versò il vino nei calici.

«Devo dunque presumere che siano bastate le parole di Di Cara per convincerla a cambiare idea nei miei confronti?»

«Be', ho fatto anche qualche verifica su di lei. La cameriera del Circolo Canottieri la ricorda con piacere. Per il momento, tuttavia, consideri il nostro incontro come una chiacchierata informale. Mi riservo di decidere al momento opportuno se, e a che titolo, coinvolgerla nelle indagini.» Scalviati rimase in attesa di una reazione del suo interlocutore, ma quest'ultimo non rivelò alcuna emozione, limitandosi a sorseggiare il vino.

Non c'era da stupirsene, dopotutto Stoner aveva già dimostrato una certa capacità di autocontrollo, probabilmente in virtù dell'addestramento ricevuto. Ma la sua disinvoltura era solo l'ennesima conferma di ciò che il magistrato sospettava: stava nascondendo qualcosa.

«Non mi aspettavo niente di diverso. Al suo posto sarei stato altrettanto diffidente.»

Stoner spostò lo sguardo verso un uomo sulla cinquantina, che si dirigeva con passo veloce verso il tavolo. Aveva capelli diradati e sopracciglia folte. Indossava un abito spezzato – giacca rossa su pantaloni bianchi – e aveva le labbra sottili curvate in un gran sorriso.

«Francesco!» proruppe l'uomo, allargando le braccia.

Scalviati si alzò e gli strinse vigorosamente la mano. «Enzo, carissimo! Come vedi, ho mantenuto la promessa di venirti a trovare. Mi spiace soltanto di non esser potuto passare prima, ma tra gli impegni di lavoro e Greta in dolce attesa, c'era sempre un motivo per rimandare.»

«Mi fa piacere che tu sia qui adesso. E a questo punto ti aspetto a cena con la tua signora, sono ansioso di farle le congratulazioni di persona. Naturalmente, sarete miei ospiti.»

«Non mancherò. A proposito, ti presento Isaak Stoner. È arrivato qualche giorno fa dall'America.»

«Piacere di conoscerla, Mr. Stoner. È qui per affari o per piacere?»

«Affari, decisamente. Ma non vuol dire che mi dispiaccia *a taste of italian lifestyle*.»

Enzo scoppiò in una fragorosa risata. «Ho capito cosa intende. Be', spero di non deludere il suo palato.» Poi, rivolgendosi a entrambi, aggiunse: «A proposito, avete già deciso cosa ordinare?».

«*Not really...*»

«Agnolotti per due» rispose Scalviati.

«Ottima scelta. Prima gradite un antipasto?»

«Solo una bottiglia di minerale. Non vedo l'ora di fare una degustazione come si deve, ma oggi ho il tempo contato.»

«Lo capisco» disse Enzo, assumendo un'espressione solenne. «Li leggo anch'io i quotidiani. Dev'essere dura sentirti attaccare in maniera tanto scorretta da quella giornalista da strapazzo.»

«Apprezzo il tuo sostegno, ma al momento ho ben altro di cui preoccuparmi che dei capricci della stampa.»

«Immagino. Be', non mi resta che augurarvi un buon pranzo.» Così dicendo, si avviò verso la cucina.

Rimasti soli, mentre dai diffusori in sala si spegnevano le ultime battute di *E ti vengo a cercare* di Battiato, i due rimasero per qualche istante in silenzio.

Poi fu Stoner a prendere la parola. «Sono certo che ha scelto per il meglio, ma le confesso che sarei stato curioso di assaggiare la mozzarella di bufala.»

«Mozzarella di bufala?» proruppe Scalviati. «Siamo in Piemonte, per l'amor del cielo!»

28

«Un tipo espansivo, il suo amico Enzo» disse Stoner.

Scalviati si strinse nelle spalle. «Da giovane era il classico scapestrato che si metteva sempre nei guai e faceva perdere la testa alle ragazze. Eravamo vicini di casa, per me è stato quasi un fratello maggiore. Andavamo d'accordo, forse perché non davo peso alle sue bravate. Poi, quando i suoi si sono trasferiti ad Asti, ci siamo persi di vista. Ho saputo che ha viaggiato per il mondo lavorando come cuoco sulle navi da crociera. È tornato a Torino l'anno scorso con l'idea di aprire un ristorante, e sono contento che sia riuscito a realizzare il suo sogno.»

«E lei che tipo era, da giovane?»

«Abbastanza noioso. Mentre i miei coetanei sognavano la rivoluzione, io passavo il tempo sui libri di testo.»

«*Sorry, I don't buy it*. Sotto quell'aria distinta, lei nasconde un'anima irrequieta. È il suo sguardo a tradirla.»

«Possiamo tornare all'argomento della conversazione, per favore?»

«Ha ragione.» Stoner si schiarì la voce. «Poco fa, ha detto che sulle scene del crimine non sono presenti indizi. Ebbene, non è del tutto esatto.»

«Non ci sono impronte digitali, né orme sul terreno o brandelli di tessuto strappati dagli abiti. Prima di lasciare ogni scena del crimine, l'assassino si è premurato di cancellare tutte le tracce. A parte i proiettili estratti dai cadaveri e il bossolo trovato venerdì notte, non abbiamo niente in mano che si possa sottoporre a perizia.»

«Questo perché lei sta osservando le scene del crimine da un punto di vista fisico, tangibile. Mentre in casi come questi si è dimostrato particolarmente efficace l'approccio psicologico.»

Scalviati aggrottò le sopracciglia. «Si spieghi meglio.»

«Le sarà certamente capitato di chiedersi, di fronte a un omicidio efferato, apparentemente privo di movente: che tipo di persona farebbe una cosa del genere? Ebbene, una decina di anni fa, due miei colleghi di Scienze comportamentali, John Douglas e Robert Ressler, si sono posti la stessa domanda. E, per poter rispondere, hanno cominciato a viaggiare per i penitenziari degli *States* e a intervistare dei detenuti condannati per omicidi seriali.»

«Intervistare?»

Stoner annuì. «Farsi raccontare la loro versione dei fatti. Le fissazioni, le pulsioni. Come si preparavano all'omicidio e come provvedevano a disfarsi dei cadaveri. Ma anche il rapporto con i genitori, persino degli episodi della loro infanzia.»

«Mi scusi, ma non riesco a capire. Si trattava di offrire a questi individui una specie di supporto psicologico? Se erano già stati condannati, a che scopo ripercorrere le modalità dei loro delitti?»

«Lo scopo era comprendere come ragionano i criminali di questo tipo. È complicato catturare i serial killer per la difficoltà di prevederne le mosse. Dopotutto, come puoi anticipare un pazzo se non sai come pensa? Parliamo di assassini compulsivi, ma non necessariamente irragionevoli. Individui che spesso hanno un quoziente intellettivo superiore alla media e sono in grado di pianificare le loro aggressioni nei minimi dettagli.»

«E questi detenuti hanno collaborato?»

«La maggior parte sì. Douglas e Ressler hanno messo a punto un protocollo standard di domande, raccogliendo nel corso del programma trentasei interviste. Con l'aiuto della psichiatra Ann Burgess hanno svolto un lavoro di interpretazione psicologica sui dati ottenuti. Tanto per cominciare, sono state classificate le due principali categorie di assassino seriale: disorganizzato e organizzato. Il primo è impulsivo, magari utilizza un'arma di fortuna. Il secondo è lucido, metodico. Pianifica attentamente i suoi crimini e spesso possiede una conoscenza delle procedure di investigazione.»

«Il nostro uomo appartiene certamente alla seconda categoria.»

«Quest'opera di analisi ha costituito il fondamento teorico del VICAP – *Violent Criminal Apprehension Program*. Che tradotto in italiano suona più o meno come...»

«... Programma di comprensione dei criminali violenti.»

«Si tratta di un'unità del Bureau specializzata in omicidi, rapimenti, scomparse o aggressioni sessuali che si sospettano collegati a una serie. Sono stato reclutato dal VICAP nell'86, dopo aver fatto per qualche anno il negoziatore di ostaggi. Ora, la mia mansione consiste essenzialmente nell'analisi delle scene del crimine per formulare quello che è definito profilo psicologico comportamentale dell'assalitore.»

«Una sorta di identikit... mentale.»

«Possiamo chiamarlo così, anche se il *profiling* non si limita soltanto al carattere o alla personalità di un criminale, ma include l'estrazione sociale, la provenienza geografica, l'etnia.»

«Tutte caratteristiche che lei è in grado di trarre da una semplice analisi della scena di un crimine?»

«So che può sembrare inverosimile, eppure ci sono molte tracce che un soggetto lascia sulla scena, e che riflettono il suo modo di pensare. A partire, per esempio, dalla disposizione dei cadaveri, o dall'assenza – come in questo caso – di tracce materiali, come impronte digitali, orme sul terreno. O dal fatto che raccolga i bossoli espulsi dalla sua pistola.»

«Non è una contraddizione?» obiettò Scalviati.

«Un assalitore lascia sempre qualcosa di sé sulla scena del crimine» rispose Stoner. «A volte si tratta soltanto della sua storia, delle sue fantasie. L'assenza di tracce è di per sé una traccia.»

«Si spieghi.»

«Il soggetto è affetto da una sorta di disturbo ossessivo-compulsivo che lo porta a rimuovere ogni impronta del suo passaggio. Gli piace pensare di essere invisibile, di essere in grado di colpire per poi scomparire a piacimento. Probabilmente possiede una sorta di pudore nei confronti della sua immagine. Per qualche motivo non ama guardarsi allo specchio, ma gli piace contemplare i risultati delle sue aggressioni. È compiaciuto dall'osservazione dello spettacolo di morte che riesce a provocare. Lo fa sentire potente. È per questo che lascia la scena intatta: non ha spostato i cadaveri, non ha nemmeno chiuso la portiera dell'automobile dove ha sorpreso le vittime. Alcuni criminali praticano lo *staging*, ovvero alterano consapevolmente le scene al solo scopo di depistare le indagini, come simulare una rapina, per esempio. Ma lui no. Quasi si identificasse con una forza soprannaturale, capace di colpire ferocemente e dileguarsi nella notte.»

«Impressionante» commentò Scalviati. «Ma non mi è chiaro come le sue deduzioni possano portare alla cattura del responsabile degli omicidi.»

«Il profilo del soggetto serve a orientare l'attività investigativa, a restringere la cerchia dei sospettati, a formulare al meglio le domande da porre durante gli interrogatori. Le assicuro che questo è solo l'inizio. Se avessi accesso ai fascicoli dei casi, sarebbe sorpreso dalla quantità di informazioni che potrei trarne.»

29

Leda De Almeida sollevò le dita dalla tastiera della sua macchina da scrivere e fece un sospiro. Il frastuono proveniente da un cantiere nelle vicinanze la distraeva al punto da renderle impossibile riordinare le idee per l'articolo a cui stava lavorando. Nonostante il caldo, aveva dovuto chiudere la finestra per attutire i rumori provenienti dall'esterno.

Loi le aveva chiesto un pezzo di approfondimento di mille parole che tirasse le somme sui casi precedenti, evidenziando le analogie con quanto successo venerdì notte.

Non ne aveva scritta ancora nemmeno una.

Fissò per alcuni istanti il foglio bianco inserito nel carrello. Il bordo che tremolava per l'aria soffiata dal ventilatore posizionato sul pavimento, nell'angolo dello studio. La mente si focalizzò sul fruscio della carta, poi sul ronzio delle pale.

«Non ce la posso fare» si disse. Aveva l'impressione che l'aria fosse in ebollizione. Si asciugò una goccia di sudore che le scendeva dalla tempia e risistemò la crocchia sulla nuca, assicurandosi di raccogliere i capelli che erano sfuggiti all'elastico.

Si alzò, aprì la finestra, solo per essere investita da un torrido abbraccio di aria umida, accompagnato dallo sferragliare degli strumenti dei carpentieri al lavoro. La richiuse prontamente.

Si spostò alla postazione dell'impianto stereo e rovistò tra gli album, alla ricerca di qualcosa da ascoltare che riuscisse a scuoterla dal torpore. Indecisa tra *Black celebration* dei Depeche Mode e *Heaven up here* degli Echo & the Bunnymen, optò infine per *New gold dream* dei Simple Minds.

Estrasse il vinile dalla custodia, lo appoggiò sul piatto e posizionò la testina sulla prima traccia del lato A. Poi ruotò con decisione la manopola dell'amplificatore per alzare il volume.

Mentre le note di *Someone somewhere (in summertime)* si diffondevano nell'appartamento, Leda andò in cucina, svitò la moka e versò acqua nella caldaia e una dose abbondante di caffè nel filtro, assicurandosi di schiacciarlo per bene con un cucchiaino. Accese il fornello e si mise pazientemente in attesa. Ai primi borbottii, tolse la caffettiera dal fuoco e ne versò il contenuto in uno shaker, insieme a zucchero di canna e qualche cubetto di ghiaccio. Dopo averlo agitato energicamente, lo rovesciò in una tazza e tornò nello studio.

Fissò la postazione senza trovare il coraggio di sedersi. Bevve un sorso di caffè, sfogliò le prime pagine del dossier che le aveva fornito Loi e su cui si sarebbe dovuta basare per la stesura dell'articolo.

Una fotografia del cadavere di Alice Dallara, la vittima della seconda aggressione, le provocò una stretta al cuore.

Il problema non era soltanto la calura o i rumori del cantiere. Gettarsi a capofitto in quel caso stava risvegliando ricordi mai sopiti di quando si trovava al fronte.

C'era stato un periodo in cui aveva creduto di potersi abituare a cadaveri dilaniati, a mutilazioni e ferite d'arma da fuoco, e a quella continua sensazione di allerta causata dai bombardamenti e dai boati della contraerea che echeggiavano dalle zone occupate dalle milizie filopalestinesi. Ma era stata soltanto un'illusione per coprire ciò che aveva sempre saputo. Che da un momento all'altro sarebbe potuto toccare a lei finire dalla parte sbagliata della canna di un fucile.

Ed era esattamente ciò che era successo quella maledetta notte di cinque anni prima.

Era un mercoledì. Aveva lasciato Beirut in mattinata alla volta del Libano meridionale, per seguire una pista su un traffico d'armi provenienti dall'Italia su cui aleggiava il sospetto del coinvolgimento dei servizi segreti.

Insieme a Graziano, il suo operatore, e a Yūsuf, il suo interprete, aveva attraversato il fiume Leonte, diretta a un campo profughi nei pressi del castello di Beaufort, dove le aveva dato appuntamento il suo informatore.

Ma le cose non erano andate come previsto. Poco dopo la mezzanotte, la loro jeep era stata fermata da una pattuglia di Hezbollah a una ventina di chilometri dalla destinazione.

Per convincerli a lasciarli proseguire, Yūsuf si era chinato per raccogliere dal vano di carico una delle casse di medicinali che dovevano servire come merce di scambio per l'informatore di Leda.

Ma i soldati erano troppo nervosi, forse temevano che nascondesse un'arma. Avevano spianato i Kalashnikov, intimando ai passeggeri di scendere dal veicolo.

Yūsuf aveva gridato qualcosa, probabilmente cercando di fare appello alla ragionevolezza del capopattuglia.

Di fronte ai tentennamenti dei tre, un soldato aveva esploso alcuni colpi in aria.

Leda non avrebbe mai saputo se si trattava di un sequestro o di una rappresaglia per i recenti bombardamenti israeliani che avevano causato centinaia di vittime tra guerriglieri e civili. Quello che sapeva era che la situazione stava degenerando e non c'era più spazio per la diplomazia.

In un impeto di disperazione, Graziano aveva schiacciato con forza il pedale dell'acceleratore, compiendo una manovra evasiva per sfuggire al posto di blocco.

Il confine con Israele era abbastanza vicino per tentare il tutto per tutto.

Colti alla sprovvista, i soldati avevano impiegato qualche istante di troppo a reagire. Il capopattuglia si era gettato a terra per non essere investito.

Mentre la jeep proseguiva a tutta velocità lungo lo sterrato e il rumore degli spari si faceva sempre più lontano, Leda aveva pensato che ce l'avessero fatta.

Ma non avrebbe dimenticato mai più il sibilo del razzo lanciato dal bazooka echeggiare nell'aria. Ancora adesso, se ci pensava abbastanza intensamente, poteva quasi sentirlo fischiare nelle orecchie.

Bevve l'ultimo sorso di caffè, indossò gli stivaletti e si precipitò fuori dall'appartamento.

30

«Come ha detto che si chiama quel tipo di pasta?» chiese Stoner, quando i due furono usciti dal ristorante.

«Agnolotti.»

«Prima di ripartire per gli States dovrò chiedere la ricetta.»

«Lei sembra avere una specie di fascinazione per i nostri piatti tipici.»

«Colto in fragranza di reato. È così che si dice, no?»

«Be', se apprezzare la buona cucina fosse un reato non ci sarebbe abbastanza spazio nelle carceri.»

Stoner si schiarì la voce. «Ora che abbiamo rotto il ghiaccio, che ne dice di continuare la nostra conversazione nel suo ufficio?»

«Lei ha di certo stuzzicato la mia curiosità» ammise Scalviati. «Ma non posso trascurare il mio ruolo di coordinatore dell'attività investigativa più… tradizionale.»

«Capisco. Testimoni da ascoltare, rilievi da analizzare e una montagna di *paperwork*.»

«Ha compreso perfettamente la mia situazione.»

«Sono a sua disposizione. Mi dica lei quando possiamo incontrarci.»

«Ne riparleremo mercoledì. Può andare bene?»

«*Fair enough.*» Così dicendo, Stoner si avviò in direzione dell'albergo.

Scalviati lo osservò allontanarsi finché l'altro non ebbe svoltato l'angolo. Poi si incamminò a sua volta verso la procura.

Accantonati i dubbi sulle effettive competenze dell'agente speciale, cominciava a pensare che la sua presenza fosse una benedizione. In assenza di altri indizi, non rimaneva che costruirsi un'immagine mentale dell'uomo a cui stava dando la caccia. Un'immagine che al momento appariva sfocata, ma della quale emergevano i primi dettagli.

Mentre entrava in ufficio, fu raggiunto dalla voce della sua segretaria.

«Sono arrivati i referti delle autopsie. Li ho appoggiati sulla scrivania.»

«Grazie mille, Cecilia.»

Scalviati si sedette e cominciò a consultarli. La causa di morte di Paolo Ginestra era attribuita al trauma balistico al cuore, che aveva causato un rapido dissanguamento e la cessazione delle attività cerebrali in pochi secondi.

Anche per Monica Ferretti la stessa ferita era stata fatale. Dalle analisi risultava che la ragazza avesse avuto un rapporto sessuale quella sera, ma non c'erano segni che facessero presumere una coercizione. Una circostanza che era stata ravvisata anche nei casi precedenti, e che spinse il magistrato a riflettere sul fatto che, mentre le vittime stavano facendo l'amore, probabilmente l'assassino era già in agguato.

Le aveva osservate, in attesa di liberare la sua furia omicida.

Che tipo di persona farebbe una cosa del genere?

Sebbene continuasse a diffidare di Stoner, il magistrato pensò che su una cosa avesse ragione: per catturare un criminale di quel tipo i metodi tradizionali non erano sufficienti.

Era necessario ragionare al di fuori degli schemi consolidati, cercare un approccio nuovo. Comprendere i motivi per cui agiva, per quanto aberranti.

Perché il comportamento dell'assassino era contraddittorio, e sfuggiva alle consuete logiche dei criminali.

Accantonata l'idea che le azioni fossero esplosioni di violenza casuali, il movente poteva essere di natura sessuale. Ma l'assenza di abusi rivelava un certo disinteresse per quella sfera.

Dunque, a che tipo di persona stava dando la caccia? Qualcuno con una sessualità deviata, questo era certo, che forse si eccitava al pensiero di uccidere. E che in qualche modo era collegata alle sue convinzioni in ambito esoterico.

Aprì l'agenda e cominciò a riportare annotazioni, cercando di ordinare i pensieri.

Finché la voce della segretaria attraverso l'interfono non lo distolse dalle sue riflessioni. «C'è qui il sovrintendente Loiacono.»

«Lo faccia entrare.»

Pochi istanti dopo, Loiacono comparve sulla soglia. «Buongiorno, dottore» disse con deferenza. Poi, un po' impacciato, si avvicinò alla scrivania e appoggiò un foglietto di carta.

Scalviati osservò per qualche istante la ricevuta del Circolo Canottieri. Senza dire una parola, estrasse il blocchetto degli assegni, ne compilò uno e lo consegnò al giovane sovrintendente.

«La ricevuta del ristorante la dia pure a Cecilia.»

«Senz'altro.»

«Ha fatto quello che le ho chiesto?»

Loiacono annuì. «Ieri sera, durante il turno di servizio, sono passato dal Chaplin e ho parlato con la cassiera al botteghino. È stata molto gentile, anche se temo di aver fatto la figura del cioccolataio. C'era questa locandina, all'ingresso, e...»

«Mi dica solo se ha confermato la nostra ipotesi, per favore» lo interruppe Scalviati.

«*Sissignore.* Ha detto che ricorda di aver venduto i biglietti a una coppia con un bambino, venerdì sera. Non ha fatto caso all'uomo, ma lei era bionda e indossava un abito color crema. A quanto pare, all'uscita della proiezione teneva il bambino in braccio.»

La descrizione combaciava, a partire dal colore del vestito. Monica Ferretti e Paolo Ginestra avevano dunque trascorso la serata al cinema, prima di appartarsi sui colli del Pian Del Lot?

«In braccio, ha detto?»

«Dormiva profondamente. Forse quel film non era poi così appassionante... Anche mio cognato è andato a vederlo e si è addormentato a metà della proiezione.»

«Non credo sia solo questo il motivo.»

Più emergevano dettagli, più si convinceva che ci fosse qualcosa che non andava nel piccolo Tito. Non c'era niente di ordinario nel suo comportamento di venerdì notte. Se era così assonnato da non svegliarsi nemmeno durante i terribili momenti dell'omicidio, tra gli spari e le grida della madre, come aveva potuto sfuggire all'assassino, e poi camminare nella boscaglia senza perdersi?

Era possibile che qualcuno lo avesse *portato* a casa di Bergesio? Esclusa la presenza di altri testimoni, si trattava dunque dello stesso uomo che aveva appena assassinato la madre?

Un'ipotesi del genere era a malapena *pensabile.*

«Ottimo lavoro, Loiacono.»

«La ringrazio, dottore. Se c'è qualcos'altro...»

«In effetti, sì. Vorrei che entrasse in contatto col personale del Principi di Piemonte, l'albergo che ospita il nostro comune amico americano.»

«In contatto... In che senso?»

«Parli con i receptionist e gli addetti alle pulizie. Ho bisogno di sapere se Stoner riceve delle visite, gli orari in cui lascia la stanza, se gli vengono passate delle telefonate e da parte di chi. E, se necessario, dovrà pedinarlo per seguire i suoi spostamenti.»

«Dobbiamo dunque considerarlo un indagato a tutti gli effetti?»

«Certo che no. Si tratta soltanto di fare un po' di chiarezza. Ma mi raccomando: discrezione è la parola d'ordine.»

«D'accordo. Conti pure su di me.»

31

Leda fece un cenno di saluto al ragazzo dietro il bancone del Mole Records e si mise a girovagare tra gli espositori strabordanti di album in vinile, rigorosamente ordinati per genere, ognuno inserito in un'apposita busta trasparente etichettata con prezzo e data d'uscita. Alle novità in Compact Disc erano riservate soltanto un paio di vetrinette, con un assortimento nettamente inferiore.

Occupava uno stanzone di qualche metro quadrato, ma era uno dei negozi di dischi più forniti della città e uno dei pochi in cui era possibile trovare edizioni limitate e album d'importazione, impossibili da reperire nei circuiti di distribuzione tradizionale.

Le pareti erano occupate da locandine di concerti di band più o meno note, stampe delle copertine più famose della storia del rock e fotografie di scena, il tutto sormontato dal logo del negozio: una talpa stilizzata aggrappata alla guglia della Mole Antonelliana. Una buffa imitazione della celebre scena di *King Kong* che giocava sulla traduzione in inglese di *mole* (talpa) e sul fatto che il negozio fosse ubicato nelle vicinanze del celebre edificio.

Leda ci andava ogni volta che era alla ricerca di qualcosa di nuovo per arricchire la sua collezione, senza doversi imbattere nelle solite hit commerciali che passavano alla radio. Mentre passava in rassegna i dischi del reparto new wave, si sentì sfiorare il braccio e quasi sobbalzò.

«Scusa, non volevo spaventarti!» disse il ragazzo accanto a lei. La moicana blu elettrico lo faceva apparire ancora più alto del suo metro e ottanta. Era completamente vestito di nero, con appuntata alla giacca un'infinità di spillette promozionali delle band più disparate.

«Ludwig» proruppe lei, aprendosi in un sorriso. «Credevo fossi ancora in tournée con la tua band!»

Ludovico Vignali era per tutti Ludwig, forse per la somiglianza con il sovrano tedesco responsabile della costruzione dei più suggestivi castelli di Baviera, forse per l'eccentricità che li accomunava.

Era un'autorità sulla scena indipendente torinese, e una conoscenza inevitabile per chiunque frequentasse i locali di musica dal vivo. Chitarrista e cantante degli Sturm und glory, aveva equipaggiato il seminterrato di casa con ogni genere di apparecchiatura, analogica e digitale, per utilizzarlo come studio di registrazione domestico.

«Ci siamo sciolti all'inizio di luglio. Ora sto preparando un po' di brani per il mio progetto solista. Magari uno di questi giorni ci incontriamo e te li faccio sentire, così mi dai la tua opinione.»

«Sono un po' incasinata in questo periodo.»

«Nel caso, il mio numero ce l'hai, vero?»

Leda stropicciò le labbra, dubbiosa. «Credo di… no.»

Ludwig rovistò nella borsa, facendo tintinnare i suoi braccialetti d'argento, e ne estrasse il flyer di un locale notturno.

Dopo essersi fatto prestare una penna dal cassiere, scrisse il suo numero sul retro e lo consegnò a Leda. «Ecco fatto.»

Lei si rigirò il volantino tra le mani, un ciclostilato che incorniciava tra ragnatele la sagoma di un chitarrista con un corvo su una spalla. «Spider dark night?»

«È la serata di giovedì prossimo al Tuxedo. Sto distribuendo i flyer un po' ovunque. È il primo settembre, celebriamo l'inizio della stagione dei ragni.»

«Ti riferisci ai ragni di ponte Vittorio, immagino.»

«Pazzesco, no? C'è gente che organizza dei pullman da tutta la regione per assistere al fenomeno.»

«Ne parli come se fosse una specie di evento paranormale.»

Ludwig si strinse nelle spalle. «Tu come lo spieghi? A me viene in mente David Bowie e gli Spiders from Mars.»

«Marte? Chiederò ragguagli al mio collega che si occupa del fenomeno. Anche se, detto tra noi, dubito che quei ragni abbiano fatto tanta strada per stabilirsi in città.»

«Be', giovedì farò un dj set verso mezzanotte. Se non hai altri programmi potresti fare un salto.»

«Giovedì ho una cena che eviterei volentieri. Non ti offendere, ma probabilmente sarò a letto prima ancora che tu salga in console.»

«Come vuoi. Ma da quel che so sui tuoi gusti musicali, la mia selezione dovrebbe piacerti.»

«Non ne dubito. Ero giusto alla ricerca di nuove ispirazioni. Devo scrivere un articolo di mille parole, ma ho una specie di blocco da pagina bianca.»

«Quando proprio non trovo l'ispirazione per un brano, mi metto a suonare alla chitarra le mie canzoni preferite, magari con l'accompagnamento di un paio di amici e qualche birra fresca.»

«Temo che non faccia al caso mio. Avrei sempre voluto imparare a suonare la chitarra, ma alla fine ho scelto la penna.»

«Posso darti qualche lezione.»

«Non ci stai provando con me, vero? Lo sai che avrò dieci anni in più di te?»

«Scusa, non volevo darti questa impressione» ribatté Ludwig, arrossendo sul volto pallido. «È che non ci vediamo da troppo tempo, e amo avere intorno le persone che mi piacciono.»

«E io rientro in questa categoria?»

«Sei la fottuta rockstar del giornalismo, ragazza!»

Leda scoppiò a ridere. «Questo non me l'aveva mai detto nessuno!»

«Comunque, se sei alla ricerca di nuovi ascolti per sgomberare la mente dal rumore di fondo di questa società frenetica, posso consigliarti questo.» Prelevò un album dall'espositore. «È il nuovo dei Litfiba. Non è avanguardistico come *Desaparecido* o intimista come *17 Re*, ma è così... idealistico. E alcuni pezzi sono veramente memorabili. Li ho visti dal vivo al Tenax e ti assicuro che non hanno rivali, in Italia.»

«Li conosco, ma non sapevo che avessero pubblicato un nuovo album. Non è Jasper Darden quello in copertina?»

«Proprio lui. Quindici anni nel braccio della morte, sette volte al patibolo senza che fosse eseguita la sentenza. Giustiziato a marzo, nonostante tutti i dubbi sulla sua effettiva colpevolezza.»

«Già. Una brutta storia.»

«Dovresti scriverci un pezzo.»

«Spiacente, ho smesso di fare la corrispondente dall'estero.»

«Ora dai la caccia ai mostri, giusto?»

«Se proprio vuoi metterla così...» Leda estrasse un album dall'accesa copertina rossa. «Questo dei Cure non ce l'ho. Com'è?»

Ludwig si strinse nelle spalle. «*Kiss me, kiss me, kiss me*... Eclettico, un po' caotico. In una parola: sublime.»

«Non posso lasciarmelo scappare, allora» ribatté lei. «Be', adesso devo proprio tornare al lavoro. In bocca al lupo per i tuoi progetti.»

Mentre si apprestava a pagare i nuovi acquisti, si voltò un'ultima volta verso il ragazzo.

Ludwig la stava osservando dalla parte opposta del negozio, sventolando con una mano il sette pollici di *Call me* dei Blondie, mentre con l'altra mimava la cornetta di un telefono.

32

Il tramonto tingeva il cielo sui colli del Pian del Lot di colori sgargianti, mentre Francesco Scalviati guidava la sua Fiat Croma lungo la strada sterrata, ripercorrendo il medesimo itinerario di sabato notte. Quando giunse in corrispondenza della scena del crimine, parcheggiò e continuò a piedi.

La brezza faceva sventolare il nastro di contenimento teso intorno all'area, al centro della quale spiccava l'automobile delle vittime. Tinta dalle luci del tramonto appariva ancora più spettrale, con quello sportello aperto come in attesa di un passeggero che non sarebbe mai arrivato.

Il magistrato salutò i due poliziotti che dall'interno della volante piantonavano la zona.

Il conducente si sporse dal finestrino. «Buonasera, dottore.»

«Buonasera a voi. Qualcosa da segnalare?»

«Niente di che. Il solito viavai di curiosi e giornalisti.»

«Farò un giro di perlustrazione, sarò di ritorno tra mezz'ora al massimo.»

«Faccia pure. Noi restiamo qui fino al cambio di guardia a mezzanotte.»

Scalviati si avviò lungo il sentiero. Giunto nelle vicinanze dell'utilitaria, si soffermò a osservare i dintorni.

Era circondato da una moltitudine di siepi e cespugli dietro cui l'assassino avrebbe potuto spiare le proprie prede che, intente nelle loro effusioni, erano del tutto ignare del pericolo che incombeva.

Cominciò a perlustrare ogni anfratto, nella speranza di trovare qualcosa che fosse sfuggito durante il primo sopralluogo. Si spostò tra i cespugli, camminando con cautela, controllando il terreno, smuovendo le frasche.

Finché qualcosa di insolito sulla corteccia di un albero non attirò la sua attenzione.

Un occhio disattento l'avrebbe scambiata per una semplice irregolarità della superficie. Ma aveva una forma geometrica troppo peculiare per essere di origine naturale.

No. Qualcuno, con un oggetto appuntito, aveva inciso una figura circolare composta di tracciati concentrici e linee spezzate, tra cui spiccavano due diagonali più profonde delle altre. E non si poteva trattare di un simbolo d'amore lasciato da una coppia capitata lì per caso. Perché quella era la raffigurazione dell'astrolabio, rudimentale ma del tutto analoga all'incisione sul medaglione rinvenuto sulla scena degli omicidi Frasso-Petrasanta.

L'assassino, dunque, aveva deliberatamente lasciato un segno della sua presenza, ben nascosto tra la vegetazione, eppure visibile a chiunque fosse sufficientemente determinato a trovarlo. Come una sfida.

Scalviati volse lo sguardo verso il prato. Era nella stessa posizione in cui l'assassino era rimasto in appostamento. Provò un brivido. Abbastanza vicino da vedere ciò che avveniva all'interno della macchina, non troppo da rischiare di essere scoperto.

Quanto a lungo si era trattenuto a osservare i due amanti? Li aveva seguiti fino a lì o era già sul posto, in attesa che una coppia si appartasse nel luogo che aveva scelto per colpire?

Entrambe le ipotesi sembravano legittime. La seconda più plausibile, in virtù della vicinanza del Po.

L'assassino prediligeva luoghi appartati prossimi ai corsi d'acqua. Era possibile che avesse trascorso ogni notte di plenilunio su quei colli, aspettando l'arrivo di due potenziali vittime? O compiva una sorta di pattugliamento di una serie di luoghi candidati, cui attribuiva qualche significato esoterico?

Proseguì fino al luogo del ritrovamento del cadavere di Monica Ferretti.

Lanciò un'occhiata alla sagoma tracciata con la vernice, con i bordi bianchi che sfioravano l'erba ancora sporca di sangue, poi deviò verso il bosco che scendeva in città, in direzione di casa Bergesio, tentando di immaginare il percorso seguito dal piccolo Tito durante la fuga, alla ricerca di una qualsiasi traccia lasciata dal suo passaggio, come rami spezzati o lembi di tessuto strappati durante la corsa.

Non si aspettava di trovare delle impronte, dopotutto il terreno era inaridito dalla siccità delle ultime settimane. Ma più proseguiva e più aveva la conferma che l'ipotesi del bambino in fuga, semplicemente, non stava in piedi.

Il percorso nel bosco era accidentato e pieno di rami secchi, aghi di pino e foglie ingiallite precocemente.

Eppure i calzini del bambino erano puliti.

Come se si fosse materializzato di fronte a casa Bergesio senza aver compiuto neanche un passo.

Se c'era stato un altro un testimone degli omicidi che, impietosito, lo aveva condotto fin laggiù, perché non si era fatto avanti per rendere una dichiarazione? Era stato minacciato e aveva paura per la sua incolumità? O forse si trattava di un guardone che temeva di essere schedato?

Se invece fosse stato l'assassino a trasportare il bambino, non temeva di essere riconosciuto? E perché aveva scelto proprio quella casa?

Scalviati sperò che gli interrogatori gettassero una luce su quelle incognite. Ma non riusciva a essere ottimista.

Aveva l'impressione di dare la caccia a un fantasma. Proprio come aveva suggerito Stoner.

Un assassino invisibile in grado di lasciare dietro di sé una nebbia fitta di misteri.

33

Quando rientrò a casa, Scalviati trovò il tavolo in soggiorno apparecchiato. Nella teglia c'erano cotolette alla valdostana e patate lesse, ormai fredde.

Greta era seduta sul divano, di fronte alla TV col volume azzerato, in cui si susseguivano le immagini di un vecchio film.

«Tutto bene?» le chiese.

Lei si limitò a scuotere leggermente la testa, ma senza voltarsi.

Scalviati la raggiunse e le si sedette accanto. «Mi spiace di essere rientrato così tardi. Ho chiesto a Cecilia di avvertirti, ti ha chiamato?»

«Sì. È solo che… speravo che tornassi un po' prima.»

«Hai ragione. Il problema è che il fatto accaduto lo scorso fine settimana è molto grave, e ha sconvolto i miei orari di lavoro. Devo ancora prenderci le misure.»

«Lo so, non fai che ripeterlo. Ma io sono tutto il giorno in casa da sola, e a volte mi sento così… inutile.»

«Come puoi pensare una cosa del genere?» Scalviati guardò la moglie intensamente. «Pensa alla nuova vita che porti dentro di te. La vita di nostra figlia.»

«È solo questo che sono, dunque? Il vascello di una nuova

vita? Una madre, e tanto basta? Eppure anch'io ho le mie necessità e i miei desideri. Ho l'impressione di aver rinunciato a tutto quello che mi faceva sentire un individuo. E ora non mi riconosco più, né nella mente né, tantomeno, nel corpo.»

«Ti prego, non dire così. È difficile accettare i cambiamenti, e tu stai affrontando una sfida meravigliosa e insieme terrificante. Ma non sei sola. Puoi fare affidamento su di me. Sempre. L'abbiamo desiderata così a lungo, nostra figlia. Ci siamo imbarcati insieme in questa avventura e non ho intenzione di tirarmi indietro adesso. Sappi che io sono e sarò sempre al tuo fianco.»

«A casa non ci sei mai, Francesco! Quando ci sei è come se non ci fossi. Ti chiudi nel tuo studio a scartabellare tra fascicoli e incartamenti. Non si tratta soltanto dell'ultimo periodo, sono mesi che andiamo avanti così.»

Scalviati esitò per qualche istante prima di ribattere. Quando lo fece, tentò un tono conciliante. «So che non è semplice per te. Ma non c'è alcun motivo per cui tu debba rimanere sola in casa. Non mi avevi detto di aver fatto amicizia con quella signora che abita nella casa a fianco?»

«Quella che fa passeggiate alle due di notte dopo essersi scolata una bottiglia di Brachetto?»

«Potremmo invitare tua sorella a stare da noi, almeno finché la situazione non si stabilizza.»

«Mia sorella? Per tutta la vita non ha fatto altro che criticare le mie scelte. Non vede l'ora di vedermi fallire, solo per poter dimostrare che è meglio di me. Chiedere il suo aiuto sarebbe come ammettere la mia sconfitta.»

«Ascoltami» mormorò Scalviati. «Sono qui, adesso. Se c'è qualcosa che ti turba, puoi parlarmene.»

Greta si drizzò sulla schiena, posizionandosi di fronte al marito. «Vuoi sapere la verità? Ho paura che non tornerò mai più come prima. Che questa non sia una condizione temporanea, ma la mia nuova normalità. Che dovrò rassegnarmi ad abitare un corpo che non sento più mio. E che sarò una madre terribile, perché non riesco a far pace con la persona che sono diventata.»

«Sciocchezze! Sarai una madre meravigliosa. Ti ricordi la prima volta che l'hai sentita muoversi? Quel sabato mattina, in quel negozio di abbigliamento?»

«Come potrei dimenticarlo?» ribatté lei, abbozzando un sorriso. «Mi sono spaventata da morire. Devo aver fatto una faccia assurda, perché il commesso si è precipitato a chiedermi se mi sentissi bene. Avrà pensato che stessi per svenire.»

«Quel giorno avevi voglia di fragole, così ci siamo fermati da un ambulante, sotto i portici di piazza Castello...»

«... ed erano le più buone che avessi mai mangiato.»

«Non aver paura di quello che provi. È normale un po' di insicurezza di fronte a un passo così grande.» Scalviati le prese una mano nella sua.

Greta la strinse con le sue dita affusolate e le unghie laccate di rosso. Scosse leggermente la testa. «Sono così piena di dubbi. Come potrò infonderle sicurezza in se stessa? Come potrò darle la forza di credere nei suoi sogni, se non so più se ho la forza di credere nei miei?»

«Quello che so è che la ameremo come non abbiamo mai amato noi stessi. Nostra figlia sarà la persona più amata sulla faccia della terra.»

Un sospiro. «A volte mi sento soffocare, tra queste pareti. Ci sono giorni in cui mi sembra di non avere più il controllo dei miei pensieri. È come se ci fosse una voce dentro di me che sussurra le cattiverie peggiori. Ho sempre paura che ti succeda qualcosa di brutto, o che qualcosa vada storto durante il parto.»

«Non mi succederà niente. E tu stai andando alla grande, l'ha detto anche la ginecologa. La piccola è perfettamente sana, non hai alcun motivo di preoccuparti.»

«Quel mostro a cui stai dando la caccia... È come se potessi percepire la sua presenza aleggiare nei dintorni.» Nascose il volto tra le mani. «Mio dio, è orribile quello che ha fatto a quei poveri ragazzi!»

«Non farti suggestionare da quello che leggi sui giornali. Lo prenderemo prima di quanto pensi.»

«Di solito riesco a far finta di niente, ma oggi non riuscivo proprio a farla tacere, quella voce! Mi sono messa a cucinare per distrarmi. Volevo far passare il tempo in attesa del tuo rientro, ma non arrivavi mai. Speravo di farti una sorpresa e farti trovare la cena pronta. Adesso sarà da buttare.»

«La possiamo sempre scaldare nel microonde. Le cotolette che ho visto in tavola sembravano deliziose.»

Greta scoppiò in una risata cristallina. «Nel microonde? Non dirai sul serio, spero.»

34

Leda volse uno sguardo alla scrivania e fece un sospiro. C'era un tale disordine che temeva di provocare un rovinoso effetto domino nel recuperare ciò che stava cercando.

Era incalzata da un'indefinibile sensazione. Come se la mente avesse afferrato un particolare senza riuscire a farlo emergere del tutto. Mentre consultava il dossier che le aveva consegnato il suo caporedattore, si era resa conto che il viso di Monica Ferretti aveva un che di familiare.

Era convinta di averla già vista. Ma aveva bisogno di una conferma.

Afferrò la catasta di dizionari che consultava quando scriveva e li posò sul pavimento. Mise nel cassetto un plico di fotocopie, liberò il ripiano da una pila di quotidiani che si erano ammucchiati giorno dopo giorno; la maggior parte non aveva avuto nemmeno il tempo di leggerli. Dopo aver spostato la macchina da scrivere, recuperò da sotto un cumulo di riviste la scatola con il materiale raccolto durante l'inchiesta su quel giro di prostituzione che era stata costretta a sospendere.

Non l'aveva mai archiviata, come se una parte di lei avesse sempre saputo che ne avrebbe avuto ancora bisogno.

La aprì e, mentre sfogliava tra gli appunti e le polaroid, la mente sprofondò tra i ricordi di quel periodo controverso. Erano fotogrammi di una vita che non le apparteneva davvero, frammenti di una simulazione che l'aveva portata a contatto con altre vite, attraversandole come una meteora.

Come quella di Giulia, per esempio. La ragazza che le aveva subaffittato la stanza che poi le era servita come alloggio di copertura.

Le sfuggì un fugace sorriso di fronte a un'immagine che la ritraeva nella modesta cucina del suo appartamento, con un apribottiglie in mano a mo' di microfono, mentre cantava una canzone di Baglioni, inventandosi sul momento buona parte del testo.

Ricordava perfettamente l'istante in cui Giulia le aveva confidato che faceva parte del giro e che, se voleva, l'avrebbe aiutata a inserirsi. Così come ricordava l'espressione della ragazza, la notte in cui era rientrata con segni di percosse. Leda le aveva chiesto chi fosse stato. Giulia era stata evasiva. Non era niente di che, aveva detto. Perché clienti del genere potevano capitare, ma non c'era da preoccuparsi troppo, perché ci avrebbe pensato chi di dovere a sistemare le cose.

Inutile insistere. Inutile tentare di convincerla a rivolgersi alla polizia. Giulia era stata irremovibile. Era terrorizzata all'idea che i servizi sociali potessero portarle via la sua bambina.

Più tardi l'aveva sentita piangere, Giulia, nonostante cercasse di coprire i singhiozzi con l'acqua corrente.

Aveva avuto Carlotta sei mesi dopo aver lasciato Monreale alla volta di Torino. Sperava di farsi sposare dal suo ragazzo, che si era trasferito al nord per lavoro. Era partita carica di aspettative, con in valigia le lettere in cui lui le dichiarava amore eterno e i completini per la nascitura che le aveva regalato sua madre. Ma le cose non erano andate come aveva sperato.

Durante il periodo di separazione, lui aveva già trovato un'altra fidanzata, e non era affatto interessato ad assumersi le sue responsabilità.

«Non mi sento pronto a diventare padre» le aveva detto. Per Giulia era stato un colpo durissimo, ma si vergognava troppo per tornare al paese. Probabilmente, coltivava ancora la speranza che lui cambiasse idea e accettasse di sposarla. Aveva scelto così di restare nella grande città, dove sbarcava il lunario con lavoretti part-time e con l'aiuto degli assegni che la sorella le faceva pervenire di tanto in tanto, di nascosto dagli altri familiari.

Finché non era entrata in contatto con qualcuno che l'aveva introdotta nel circuito della prostituzione.

Leda era convinta che si trattasse di una figura istituzionale di qualche tipo. Fin dal principio dell'inchiesta era stato chiaro che, oltre alla criminalità organizzata, fosse coinvolto qualcuno delle autorità locali.

Era determinata più che mai a scoprire di chi si trattasse, ma vincere la diffidenza delle ragazze coinvolte e spingerle a fare i nomi si era rivelato impossibile. Non si sarebbero mai fidate di una persona estranea alla vicenda. Soprattutto perché di certo, come Giulia, anche le altre vivevano sotto la minaccia costante di un ricatto di qualche tipo. Infiltrarsi nel giro, dunque, le era sembrato l'unico modo per scoprire la verità.

Così, Leda si era costruita un'identità fittizia, procurandosi persino dei documenti falsi grazie a certi contatti nell'ambito della microcriminalità che aveva maturato durante il suo periodo di dipendenza dagli antidolorifici.

Si faceva chiamare Anna e fingeva di essere una profuga

cilena, sfuggita alla repressione del regime di Pinochet con la speranza di una nuova vita in Italia. Aveva messo in giro la voce di aver bisogno di un alloggio. Voce che era arrivata a Giulia, che Leda stava già tenendo d'occhio da un po' e sapeva essere alla ricerca di una coinquilina.

Durante le settimane di convivenza si era stabilito un inaspettato rapporto di amicizia. Giulia era una persona estroversa, solare, dal carattere spensierato che le difficoltà della vita non erano riuscite a schiacciare.

Leda si era offerta di prendersi cura della piccola Carlotta quando la madre era fuori casa. Non era facile mantenere il distacco ogni volta che Giulia annunciava che sarebbe uscita per uno di quelli che chiamava "appuntamenti galanti". Si trattava di incontri combinati che le venivano comunicati con un anticipo di poche ore tramite una telefonata in codice.

Per Leda era stata un'impresa conciliare l'attività sotto copertura con la sua vita privata. Per fortuna, approfittando delle vacanze estive, Carlo si era trasferito a casa del padre per fare qualche lavoretto nelle vigne. Leda gli telefonava ogni volta che poteva e, in diverse occasioni, aveva dovuto inventare una scusa perché non si trovava in casa quando era stato lui a chiamarla. Sapeva che prima o poi avrebbe dovuto dirgli la verità, ma rimandava il più possibile perché non voleva che si preoccupasse o, peggio, finisse per parlarne con il padre. Non era in vena di sorbirsi le prediche dell'ex marito sul pericolo che correva, né tantomeno i suoi richiami alla responsabilità.

Ora, mentre riguardava le fotografie, non poté fare a meno di chiedersi dove fosse Giulia. Chissà se stava bene.

Leda era sparita dalla sua vita da un giorno all'altro senza una spiegazione, lasciando gran parte del suo guardaroba nell'appartamento. Chissà come l'aveva presa. Chissà se l'aveva mai cercata.

Rispolverare quei vecchi appunti le aveva messo addosso una certa malinconia, non poteva negarlo. Era anche preoccupata per la piccola Carlotta. Le erano bastate poche settimane per affezionarsi.

Si paralizzò mentre passava in rassegna le polaroid.

C'era una fotografia che aveva scattato la sera del compleanno di Giulia.

Avevano ricevuto la visita di altre cinque ragazze. Avevano bevuto spumante da quattro soldi e avevano mangiato una torta al cioccolato. Erano state a ballare allo Studio Due e, quando erano rientrate a casa, lei e Giulia erano rimaste a chiacchierare sul terrazzo fino all'alba.

Al momento della foto, era stato subito dopo cena, una di loro aveva maldestramente sollevato il suo calice per brindare, finendo per versare parte del contenuto sui capelli della ragazza accanto. Quest'ultima si era scansata, e la fotografia aveva immortalato l'istante in cui erano tutte in movimento, tra le risate, per schivare gli schizzi di spumante.

Leda aveva annotato sul retro i nomi delle ragazze presenti quella sera.

C'erano Natascia e Lorna, entrambe di origini albanesi. C'erano Maristella e Sonia.

E poi c'era Monica, detta Mimì. La ragazza che in foto aveva il calice in mano, colta nel momento in cui lo stava rovesciando.

Monica Ferretti. Crudelmente assassinata venerdì notte dal mostro che stava terrorizzando la città.

Leda era incredula. Ma ora capiva quella sensazione di averla già vista.

Il suo inconscio le aveva suggerito il collegamento con la sua vecchia inchiesta.

Era giunto il momento di chiudere i conti col passato.

35

«Signor Bergesio, le chiedo di tornare con la mente alla notte tra venerdì 26 agosto e sabato 27. È successo qualcosa di particolare, o comunque al di fuori dell'ordinario, prima di ricevere la visita del piccolo Tito?»

«Non direi. Io e mia moglie abbiamo guardato la TV fino alle dieci e mezza. Confesso di essermi addormentato un paio di volte. Con una settimana di lavoro sulle spalle, ero piuttosto stanco. Mia moglie si è preparata una tisana e poi, vediamo... saremo andati a letto verso le undici.»

«Lei lavora in una ferramenta, giusto?»

«Sono magazziniere in un'azienda di forniture industriali.»

«Ha figli?»

«Due. Aldo, il più grande, lavora come meccanico in un'autofficina. Filippo dovrebbe cominciare il quinto anno di ragioneria tra un paio di settimane, sempre che non faccia qualche cazzata agli esami di riparazione. Quel testone ha avuto la bella idea di farsi rimandare in geografia. Dico, si è mai sentito di qualcuno che rischia di essere bocciato a un passo dalla maturità perché non sa da che parte girare il mappamondo?»

«Più di quanto crede, temo. Vivono entrambi con lei?»

«Solo Filippo. Aldo si è sposato l'anno scorso e ha preso

casa a Settimo. Gli tocca fare il pendolare, ma il prezzo degli affitti in città è alle stelle.»

«Lei ha il sonno pesante, signor Bergesio?»

«Abbastanza. Infatti è stata mia moglie a svegliarmi per dirmi che avevano suonato al campanello.»

«Sa dirmi che ore erano?»

«Sì, perché ho guardato immediatamente l'orologio della radiosveglia. Era mezzanotte e cinquantadue.»

«E suo figlio? Si è svegliato anche lui?»

«Figuriamoci. A lui non lo svegliano neanche le cannonate. Non si è accorto di niente.»

«E sua moglie? Immagino che si sia spaventata, sentendo il campanello suonare a quell'ora.»

«Altroché! Ho cercato di convincerla che era stato uno scherzo, poi però ha suonato di nuovo. È stato allora che mi sono alzato per andare a controllare. Pensavo si trattasse di qualcuno che era rimasto a piedi con la macchina e avesse bisogno del telefono.»

«Perché avrebbe pensato qualcosa del genere? Le è già capitato, in passato?»

«Una volta, nel gennaio dell'85. Se la ricorderà anche lei, la nevicata del secolo. Le strade erano impraticabili. Mi sono trovato alla porta nel cuore della notte tre ragazzi, erano chiaramente ubriachi. Provenivano da una discoteca della zona e si erano persi. Li ho accompagnati in città con la mia Campagnola.»

«L'altra notte non aveva paura che fosse qualche malintenzionato?»

«Con tutto il rispetto, signor giudice, quelli mica suonano alla porta.»

«Giusta osservazione. Da quello che ho capito, il campanello ha suonato due volte.»

«Esatto. Anche se la prima volta, come le ho spiegato, stavo ancora dormendo.»

«Immagino non abbia sentito gli spari, o altri rumori insoliti provenienti dal bosco.»

«No. Probabilmente non avrei sentito nulla anche se fossi stato sveglio. Da quella distanza la vegetazione assorbe gran parte dei rumori.»

«Quanto tempo è trascorso tra la seconda scampanellata e il momento in cui ha aperto la porta?»

«Due minuti al massimo. Il tempo di mettermi qualcosa addosso e scendere le scale.»

«Ha aperto direttamente la porta o ha chiesto prima chi fosse?»

«Ho chiesto. Con grande sorpresa, mi ha risposto la vocina di un bambino. Mi ha detto: *Apri, ho sonno. Il babbo è via, e la mamma e lo zio sono morti.*»

«Nient'altro?»

«No. A quel punto ho aperto la porta e gli ho chiesto cos'era successo.»

«E lui, cos'ha risposto?»

«Mi ha guardato per un attimo, sembrava disorientato. Poi mi ha abbracciato. So che sarà difficile da credere, ma poco dopo si è addormentato.»

36

«Sei pensierosa questa mattina.»

Dopo un attimo di esitazione, Leda distolse lo sguardo dallo schermo del computer. «Come hai detto, scusa?»

«Appunto» disse Loi con un sorriso. «Mi chiedevo soltanto se va tutto bene.»

«Sì, certo.»

La redazione era animata come di consueto in mattinata, con l'incessante viavai tra gli uffici e la sala fotocopie e lo squillare continuo dei telefoni. All'interno dell'ampio open space, il fattorino si spostava da una postazione all'altra per consegnare la corrispondenza.

«Ti conosco abbastanza da sapere che c'è qualcosa che ti turba.»

«Sono solo un po' stanca. Stanotte non ho dormito molto, e mi sono svegliata con un tremendo mal di testa.»

«Be', se hai bisogno di un giorno di riposo devi solo dirmelo. Da quando è cominciata questa storia non hai avuto un attimo di pausa.»

«Grazie, non è necessario. E poi sono già a buon punto della stesura del pezzo sull'inizio degli interrogatori. Sono riuscita a ottenere la lista dei testimoni dalla segreteria del tribunale.»

«Ottimo lavoro. Più tardi sentirò da uno dei miei contatti in questura se c'è stato qualche sviluppo.»

«Sempre con l'orecchio teso tra i corridoi della giustizia, eh?»

Loi si strinse nelle spalle. «Fa parte del gioco. E mi sembra che anche tu te la stia cavando piuttosto bene. Ti va un tè?»

«Sei proprio determinato a strapparmi a questa scrivania!»

«Un caffè? Vorrei solo che ci prendessimo un attimo per fare il punto della situazione.»

«Vada per il caffè.» Leda lo seguì fino al cucinotto, dove c'era una macchina per espresso.

Dopo aver preparato le rispettive bevande, Loi si schiarì la voce. «Allora, che ne pensi?»

«Di cosa?» chiese Leda, disorientata.

«Il mostro, le indagini. Come pensi che dovremmo impostare la copertura delle notizie? Secondo te conviene mantenere un approccio aggressivo nei confronti delle autorità o concentrarci di più sugli aspetti sociali della vicenda?»

«Non capisco dove stai cercando di arrivare.»

Lui soffiò sul suo tè. «Mi piacerebbe conoscere la tua opinione, tutto qui. Con il pezzo di domenica hai ammorbidito i toni su Scalviati.»

«Hai delle obiezioni sul tono del mio articolo?»

«Ci mancherebbe. Sto cercando di capire se è cambiato qualcosa nel tuo modo di vedere le cose, e perché.»

«Il mio modo di vedere le cose conta fino a un certo punto, del resto sono solo una persona che dà le notizie. Ho l'ambizione di fare informazione, non intrattenimento. Mi interessa solo la ricerca della verità. Quando mi hai offerto di occuparmi di questa storia te l'ho detto chiaramente che l'avrei fatto a modo mio.»

«Certo, e non mi aspetto niente di meno. È solo che… ho l'impressione che tu mi stia nascondendo qualcosa.»

«A caccia di retroscena anche per un semplice mal di testa?»

«Ci sono tanti motivi che possono provocare un mal di testa. O una notte insonne. Non sarei qui se non fossi in grado di accorgermi quando c'è polvere sotto un tappeto.»

«E va bene» sospirò Leda. «Credo di aver scoperto qualcosa, ma non sono ancora sicura di cosa si tratti. Sto cercando di elaborare la faccenda, e prendere una decisione sul da farsi.»

«Potresti essere più… dettagliata? Hai avuto una soffiata? Si tratta di un sospettato di cui non è ancora stata resa nota l'identità? O una circostanza che non è stata vagliata dagli inquirenti?»

«Riguarda la ragazza uccisa lo scorso venerdì. Avevo questa sensazione di averla già incontrata. Non mi sbagliavo.»

Il volto di Loi si illuminò. «Mi stai dicendo che… la conoscevi?»

«Ricordi la mia inchiesta su quel giro di prostituzione?»

«Speravo avessimo superato la fase delle recriminazioni.»

«Non è questo il punto. Mentre ero sotto copertura, avevo l'abitudine di fotografare praticamente chiunque, con la scusa di realizzare una specie di album dei ricordi della mia "nuova vita" in Italia. A tutti sembrava normale, dopotutto li avevo convinti di essere una profuga cilena che aveva perso le sue radici. Ero Anna, la squatter un po' eccentrica che non si separava mai dalla sua macchina fotografica. Ma ieri, rovistando tra quelle polaroid, ne ho trovata una in cui compare Monica Ferretti.»

«Aspetta. La Ferretti era una prostituta?»

Leda scosse la testa. «No, cioè… non lo so. L'ho incontrata una sola volta. Si è presentata la sera del compleanno della mia coinquilina, per poi scomparire dai radar.»

Loi rimase in silenzio per qualche istante. «Cos'hai intenzione di fare?»

«La mia parte razionale suggerisce di parlarne con Scalviati e lasciare che sia lui a stabilire se si tratta di un indizio o di una coincidenza.»

«E il tuo istinto cosa dice?»

«Che non si tratta di una coincidenza. Che forse c'è un motivo per cui Monica è stata assassinata, che va oltre la logica del mostro assetato di sangue. E che probabilmente sono l'unica in grado di andare a fondo alla vicenda.»

«Di una cosa sono sicuro. Se c'è davvero una storia dietro tutto questo, se i delitti del mostro sono in qualche modo collegati alla tua vecchia inchiesta, be'… potrebbe essere un vero e proprio scoop.» Loi rifletté per qualche istante prima di continuare. «Tuttavia, non posso ignorare che ti troveresti su un terreno pericoloso. Non parliamo più di sfruttamento della prostituzione, ma di sanguinosi omicidi compiuti da una mente disturbata. Da parte mia, hai carta bianca per proseguire nella tua indagine. Ma sei proprio sicura di volerlo fare?»

«Per niente» ammise Leda. «Ma temo di non poter fare altrimenti.»

37

«Signor Ferretti, innanzitutto le vorrei porgere le mie più sentite condoglianze. Immagino non debba essere facile trovarsi a rispondere a domande che riguardano la morte di sua moglie.»

«Grazie, signor giudice. Anche se dubito di poter essere di alcun aiuto. Come saprà, lo scorso fine settimana mi trovavo all'estero per lavoro.»

«Lei è un dipendente della Transfreeze, una ditta di autotrasporti, giusto?»

«Esatto. Lavoro lì da sei anni come camionista.»

«Qual era la natura del suo incarico?»

«Dovevo consegnare un carico di arance a Bratislava. Da lì, sono partito per Brno per caricare delle carni bovine da trasportare a Torino.»

«Mi è stato riferito che lei è partito venerdì mattina. Può dirmi a che ora?»

«Alle quattro.»

«Sua moglie le ha detto qualcosa prima che partisse?»

«Cosa vuole che mi abbia detto… Era mezza addormentata. Mi ha salutato a malapena.»

«Ricorda a che ora è arrivato a destinazione?»

«Sono arrivato al magazzino di Bratislava alle cinque del pomeriggio.»

«Mi risulta che lei sia rientrato a Torino soltanto domenica sera. Ha l'abitudine di trattenersi più del necessario nei luoghi in cui effettua le consegne?»

«Nei viaggi lunghi, in genere riparto il mattino dopo. Ma c'è stato un ritardo nella logistica all'allevamento, e c'è voluto un giorno intero per risolverlo. Non avevo idea di cosa fosse successo qui, se l'avessi saputo sarei rientrato d'urgenza. Ma non sapevo… Non credevo che…»

«Non si preoccupi, capisco il suo stato d'animo. Se ha bisogno di un attimo di pausa deve solo chiederlo. Le faccio portare un bicchier d'acqua?»

«Grazie, non è necessario.»

«Sicuro di voler proseguire?»

«Sì. Mi scusi, mi sono avvilito per un attimo.»

«Sappia che è libero di interrompere il colloquio in qualunque momento. Non voglio che si senta in alcun modo sotto pressione. Tuttavia, sebbene io non abbia alcun motivo di dubitare di ciò che mi ha detto finora, è mio dovere chiederle se è in possesso dei documenti di trasporto che attestano le tappe del suo viaggio.»

«Li ho portati con me. Il commissario mi aveva informato che sarebbero stati necessari.»

«Perfetto. Li consegni pure alla mia segretaria. Ora vorrei farle una domanda un po' più personale. Come definirebbe il rapporto con sua moglie?»

«In che senso, scusi?»

«Se litigavate spesso, se di recente c'erano stati motivi di attrito…»

«Niente di che. Monica era fatta a modo suo, questo è vero. A volte capitava di discutere per delle sciocchezze, ma finivamo sempre per fare la pace.»

«Era a conoscenza che sua moglie si incontrava clandestinamente con il signor Ginestra?»

«Io… non so se… Insomma, è già abbastanza imbarazzante…»

«Parli pure liberamente. Non è un reato tollerare il tradimento di un coniuge.»

«Avevo dei sospetti, questo sì. A volte Monica si appartava per fare delle telefonate, ma non avevo motivo di pensare che si trattasse di un altro uomo. Avrei dovuto essere più presente, ma con il lavoro che faccio non è mai stato semplice.»

«Le è mai capitato di fare delle scenate di gelosia? Un suo vicino di casa sostiene che litigavate spesso.»

«Come le ho detto, erano sciocchezze. A volte erano questioni di soldi, a volte le faccende domestiche. Monica si scaldava facilmente e, insomma, poteva capitare che anch'io perdessi la pazienza. Ma non ho mai alzato le mani su di lei, lo giuro!»

«Le credo, signor Ferretti. E ci tengo a sottolineare che lei è qui in veste di persona informata sui fatti, non come indagato.»

«Mi perdoni, non intendevo mancarle di rispetto.»

«Non si preoccupi. Mi dica, piuttosto, le è mai capitato di ascoltare il contenuto di quelle conversazioni… segrete?»

«No. Monica si chiudeva in camera da letto e non mi faceva nemmeno entrare. Una volta mi ha detto che stava parlando con il suo farmacista. Ho pensato che mi stesse prendendo in giro, e la cosa è finita lì.»

«Il suo… farmacista?»

«Così ha detto.»

«C'è stata un'intensificazione di queste telefonate, nei giorni precedenti all'omicidio?»

«Non credo... Non saprei.»

«Sua moglie aveva delle frequentazioni abituali? Amiche, colleghe di lavoro, parenti...»

«È capitato di ricevere la visita di certe sue amiche. Una Maristella, mi ricordo, e una certa Natascia. E poi vedeva sua sorella con una certa frequenza. Il più delle volte era Luciana a cercarla, ma so che si incontravano spesso, quando ero via. Monica ha sempre avuto paura a dormire da sola.»

«Di cosa aveva paura, secondo lei? Aveva dei nemici, qualcuno che desiderava farle del male? Ha mai ricevuto minacce di qualche tipo?»

«Non che io sappia... Forse non era perfetta, ma era benvoluta da tutti, nel quartiere.»

«Come si comportava con vostro figlio?»

«Sta insinuando che non fosse una brava madre?»

«Niente affatto. Vorrei solo sapere che tipo di madre fosse. Se era protettiva, tollerante o severa...»

«Severa? Non mi permetteva nemmeno di sgridarlo se faceva qualcosa di sbagliato. Per Monica, Tito era... tutto. Avrebbe dato la vita per lui.»

«È al corrente che dopo la conclusione del nostro colloquio intendo scambiare qualche parola con suo figlio, vero?»

«Sì, ma... non crede sia un po' presto? Voglio dire... Con quello che ha passato... È proprio necessario?»

«Purtroppo sì. E mi creda, ne farei volentieri a meno se le circostanze fossero diverse. Ma Tito è l'unico testimone degli avvenimenti, e potrebbe fornire informazioni essenziali per la cattura dell'assassino di sua moglie.»

«Signor giudice, perdoni la franchezza ma... Tito ha quattro anni e mezzo. Cosa potrebbe mai dire che sia utile per le indagini?»

«Mi rendo conto delle sue perplessità. Ma, se può esserle di conforto, le posso dire che il colloquio sarà il più breve possibile, e potrò contare sull'assistenza di una psicologa.»

«Mi arrendo. È il suo mestiere. A lei la responsabilità di farlo al meglio.»

«Lo farò, gliel'assicuro. Prima di incontrarlo, le vorrei chiedere se c'è qualcosa che dovrei sapere. Per esempio, se soffre di qualche patologia particolare...»

«Cosa...? No! Tito è un bambino perfettamente sano. Un po' vivace, certo, ma credo sia normale a quell'età.»

«Quindi non sta assumendo farmaci, o seguendo una terapia di qualche tipo.»

«Ma che dice! No, certo che no! Be', a parte la Tachipirina. Quella ha dovuto prenderla l'inverno scorso, quando s'è buscato una brutta influenza.»

«E sua moglie, invece? Le risulta che le fossero stati prescritti dei medicinali?»

«Niente affatto. Cosa posso dirle, siamo una famiglia di costituzione robusta.»

38

Loiacono spostò lo sguardo al di sopra del quotidiano che stava fingendo di leggere per seguire i movimenti dell'agente Stoner, che si stava avviando verso l'uscita dell'albergo. Posò il quotidiano sul tavolino della sala d'attesa e si incamminò nella sua scia.

Conscio dell'invito alla discrezione del sostituto procuratore Scalviati, per eseguire il pedinamento si era vestito in borghese, con una semplice Lacoste, jeans e scarpe da ginnastica. Per ostentare disinvoltura, si portava appresso una lattina di Coca-Cola che di tanto in tanto sorseggiava tramite la cannuccia.

Non che il gusto gli piacesse particolarmente. Gli metteva il buonumore ripensare a quella pubblicità che passavano in TV sotto Natale, con tutti quei ragazzi con le candele in mano, schierati su una collina a formare la sagoma di un abete. E lui amava il Natale, soprattutto perché gli permetteva di incontrare i familiari che stavano ancora in Puglia.

Notò che Stoner si orientava con una cartina della città. Si chiese dove fosse diretto. Mantenendo una certa distanza, lo osservò svoltare l'angolo per poi imboccare via San Francesco d'Assisi. Attese qualche istante e si affacciò.

Stoner stava attraversando l'incrocio con via Lascaris.

Loiacono si accodò a un gruppo di passanti e continuò a camminare, cercando di non perdere mai di vista il suo obiettivo.

Erano da poco passate le undici del mattino e l'asfalto cominciava a scaldarsi. Il sole svettava al di sopra dei tetti dei palazzi, brillando al centro del cielo terso. Il giovane sovrintendente si pentì di aver lasciato a casa il Borsalino che gli aveva regalato suo cugino Saverio qualche mese prima, gli avrebbe fatto comodo tenere almeno la testa al riparo.

Dopo la svolta in via Bertola, cominciò uno sfiancante pedinamento, tra la calura, il traffico del Quadrilatero e lo sferragliare dei tram di passaggio. Al termine di via Passalacqua, Stoner attraversò le arcate ed entrò in piazza Statuto.

Loiacono si affrettò a seguirlo, ma dovette nascondersi sotto il portico quando si rese conto che Stoner era a pochi metri da lui. Sembrava assorto nella contemplazione del Monumento ai caduti del Fréjus.

Un monumento che a lui non era mai piaciuto, peraltro. Qualcuno gli aveva spiegato che sotto l'angelo c'erano dei titani abbattuti, simbolo del trionfo della ragione sulla forza bruta, ma a lui parevano piuttosto delle anime dannate che tentavano di risalire dagli abissi infernali.

Seguì con lo sguardo l'americano mentre si spostava in corrispondenza dell'obelisco che indicava il meridiano passante per Torino.

Loiacono era sempre più confuso. Si trattava di un bizzarro giro turistico?

Sebbene accaldato, non si perse d'animo quando Stoner

ricominciò a muoversi. Pochi passi e lo vide infilarsi nell'entrata della Biblioteca civica.

Gettò la lattina vuota in un cestino, e attese alcuni minuti prima di entrare a sua volta.

39

Una ragazza con un tailleur blu entrò nell'ufficio di Scalviati, accompagnando per mano il piccolo Tito. Il bambino aveva un'espressione un po' smarrita, ma tutto sommato sembrava tranquillo. Sosteneva il suo coniglietto di pezza dal tessuto logoro, gli occhi sporgenti e un ciuffo ribelle sulla testa.

«Quello è il giudice Francesco Scalviati, un uomo molto importante» disse la ragazza. «L'altro è il commissario Costanza, il suo aiutante. Ti faranno qualche domanda su quello che è successo lo scorso fine settimana. Ci vorranno solo pochi minuti, ma tu puoi comunque interrompere l'incontro in qualsiasi momento. Che ne dici? Te la senti di cominciare?»

Il piccolo annuì con ampi movimenti della testa e andò a sedersi. La ragazza prese posto accanto a lui.

«Buongiorno, dottoressa Vinci, grazie per essere qui» le disse Scalviati. Poi, rivolto al bambino, aggiunse: «Ciao, Tito. È molto bello il tuo coniglietto. Come si chiama?».

«Ziggy» rispose.

«Te l'ha regalato mamma?» Era lo stesso che il bambino stringeva in mano sabato notte.

Tito si limitò a un cenno di assenso.

«Sembra molto speciale.»
«È l'amico del buon sonno.»
«Ti aiuta a dormire?»
Il piccolo annuì.
«Ti capita di avere difficoltà ad addormentarti?»
«Delle volte.»
«Come mai?»
«Mamma dice che sono superlativo.»
Scalviati e Costanza si guardarono perplessi.
«Intendevi forse iperattivo?» intervenne la psicologa.
Un cenno affermativo.
«Che mi dici di zia Luciana? Mi sembra una persona premurosa.»
Un cenno affermativo.
«Ti piace stare da lei?»
Tito fece spallucce.
Scalviati scrisse qualcosa nella sua agenda degli appunti. «Cosa ne pensi di quell'altro zio, Paolo?»
Vinci contrasse impercettibilmente i muscoli facciali, sorvegliando l'espressione del piccolo, forse temendo una reazione negativa.
«È buono» rispose invece quest'ultimo con un guizzo di entusiasmo.
«Come mai?»
«Mi compra il gelato anche quando la mamma non vuole.»
«Lo vedevi spesso?»
Tito tentennò per qualche istante. Si guardò intorno, come per assicurarsi che non ci fosse qualcun altro nella stanza. «È... un segreto.»
«Cosa vuoi dire?»

Tito si passò due dita sulle labbra, mimando la chiusura di una zip.

«Te l'ha chiesto mamma di non parlarne?» chiese il magistrato.

Il bambino non rispose.

«Sai che questo è uno spazio protetto?» intervenne la psicologa. «In questa stanza si possono dire tutti i segreti.»

Tito abbassò la testa, stringendo a sé il suo coniglietto.

«Tranquillo» fece il magistrato. «Nessuno lo verrà mai a sapere.»

«Neanche il babbo?»

«Nemmeno lui.»

«La mamma dice che se no diventa triste.»

«E tu non vuoi che il papà sia triste, vero?»

Tito fece no con la testa.

«Ricordi l'ultima volta che hai visto lo zio Paolo?»

«L'altro giorno» rispose dopo una breve esitazione.

«Venerdì sera, giusto?»

Il piccolo annuì.

«Puoi raccontarmi com'è andata la serata? Hai cenato con la mamma, e poi è venuto a prendervi lo zio Paolo, o avete cenato tutti insieme?»

«Zio è venuto dopo cena.»

«Con la macchina?»

Annuì.

«E siete andati al cinema.»

«Sì.»

«Puoi dirmi che film avete visto?»

Tito scosse la testa.

«Ricordi una scena in particolare, la faccia di un attore, o magari la musica?»

«Non so...» Spostò lentamente lo sguardo verso la psicologa, come per cercare la sua approvazione.

«Va tutto bene» disse quest'ultima. «Non c'è niente di male se non ricordi qualcosa.»

«Per caso ti sei addormentato durante la visione?»

Tito lo guardò senza rispondere.

«Ti è già capitato altre volte di addormentarti durante un film, o mentre guardi la TV?»

«Credo di sì.»

Il magistrato rifletté per qualche istante. Non poteva negare un certo disagio. Era evidente che il piccolo fosse in difficoltà e non voleva forzarlo. Ma doveva sapere se c'era qualcosa di significativo sepolto tra i suoi ricordi. «Torniamo a venerdì sera. Ricordi cosa avete fatto dopo essere usciti dal cinema?»

Tito scosse la testa.

«Non preoccuparti, abbiamo quasi finito» intervenne la psicologa in tono conciliante. «Stai andando molto bene.»

«È vero» disse Scalviati. «Sei un bambino molto coraggioso. Quello che stai facendo adesso è molto importante per farci capire cos'è successo alla tua mamma. Per questo ti chiedo ancora un piccolo sforzo. Pensi di poterlo fare?»

Tito annuì.

«Ricordi di esserti svegliato mentre eri in macchina con la mamma e lo zio? Dopo il film, intendo.»

Tito parve titubante. Stropicciò le labbra in un piccolo broncio, roteando gli occhi verso l'alto come se stesse rovistando nella memoria. «C'è stato un tuono.»

«Il tuono ti ha svegliato?»

Annuì.

«E cos'hai visto?»

«Lo zio era strano.»

«Sei uscito dalla macchina?»

Tito scosse la testa.

«Ricordi di aver camminato nel bosco?»

«No.»

«Sei rimasto in macchina?»

Annuì.

«Avevi paura di qualcosa?»

«Gli alberi» rispose riluttante.

«Cosa vuoi dire?» incalzò Scalviati.

«Si muovevano forte.» Tito strinse con forza il coniglietto.

«Come mai si muovevano forte, secondo te?»

«Per il… temporale.»

La psicologa gli prese la mano e fece un cenno di incoraggiamento con il capo.

Scalviati e Costanza si scambiarono uno sguardo d'intesa. Erano entrambi consapevoli che non c'era stato alcun temporale, venerdì scorso. Era possibile, tuttavia, che il piccolo Tito avesse lavorato con l'immaginazione, scambiando i colpi di pistola per tuoni. Ma i movimenti degli alberi?

«Ricordi di aver incontrato qualcuno, più tardi, quella notte?»

Tito esitò per alcuni istanti, poi guardò la psicologa. Ma senza rispondere.

«Direi che può bastare» disse lei. «Il piccolo è esausto.»

«D'accordo» fece il magistrato. «Grazie per l'assistenza, dottoressa. E grazie a te, Tito, per aver accettato di parlare con noi. Sappi che faremo tesoro di tutto quello che hai detto.»

40

«Vorrei sapere se quel tale che è appena entrato, quello con il completo scuro, ha fatto qualche richiesta particolare.»

Il ragazzo dietro il bancone della biblioteca guardò Loiacono con diffidenza. «Come, scusi?»

«Non mi fraintenda. Sono in borghese, ma sono un poliziotto. Sto seguendo un'indagine.» Loiacono estrasse il portafoglio dalla tasca posteriore dei jeans e gli consegnò il tesserino.

«Piacere di conoscerla, sovrintendente Loiacono. Posso chiederle cosa intende per "richiesta particolare"?»

«Non so, se ha chiesto dei libri, se aveva bisogno di indicazioni o stava soltanto cercando la toilette.»

«Il signore con il completo scuro, ha detto?»

Loiacono si guardò intorno per assicurarsi che non ci fosse Stoner nei paraggi. «È americano. Si chiama Stoner.»

Il bibliotecario fece spazio sul bancone per sfogliare un voluminoso registro. «In effetti, ha chiesto di consultare due libri.»

«Posso sapere quali?»

«Sezione 520. *Manuale pratico di astronomia* e *L'astrolabio*.»

Loiacono parve disorientato. «È sicuro?»

«Guardi lei stesso. È scritto qui.»

Si protese verso il bancone per sbriciare le annotazioni del bibliotecario sul registro delle presenze. «Vedo, vedo.» In realtà non fu in grado di decifrarne la calligrafia e dovette fidarsi di ciò che gli veniva detto.

«Posso fare qualcos'altro per lei?»

«Direi di no. Be', arrivederci.» Così dicendo, Loiacono si avviò verso l'uscita. Era sollevato che fosse terminato il turno di servizio, e non vedeva l'ora di rientrare a casa e fare una doccia. Di fare un'altra scarpinata in città sotto il sole per seguire gli "astronomici" passatempi dell'americano ne faceva volentieri a meno.

41

«Sono impaziente di sentire la sua opinione» disse Scalviati.

«Immagino non sia interessato al risotto che ho ordinato» sogghignò Costanza.

Con la conclusione della sessione mattutina degli interrogatori, i due si erano spostati in un ristorante nelle vicinanze del tribunale, dove spesso trascorrevano la pausa pranzo.

«Mi riferisco soprattutto al piccolo Tito. Le sue dichiarazioni sono piuttosto contraddittorie, non trova?»

«Dichiarazioni? Ha risposto alle domande per monosillabi e frasi spezzate. Quando non soltanto con un'alzata di spalle o un'occhiata spaurita.»

«Non che mi aspettassi molto di più, d'altronde bisogna considerare la sua età.»

«Già. E io che credevo di averle viste tutte, in questo mestiere. E invece mi è toccato assistere all'interrogatorio di un bambino di quattro anni.»

«Capisce anche lei che era necessario.»

«D'accordo, ma mi perdoni, dottor Scalviati… Il piccolo Tito non ha alcuna attendibilità.»

«Forse. Ma sono convinto che ci siano spunti di approfondimento, sia tra i suoi silenzi che nella scelta delle sue parole.»

«Come "superlativo"?»

«Esatto» disse Scalviati. «Un bambino di quell'età ha un vocabolario limitato, formato per lo più da parole sentite all'interno del nucleo familiare.»

«Spero non includa anche zio Paolo.»

«Be', è chiaro che per Monica Ferretti fosse una frequentazione abituale, ma non quotidiana. Immagino che definisse Tito "iperattivo" a causa del suo carattere vivace... Un bambino vivace che però cade addormentato più volte durante la serata. Persino tra le braccia di uno sconosciuto.»

«Be', considerando l'orario e le circostanze...»

«Quando l'ho incontrato, sabato notte, ha continuato a dormire come un sasso mentre sua zia parlava con me, spesso alzando il tono.»

«Credo sia normale, per i bambini di quell'età.»

«Non se accettiamo l'ipotesi che si tratti di un bambino molto vivace.»

«È sicuro di riferirsi allo stesso bambino che ho visto nel suo ufficio poco fa?»

«Era ovviamente intimorito dalla situazione» suggerì Scalviati.

«Mi perdoni, ma non capisco dove vuole arrivare.»

«È presto detto. Sono convinto che venerdì sera fosse sotto l'effetto di qualche farmaco.»

«Il padre ha detto che è perfettamente sano.»

«Non mi riferisco a una terapia, ma a un sedativo. Spiegherebbe perché i ricordi di quella notte sono così confusi.»

«Mi sta dicendo che Monica Ferretti potrebbe aver sedato suo figlio?»

«Credo che non abbia trovato nessuno che glielo badasse, ma non volesse rinunciare alla sua serata con l'amante.»

«Ma allora non poteva semplicemente portarsi l'amante a casa?» obiettò Costanza.

«Con i vicini sempre con l'orecchio teso a quello che succedeva nel suo appartamento?»

«Anche questo è vero.»

«Supponiamo che non si tratti di un caso isolato. Che in altre occasioni la Ferretti avesse placato l'esuberanza del figlio con dei farmaci. Spiegherebbe perché gli è capitato altre volte di addormentarsi di fronte alla TV.»

«Quale madre farebbe una cosa del genere?»

«Badi bene che non sto dicendo che non fosse una madre premurosa. Monica Ferretti era una persona infelice, e quando si è infelici si possono commettere terribili sbagli.»

«Capisco cosa intende. Anche se è duro da digerire.»

«Richiederò un esame tossicologico. Le tracce di quel tipo di sostanze rimangono in circolazione per giorni.»

«Bisognerà spiegarlo al padre e alla zia, dato che da quanto ho capito il bambino starà da lei ancora per un po'.»

«Gaetano Ferretti si è dimostrato piuttosto collaborativo. Per quanto riguarda Luciana Bonfante, ho il sospetto che non mi abbia detto tutto quello che sa. Si è lasciata sfuggire una mezza ammissione che Monica potesse avere un altro amante, oltre al Ginestra.»

«Vuole che la faccia convocare?»

«Temo che un interrogatorio formale la metterebbe sulla difensiva. Ho avuto l'impressione che fosse molto protettiva nei confronti della sorella. Forse ha paura di metterla in cattiva luce.»

«Be', non possiamo di certo costringerla a vuotare il sacco.»

Scalviati assunse uno sguardo risoluto. «Provi a parlare con lei. Una chiacchierata senza troppe cerimonie, in modo che non si senta sotto pressione.»

Costanza annuì. «Può contare su di me.»

«Resta da chiarire com'è arrivato il piccolo Tito a casa del Bergesio.»

«I calzini puliti… Un bel rompicapo.»

«È chiaro che qualcuno ce l'ha portato. Qualcuno che gli ha detto che la mamma e lo zio erano morti.»

«Come fa a dirlo?»

«Tito ha risposto che lo zio era "strano". Non morto. Quella notte doveva essere così intontito da non rendersi conto di cosa era accaduto.»

Costanza si grattò la nuca. «Dobbiamo supporre che l'assassino sia stato colto da un moto di pietà?»

«O forse c'era qualcun altro sulla scena del crimine.»

«Un complice? Un guardone?»

Scalviati allargò le braccia. «Chi può dirlo? Chiunque fosse, dobbiamo presumere che abbia trasportato il bambino fino a casa Bergesio per metterlo al sicuro.»

Aveva appena finito di parlare che al tavolo si presentò il sovrintendente Loiacono.

42

«Scusate l'interruzione» farfugliò Loiacono, visibilmente accaldato.

«Non si preoccupi, abbiamo già finito di mangiare» disse Scalviati. «Ha scoperto qualcosa sull'americano?»

«Quale americano?» intervenne Costanza.

«Le spiegherò più tardi.»

«Qualcosa, sì. Anche se non credo si tratti di quello che si aspettava, dottor Scalviati.» Loiacono esitò per un istante. «Chiedo scusa» aggiunse trafelato, afferrando un tovagliolo per asciugarsi il sudore.

«Si sieda, beva un sorso d'acqua» brontolò Costanza. «Ha l'aria di qualcuno che ha attraversato un deserto.»

«Grazie, commissario. Ho girato a piedi per tutta la mattina sotto il sole.»

Scalviati fece un cenno per attirare l'attenzione del cameriere. Quando si presentò al tavolo, gli chiese di portare un bicchiere in più. «Ha dovuto pedinarlo?» chiese poi a Loiacono.

«Per chilometri. Quello è peggio di Dustin Hoffman nel *Maratoneta.*»

«Si è incontrato con qualcuno?»

«No» rispose Loiacono, mentre il cameriere gli consegnava

un bicchiere pulito. «Ha girovagato tutta la mattina con una cartina in mano. Credo che stesse seguendo una specie di itinerario turistico.»

«Si spieghi.»

Loiacono afferrò la caraffa dell'acqua e riempì il bicchiere fino all'orlo, per poi svuotarlo avidamente in un unico sorso. «Ha attraversato tutto il Quadrilatero per andare dall'altra parte della città. Mi sono chiesto perché non avesse preso un tram, sarebbe stato molto più comodo! Comunque, alla fine si è fermato in piazza Statuto per visitare il Monumento ai caduti del Fréjus, quello con l'angelo.»

«Il Genio alato» precisò Costanza.

«Proprio quello. Poi si è spostato all'obelisco con la palla.»

«L'astrolabio» commentò Scalviati.

«Esatto.»

«Nient'altro?»

Loiacono alzò leggermente una spalla. «È andato in biblioteca e ha chiesto di consultare due libri di astronomia. Chiedo scusa, ma non ricordo più i titoli.»

«Non si preoccupi» disse Scalviati. Non poteva negare che Stoner fosse una fonte continua di sorprese.

Non aveva di certo visitato i due celebri monumenti di piazza Statuto per seguire un itinerario turistico. Era chiaro che sugli omicidi ne sapeva di più di quello che voleva far intendere.

A cominciare dal medaglione con l'astrolabio rinvenuto sulla scena del primo duplice omicidio, nonostante lui si fosse ben guardato dal parlargliene.

Il magistrato aveva l'impressione che più tentava di decifrare l'enigma di Isaak Stoner, e più quello sembrava sfuggirgli.

43

«Che ore sono?» chiese Costanza.

«Le quattro e un quarto» rispose l'agente Bocci, che stava alla postazione della macchina da scrivere.

«Il prossimo è l'ultimo della giornata, giusto?»

Scalviati controllò il registro degli interrogatori. «Esatto. Fabrizio Toschi, collega di Paolo Ginestra.»

«Speriamo bene. Il tizio che abbiamo appena ascoltato non ci ha offerto granché.»

Terminata la pausa pranzo, Scalviati e Costanza avevano ripreso con gli interrogatori. Avevano ascoltato le dichiarazioni di un collega di Paolo Ginestra, un certo Vallesi, ma senza ottenere materiale utile per le indagini. Costui si era limitato a descriverlo come un tipo taciturno, che non dava molta confidenza in ufficio, ma con un buon ascendente sulle donne.

«Probabilmente Vallesi aveva una conoscenza superficiale con la vittima, che si limitava al solo ambiente di lavoro.»

«Il signor Toschi è qui» disse la segretaria di Scalviati attraverso l'interfono. «Posso farlo entrare?»

«Certamente. Grazie, Cecilia.»

Poco dopo, comparve sulla soglia un uomo sulla cinquantina, dalla barba incolta, piuttosto abbronzato, con un vistoso riporto che gli lambiva la fronte.

«Si sieda, prego» disse Costanza.

L'uomo obbedì, muovendosi con cautela.

«Non ha motivo di essere sulle spine» fece Scalviati, notando che continuava nervosamente a sfregare le mani sul tessuto dei pantaloni come per rassettarlo. «Lei è stato convocato in qualità di persona informata sui fatti. Tutto ciò che le chiedo è qualche informazione sulla vita e sulle abitudini del signor Ginestra, che mi risulta essere stato suo collega presso l'ufficio postale.»

«Certamente, signor giudice.»

Costanza si accomodò alla sua postazione. «Al termine del colloquio le faremo firmare il verbale con le sue dichiarazioni, che nel frattempo verrà redatto dal qui presente agente Bocci. Tutto chiaro?»

«Chiarissimo.»

«Allora possiamo procedere» disse Scalviati. «Cominciamo con le sue generalità.»

«Toschi Fabrizio, nato ad Alba il 22 marzo 1936 e residente a Torino.»

«Mia madre è di Alba» ribatté Scalviati.

«Che coincidenza! Per un po' ho lavorato all'ufficio postale in paese, magari la conosco.»

«Ne dubito. Si è trasferita a Torino a diciotto anni.»

«Capisco.»

Scalviati si schiarì la voce. «Mi dica, signor Toschi. Da quanto tempo conosceva Paolo Ginestra?»

«Sette anni, da quando ha cominciato a lavorare all'ufficio postale di Torino.»

«Che tipo era?»

«Era un buon impiegato. Faceva il suo dovere e non perdeva tempo quando c'era fila allo sportello. Un tipo tranquillo, tutto sommato. Quando era in ufficio, parlava poco con noi colleghi. Con le colleghe, invece, era tutto premuroso, sempre galante. Un vero cascamorto, insomma. Non escludo che qualcuna abbia pure ceduto alle sue lusinghe.»

«Ha detto "quando era in ufficio". Intende che vi vedevate anche al di fuori dell'ambiente lavorativo?»

Toschi annuì. «C'è stato un periodo in cui siamo usciti abbastanza regolarmente, durante i weekend.»

«E in quelle occasioni come si comportava?»

«Era tutta un'altra persona. Era brillante, espansivo, praticamente l'anima della compagnia. Almeno quando gli andava bene.»

«Mi scusi, ma non la seguo. Che cosa avrebbe dovuto andargli bene?»

Toschi si guardò brevemente intorno con atteggiamento furtivo, poi si protese in avanti. «Io glielo dico, signor giudice, poi però non vorrei passare dei guai. Vede, non si tratta di una faccenda del tutto legale.»

«Si può sapere di cosa sta parlando?»

«Oltre che con le donne, Paolo aveva questa fissa col poker. Proprio non ci riusciva a stare lontano dalle carte.»

«Il poker non è certo illegale» disse Costanza. «Di tanto in tanto ci gioco anch'io con mio cognato.»

«Parlo di partite clandestine che si giocavano nei seminterrati di certi locali, durante gli orari di chiusura. Sia chiaro che io non ho mai partecipato, eh? Ci andavo più che altro per la compagnia. Non c'erano soltanto tavoli da gioco, ma si beveva, si scherzava...»

«Si riferisce all'attività gestita da quei due sardi che è stata stroncata dalla Guardia di Finanza?» intervenne Costanza.

«I fratelli Canu» precisò Scalviati.

Se lo ricordava bene, quel nome. Era emerso durante le indagini sul secondo duplice omicidio, il caso Dallara-Lescaux. Secondo un testimone, Salvatore Canu era il fornitore di droga per il quale il ragazzo occasionalmente spacciava. Aveva cercato riscontri, ma inutilmente.

«Stroncata non è la parola giusta» precisò Toschi. «Alcuni mesi fa c'è stato un rallentamento nelle attività, soprattutto per un certo periodo... I Canu sono stati denunciati, ma non credo che siano mai stati arrestati. E poi, da quanto ne so, è ricominciato tutto come prima. Sappia che per quanto mi riguarda non ho più frequentato quel tipo di locali. Mi sono chiamato fuori e mia moglie è stata ben contenta che non uscissi più con Paolo, non le è mai piaciuto. Da quanto ho capito, però, lui non ha mai smesso di giocare. E si sa, col gioco si va ad alterne fortune. È una ruota che gira, e ci vuole un attimo a trovarsi dalle stelle alle stalle. Secondo me ha ricevuto una brutta batosta, qualche settimana fa. Deve aver perso parecchi soldi, perché andava in giro a chiedere prestiti a tutti i suoi amici.»

44

Il commissario Costanza raggiunse la palazzina di Luciana Bonfante alle sette di sera, dopo una sosta presso un negozio di giocattoli.

Schiacciò più volte il pulsante del citofono senza ricevere risposta, alzando ripetutamente lo sguardo alle finestre per controllare se qualcuno si affacciasse.

«Non funziona, commissario» lo raggiunse una voce da un'automobile parcheggiata dall'altro lato della strada.

Costanza si voltò, riconoscendo a colpo d'occhio uno dei due agenti in borghese incaricati della sorveglianza dell'abitazione. «Sovrintendente Scognamiglio» lo apostrofò. «Tutto bene da queste parti?»

«Tutto tranquillo. Be', a parte qualche ragazzino che in piena notte si diverte a far scoppiare petardi.»

«Sempre meglio che rivoltellate.»

Scognamiglio sorrise. «Ha ragione, commissario. Comunque, se sta cercando la signora Bonfante, deve salire al terzo piano. Il portone è sempre aperto, ma non c'è l'ascensore.»

«Be', un po' di esercizio fisico non mi farà male.» Rivolgendosi all'ufficiale sanitario che lo accompagnava, aggiunse: «Lei che ne dice, dottor Pisani? C'è ancora speranza di buttare giù questa pancetta?».

«Se vuol fare sul serio, le posso prestare le videocassette di aerobica di mia figlia. Ha presente le videolezioni di Jane Fonda?»

«Per carità! Mi ci vede, con gli scaldamuscoli e la tutina di spandex?»

«Non particolarmente. Ma non si sa mai nella vita, no?»

I due si avviarono ridacchiando nell'atrio della palazzina. Salite le scale, Costanza suonò il campanello dell'appartamento dei Bonfante e si mise in attesa.

Dall'interno proveniva il frastuono della TV a tutto volume, intercalata dalla vocina schiamazzante di un bambino.

«Buonasera, commissario» disse Luciana, aprendo uno spiraglio. «Non mi aspettavo una sua visita.»

«Buonasera a lei, signora Bonfante. Mi scusi per l'orario. Possiamo entrare? Le ruberò solo pochi minuti.»

La donna scrutò il suo accompagnatore. «Lui chi è?»

«Il dottor Pisani, dell'unità sanitaria locale.»

«Se è un altro strizzacervelli, il bambino ne ha già avuto abbastanza, per oggi.»

«Niente del genere. È uno specialista in analisi di laboratorio. Ci lasci entrare, per favore, e le spiegherò tutto.»

Luciana fece una smorfia di disappunto. Sganciò la catenella della porta e la aprì quanto bastava per far entrare i due ospiti. Li guidò verso la cucina e si avviò verso il lavabo, dove stava sciacquando i piatti.

«Chi era alla porta?» fece una voce maschile dal soggiorno.

«Me la sbrigo io!» gridò lei per sovrastare il volume della TV. Poi, rivolgendosi a Costanza, aggiunse: «Non è il caso di dire a mio marito che siete della polizia. Non tutti vedono di buon occhio i suoi agenti, sempre appostati laggiù, neanche fossimo dei criminali».

«Capisce anche lei che lo facciamo per la sicurezza del piccolo Tito. A proposito, questo è per lui.» Appoggiò sul tavolo un sacchetto di plastica con l'immagine di un robot stampata su un lato.

Luciana gli rivolse un'occhiata fugace. «Cos'è?»

«Niente di che» rispose Costanza, sedendosi. «Una macchinina della polizia, tanto per restare in tema. L'ultimo modello, eh? L'Alfa 75 con motore 1.8 a iniezione elettronica. Alla sua età, i miei figli andavano matti per cose del genere.»

«Grazie, ma non doveva disturbarsi. Tito ha tutto quello di cui ha bisogno.»

«Non lo metto in dubbio.»

«Allora? Che c'è ancora?»

Costanza si guardò brevemente intorno, come se fosse alla ricerca delle parole giuste. «Ecco, il pm ha richiesto un test tossicologico al bambino. Siamo qui per prelevare un campione di urine.»

Come a sottolineare le parole del commissario, il dottor Pisani innalzò un piccolo flacone di plastica trasparente.

«Sta dicendo sul serio?»

«Non scherzerei mai su una questione così delicata.»

«Si può sapere come vi è potuta venire in mente un'idea del genere?» sbottò Luciana. «Cosa credete, che Tito sia una specie di... tossicodipendente?»

«Non la prenda male. Si tratta di una procedura standard per convalidare le testimonianze nei casi di omicidio.» Costanza si era preparato quella scusa in anticipo, confidando che sembrasse quantomeno plausibile. Non poteva certo insinuare che Monica Ferretti sedasse il figlio per placare il suo carattere vivace.

«Tito un testimone? Vi rendete conto che ha poco più di quattro anni?»

«Abbia pazienza...»

«Chi cazzo siete?» Sulla soglia comparve un uomo con indosso soltanto un paio di pantaloncini mimetici e calzettoni di spugna.

«Il dottor Costanza e il dottor Pisani» si affrettò a rispondere Luciana. «Sono due dipendenti dell'ospedale, devono fare delle analisi a Tito.»

«A domicilio?» obiettò l'uomo.

«Il signor Bonfante, presumo» disse Costanza, alzandosi. Protese la mano. L'uomo si limitò a osservarla senza stringerla. «Date le circostanze, si tratta di confermare che il piccolo goda di buona salute.»

«Tito sta benissimo, ve lo dico io. E ora fuori di qui.»

«Signor Bonfante, la prego... Stiamo facendo soltanto il nostro lavoro...»

Nel frattempo, Tito si era affacciato sulla soglia e scrutava i due intrusi con una certa apprensione.

«Non vedete che lo spaventate? Andate via, prima che chiami la polizia!»

Costanza fece un sospiro. «Gli ho portato questo.» Prelevò dal sacchetto la scatola con la macchinina e si chinò per consegnarla al bambino.

Tito la prese e la scartò nel giro di un attimo. «Wow!» esultò, rigirandosi il modellino tra le dita. Poi si mise a gattoni e cominciò a farla scorrere sul pavimento del corridoio. «*Bruum! Bruum!*»

«Gli piace» commentò Pisani.

«Saremo fuori di qui prima che cominci il telegiornale» disse Costanza, allargando le braccia.

Bonfante lo fissò per qualche istante con espressione contrita, poi gli voltò le spalle. «Fate un po' come vi pare.» E rientrò in soggiorno.

Il commissario fece un cenno in direzione dell'ufficiale sanitario.

Pisani si avviò verso il corridoio e mormorò qualcosa al bambino. Gli consegnò il flacone, attese che il bambino entrasse in bagno e rimase a pattugliarne l'ingresso.

«Mi scusi per mio marito» disse Luciana. «Ma è un periodo tremendo. Abbiamo tutti i nervi a fior di pelle.»

«Lo capisco» ribatté. «E mi scusi lei, se le sono sembrato indelicato.»

«A dire la verità, è stato molto gentile. A Tito è piaciuto il suo regalo.»

«Dev'essere dura, occuparsi anche del figlio di sua sorella.»

Luciana scosse leggermente la testa. «Lo faccio volentieri. Gli vogliamo tutti bene, a quella piccola peste. E poi suo padre è sempre via per lavoro, domani mattina parte per Catanzaro.»

«La ammiro molto, sa? E sono sicuro che anche sua sorella la ammirava.»

«In tal caso, non era molto brava a dimostrarlo» si schermì lei. «Non ho mai capito da dove derivasse quella sua irrequietezza, quella rabbia. A volte sembrava che volesse divorare il mondo. Era fatta a modo suo, ma non meritava una fine del genere.» Si voltò di scatto per nascondere le lacrime.

«Prenderemo quel figlio di puttana» sentenziò Costanza. «Glielo prometto.»

«Davvero?» Luciana tornò a guardarlo negli occhi. «Perché io ho l'impressione che delle persone come Monica e come me, persone ai margini, che non fanno notizia se non quando succede qualcosa di brutto, in fondo non freghi niente a nessuno. Nemmeno al giudice Scalviati, che perde tempo a interrogare una creatura quando ci sarebbe ben altro da fare per catturare l'assassino che ha fatto a pezzi sua madre.»

«Secondo lei, in che direzione si dovrebbero muovere le indagini?»

Lo sguardo della donna sfuggì altrove. «Non le ho offerto niente. Mi sembra accaldato. Le va qualcosa da bere?»

«In effetti, tre piani senza ascensore sono una bella sfida alla mia età.»

Luciana prese un bicchiere dalla dispensa e senza dire una parola lo riempì dal rubinetto.

«Lei sa qualcosa, vero?» incalzò Costanza. «Sia chiaro che non voglio forzarla. Se preferisce potrà dire tutto al pm in fase di interrogatorio.»

«Cosa vuole che sappia?» Appoggiò il bicchiere sul tavolo. «Monica non parlava di certo con me di quello che faceva quando usciva la sera. E, in fondo, era giusto così. Erano fatti suoi.»

«È sicura? Da quel che ho capito, vi vedevate piuttosto spesso. Non è mai capitato che si lasciasse andare a una confidenza? Mi creda, le parlo per esperienza: un particolare all'apparenza insignificante potrebbe fare tutta la differenza del mondo.»

Il respiro di Luciana perse di regolarità, al punto che sembrava dovesse avere un malore da un momento all'altro. Si schiarì la voce un paio di volte, poi sospirò. «Monica ha avuto molti uomini. Ho sempre pensato che non fosse normale, che ci fosse qualcosa sotto o che avesse qualche tipo di problema. Si capiva da certi atteggiamenti. Riceveva telefonate a tutte le ore e si chiudeva sempre in camera per rispondere, anche se c'erano ospiti a casa.»

In un'associazione mentale involontaria, Costanza si ritrovò a pensare a quanto dichiarato da Gaetano Ferretti sulle misteriose telefonate della moglie. Tra tutte le scuse che Monica poteva inventare, ne aveva scelta una a dir poco bizzarra, dicendo che si trattava del suo farmacista.

«Così, un giorno, alla fine dell'anno scorso, la misi con le spalle al muro e la costrinsi a confrontarsi con me» continuò Luciana. «Litigammo ferocemente, come non facevamo da tempo. E alla fine ammise una cosa terribile. Una cosa che non avrei mai potuto immaginare nemmeno nei miei incubi, e che non avrei mai voluto sentire. Non da mia sorella. Non così.»

Il dottor Pisani si affacciò sulla soglia, esultante, con in mano il flacone con l'urina del piccolo Tito. Costanza lo dardeggiò con un'occhiata inequivocabile e quello retrocesse di un passo, eclissandosi dietro la parete.

«Di cosa si trattava?»

«Io… non so se…»

Costanza la guardò con intensità. «Qualunque cosa lei mi dica, rimarrà strettamente confidenziale. Sarò anche uno sbirro, ma non è mia abitudine giudicare le persone per gli errori che hanno commesso.»

Luciana si asciugò una lacrima, sfregandosi un occhio col dorso della mano. «Monica… ha fatto parte di un giro di prostituzione. Mi ha detto che ne era uscita da un po', ma che non aveva tagliato i ponti con alcuni clienti. Erano imprenditori, politici o semplicemente amanti della bella vita, che magari buttavano via lo stipendio di un mese per una notte da signori.» Si interruppe, tirando su con il naso. «Le è sempre piaciuto uscire la sera, andare nei ristoranti, comprare vestiti e tutte quelle cose che non si poteva permettere con il poco che le passava quel disgraziato del marito.»

«Paolo Ginestra era uno dei suoi ex clienti?»

«No, cioè… non lo so. Era un tale spiantato, ma so che andavano d'accordo. Credo che con lui si sentisse al sicuro. Era come se la loro solitudine si completasse, in qualche modo.»

«Le ha mai parlato di un altro uomo con cui si incontrava?»

«Nomi non ne ha mai fatti. Ho saputo di Paolo per vie traverse, ma del resto ero all'oscuro di tutto. Però una cosa gliela posso dire. Monica aveva il vizio di affibbiare un soprannome a tutti quanti. L'ha sempre fatto, fin da bambina. E c'era questo tale… Lo chiamava il Marchese. Ogni volta che lo nominava, mi assaliva una sensazione di disagio. Non so spiegarle il motivo, ma mi trasmetteva delle bruttissime sensazioni.»

45

Stoner varcò la soglia dell'ufficio, vestito di tutto punto come al solito.

Scalviati si alzò per stringergli la mano. «Piuttosto mattiniero, agente Stoner.»

«Le idee migliori mi vengono al mattino» ribatté. «E poi non potevo correre il rischio di fare brutta figura arrivando in ritardo. Questo è il nostro primo incontro ufficiale.»

«Se vogliamo considerarlo così...»

Stoner indicò la finestra, da cui filtrava una luce livida. «Oggi il cielo è coperto. Col vento che soffia, si preannuncia un bel temporale.»

«L'estate sta finendo» disse Scalviati, col tono di chi era perso in ben altri pensieri.

Stoner si sedette di fronte a lui. «Dicono che l'Italia è il paese del sole. Ero convinto che il clima fosse sempre mite, un po' come in California.»

«Sicuro di essere americano? Pensavo fosse un'abitudine prettamente inglese rompere il ghiaccio parlando del tempo.»

«A dire la verità, mio nonno era tedesco. Si chiamava Steiner, Isaak Steiner, proprio come me. È emigrato negli States ai primi del secolo, ma un funzionario dell'anagrafe ha trascritto male il suo cognome, che è diventato Stoner. Sono cresciuto vergognandomi delle mie origini. Mio padre mi raccontava quello che hanno fatto i nazisti durante la Seconda guerra mondiale.»

«Suo padre è stato al fronte?»

«*Yes, sir.* Marines.»

«Anche mio padre mi raccontava della guerra, quando ero bambino» ribatté Scalviati con amarezza. «Il luogo degli omicidi di venerdì scorso è stato teatro di un orribile massacro. Durante l'occupazione tedesca, la collina del Pian del Lot ospitava una postazione antiaerea della Flak. Nell'aprile del 1944, i nazisti fucilarono a sangue freddo ventisette ragazzi, come ritorsione per l'uccisione di un caporale da parte di un partigiano. Per la maggior parte non erano neanche ventenni. Fu una delle più feroci rappresaglie mai compiute dai nazisti sul territorio italiano. Ai feriti non fu concesso nemmeno il colpo di grazia. Furono seppelliti ancora agonizzanti sotto la postazione dell'artiglieria. Sette di loro non sono mai stati identificati.»

Stoner abbassò lo sguardo. «Un'infamia che va ben oltre le strategie di guerra.»

«Certe ferite sono difficili da rimarginare... E nonostante alcuni dei responsabili siano stati giudicati dal Tribunale internazionale, non si può dire che giustizia sia stata fatta. Non completamente.»

«Già. Ma oggi la Germania è un paese molto diverso da quello che raccontavano i nostri padri. È un paese diviso, che cerca di far pace col proprio passato. E anch'io, a mio modo, ho cercato di far pace con il luogo d'origine della mia famiglia.

Prima di rientrare negli States, mi piacerebbe visitare Krefeld, in Vestfalia, dove è nato mio nonno.»

«Non è proprio dietro l'angolo» disse Scalviati. «Si trova molto a nord, ai confini con l'Olanda.»

«Me ne rendo conto. Ma l'aereo per New York fa scalo a Francoforte, quindi sarà abbastanza comodo da raggiungere.»

«Comunque sia, ora abbiamo altro di cui occuparci. E, da quanto ho saputo, lei ha già svolto delle ricerche sul caso.»

«Gliel'ha detto quel poliziotto? Quello che beveva Coca-Cola mentre mi pedinava?»

Scalviati sorrise sotto i baffi. «Loiacono non è il massimo quando si tratta di discrezione.»

«Gli chiederò scusa per la scarpinata, ma ho pensato di lasciargli fare il suo lavoro senza interferire. Dopotutto, non ho niente da nascondere.»

«Come ha fatto a sapere dell'astrolabio che abbiamo trovato l'anno scorso sulla prima scena del crimine?»

«Fu il dottor Di Cara a parlarmi di quel medaglione, mentre si trovava a Quantico. Ho trovato subito quel particolare molto interessante.»

«Ciò che non sa, immagino, è che ho rinvenuto lo stesso simbolo al Pian del Lot, inciso sulla corteccia di un albero.»

Lo sguardo di Stoner perse per un attimo l'imperturbabilità che l'aveva contraddistinto fino a quel momento. «Quel simbolo deve rivestire una particolare importanza per il serial killer.»

Scalviati si appoggiò allo schienale della sedia. «L'astrolabio, un antico strumento in grado di misurare la distanza di corpi celesti come il sole, le stelle…»

«… e la luna, con cui il soggetto sembra avere un legame.»

«Non le è sfuggito che ogni omicidio è avvenuto con la luna piena.»

«I dettagli sono il cardine del mio lavoro.»

«Dettagli sui quali si è ben documentato.»

«In questi giorni ho avuto parecchio tempo libero.»

Scalviati gli rivolse uno sguardo di sottecchi. «Dettagli, però, che non sono stati mai diffusi tramite i mezzi di informazione.»

«Non c'è bisogno di leggere i giornali per controllare le fasi lunari, dottor Scalviati.»

«Anche questo è vero» ammise. «Ma non posso fare a meno di chiedermi cosa l'abbia spinta a farlo.»

Stoner fece un sorriso nervoso. «*Good point.* Come le ho già detto, non volevo rischiare di fare brutta figura. Che idea si sarebbe fatto di me se fossi arrivato impreparato? So di poter dare un contributo alle indagini, ma ormai siamo a un bivio. Dipende interamente da lei se fidarsi di me oppure no. *Anyway*, se è disposto a offrirmi una posizione formale all'interno della squadra investigativa, sono pronto a mettermi al lavoro.»

Scalviati soppesò mentalmente quelle parole. Era combattuto, non poteva negarlo. Ma l'americano aveva ragione, non c'era più spazio per le mezze misure. O accettava la proposta di Stoner di collaborare o tanto valeva rispedirlo da dove era venuto, con buona pace delle sue teorie su come acciuffare un assassino seriale che non lascia tracce sulla scena di un crimine.

C'era un problema, però. Non era soddisfatto delle informazioni che aveva raccolto su Stoner. Sapeva che era un ostinato figlio di buona donna. Per il resto, buio completo. E pur avendo spedito il fax al consolato americano due giorni prima, non aveva ancora ricevuto risposta.

«E va bene.» Chiamò Cecilia in ufficio e le consegnò il fascicolo di *Toro rosso sangue*. «Può farmene una copia, per cortesia?»

«Provvedo subito» disse lei, per poi scomparire oltre la soglia.

«Lì dentro c'è l'intera documentazione sui tre casi imputabili al nostro uomo» continuò Scalviati. «Verbali di primo intervento, referti medico legali, trascrizione degli interrogatori, perizie, documentazione fotografica. Si tratta, naturalmente, di materiale protetto dal segreto istruttorio che lei, in qualità di consulente della procura, è tenuto a rispettare. Dovesse trapelare qualcosa alla stampa, mi occuperò di metterla sul primo volo in partenza per gli Stati Uniti come *persona non grata*.»

«Può contare sulla mia discrezione.» Nel tono di Stoner si intuiva una sfumatura di compiacimento che a stento riusciva a mascherare. Era evidente che aveva bramato quel momento come un lupo di fronte alla parte più pregiata della sua preda.

«Ha avuto quello che voleva» concluse Scalviati. «Di quanto tempo ha bisogno per realizzare il profilo del soggetto?»

«Mi dia quarantotto ore. Ma confido di poterle dare le mie prime impressioni già domani mattina.»

46

Quando Leda raggiunse il condominio dove abitava Giulia era quasi mezzogiorno.

Era un edificio modesto dalle parti di porta Palazzo, chiaramente risalente a circa un ventennio prima, quando la necessità di costruire alloggi per gli immigrati che affluivano nelle industrie dell'auto consentiva ai costruttori di ignorare qualsiasi sottigliezza di carattere estetico.

Il temporale l'aveva sorpresa dopo essere uscita dalla redazione. La pioggia scendeva incessante, costringendola a ripararsi sotto la tettoia che sovrastava il portone.

C'era voluta tutta la mattina per decidersi ad affrontare la sua ex coinquilina. Cosa avrebbe potuto dirle, d'altronde, per giustificare sia la sua scomparsa improvvisa che la sua inattesa ricomparsa? Leda aveva trascorso ore a prepararsi qualcosa da dire, neanche si stesse apprestando a sostenere di nuovo l'esame di idoneità professionale all'ordine dei giornalisti. E alla fine aveva deciso che era ora di piantarla con le bugie. Avrebbe lasciato cadere la maschera e rivelato la sua vera identità.

Peccato che sapere di dover ammettere la verità la rendesse nervosa come non mai. Perché la sua copertura, in fondo, le aveva permesso di distaccarsi emotivamente dalle situazioni in cui si era trovata coinvolta durante l'inchiesta e, in un certo senso, di essere assolta per il modo in cui si era comportata. Era stata un vero e proprio schermo per le emozioni.

Emozioni che ora rischiavano di travolgerla, se gli argini che le trattenevano si fossero sgretolati.

Emozioni che non si era mai concessa di osservare da vicino, né, tantomeno, di elaborare. Ma il fatto di aver vissuto – seppur per un breve periodo – una vita alternativa, non significava essere immune al dolore con cui era entrata in contatto.

Con la chiusura dell'inchiesta e il ritorno alla quotidianità, aveva cercato di sigillare quell'esperienza in un cassetto della mente, al pari di una delle tante questioni irrisolte legate al lavoro.

Ma era persino nostalgia, quella che a volte la assaliva nel ripensare ai momenti trascorsi sui binari di quella vita parallela.

Era giunta la resa dei conti, e Leda era dominata da sentimenti contrastanti. Adesso, mentre suonava il campanello, una parte di lei sperava che non ci fosse nessuno in casa. Che Giulia si fosse trasferita altrove, magari in un'altra città, dopo aver trovato un buon lavoro, per garantire a se stessa e alla piccola Carlotta un futuro degno di questo nome. Che non avesse lasciato nemmeno un recapito, per abbandonarsi definitivamente alle spalle la vecchia vita.

Ma quando sentì la voce squillante di Giulia attraverso l'altoparlante del citofono, Leda sentì le gambe diventare di burro.

«Chi è?»

«Sono io» rispose, vincendo la resistenza della voce, che a fatica le usciva dalla gola. «Sono… Anna.»

Seguì un silenzio della durata di alcuni secondi. «Oh, mio dio.»

Il portone si sbloccò con un ronzio e Leda, dopo essersi guardata un'ultima volta indietro, alzando gli occhi al di sopra delle filovie dei tram, verso il cielo dominato da nubi livide, compì il primo passo incerto verso l'atrio del palazzo, lasciandosi inghiottire dalla penombra.

47

«Anna, sei proprio tu» disse Giulia dalla soglia. Indossava fuseaux e un blazer oversize che chiudeva sul petto con una mano. I grandi occhi celesti, acquosi, spiccavano sul viso a goccia dai lineamenti regolari, su cui spuntava un grazioso naso alla francese.

Leda salì l'ultimo gradino e si pose di fronte a lei. La guardò intensamente e si sforzò di tirare un sorriso. «Scusa se non mi sono fatta più sentire.»

Uno schiaffo. Secco, inaspettato.

Poi, d'impeto, Giulia la abbracciò così stretta che sembrava volerla stritolare. «Quando sei scomparsa ho immaginato le cose più terribili» mormorò. «Per notti intere non sono riuscita a dormire, poi, con quello che è successo a Mimì, è stato anche peggio.» Scosse la testa, compiendo un passo indietro. «Non posso crederci che sei qui. Ma non so se sono più sollevata o incazzata.»

«Dobbiamo parlare.»

L'altra le fece strada fino alla cucina. «Stavo mangiando qualcosa. C'è del caffè, se vuoi.»

«Volentieri.» Si sedette. Era così nervosa che si mise a tamburellare con un piede sul pavimento. «Carlotta come sta?»

Giulia prese la moka e versò il caffè in due tazze, poi si accomodò a sua volta. «Stamattina si è svegliata con un po' di febbre. È nella sua stanza che riposa.»

«Spero niente di grave.»

«Che c'è? Improvvisamente ti importa?»

«Io... non...» farfugliò Leda. Poi si morse le labbra. «Hai ragione. Mi sono comportata da stronza.»

«Su questo, almeno, siamo d'accordo.» Giulia ravviò nervosamente i capelli. Un tempo le scendevano ribelli fino a metà schiena. Ora sfoggiava una voluminosa frangia incorniciata da una vistosa cotonatura.

«Hai tagliato i capelli.»

«Sul serio? Sei venuta per parlare della mia pettinatura?»

«No» affermò Leda. «Sono venuta per dirti la verità.»

Lo sguardo di Giulia si adombrò. «La verità su cosa?»

«Su di me.» Gli occhi vagarono per un attimo nello spazio circostante. «Non sono la persona che credi.»

«Cosa vuoi dire?»

«C'è un motivo per cui sono scomparsa da un giorno all'altro. Ma non è stata una mia scelta.»

«Scusa, ma non ti seguo» ribatté Giulia, frastornata. «E com'è che all'improvviso parli un italiano perfetto?»

«Non mi chiamo Anna. Non sono una profuga cilena. Sono nata a Barcellona, e non ho mai avuto problemi economici. Il mio nome è Leda De Almeida, e sono una giornalista.» Lo disse d'un fiato, come se avesse paura che, se non avesse vuotato il sacco tutto in una volta, poi non avrebbe più avuto il coraggio di farlo.

Giulia reagì con uno sguardo glaciale. «Una... giornalista?»

«La persona che conoscevi non è mai esistita. Era una copertura, costruita appositamente per infiltrarmi nel giro. Volevo scoprire chi c'era ai vertici, perché sono convinta che si tratti di qualcuno che lavora nelle istituzioni locali. Qualcuno che approfitta di giovani donne in difficoltà per avviarle alla prostituzione con la collusione della malavita. Ero convinta che fosse una storia che andava raccontata, perché dei problemi della gente comune, a maggior ragione se si tratta di donne in condizioni di indigenza, non se ne occupa mai nessuno.»

«Insomma, era per una buona causa.»

Leda ignorò la provocazione. «Volevo scrivere qualcosa che facesse la differenza. Ma il mio caporedattore ha bloccato l'inchiesta. Ho dovuto mollare tutto, piantare in asso anche te. Anche se era l'ultima cosa che avrei voluto.»

«Be', puoi ficcartela in culo la tua buona causa» la seccò Giulia. «E le tue buone intenzioni, e il tuo bel lavoro di giornalista del cazzo. Mi hai preso in giro dal primo giorno. Mi hai mentito guardandomi negli occhi. Ti ho fatto entrare nella mia casa, ti ho lasciato avvicinare alla mia bambina!»

«Mi sono affezionata a Carlotta! E mi sono affezionata a te. Sei diventata un'amica prima che me ne rendessi conto. Una delle poche vere amiche che abbia mai avuto.»

«Affezionata un cazzo! Tu non sai nemmeno cosa significa! O non tratteresti le persone come oggetti da usare e poi buttare. Se questo è il tuo concetto di amicizia, be', devi decisamente farti aiutare.»

Leda abbassò la testa. «Mi dispiace.»

«Ti... dispiace? Di avermi manipolato per uno stupido articolo che le persone perbene avrebbero potuto leggere al bar mentre facevano colazione, compatendo per qualche minuto queste povere ragazze sfruttate, pensando che però in fondo erano solo prostitute e sapevano a cosa andavano incontro? Le stesse persone perbene che se ne sarebbero dimenticate l'istante successivo, per tornare alle loro vite protette... proprio come hai fatto tu, del resto!»

«Non era uno stupido articolo» protestò Leda. «Avremmo inchiodato i responsabili, per impedire che potessero approfittarsi di altre ragazze come te.»

Giulia si alzò di scatto, lasciandosi andare a un gesto di stizza. «Fanculo, Leda De Almeida! Non osare giudicarmi. Chi sarebbero le ragazze "come me"? Quelle che sono state rifiutate, che sono state ingannate dalle persone di cui si fidavano di più? Quelle che non riescono a pagare l'affitto perché nessuno offre un lavoro degno di questo nome a una ragazza madre? O quelle che non sanno badare a se stesse perché non hanno qualcuno che le protegge?»

«Non intendevo offenderti. Mi sono solo espressa male.»

«Non posso crederci di essere stata così ingenua! Mi ero talmente presa a cuore la tua situazione da non far caso a tutti quei dettagli che avrebbero dovuto mettermi in allerta. Come il fatto che nessuno ti avesse mai sentita nominare, le tue continue domande su chi fosse e dove abitasse questa o quell'altra, e le stupide fotografie che scattavi di continuo! Hai calpestato la vita di persone autentiche solo per il tuo tornaconto personale. Davvero credi che ci sia differenza tra te e le persone che gestiscono questo giro?»

«Ora stai decisamente esagerando. So di aver sbagliato, ma l'ho fatto in buona fede. E non avrei mai voluto farti del male. Non doveva andare così. Avrei voluto dirti la verità quando saresti stata pronta ad accettarla, e magari aiutarmi ad andare fino in fondo.»

Giulia le voltò le spalle e si piazzò alla finestra, lo sguardo ostinatamente rivolto al vetro su cui si infrangevano le gocce di pioggia. «Perché mi hai cercata proprio adesso?»

«È per Monica» rispose. «Speravo potessi darmi qualche informazione su di lei. Ho il sospetto che chi l'ha uccisa sia legato al giro.»

Giulia si voltò di scatto, l'espressione adirata. «Fuori di qui. Vattene. E non farti vedere mai più.»

Leda si alzò e tentò di raggiungerla, ma l'altra la spintonò.

Una fitta lancinante si propagò dall'anca fino alla caviglia. Leda barcollò all'indietro e dovette appoggiarsi al lavabo per non perdere l'equilibrio. Era come se tutto il risentimento dell'amica si fosse scaricato sulle sue vecchie cicatrici.

Rimase ansimante per alcuni istanti, immobile, stringendo i denti, strizzando le palpebre come se bastasse a respingere il dolore. Le sembrava che la gamba fosse stretta in una tagliola. La vista si fece sfocata, gli occhi si riempirono di lacrime.

Giulia la fissava come fosse uno strano animale.

Camminando lentamente, a fatica, Leda si avviò verso l'uscita senza dire una parola.

Prima di aprire la porta, estrasse una fotografia dalla tasca del soprabito e la appoggiò sul portaoggetti in corridoio.

La polaroid che ritraeva cinque ragazze, la sera del compleanno di Giulia, quando Monica Ferretti detta Mimì aveva inavvertitamente rovesciato il calice di spumante e stavano tutte ridendo, cercando di schivare gli schizzi.

48

La telefonata da parte del consolato americano arrivò nel tardo pomeriggio, quando Scalviati ormai non ci sperava più.

Nelle ore precedenti, aveva consultato il rapporto di Di Cara sui reperti balistici.

L'arma dei delitti risultava di nuovo una Beretta serie 70. Difficile stabilire il modello preciso. A poter incamerare quel tipo di cartuccia erano sette modelli, denominati con numeri progressivi tra 70 e 76, con variazioni che andavano dall'estetica alla lunghezza della canna, fino alla capienza del caricatore.

Scalviati aveva ricevuto la visita del commissario Costanza, che lo aveva informato sulle dichiarazioni di Luciana Bonfante.

Il Marchese. Il magistrato aveva annotato sulla sua agenda quel soprannome in evidenza, consapevole che sarebbe stato arduo risalire alla sua identità.

«Scalviati» disse, sollevando la cornetta.

«Buongiorno» disse la voce dall'altro capo della linea con accento americano. «Il mio nome è David Terrazzano, sono segretario presso il Consolato generale degli Stati Uniti.»

«Buongiorno a lei, dottor Terrazzano.»

«Volevo comunicarle che abbiamo ricevuto la sua richiesta

di informazioni via fax. Non posso negare che l'abbia trovata piuttosto insolita.»

«Me ne rendo conto. Sappia che è motivata non dal sospetto, ma dalla genuina volontà di comprendere la natura dell'incarico che è stato affidato all'agente Stoner, in modo da offrire il massimo supporto possibile.»

Mentiva spudoratamente. Scalviati era più sospettoso che mai nei confronti di Stoner, ma non poteva certo sbandierarlo ai quattro venti. A maggior ragione, non poteva farne partecipe un funzionario del consolato, col rischio di creare un incidente diplomatico. Ciò che gli premeva era capire se Stoner stesse agendo all'interno dei canali istituzionali o fosse mosso da motivazioni personali.

«Ha esposto le sue perplessità al diretto interessato?»

Scalviati si prese un istante prima di rispondere. Sapeva bene di dover soppesare ogni parola se voleva vincere la diffidenza del suo interlocutore. «Certamente. È stato cortese, ma un po' evasivo. Ho quindi ritenuto opportuno contattare il consolato per aprire un canale di comunicazione ufficiale tra la procura e le istituzioni internazionali a cui Stoner fa riferimento. Tutto ciò che le chiedo è qualche delucidazione per comprendere meglio il suo punto di vista.»

Terrazzano, dall'altra parte della linea, rimase in silenzio per una manciata di istanti che sembrarono eterni. Aveva forse osato troppo, rischiando di sembrare in malafede? E l'altro si sarebbe trincerato dietro un garbato, ma fermo rifiuto a collaborare?

«Sia chiaro che non discuto sulla legittimità della sua richiesta» disse poi Terrazzano. «Ma devo tener conto che stiamo parlando di un funzionario statunitense in trasferta in un paese straniero. È una questione delicata, per cui non mi è possibile darle le delucidazioni che chiede al telefono.»

Era la conferma che Scalviati aspettava. Quindi c'era davvero qualcosa di strano dietro la presenza di Stoner a Torino. Una strategia segreta che l'americano cercava di coprire con il suo atteggiamento elusivo e con la sua irritante reticenza.

Era stato dunque precipitoso ad affidargli la documentazione relativa all'indagine? Doveva presumere che ci fossero informazioni sepolte all'interno di quei fascicoli che avevano messo in allarme il governo statunitense, al punto da inviare un operativo per svolgere delle indagini sotto copertura?

«Capisco» si limitò a dire.

«Lei sarebbe disponibile a incontrarmi nel mio ufficio, alla sede del consolato, qui a Milano?»

«Ne sarei ben felice. Andrebbe bene anche domani mattina, compatibilmente con i suoi impegni, s'intende.»

«Domani mattina?» Dall'altro capo della linea si udì il frusciare di pagine sfogliate. «Sì, direi che si può fare. Come orario, possiamo fissare le dieci?»

«Vada per le dieci.»

«A domani, dunque, dottor Scalviati.»

49

«Domani mattina dovrò andare a Milano. Ho un appuntamento al consolato americano.»

Greta posò la forchetta e guardò il marito con una punta di perplessità. «Il consolato? Abbiamo in programma un viaggio negli Stati Uniti?»

«Non è per un visto, ma per una questione lavorativa.»

«Ah.»

«Questo non significa che in futuro…»

«Risparmiati la solfa del futuro» fece lei. «L'unica certezza è che troverai sempre dei nuovi motivi per rimandare i viaggi che avevamo pianificato prima di sposarci. All'inizio era la tua carriera, poi il mutuo della casa, ora la bambina. Poverina, secondo me arriverà alla maggiore età senza aver mai visto il mare.»

«Be', quest'anno siamo stati a Capri. Il mare non era così male, no?»

«Peccato che speravo fosse la volta buona per visitare il Portogallo. Il palazzo di Sintra, il monastero di Alcobaca, comprare libri in lingua alla libreria Lello. Una settimana tra yuppie che blateravano di dividendi e fluttuazioni del mercato azionario è stata sfiancante.»

«Magari l'anno prossimo possiamo programmare un viaggio a Lisbona.»

«O ad Atene.»

«Non vedo perché no.»

«Vai da solo?»

Scalviati aggrottò la fronte. «Dove, scusa?»

«A Milano.»

«Sì, certo.»

«Potrei venire con te.»

Colto di sorpresa, a Scalviati sfuggì una smorfia imbarazzata. «Non credo sia il caso.»

«E perché? Non ho certo intenzione di disturbare il tuo prezioso appuntamento. È da tanto che mi piacerebbe visitare la Pinacoteca di Brera. Potrebbe essere l'occasione giusta. Che poi, che c'entra il consolato col tuo lavoro?»

«È una lunga storia. C'è un americano, un certo Stoner, che mi trovo sempre tra i piedi. A complicare le cose, è un agente dell'FBI.»

«Nientemeno» commentò Greta. «Be', se questo Stoner è così invadente, perché non lasci che se ne occupi Bevilacqua?»

«Bevilacqua ha lasciato a me la patata bollente. Stoner sembra interessato alle mie indagini.»

«Il mistero si infittisce» commentò lei, per poi dedicare le sue attenzioni alle ultime porzioni di spezzatino.

«Comunque, preferisco andare da solo. Rientrerò subito dopo l'incontro con il segretario del consolato. Ho molto da fare, e non posso permettermi di perdere l'intera giornata.» Addolcì il tono e aggiunse: «Avremo un'altra occasione per fare un viaggio di piacere, a Milano o in qualunque altra città tu abbia voglia di visitare».

Greta non ribatté.

Terminato il pasto, si versò un dito di Barolo e lo rigirò nel calice, fissando il marito quasi con sfida, come in attesa di un'obiezione o un rimprovero da parte sua che, però, non arrivò.

Sorseggiò il vino lentamente. Poi, sotto lo sguardo attento di Scalviati, si alzò e iniziò a sparecchiare il suo lato della tavola, muovendo con garbo le mani brillanti di anelli, collocando piatti e bicchieri all'interno della lavastoviglie con movimenti aggraziati. Infine, andò a sedersi sul divano e si mise a leggere un libro dalla copertina sgualcita, con espressione assorta.

Lontana.

Nel suo posto inaccessibile.

Scalviati si rese conto di essere stato troppo categorico. Ma il problema era che sapeva già come sarebbe andata a finire se avesse permesso alla moglie di accompagnarlo. Greta avrebbe voluto fermarsi per pranzo, magari in un ristorante di cui aveva sentito parlare bene, e poi trascorrere il pomeriggio a passeggiare a braccetto, lungo il corso e poi nel quadrilatero della moda, guardando le vetrine dei negozi di lusso, sognando di indossare abiti da capogiro non appena fosse tornata in forma.

E se fosse stata soltanto presunzione, la sua? L'ostinazione di voler sapere sempre in anticipo come sarebbero andate le cose, anche quando era tutt'altro che scontato? Aveva corso un po' troppo con l'immaginazione, forse. Del resto, lo sapeva, il comportamento di Greta sfuggiva a ogni tentativo di previsione.

Perché lei era un enigma, indecifrabile. Come il suo sguardo.

C'era una fotografia di Greta, appoggiata su una mensola

della parete all'ingresso. Scalviati la vedeva ogni giorno quando rientrava dal lavoro. Spesso, mentre appoggiava chiavi e portafoglio, si soffermava a osservarla.

Era un ritratto scattato anni prima dietro le quinte del Macbeth, in cui lei aveva interpretato una delle tre streghe. Indossava un lungo abito di scena con inserti in metallo e una collana di specchi. A fasciarle la nuca, una calotta di pelle in cui erano incastonate delle pietre sagomate. Era stata colta in un momento di pausa durante la prova generale. Probabilmente non si era nemmeno accorta della presenza del fotografo.

Le aveva visto raramente quel sorriso radioso. Aveva sempre pensato che in quella foto Greta sembrasse altrove, lo sguardo inafferrabile, quasi sognante, come se avesse raggiunto un luogo interiore dove niente poteva turbarla.

A volte, quella foto gli provocava una strana malinconia.

Nostalgia, forse, di qualcosa che non era in grado di definire ma che sapeva non ci sarebbe stato mai più.

Con la paura che, a dispetto dei suoi tentativi di avvicinarsi, in quel luogo non avrebbe mai potuto raggiungerla.

Che l'amore non bastasse a tenerli uniti, che sarebbero rimasti sempre distanti. Che non sarebbero mai stati una cosa sola, ma due individui che condividevano un percorso di vita.

Scalviati si era chiesto più volte se quello sguardo sarebbe ricomparso con la maternità, con il timore irrazionale che la magia si fosse già spezzata con l'abbandono forzato del palcoscenico.

Prima di alzarsi da tavola si chiese se anche loro figlia, in futuro, avrebbe cercato di avvicinarsi al mondo interiore della madre, senza poterlo mai raggiungere davvero.

50

Leda appoggiò il martello sulla scrivania e agganciò la fotografia al chiodo che aveva piantato nella parete, nello spazio tra la finestra e il poster di *Magnum P.I.*

«Allora, che te ne pare?»

Carlo fece un passo indietro per valutare in prospettiva come il nuovo inserimento si integrava con l'arredamento della sua stanza.

«Devo ammettere che quei ragni fanno una certa impressione.»

Leda aveva fatto incorniciare una delle foto scattate dal figlio a ponte Vittorio. Un incoraggiamento a proseguire i suoi esperimenti su pellicola, sulle orme del nonno fotoreporter.

«Una buona fotografia deve trasmettere qualcosa, e la tua non lascia di certo indifferenti.»

«D'accordo, ma non sono ancora sicuro di riuscire a dormire con quei cosi che mi guardano.»

«Se ti impressiona così tanto, perché l'hai scattata?»

«Perché avevo la sensazione di immortalare qualcosa di significativo. Non ero nemmeno sicuro che quei ragni sarebbero rimasti sul ponte. Per come la vedevo io, mi aspettavo di tornare il giorno dopo e ritrovare tutto in ordine. Non potevo immaginare che sarebbero diventati una specie di attrazione turistica.»

«È per questo che non ti interessano più? Perché ne parlano tutti?»

«Figurati.» Carlo scosse la testa. «Il fatto è che riguardare quella foto mi inquieta. Sarà l'inquadratura, le luci così nette… La bicicletta stesa sul marciapiede e la macchina che le sfreccia accanto. Sembra quasi la scena di un incidente.»

Leda lo guardò con rassegnazione. «Male che vada, la sposteremo in corridoio.»

«Oppure domani la regaliamo a papà per la sua nuova casa. Ti immagini la faccia che farebbe?»

Leda si era dimenticata della cena con Iacopo. Respinse con un'alzata di spalle il pensiero di dover sopportare per ore la sua nuova compagna. «Be', puoi farne quello che vuoi della tua foto, ma hai un buon motivo per esserne orgoglioso. All'inizio avevo persino pensato di venderla al giornale a corredo dell'articolo sui ragni.»

«Perché no? Sarebbe stato il mio primo guadagno da fotoreporter.»

«In realtà l'ho proposta, ma in redazione l'hanno trovata troppo espressiva.»

«Comprensibile» ribatté Carlo con un tono di sufficienza.

«Senti, se proprio non la vuoi tenere vicino al letto…»

Driiin! Driiin!

Leda si interruppe, distratta dagli squilli che risuonavano dalla cucina.

Controllò l'orario all'orologio da polso. Le dieci di sera. Era raro che ricevesse delle telefonate a quell'ora.

«Aspetti una chiamata da qualcuno dei tuoi amici?»

Carlo si strinse nelle spalle. «Non che io sappia.»

Leda si avviò in cucina e sollevò la cornetta. Che si trattasse di Giulia che aveva cambiato idea?

«Pronto?»

A farle eco fu una sequenza di toni che indicava che la linea era libera. Di chiunque si trattasse, aveva già riagganciato.

No, non poteva essere Giulia. Non le aveva nemmeno lasciato un recapito, e sull'elenco telefonico l'utenza era ancora registrata a nome di Iacopo.

«Chi era?» la raggiunse la voce del figlio.

«Nessuno» rispose. «Avranno sbagliato numero.»

A ripensarci, forse si trattava proprio di Iacopo. Per un istante, Leda sperò che l'ex marito volesse disdire la cena. La sua nuova compagna era disegnatrice di moda, e sarebbe stato un bel sollievo non doversi sorbire i suoi sproloqui sulle tendenze dell'incombente stagione autunnale.

Driiiin!

Il telefono ricominciò a squillare.

«De Almeida.»

Silenzio dall'altro capo della linea.

«Pronto?»

Un silenzio in cui si poteva distinguere, tuttavia, un suono sommesso, cadenzato.

«C'è qualcuno?»

Come un respiro pesante.

Leda riagganciò. «Idiota» disse tra sé.

Rimase di fronte all'apparecchio, stizzita. Ma non c'era motivo di allarmarsi. Si trattava di sicuro di uno scherzo di cattivo gusto. Qualche ragazzino che aveva aperto l'elenco a caso e aveva pensato di divertirsi così.

Driiin!

«Pronto!»

Ancora quel respiro strascicato, insinuante.

«Se è uno scherzo, sappi che non è divertente» e sbatté giù la cornetta.

Leda andò in bagno e fece una doccia, ma lo scorrere dell'acqua sulla pelle non riuscì a scrollarle di dosso l'inquietudine. Perché quello non aveva l'apparenza di uno dei soliti scherzi telefonici, che in genere si chiudevano con una battuta spiritosa o una fragorosa risata.

Al contrario, c'era qualcosa di sinistro in quei respiri. Qualcosa che era riuscito a gelarle il sangue. Come se la linea l'avesse messa in contatto con un'entità maligna.

Mentre si asciugava i capelli, la sua mente non smetteva di elaborare le ipotesi più fantasiose.

C'era forse qualcuno legato al giro che teneva d'occhio Giulia, in attesa di un suo passo falso?

Era possibile che quel *qualcuno* l'avesse seguita?

Quando aveva lasciato l'abitazione di Giulia era troppo turbata per farci caso.

«Che cavolo vado a pensare» si disse.

Eppure, rimase in uno stato di allerta per il resto della serata e, quando si coricò, quella strana telefonata fu l'ultimo pensiero prima di lasciarsi andare a un sonno inquieto.

51

La facciata del consolato americano era sorvegliata da una pattuglia di militari con i mitra in bella vista, che stazionavano accanto a una camionetta con le insegne dell'esercito italiano. La torre squadrata, su cui svettava la bandiera a stelle e strisce, si elevava all'estremità dell'imponente edificio di forma rettangolare, di chiara impronta razionalista.

Scalviati aveva preso il treno delle sette. Come d'abitudine, aveva preferito partire con un buon anticipo per non rischiare che un rallentamento sulla linea lo mettesse alle strette con la tabella di marcia.

Aveva scelto un vagone di prima classe non perché amasse viaggiare in compagnia di dirigenti e colletti bianchi, ma per amore del silenzio. I vagoni di seconda erano sempre affollati di famiglie, turisti e pendolari, e il mormorio costante era un'inesauribile fonte di distrazione. Aveva bisogno di concentrazione per prepararsi all'incontro col segretario del consolato. Ci volevano due ore per arrivare alla stazione di Milano, e intendeva sfruttarle per riflettere sul caso.

Si sentiva sotto pressione come non mai. A ogni discussione col procuratore capo, anche la più banale, percepiva il peso delle sue aspettative, come se Bevilacqua fosse convinto che da un momento all'altro dovesse arrivare una svolta nelle indagini da poter annunciare trionfalmente alla stampa.

Sentiva gli occhi dell'intera città su di sé, consapevole che il giudizio sul suo operato era tutt'altro che lusinghiero. E doveva ringraziare quella reporter per averlo sbattuto – letteralmente – in prima pagina.

Mentre il paesaggio sfrecciava dal finestrino, Scalviati si era trovato a ripensare a quel nome emerso durante gli interrogatori: Salvatore Canu. Si era chiesto quale fosse il metodo migliore per approcciarsi a un individuo come lui. All'epoca degli omicidi di Robert Lescaux e Alice Dallara lo aveva interrogato, ma quello si era limitato a respingere ogni addebito. Aveva detto di non aver mai conosciuto il ragazzo ucciso, né, tantomeno, di essere coinvolto in un traffico di droga. A suo dire, l'equivoco nasceva dalla somiglianza del suo nome con quello di un narcotrafficante, un certo Canio, attivo nei primi anni Ottanta e scomparso dai radar dopo un viaggio in Colombia.

Scalviati ricordava il suo tono gelido durante l'interrogatorio. Mentre cercava di decifrarne le reazioni, era come se l'altro lo stesse studiando a sua volta.

Inutile sottolineare che all'epoca Canu avesse un alibi inattaccabile. Era stato visto al casinò di Saint-Vincent la notte degli omicidi. Ma se le voci su di lui avevano un fondamento, corrompere dei testimoni sarebbe stato un gioco da ragazzi.

Salvatore Canu gestiva, insieme al fratello Efisio, una società di commercio di prodotti gastronomici sardi, i cui libri contabili sembravano in perfetto ordine. Scalviati lo aveva fatto pedinare. Aveva fatto mettere sotto controllo il suo telefono. Ma il suo comportamento era stato irreprensibile. Se davvero gestiva un'attività parallela di narcotraffico, era abile nell'eludere i controlli.

Così, in assenza di riscontri oggettivi, il magistrato era stato costretto a sospendere le indagini su di lui. Qualche mese dopo era arrivata l'inchiesta della Guardia di Finanza sul gioco d'azzardo, ma era stata considerata irrilevante per gli omicidi.

Adesso era cambiato tutto. Non poteva essere una coincidenza che il suo nome fosse emerso in due dei tre duplici omicidi imputati al mostro.

Era giunto il momento di elaborare una strategia più efficace per mettere Canu alle strette. E il commissario Costanza era senza dubbio l'uomo giusto per un incarico di quel tipo.

La vista dell'edificio del consolato distolse Scalviati dalle riflessioni che lo avevano accompagnato per tutto il viaggio. Si avvicinò a passi spediti, oltrepassò la fila di persone che aspettavano il loro turno per entrare e, ignorando le proteste di alcuni, si rivolse direttamente al piantone all'ingresso, informandolo del suo appuntamento col segretario.

«Secondo piano» gli disse quest'ultimo, facendolo passare.

Scalviati si diresse verso le scale, ma prima che potesse salire il primo gradino fu apostrofato da una voce autoritaria alle sue spalle.

«Ehi! Dove crede di andare?»

Si trattava di un energumeno con indosso la divisa della sicurezza, dallo sguardo tagliente e con sopracciglia definite che spiccavano su un volto granitico. Una cicatrice si estendeva da un lato del collo fin sotto la divisa. L'uomo aveva passato la quarantina, ma probabilmente in uno scontro fisico avrebbe avuto la meglio su chiunque con la metà dei suoi anni.

«Sostituto procuratore Francesco Scalviati, procura di Torino. Ho appuntamento con il dottor Terrazzano.»

«Posso vedere un suo documento?»

«Senz'altro.» Sotto lo sguardo attento della guardia, Scalviati infilò la mano nella tasca interna della giacca per prelevare il portafoglio.

«Non sarà necessario» lo interruppe un uomo che proveniva dal lato opposto dell'atrio.

Aveva il volto scavato, dai lineamenti regolari, con qualche ruga a solcargli la fronte e gli zigomi. Era fasciato in un elegante completo blu, con un fazzoletto dai colori sgargianti che sporgeva dal taschino.

«*Thank you, Kristof, you can go*» continuò. «*Mr. Scalviati is with me.*»

«Dottor Terrazzano?» disse Scalviati, tendendo la mano.

L'altro gliela strinse energicamente. «Piacere di conoscerla, dottor Scalviati. Spero abbia fatto buon viaggio.»

52

«Vedi? Non risponde.» Leda continuava a picchiettare sulla tastiera del computer senza ottenere alcuna reazione. Il cursore continuava a lampeggiare, quasi beffardo, in fondo al testo presente sulla schermata.

Il tecnico si grattò la nuca, pensieroso. «Non capisco. Non mi è mai capitato che si bloccasse così.»

«Qualcosa non va?» intervenne Enrico Loi.

«Sì» sbottò Leda. «L'ho sempre detto che quei cosi sono inaffidabili.»

«Con "cosi" ti riferisci ai moderni personal computer con cui abbiamo velocizzato enormemente il processo di impaginazione?»

«Se mi lasciassi usare la mia macchina da scrivere, non sarei nei guai.»

«Non hai registrato una copia del tuo articolo?»

«Perché avrei dovuto? Stavo ancora lavorando!»

Il tecnico sollevò timidamente il dito indice, come a chiedere il permesso di parlare. «È buona norma registrare i documenti a intervalli regolari per prevenire perdite di dati in caso di interruzione della corrente.»

«E ti sembra logico?» ribatté Leda. «Ti rendi conto che un

testo dattiloscritto rimane sul foglio anche durante un blackout?»

«Benvenuta nel Ventesimo secolo» disse solennemente Loi. «L'era dei circuiti integrati.»

«Disintegrati, semmai.»

«Temo che l'unico modo per sbloccare la macchina sia riavviarla» intervenne il tecnico.

«Posso?» Loi si avvicinò cautamente alla scrivania.

«Accomodati. Tanto è una partita persa.»

Loi si chinò e iniziò a tastare il retro del telaio del computer.

«Speri di risvegliarlo col solletico?»

«Sto riattaccando il cavo della tastiera. Prova ora.»

Con riluttanza, Leda premette alcuni tasti e le lettere corrispondenti comparirono magicamente sulla schermata. «Ops» bofonchiò. «Dev'essersi staccato quando ho spostato il monitor. Mi è sembrato di sentire uno strattone, in effetti.»

«Chiedo scusa» disse il tecnico. «Sono così abituato ai capricci di queste macchine che non mi è passato per la mente che la prima cosa da fare fosse controllare i collegamenti.»

«Perdonato» disse Loi, mentre quello si allontanava. «Piuttosto,» aggiunse rivolto a Leda «mi sembri nervosa, questa mattina.»

«Io? Che dici! È un normalissimo giovedì.» Poteva mentire a se stessa, ma l'incontro con Giulia e quella strana telefonata le avevano lasciato addosso una strisciante inquietudine.

«Ha a che fare con la tua scoperta?»

«Ecco, a questo proposito. Ho incontrato…» Leda si interruppe di colpo, lo sguardo allibito puntato sul fondo della sala.

Loi aggrottò le sopracciglia. «Chi hai incontrato?»

Sulla soglia era comparsa Giulia, con la piccola Carlotta per mano. Se ne stava immobile, guardandosi intorno un po' spaesata.

«Giulia!» esclamò Leda per sovrastare il brusio della sala, alzando una mano per farsi notare. Le andò incontro ma, quando fu di fronte a lei, dovette trattenersi dall'abbracciarla, temendo di metterla a disagio.

«Leda» mormorò Giulia.

«In persona.»

«È un bel nome, dopotutto.»

«Grazie.» Leda sorrise alla bambina. «Mio dio, come ti sei fatta grande.»

Carlotta, tre anni, capelli fulvi spettinatissimi e graziose lentiggini a punteggiarle il naso, la osservava con gli occhi sgranati e le labbra serrate, ma leggermente tremolanti, come se fosse sul punto di dire qualcosa o di scoppiare a piangere.

«Ti ricordi di me, vero? Sono la zia Anna, quella che ti raccontava la storia di Isotta la marmotta prima di dormire. Scusa se sono sparita da un momento all'altro. Mi dispiace davvero tanto...»

Carlotta non rispose, ma un sorriso le comparve in viso. Protese una mano.

Leda le consegnò un dito, permettendo alla bambina di stringerlo, come se stesse facendo la sua conoscenza per la prima volta.

«Piacere di ritrovarti.» Poi si rivolse a Giulia. «Spostiamoci in sala riunioni, così possiamo parlare in privato.»

Giulia retrocesse di un passo. «Non ho molto tempo, abbiamo appuntamento dal pediatra.»

«Un caffè, magari? Il bar qua sotto fa un discreto *bicerìn*.»

«Sono venuta per restituirti questa.» Giulia le consegnò la foto di gruppo scattata il giorno del suo compleanno.

«Speravo ti facesse piacere averla.»

Giulia si limitò a scuotere la testa.

«Non ti chiedo di perdonarmi» sospirò Leda. «Solo di concedermi due minuti per spiegarti perché l'ho fatto. Poi sarai libera di non vedermi mai più, se è quello che desideri.»

53

L'ufficio del segretario del consolato era arredato in modo sobrio, con qualche pianta tropicale e alcuni mobili su cui erano appoggiati piccoli oggetti decorativi. Uno schedario era posizionato accanto alla finestra che dava sull'esterno, affiancato da una bandiera americana. Tra i quadri appesi alle pareti spiccava un ritratto del presidente Ronald Reagan.

«Chiedo scusa per Kristof» disse Terrazzano. «È più abituato alla rudezza dei campi militari che alle finezze dell'attività diplomatica.»

«È un veterano?» chiese Scalviati. «Non ho potuto fare a meno di notare la cicatrice sul collo.»

«Un ricordo lasciato dagli uomini di Ho Chi Minh durante il servizio in Vietnam. Speriamo di non dover mai più assistere a conflitti del genere. Le trattative sul disarmo nucleare con il presidente dell'Unione Sovietica sono promettenti, e stanno portando a un clima di distensione impensabile fino a pochi anni fa.»

«Sono d'accordo. Considerando la sua posizione strategica, l'Italia trarrebbe beneficio da un ammorbidimento della guerra fredda. Sono certo che lei comprenda perfettamente a cosa mi riferisco.»

Seguì un silenzio carico di elettricità, in cui i due interlocutori sembrarono studiarsi per qualche istante. Poi Terrazzano fece un sorriso compiaciuto. «Lei mi piace, dottor Scalviati. Ha un modo diretto di esprimersi, una dote piuttosto rara tra chi svolge il suo mestiere. E il mio.»

«I requisiti di diplomazia non sono essenziali nell'esercizio dell'attività giudiziaria.»

«Sarò dunque altrettanto diretto. Le confesso che in altre circostanze mi sarei limitato ad archiviare la sua richiesta.»

«E quali sarebbero le circostanze che l'hanno convinta, invece, a rispondermi?»

Terrazzano si strinse nelle spalle. «Il tono, innanzitutto. Il modo in cui, senza troppi giri di parole, ha espresso la sua necessità di vederci chiaro sulla presenza in Italia dell'agente speciale Stoner. Lei è un uomo alla ricerca della verità, e questo non può che suscitare ammirazione.»

«Questione di punti di vista. Ci sono svariati inquilini alle Vallette che la pensano diversamente.»

«Non ne dubito» disse Terrazzano. «Comunque, ho tutta l'intenzione di offrirle la massima trasparenza, non solo a beneficio dei rapporti tra i nostri due paesi, ma anche in virtù della rilevanza della sua indagine. Vorrei che comprendesse, tuttavia, il mio disagio nel dover contraddire alcune informazioni che erano contenute nel documento che mi ha inviato.»

«A cosa si riferisce?»

«Lei sostiene di aver conosciuto l'agente Stoner sabato scorso, durante il sopralluogo sulla scena di un terribile omicidio che, a quanto pare, fa parte di una serie cominciata più di un anno fa.»

«Duplice omicidio, per essere precisi.»

Il segretario appoggiò i gomiti sulla scrivania e congiunse le mani. «Posso quindi immaginare la sua sorpresa nel trovare sul posto il dipendente di un'agenzia governativa straniera, Mr. Stoner, che ha motivato la sua presenza con la volontà di collaborare alle indagini.» Parlava con tono calmo, ma il suo nervosismo traspariva da un leggero tremore delle dita.

«È quello che ha detto» commentò Scalviati.

«Ha detto anche che è giunto in Italia pochi giorni fa, in accordo con la sua procura.»

«Esatto. Il procuratore Bevilacqua, tuttavia, mi ha spiegato che si è trattato di un'iniziativa unilaterale. In parole povere, l'offerta di collaborare alle indagini non è stata recepita da parte della nostra autorità giudiziaria.»

«È possibile che ci sia stata un'incomprensione?» suggerì Terrazzano. «Che so, una traduzione affrettata della comunicazione del Bureau, che ha portato a un malinteso sui tempi e sui modi con cui stabilire questa collaborazione...»

«Non ho ancora visionato i documenti, quindi non posso escludere questa eventualità.»

Terrazzano si schiarì la voce. «Vede, il compito del consolato, tra gli altri, è quello di offrire assistenza ai connazionali che si trovano a visitare un paese straniero. Nel caso dell'agente Stoner, sono stato contattato per facilitare il suo inserimento nel vostro territorio. Gli ho personalmente fornito informazioni sugli accordi giudiziari tra i nostri paesi e qualche consiglio di carattere pratico. Per esempio, su dove alloggiare e sul valore della valuta che, le assicuro, è spesso motivo di confusione per chi è abituato al dollaro.»

«Non ci vedo niente di strano.»

«No, infatti.» Terrazzano prese una penna dalla scrivania e

iniziò a giocherellare con il cappuccio. Per un attimo, apparve persino a disagio. Nonostante la promessa di offrire il suo aiuto, sembrava combattuto tra la lealtà a un funzionario del suo paese e la volontà di venire incontro alle richieste del magistrato. Quando ricominciò a parlare, aveva un tono di voce più basso, come se si stesse preparando a una confessione. «Il problema è che questo scambio di informazioni è avvenuto parecchio tempo fa. Vede, l'agente Stoner si trova in Italia da due mesi.»

54

«Non devi spiegarmi niente» disse Giulia. «Quello che mi hai detto ieri mi è bastato.»

«Perché mi hai cercato, allora?» chiese Leda.

Mentre le due sorseggiavano i loro caffè, la piccola Carlotta era alle prese con un bicchierone di latte montato su cui era stata versata una generosa dose di cacao in polvere. Con movimenti imprecisi del cucchiaino, pescava abbondanti dosi di schiuma che poi inghiottiva in un boccone.

«Non lo so nemmeno io. Forse volevo vedere come vivi.»

«E che idea ti sei fatta?»

Giulia si strinse nelle spalle. «Niente di speciale.»

«Hai ragione, ma anche tu potresti avere una vita così. Una vita *niente di speciale* ma che ti permetta di non dover più…» Leda lasciò la frase in sospeso. «Conosco qualcuno che potrebbe aiutarti a entrare nel mondo del lavoro.»

«Non farlo. Non trattarmi con accondiscendenza.»

«Maledizione, Giulia. So quello che stai passando. Non c'è niente di male nel farsi aiutare.»

«Credi che una scrivania al giornale ti dia il diritto di esprimere giudizi? Tu non hai la più pallida idea di come va il mondo. E non sai niente di me. Di quello che ho dovuto passare, dei pregiudizi che ho dovuto subire e delle porte in faccia. Ma ti dico una cosa: sono una persona diversa da quella che hai conosciuto. E forse devo ringraziarti per avermi fatto aprire gli occhi. Perché le persone come me, che dalla vita hanno ricevuto solo schiaffi, le cose che gli spettano se le devono conquistare a morsi. E ho tutta l'intenzione di tirare fuori i denti.»

«Non credere che io non abbia ricevuto i miei schiaffi dalla vita. Sono stata quasi uccisa, quando ero in Libano.»

«E perché ci sei andata?»

«Stavo seguendo un'inchiesta su un traffico d'armi.»

Giulia fece un sorriso beffardo. «Vedi, è proprio questa la differenza tra me e te. Io non ho mai avuto una scelta. Tu hai potuto studiare, scegliere la carriera che ti sembrava più adatta alle tue capacità. Avevi tutto, ma la cosa migliore che ti è venuta in mente è stata tuffarti in una zona di guerra e poi magari lamentarti delle conseguenze. Io vengo da una famiglia di povera gente. Mio padre è un carpentiere che guadagna a malapena il necessario per mantenere la famiglia. Quando ho saputo di essere incinta, le uniche possibilità che avevo erano restare al paese da disonorata o venire in città e ricominciare da capo. Ho deciso di reagire. Non sarà andata come immaginavo, ma almeno adesso ho di che sfamare mia figlia.»

«È per questo che sei qui? Per ricordarmi quanto io sia privilegiata ad avere una famiglia alle spalle, come se fosse una sorta di peccato originale?»

Seguì un lungo silenzio, in cui le due si fronteggiarono con sguardi carichi di intensità. Poi Giulia prese la parola. «Lo sapevi che Mimì era bravissima a lavorare la ceramica?»

Leda scosse la testa. «Non ne avevo idea...»

«Ha frequentato il triennio al liceo artistico, ma ha dovuto lasciare gli studi per occuparsi di sua madre, che aveva una malattia degenerativa.»

«Mi dispiace.»

«Il braccialetto che indosso me l'ha regalato per il mio compleanno. Le pietre sono in raku, realizzate secondo un'antica lavorazione giapponese che da noi si vede raramente.»

Leda abbozzò un sorriso. «Me lo ricordo. Non sapevo che l'avesse fatto con le sue mani. Te l'ha consegnato in un pacchetto con un nastro arancio, e quando l'hai visto hai detto che non volevi indossarlo perché avevi paura di romperlo.»

«Non l'ho mai tolto dal giorno in cui è morta.»

Leda non riuscì a ribattere.

Giulia aiutò la piccola Carlotta a raschiare le ultime gocce di schiuma dal bicchiere, poi si schiarì la voce. «Forse è per questo che ho voluto incontrarti. Per dirti qualcosa di Mimì. Della vera Mimì, intendo. Perché non sia ricordata soltanto come la vittima di uno squilibrato. Forse, tu puoi raccontare chi era per davvero. Una donna orgogliosa, con i suoi pregi, i suoi difetti e le sue debolezze. Una donna innamorata della vita, con una forza d'animo che le permetteva di andare avanti nonostante le ingiustizie subite.»

«E allora aiutami a fare giustizia» disse Leda, accorata. «Sei l'unica persona che può darmi una mano a capire perché è stata uccisa.»

Giulia sembrò soppesare quelle parole per qualche istante. Poi si protese leggermente verso Leda. «Se lo faccio, mi prometti di non dire alla polizia che sono stata io?»

«Hai la mia parola.»

Incrociò le braccia sul petto. «Cosa vuoi sapere?»

«Non so... Se aveva abitudini particolari, se c'era qualcuno che incontrava di frequente, a parte Paolo Ginestra.»

«Non parlarmi di quel buono a nulla» sibilò. «Secondo me è per colpa sua che è finita così. Frequentava i tavoli da gioco e aveva finito per accumulare debiti con tutti, compresi i fratelli Canu. È brutta gente, quella. Gente pericolosa.»

«Nient'altro?»

«Non avevo l'abitudine di chiederle dove andava, con chi o perché. Mi piace farmi i fatti miei, e rispetto i fatti degli altri. Una cosa però posso dirtela. Quando faceva ancora parte del giro, Mimì aveva preso una brutta abitudine. Assumeva certa robaccia che le forniva uno dell'organizzazione. Dopo un po', capita che alcune di noi non riescano più a gestire la pressione emotiva di questa vita, e finiscano per non dormire o per avere attacchi d'ansia. Essere costrette a mentire ogni giorno alla propria famiglia è logorante e, non potendo chiedere aiuto alle strutture sanitarie, si finisce per rivolgersi a qualcuno interno all'organizzazione, come in una specie di circolo vizioso. In quanto a Mimì, ho cercato di farla smettere, ma lei diceva che le sostanze l'aiutavano a far tacere le voci che la tormentavano. Voci che provenivano da dentro, se sai cosa intendo.»

Leda annuì. Ne sapeva qualcosa, di cattive abitudini. Come sapeva che, quando hai la sensazione di annegare, un aiuto chimico sembra l'unica cosa in grado di tenerti a galla. «Che tipo di sostanze assumeva?»

«Valium, soprattutto.»

«Chi glielo forniva?»

«Non conosco il suo nome. Mimì lo chiamava il Farmacista.»

«Sai dove posso trovarlo?»

«Sei forse pazza?»

«Non gli sventolerò di certo il tesserino da giornalista sotto il naso.»

Giulia la osservò per alcuni istanti, come per decifrarne le reali intenzioni. Forse si stava chiedendo se quella ragazza fosse davvero disposta ad andare fino in fondo. Che fosse così incosciente da farsi invischiare in una storia del genere, in cui la gente finisce ammazzata?

«Si incontravano alla pista di pattinaggio il venerdì sera» disse infine. «È tutto quello che so.»

55

Scalviati bussò con forza. «Apra, Stoner! Lo so che è lì dentro.»

Il picchiettio della macchina da scrivere che proveniva dall'interno della stanza si interruppe bruscamente.

«Scalviati?» fece la voce dell'americano, ovattata, oltre la porta chiusa.

Il magistrato non si disturbò a rispondere. Rimase in attesa nel corridoio dell'albergo, trincerando la collera dietro uno sguardo indecifrabile, sebbene la sua impazienza trasparisse dal modo in cui stringeva e allentava periodicamente i pugni, come se stesse stritolando una cartaccia tra le dita.

La serratura si sbloccò con un clangore. Il volto dell'agente dell'FBI comparve attraverso uno spiraglio.

«Lei mi ha mentito» lo freddò Scalviati.

«Di cosa sta parlando?»

«Lo sa benissimo. Ho scoperto il suo bluff. Questa mattina ho parlato con il segretario del consolato. Mi ha detto che lei si trova in Italia da due mesi. *Due mesi*, per la miseria! Si può sapere quali sono le sue reali intenz...» Si interruppe, mentre Stoner spalancava la porta e gli faceva cenno di entrare.

Scalviati fece un passo avanti.

Le pareti della stanza erano completamente tappezzate di

fotografie, che fossero primi piani di persone, panoramiche di laghi e di boschi o istantanee di oggetti, documenti dattiloscritti, ritagli di giornale e di cartine geografiche, post-it colmi di annotazioni. Non c'era un solo centimetro lasciato libero da quell'immensa composizione, così fitta da assomigliare a un'anomala carta da parati.

«E quello cosa...»

«Voleva sapere quali sono le mie intenzioni, Scalviati?» proruppe Stoner. «Be', la accontento subito.» Strappò il foglio dal carrello della macchina da scrivere e lo consegnò al magistrato.

Scalviati tradusse mentalmente dall'inglese le prime righe del documento. «Soggetto non identificato, nominato provvisoriamente Zenit. Dalle perizie risulta che i delitti sono stati compiuti dalla stessa persona, sebbene sussista il ragionevole dubbio che sia intervenuto il concorso di uno o più complici. Questa persona è di sesso maschile, destrimano, caucasico, di altezza stimata di 5 piedi e 8, età tra i quarantacinque e i cinquant'anni.» Smise di leggere, spostando lo sguardo su Stoner. «Chi sarebbe questo Zenit?»

«Quello che ha tra le mani è il profilo che sto realizzando sul serial killer a cui stiamo dando la caccia. Zenit è il nome con cui era conosciuto all'epoca dei delitti compiuti negli Stati Uniti.»

56

Leda era inquieta.

Troppe domande le vorticavano in testa.

Poteva davvero permettersi di condurre un'inchiesta pericolosa, quando la sua esperienza le suggeriva di procedere con cautela?

Poteva davvero fidarsi di Giulia? La telefonata anonima era arrivata il giorno stesso in cui l'aveva incontrata.

Il rumore del respiro che aveva udito attraverso la linea telefonica le si era insinuato in testa come un parassita. Aveva percepito qualcosa di indefinibile, un'intenzione maligna che non riusciva a ignorare.

Era un messaggio.

Anzi, un tentativo di intimidazione in piena regola.

C'era qualcuno, dall'altro capo della linea, che senza l'uso di parole era riuscito a farle capire quanto la strada che si apprestava a percorrere fosse accidentata.

Giulia aveva ragione quando aveva detto che non sapeva niente di lei. Fino a che punto poteva dire di conoscerla?

C'era la possibilità che i vertici dell'organizzazione l'avessero minacciata, spingendola a ricontattare Leda per sondare le sue intenzioni.

Che fare, dunque?

Il problema, ora, era che queste persone sapevano dove abitava. L'avevano chiamata nell'appartamento in cui viveva con suo figlio.

Leda avrebbe potuto sopportare qualsiasi minaccia. Ma non poteva permettere che il suo comportamento mettesse Carlo in pericolo.

D'istinto, sollevò il ricevitore e compose un interno del tribunale. Sì, era la cosa migliore da fare: affidare quell'informazione agli inquirenti. Non c'era motivo di giocare alla detective.

«Ufficio del sostituto procuratore Francesco Scalviati» disse una voce femminile dall'altro capo della linea.

«Leda De Almeida, *La Stampa*. Vorrei parlare con il dottor Scalviati.»

«Se è per un'intervista, mi dispiace, ma non è possibile.»

«Non si tratta di questo. È per una questione relativa all'indagine.»

«Sono spiacente, ma se ha bisogno di chiarimenti dovrà attendere la prossima conferenza stampa.»

«Mi scusi, mi sono espressa male. Il fatto è che... sono entrata in possesso di un'informazione che potrebbe essere rilevante per le indagini, e vorrei parlarne direttamente con lui.»

«Capisco» disse la donna. «Ma al momento il dottor Scalviati non è disponibile. Se vuole le posso fissare un appuntamento. In questi giorni è molto impegnato, potrà riceverla la prossima settimana.»

Leda fece una smorfia di disappunto. "La prossima settimana potrebbe essere troppo tardi" pensò.

Giulia aveva detto che Monica si incontrava col Farmacista alla pista di pattinaggio il venerdì sera.

Se era la verità, bisognava agire in fretta. Prima che quelli dell'organizzazione, sentendosi in pericolo, cambiassero i loro piani.

Al diavolo la cautela. Avrebbe proceduto da sola.

«Non sarà necessario. Buona giornata.» E riagganciò.

57

«Stati Uniti?» sbottò Scalviati. «Mi vuol spiegare cosa sta succedendo?»

Stoner si spostò all'estremità del mosaico con cui aveva tappezzato le pareti della sua stanza e indicò una coppia di fotografie. «Sheryl Campbell, anni diciassette, uccisa nel dicembre del 1969 in un parcheggio sulla Cañada Road, poco lontano dall'area urbana di San Francisco, dove si trovava in compagnia del suo fidanzatino, Michael Gedrick. I due sono stati sorpresi dall'assassino all'interno della loro auto e uccisi a colpi di pistola calibro .22.» Spostò la mano in corrispondenza dell'area adiacente, indicando altre due foto. «Bonnie Saint Thomas e Paul Kinney, rispettivamente di ventuno e venticinque anni. Aggrediti nel luglio del '70 sulle rive del Lago Berryessa, a nord di San Francisco, dove si erano accampati per la notte. Il ragazzo, miracolosamente sopravvissuto alle ferite, ha in seguito raccontato che lui e la fidanzata erano stati avvicinati da un individuo con indosso un cappuccio nero. Sosteneva di essere un ricercato. Si è fatto consegnare le chiavi della macchina e il loro denaro, poi li ha legati con una corda che aveva con sé. I due ragazzi pensavano si trattasse di una rapina, ma prima di andare via l'aggressore ha tirato fuori un coltello e li ha pugnalati ferocemente.» Un altro passo e Stoner si spostò dove erano affisse altre due fotografie. «Nel novembre dello stesso anno, un'altra coppia di fidanzati viene aggredita nei pressi del lago San Andreas, a ovest della Bay Area. Si tratta di Melody Ann Richardson, ventitré anni, e Terry Pereira, ventidue, freddati a colpi di pistola mentre si trovavano all'interno della loro auto. Nel marzo del '72 la vittima è un tassista di San Francisco, Benjamin Nielsen, freddato con un colpo di pistola alla testa – ancora una calibro .22 – durante il turno di notte nel quartiere di Pacific Heights. Il responsabile di tutti questi omicidi non è mai stato identificato.»

Scalviati scosse leggermente la testa. «D'accordo, ma cosa c'entra con il mio caso?»

«Ognuna delle aggressioni è avvenuta con la luna piena e nelle vicinanze di un corso d'acqua» rispose Stoner senza scomporsi.

«Sta suggerendo che si tratta dello stesso assassino su cui sto indagando? È per questo che è venuto a Torino? Per dare la caccia a un serial killer che ha colpito quindici anni fa nei dintorni di San Francisco?» Scalviati fece una smorfia di disappunto. «Si rende conto di quanto suoni assurdo?»

«*Of course*, maledizione!» sbottò Stoner. «Per questo non ho potuto rivolgermi a lei quando sono arrivato in Italia, due mesi fa! Prima di parlarne, dovevo effettuare dei riscontri, assicurarmi che la mia ipotesi fosse verosimile, e che ci fossero abbastanza elementi per stabilire un collegamento indiscutibile tra gli omicidi a San Francisco e quelli a Torino. Se mi fossi presentato nel suo ufficio in giugno, lei mi avrebbe riso in faccia, esattamente come ha fatto il mio supervisore la prima volta che gli ho parlato della mia teoria. Ma sapevo che il mio istinto non si sbagliava, e infatti la mia perseveranza è stata premiata.»

«Non le sembra di peccare di presunzione?»

«Per catturare individui del genere bisogna ragionare al di fuori degli schemi» disse Stoner. «Bisogna considerare ogni ipotesi possibile, anche la più remota. Le indagini su Zenit sono state condotte dalla polizia di San Francisco, ma sono recentemente diventate oggetto di studio del VICAP. Uno degli elementi di perplessità era il fatto che Zenit fosse praticamente scomparso da un giorno all'altro, nel corso del 1973. L'ultimo omicidio che gli è stato attribuito risale al '72, ma ha continuato a scrivere lettere deliranti alla stampa per un altro anno.»

«Che tipo di lettere?»

«Scriveva al direttore del *San Francisco Chronicle*. In ogni lettera si firmava con lo pseudonimo di Zenit.»

«Sicuro che non si trattasse di un mitomane?»

«*Good point*, ma contenevano particolari sugli omicidi mai divulgati, che solo il colpevole – e la polizia, naturalmente – poteva conoscere. In una lettera inviata nel dicembre del '72, Zenit ha addirittura incluso nella busta la patente del tassista ucciso, ancora macchiata del suo sangue.»

«Quindi le lettere avevano lo scopo di rivendicare gli omicidi?»

«In parte. Del resto, soggetti di questo tipo soffrono spesso di un disturbo narcisistico della personalità, e non possono fare a meno di stare al centro dell'attenzione. In due casi è stato lui stesso a telefonare alla polizia per segnalare la presenza dei cadaveri, come se volesse gettare un guanto di sfida. La corrispondenza con uno dei principali giornali della città doveva essere motivo di compiacimento, e forse un modo per rievocare il piacere provato durante gli omicidi. Amplificato dall'idea che le sue missive fossero pubblicate in prima pagina.»

«Com'è possibile che le autorità abbiano permesso una cosa del genere?»

Stoner allargò le braccia. «Non avevano scelta. Zenit ha minacciato di compiere un massacro se le sue lettere non fossero state pubblicate. Una volta ha affermato di voler sequestrare un pulmino di bambini all'uscita da scuola, un'altra di far esplodere una bomba in un parco pubblico. Non sapremo mai se queste minacce fossero reali, ma nessuno ha voluto correre il rischio di scoprirlo.»

«Capisco.»

«Arriviamo così al settembre del 1973. L'ultima lettera di Zenit contiene uno strano codice, scritto in un alfabeto sconosciuto, che nemmeno gli esperti di crittografia sono stati in grado di decifrare. Poi, più nulla. Le comunicazioni cessano, e così gli omicidi. Per anni gli investigatori si sono chiesti che cosa intendesse annunciare con quel messaggio. Alcuni sono convinti che fosse possibile risalire alla sua identità, altri al motivo della sua scomparsa.» Stoner indicò la riproduzione di un documento scritto a mano che conteneva una sfilza di simboli, ordinatamente incolonnati ma apparentemente privi di senso compiuto. Alcuni erano normali lettere dell'alfabeto romano o greco, a volte tracciate in modo speculare, altri sembravano simboli geometrici.

«Mi ricorda il caso del manoscritto Voynich» disse Scalviati.

Stoner lo studiò con un'espressione incuriosita. «*Excuse me?*»

«Un manoscritto medievale ritrovato in un monastero italiano ai primi del secolo da Wilfrid Voynich, un mercante polacco. La sua particolarità è di essere scritto in un alfabeto sconosciuto. Al giorno d'oggi, nessuno è ancora stato in grado di decifrarlo.»

«Approfondirò l'argomento» commentò Stoner.

Scalviati fece un sospiro. «Quello che mi ha detto è senz'altro suggestivo, ma mi sembra poco per stabilire una connessione tra gli omicidi di San Francisco e quelli di Torino.»

«È vero. E le confesso che un'idea del genere non mi sarebbe mai passata per la testa se, quando era a Quantico, il dottor Di Cara non mi avesse chiesto un'opinione su due casi che stavano mettendo in difficoltà gli investigatori torinesi: i duplici omicidi Frasso-Petrasanta e Dallara-Lescaux. Solo allora, nella mia mente, si è formata l'ipotesi che Zenit si fosse trasferito in Europa. Per la precisione, in Italia.»

58

«Mi creda, dottor Scalviati, il mio supervisore era scettico quanto lei quando gli ho confidato la mia teoria. Nonostante le perplessità iniziali, tuttavia, mi ha incoraggiato a scavare più a fondo quando gli ho rivelato del medaglione trovato nel pugno di Dante Petrasanta. Un medaglione con inciso il simbolo dell'astrolabio.» Così dicendo, indicò la riproduzione di una delle lettere inviate da Zenit alla stampa.

"Ce ne saranno altri. Brilleranno alla luce della luna" c'era scritto.

In calce, a mo' di firma, un cerchio con una croce inscritta al suo interno, attraversata da una linea diagonale.

«Quel simbolo…»

«Un astrolabio stilizzato» sentenziò Stoner. «Non è raro trovarlo rappresentato in questo modo nei testi antichi o nelle statue dedicate ai grandi navigatori del passato, come quella di Samuel de Champlain, per esempio, che si trova a Ottawa, in Canada.»

Scalviati rifletté per qualche istante. «Supponiamo che la sua teoria abbia un fondamento. C'è comunque un intervallo di quattordici anni da quando cessano gli omicidi a San Francisco e cominciano a Torino.»

«*True*. Dal settembre 1973 al febbraio del 1987 non viene registrata alcuna attività di Zenit. Nella mia unità chiamiamo *cooling-off period* il tempo che trascorre tra le azioni di un serial killer. È una fase essenziale, perché permette al soggetto di smaltire le emozioni, di elaborarle. È paragonabile a un dopo sbornia per un alcolizzato, o al *down* per un tossicodipendente. È una pausa temporanea, in attesa di ritornare in azione. A livello psicologico, un serial killer assomiglia a chiunque soffra di una dipendenza: presto o tardi sentirà la necessità impellente di placare il suo desiderio. Ma anziché di una dose di eroina o di una bottiglia di scotch, avrà l'esigenza di trovare un'altra vittima. È raro, però, che la pausa duri così a lungo.»

«Lo immagino.»

«Il mio supervisore dice che per catturare un serial killer bisogna pensare come lui. Fino al '73, il *cooling-off period* di Zenit è stato al massimo di alcuni mesi. Mi sono trovato a immaginare cosa provasse a doversi adattare a una vita più o meno ordinaria dopo aver corso su una specie di montagna russa emotiva per anni. Cosa poteva essergli successo per spingerlo a una tregua?»

«Anche perché, supponendo che la sua ipotesi sia fondata, avrebbe ripreso le sue attività come se niente fosse.»

«Le confesso che quella domanda continua a tormentarmi. Io stesso ho cercato di analizzare l'ultimo messaggio cifrato inviato alla stampa, convinto che contenesse la risposta. Ho cominciato a lavorare sul messaggio con l'aiuto di un moderno calcolatore e con il supporto di un team di esperti in comunicazioni cifrate dell'esercito. Le difficoltà si sono presentate fin dall'inizio: non sembrava che il codice soddisfacesse le regole di alcun cifrario conosciuto. Né dei più semplici, come il codice Atbah o il cifrario di Augusto, né dei più complessi, come il disco di Alberti o il codice di Vigenère. Al momento, quell'enigma sembra destinato a rimanere insoluto.»

«Dunque si è trattato di un buco nell'acqua.»

Stoner si strinse nelle spalle. «Diciamo che la questione è ancora aperta. Ma le analogie tra i delitti commessi da Zenit negli Stati Uniti e dal "mostro" qui a Torino sono evidenti. Per questo ho convinto il mio supervisore ad affidarmi un incarico esplorativo in Italia, per raccogliere il maggior numero di indizi che permettessero di confermare o smentire la mia teoria.»

«E ottenere l'estradizione di un eventuale indagato, immagino.»

«*Correct*. Incrociando i dati in mio possesso con i documenti che mi ha affidato, il profilo del mostro che sto elaborando è sorprendentemente simile a quello di Zenit. Con una discrepanza sull'altezza: stando alla testimonianza di Paul Kinney, il sopravvissuto all'aggressione al lago Berryessa, l'aggressore era alto circa 5 piedi e 8, che corrispondono a un metro e settantacinque, mentre secondo le perizie del dottor Di Cara, a Torino i colpi sono stati sparati da un individuo sul metro e ottantacinque.»

«Dieci centimetri che potrebbero fare tutta la differenza del mondo.»

«Oppure no. In entrambi i casi, dopotutto, si tratta di una stima.»

Scalviati non poteva negare che la teoria di Stoner avesse una certa coerenza di fondo. C'erano diversi elementi in comune tra il serial killer americano e il mostro. Ma per convincerlo che si trattasse della stessa persona ci voleva ben altro.

«Perché si sarebbe trasferito proprio in Italia, secondo lei?»

«Perché no?» fu la risposta. «Potrebbe avere un legame con il vostro paese, oppure si è spostato per lavoro. L'astrolabio era uno strumento di navigazione. Magari il nostro uomo svolge qualche tipo di attività marittima, che l'ha impegnato per quattordici anni prima di ritrovare il tempo necessario per riorganizzarsi in un paese straniero.»

«Quattordici anni in mare sono sufficienti per fare cinquanta volte il giro del mondo.»

«Potrebbe essere stato arrestato per un altro reato ed essere tornato a colpire dopo aver scontato la sua pena.»

«Un'ipotesi più plausibile, senza dubbio.»

«D'altronde, gli studi in materia ci insegnano che esistono fattori stressanti legati al background emotivo di un potenziale serial killer che possono rendere insopprimibili le fantasie omicide. Può darsi che questi fattori – conflitti familiari, lavorativi, o di carattere sociale – si siano attenuati a un certo punto della permanenza di Zenit a San Francisco, ma che si siano ripresentati anni dopo, durante la sua permanenza in Italia.»

Scalviati si mise a osservare il diagramma tracciato da Stoner sulla parete. Osservò i volti delle vittime, i luoghi dei ritrovamenti dei cadaveri segnalati dalle puntine piantate sui ritagli di cartine geografiche, i post-it con riportate le modalità dei delitti. Quella minuziosa raccolta di materiale, al limite del maniacale, esprimeva perfettamente la misura della fissazione che Stoner aveva sviluppato per Zenit.

C'era una sola parola che gli veniva in mente per definirla. Ossessione.

«E se si trattasse di un imitatore?» suggerì. «Omicidi di grande risonanza mediatica come quelli di San Francisco possono avere un impatto dirompente su una mente disturbata.»

«Non credo si tratti di un *copycat*. Si sarebbe limitato a replicare le modalità degli omicidi, mentre qui in Italia ci sono differenze nel *modus operandi*. No, è lo stesso uomo. Me lo sento nelle ossa. Ma è come se nel corso degli anni si fosse evoluto, perfezionando il suo modo di agire. Negli omicidi negli States, per esempio, i colpi non si distribuivano secondo un triangolo, e in una sola occasione ha utilizzato un coltello. Zenit non ha effettuato alcuna mutilazione dei cadaveri, mentre in due casi su tre, il mostro ha asportato la milza della ragazza dopo averla uccisa. È come se Zenit fosse una sorta di... versione embrionale di colui che chiamate mostro.»

Era un'impressione, o lo sguardo di Stoner celava una lampo di ammirazione per il serial killer a cui stava dando la caccia?

Era possibile che fosse così ottenebrato dall'urgenza di catturarlo da convincersi che il mostro fosse lo stesso uomo, anche in mancanza di riscontri oggettivi?

Stoner aveva attraversato l'Atlantico guidato da un'ipotesi a dir poco azzardata. Scalviati non metteva in discussione le sue doti investigative, ma adesso, per la prima volta, si trovava a dubitare della sua affidabilità.

E, soprattutto, della sua lucidità.

59

Leda varcò la soglia del Tuxedo poco prima di mezzanotte. Ai lati delle scale stazionava una moltitudine di ragazzi e ragazze vestiti in modo eccentrico, per lo più in nero, che fumavano sigarette e chiacchieravano al riparo dal volume assordante della musica che giungeva ovattata dalla pista da ballo.

Aveva ritrovato l'invito di Ludwig quasi per caso e, per quanto esausta, aveva pensato che qualche ora di svago alla vecchia maniera fosse quello che ci voleva.

La cena con l'ex marito era stata deprimente proprio come aveva previsto. Lui era chiaramente teso e le sue battute avevano perso il mordente di un tempo. In quanto alla sua nuova compagna, era così irritante nei tentativi di compiacerlo.

Leda aveva dovuto far buon viso a cattivo gioco quando Iacopo aveva proposto a Carlo di trascorrere in Toscana gli ultimi giorni prima dell'inizio della scuola, per partecipare alla vendemmia e assistere alla pigiatura delle uve.

L'idea non la entusiasmava. L'aveva considerata una vera e propria imboscata. Ma Carlo era così elettrizzato che non se l'era sentita di negargli il consenso.

"Era davvero questo il motivo?" si chiese. No, c'era di più.

La verità è che temeva che il suo appartamento non fosse

più sicuro. Se l'organizzazione era sulle sue tracce, si sentiva più tranquilla con il figlio fuori città.

Per quanto detestasse doverlo ammettere, non era più la giornalista temeraria di cinque anni prima. La prospettiva di gettarsi in una nuova inchiesta, che in passato avrebbe affrontato con disinvoltura, adesso la rendeva maledettamente nervosa.

Ma non si sarebbe fermata. Non ora, che sentiva di avere in mano un'informazione che poteva cambiare tutto. Leda era determinata a sfruttare il suo vantaggio per scoprire se c'era davvero una relazione tra l'organizzazione e l'attività del mostro.

Lo doveva a Giulia, alla piccola Carlotta, ma anche a Mimì. L'aveva incrociata solo per poche ore, è vero, ma la morte di quella ragazza l'aveva profondamente turbata.

Lo doveva alla corrispondente di guerra caparbia che era stata. E lo doveva anche a suo figlio. Quel ragazzo così simile al nonno, che si stava affacciando al mondo, così pieno di ideali e con la vita ancora interamente da scrivere.

Leda tentò di scrollarsi di dosso l'inquietudine con un'alzata di spalle. Dopo aver lasciato il soprabito al guardaroba, si diresse verso la sala principale, da cui risuonavano le note incalzanti di *Transmission* dei Joy Division.

Per l'occasione, aveva riesumato dall'armadio alcuni capi di quando frequentare quel tipo di locali era un'abitudine.

Capelli tirati indietro ai lati e cotonatura in cima, sostenuta da abbondanti dosi di lacca, sguardo evidenziato da una linea spessa di eye-liner, Leda aveva indossato una maxi maglia con le maniche a pipistrello e un paio di fuseaux ad altezza polpaccio da cui sbucavano le calze a rete.

Si fece strada tra la calca per raggiungere il bancone e, dopo una breve attesa, riuscì a ottenere l'attenzione della barista e a farsi servire un gin tonic.

Mentre assaporava il primo sorso, un lampo di luce squarciò la penombra della sala. La canzone si dissolse bruscamente e un paio di fari incrociarono dei fasci di luce rossa sulla postazione del dj.

Ludwig salì rapidamente le scalette per raggiungere la console, la cresta di capelli azzurri che quasi sfiorava il display a led su cui scorreva a ripetizione la scritta "Spider Dark Night". Le gambe erano fasciate da un paio di pantaloni aderentissimi in vinile, in contrasto con la morbidezza della camicia bianca, aperta sul petto, che aveva stretto sui polsi con due bracciali di pelle borchiata.

Appoggiò la valigetta di vinili sul pavimento, indossò le cuffie. Mise un disco sul piatto, posizionando la testina sulla prima traccia. Le note di apertura di *A day* dei Clan of Xymox echeggiarono nella sala, scatenando un boato di approvazione tra i presenti.

Leda vinse lo spazio che li separava e, quando gli fu accanto, innalzò il calice a mo' di brindisi.

«Non posso crederci che tu sia venuta!» esclamò Ludwig, protendendosi verso di lei per i baci di saluto.

«Sinceramente, nemmeno io.»

«Guardati. Sembri uscita da *Miriam si sveglia a mezzanotte*.»

Un mezzo sorriso. «Attento, potrei mordere.»

«Non chiedo di meglio.»

Seguì un breve silenzio imbarazzato. Leda bevve un sorso del suo cocktail. «Vado un po' in pista.»

«Ci vediamo più tardi?»

«Certo. Posso restare soltanto fino al sorgere del sole, però.» Gli voltò le spalle, dirigendosi verso il lato meno affollato della pista.

Mentre le casse diffondevano le prime battute di *In the flat field* dei Bauhaus, Leda chiuse gli occhi, lasciandosi trascinare dal ritmo. A mano a mano che passavano i minuti e le canzoni si avvicendavano l'una all'altra, sentiva il corpo sciogliersi sempre di più.

Era pervasa dalla consapevolezza della propria carne, delle braccia, delle gambe, come se gli arti stessero riprendendo sensibilità dopo essere rimasti a lungo intorpiditi.

Si sentiva fluttuare in uno spazio indefinito, immersa nel fluido tessuto da parole e musica. Da quanto tempo non si sentiva così libera? Poco importava se si trovava in una sala da ballo fumosa, circondata da perfetti sconosciuti. Abbracciata dalla musica, era il suo corpo che sentiva. Per la prima volta da quando aveva rischiato di perderlo per sempre.

Sulle note di *She cries alone* degli Skeletal Family, sentì una lacrima affacciarsi alle ciglia. Un turbine di emozioni fluiva attraverso il petto, con tanta forza da non poterlo più trattenere.

Aprì gli occhi, incrociando quelli di una ragazza che la stava osservando dal divanetto.

Aveva i capelli a caschetto, con una voluminosa frangia che le lambiva le sopracciglia. Indossava un lungo abito a sirena e decolleté a punta allacciate alle caviglie.

Fece un sorriso e si alzò. Si avvicinò quasi con cautela, cominciando a ballare di fronte a Leda, muovendo passi misurati, aggraziati, che la portavano a serpeggiare avanti e indietro come una creatura marina incalzata dalla risacca, muovendo sinuosamente le braccia come per assecondare la marea.

La canzone sfumò in dissolvenza, lasciando spazio a *Enola gay* degli Orchestral Manoeuvres in the Dark.

Ci fu un altro scambio di sguardi, poi la ragazza salutò con la mano e si eclissò tra la folla.

«Allora? Che ne pensi?»

Leda si rese conto che Ludwig le era comparso di fianco. «Di cosa stai parlando?»

«Della selezione musicale, ovviamente.»

«Mi piace. Non troppo scontata.»

Ludwig fece un sorriso soddisfatto. «Ho notato che hai fatto colpo su Betty.»

«Chi?»

«La ragazza che ballava con te. Hai fatto morire d'invidia la metà dei ragazzi presenti. Di solito se ne sta sempre in disparte e non dà confidenza a nessuno.»

«Probabilmente le piace solo farsi i fatti suoi.»

«Probabilmente. Posso offrirti qualcosa da bere?»

Leda si accorse di avere ancora il bicchiere in mano, con un dito d'acqua in cui galleggiava un minuscolo cubetto di ghiaccio. «Non so se è il caso. Sono reduce da una cena sfiancante e domattina devo alzarmi presto per andare al lavoro…»

«Gin tonic, giusto?» disse lui, muovendosi in direzione del bar.

Ben presto i gin tonic divennero due, dato che Leda si sentì in dovere di offrire un altro giro.

Seduti su un divanetto, bevvero chiacchierando di avanguardie musicali con la stessa solennità con cui avrebbero discusso di buco nell'ozono o *realpolitik*, criticarono qualche brano scelto dal dj di turno, infine ballarono sulle note di *Shoplifters of the world unite* degli Smiths.

«Ora devo proprio andare» disse Leda.

«Non sono neanche le due» protestò Ludwig.

«Tu ci sarai pure abituato, ma questo per me è uno sport estremo.»

«D'accordo, ti accompagno alla macchina.»

«Puoi accompagnarmi alla postazione delle cabine telefoniche, ho preso un taxi per venire qua. E meno male, perché non sono proprio in condizione di guidare.»

«Lascia stare» fece lui. «Andiamo, ti do un passaggio.»

60

Romano Costanza sapeva il fatto suo quando si trattava di estorcere le informazioni che gli servivano anche al più reticente dei delinquenti di strada.

Aveva strigliato un pregiudicato in affari con i Canu, scoprendo che i due fratelli avevano allestito una sala da gioco clandestina all'interno del Caligola, un locale di recente apertura sui Murazzi.

Mentre scendeva dal furgone, rivolse uno sguardo d'intesa ai suoi due accompagnatori, il sovrintendente Raffaele Loiacono e l'agente scelto Diana Fornasier del reparto mobile. «Mi raccomando, assecondatemi e probabilmente nessuno si farà del male.»

Capelli corti con riga laterale e occhi da gatta nonostante la cicatrice che le spezzava in due il sopracciglio sinistro, Fornasier indossava un abito da sera con spacco laterale che rivelava le gambe scolpite. Dopo essersi rassettata la giacchetta di pelle, si limitò a rispondere con un cenno di assenso.

Più cauto fu Loiacono, che obiettò: «In che senso "probabilmente"?».

«Be', non ci stiamo certo intrufolando in un convento di francescani. In queste situazioni salta sempre fuori il fenomeno che si mette in testa di risolvere le discussioni a cazzotti.»

«Ma allora... non sarebbe stato più semplice convocare Canu in questura?»

«Canu ha dimostrato di essere fin troppo scaltro per fare qualche ammissione durante un interrogatorio. Diciamo che ho in mente un metodo più... efficace per spingerlo a dirci quello che sa.»

«Mi perdoni, ma non capisco» disse Loiacono. «Non sappiamo nemmeno se quello si trovi là dentro.»

«Non si preoccupi. Se il mio informatore diceva la verità – e non ho motivo di dubitarne – troveremo Canu esattamente dove ci serve che sia.»

«D'accordo, ma come spera di convincerlo a collaborare?»

«La risposta, caro Loiacono, è qui dentro» annunciò Costanza, picchiettando sul fianco della borsa che portava a tracolla.

«È solo che mi sembra strano incontrarlo in un locale malfamato a quest'ora, per di più in borghese. Il dottor Scalviati ha approvato questa operazione, vero?»

«Ha voglia di scherzare?» sogghignò Costanza. «Scalviati non ha la minima idea di quello che stiamo facendo! E mi creda, è molto meglio così.»

A dispetto del nome altisonante, il Caligola era un locale piuttosto anonimo, con un bancone su un lato e tavolini sparsi nei dintorni, alcuni su un piano rialzato, a cui si accedeva tramite un paio di gradini. Gli unici riferimenti all'antica Roma erano due colonne dai capitelli corinzi all'entrata della sala da biliardo, accessibile da un'arcata sulla parete di fondo.

All'ingresso dei tre, i pochi avventori presenti si voltarono pigramente a guardarli.

Costanza fece un gran sorriso e si rivolse al barista. «*Ad maiora!*» proclamò con convinzione. Secondo il suo informatore, era la parola d'ordine per accedere alla sala da gioco.

L'uomo lo squadrò con una certa diffidenza, e Costanza aprì quel tanto la zip della borsa da permettergli di sbirciare il contenuto.

Il barista annuì, poi si rivolse a un individuo di grossa corporatura che sorvegliava un'uscita di sicurezza. «Lasciali passare.»

La porta si spalancò, dando accesso a Costanza e ai suoi accompagnatori a un corridoio dalle pareti rosse, illuminato da una lampadina nuda che pendeva dal soffitto.

Sulla parete sinistra, una porta di metallo conduceva all'interno di una sala che, a giudicare dagli scatoloni di liquori accatastati alle pareti, doveva servire originariamente da magazzino, ma che era stata equipaggiata con svariati tavoli da gioco.

C'erano una roulette, un tavolo da blackjack e uno per il poker. L'aria era satura di fumo di sigaretta e delle chiacchiere ad alta voce di gente troppo impegnata nelle scommesse per accorgersi dei nuovi arrivati.

Una bionda con un tubino argento dalla generosa scollatura sedeva a una scrivania che fungeva sia da bar che da cassa per il cambio delle *fiches*.

Costanza le consegnò un paio di mazzette di biglietti da cinquantamila lire prese dalla borsa e quella, con un gran sorriso, gli affidò una scatola piena di gettoni con l'effigie dei quattro mori della bandiera sarda.

«Dove ha preso tutti quei soldi?» disse Loiacono in tono allarmato, mentre si avviavano verso il centro della sala.

«La pianti o ci farà scoprire» sibilò Costanza, indicando un paio di energumeni con gli auricolari che sorvegliavano le attività. «Dopotutto, è solo carta straccia che ho preso in prestito dal deposito delle prove. Proviene da un sequestro di denaro contraffatto che abbiamo effettuato qualche settimana fa.» Gli consegnò una catasta di *fiches*. «Ne faccia buon uso.»

Loiacono rimase perplesso e per un attimo sembrò sul punto di dileguarsi.

«Piantala di fare il boyscout, e cerca di mostrarti disinvolto» gli intimò Fornasier.

«Se si accorgono che il denaro è falso, succede un casino.»

Costanza lo tirò per una manica del giubbotto. «È esattamente quello che spero.» Poi si rivolse al croupier del blackjack. «Che ne dici, c'è posto per uno in più?»

«Prego» ribatté quest'ultimo, indicando uno sgabello.

Costanza si sedette con fare spavaldo. «Tu, resta con me» disse a Fornasier. «Sento che mi porterai fortuna.»

Lei scoppiò in una risata cristallina, era entrata nella parte.

Loiacono, frastornato e titubante, prese posto al tavolo della roulette.

Il commissario fece puntate sempre più alte, continuando a farsi portare da bere. Un bicchiere dopo l'altro di Rosso Antico, elargiva mance al croupier e commentava le perdite con esclamazioni colorite che suscitavano l'ilarità degli altri giocatori.

«Al diavolo» disse a un certo punto. «Questo gioco mi ha stufato. Penso che mi sposterò al poker.»

Fu in quel momento che venne raggiunto da un gorilla in completo nero. «Spiacente di interromperti, ma il direttore vuole parlarti.»

«Che fretta c'è? Avrò pur diritto a rifarmi delle perdite.»

«Più tardi, magari.» Il gorilla lo prese per un braccio.

«Lasciami andare» brontolò Costanza, divincolandosi.

«Ehi! Non costringermi a ricorrere alle maniere forti.»

«Si può sapere qual è il tuo problema?» intervenne Fornasier.

«Fatti i fatti tuoi» grugnì il gorilla.

«E va bene» farfugliò Costanza, con la voce impastata. «Andiamo pure, ma lei viene con me.»

«Hai paura che te la portino via?»

Si strinse nelle spalle. «Con quello che mi è costata...»

L'altro studiò Fornasier per un istante, poi fece cenno di seguirlo alla porta.

Mentre si apprestavano a varcare la soglia, Costanza riuscì a sgattaiolare via. Raggiunse la postazione della roulette dove era appostato Loiacono che, inaspettatamente, aveva accumulato una quantità considerevole di *fiches*.

Prima che il gorilla lo riacciuffasse per il dorso della giacca, Costanza consegnò al giovane sovrintendente le chiavi del furgone. «Portalo sul retro e aspettaci col motore acceso. Vai!»

61

«Quello sarebbe il tuo mezzo di trasporto?» chiese Leda, esterrefatta.

«Non ho la patente.» Ludwig sedeva trionfalmente su una bici modello cruiser di colore rosso Ferrari.

«Stai scherzando, vero?»

«Niente affatto. Allora, sali o no?»

Lei osservò il telaio con sospetto. «Non saprei dove... Non c'è neanche il portapacchi!»

«Sulla canna, no?» Protese una mano per aiutarla a sistemarsi.

«Oh mio dio» disse Leda aggrappandosi al manubrio, mentre Ludwig imprimeva una vigorosa serie di pedalate per prendere velocità. «So già che ci schianteremo contro un portico. Anzi, ci investiranno, finiremo nel Po e dovranno inviare i sommozzatori per ripescarci.»

«Mai stata su una bici prima d'ora?»

«Sì, ma l'ultima volta sarà stato vent'anni fa!»

«Smettila di fare la donna matura con me!»

«Ma io *sono* una donna matura!»

«Tieniti forte» annunciò Ludwig, mentre la bici sfrecciava all'incrocio e si immetteva in un vicolo dall'acciottolato sconnesso.

«Si può sapere dove stiamo andando?» brontolò Leda, stringendo i denti. L'aria notturna le sferzava il viso e le scompigliava i capelli. «Non ti ho ancora detto dove abito.»

«Ora lo vedrai» rispose enigmatico. Dopo una serie di svolte, arrestò la bicicletta di fronte all'imboccatura di ponte Vittorio Emanuele I.

Leda scese con cautela e si avvicinò al parapetto, dove il brulicare dei ragni era incessante. «Madre santissima» sospirò. «Ho visto delle foto, ma non è proprio la stessa cosa. Non avevo idea che fossero così tanti. E così grossi!»

Ludwig la raggiunse conducendo la bici a mano. «Secondo me tra un po' colonizzeranno l'intera città.»

«Perché non l'intero paese, a questo punto?»

«Perché no?»

Leda sorrise, seguendo con lo sguardo un ragno che zampettava indolente sulla ragnatela, scendendo verso la base della ringhiera. «A me sembra che si siano ambientati benissimo qui.»

«Qualcuno parla di disinfestazione» commentò Ludwig. «Riesci a immaginare una barbarie peggiore?»

«Be', un paio di idee ce le avrei.»

«Non smetti mai i panni della giornalista impegnata, vero?»

«Che ti devo dire? Sono gli unici che non mi stanno stretti. Tornando ai ragni, credo sarebbe un provvedimento esagerato. Fanno una certa impressione, d'accordo. Ma non capisco che fastidio possano dare.»

«Sono creature così misteriose.» Ludwig sfilò da sotto la camicia una catenina dal pendente a forma di ragno.

«L'hai messo apposta per la serata?»

«Bello, vero? Me lo sono fatto fare da un amico che lavora l'argento.»

«Ti si addice.»

I due si guardarono per qualche istante, mentre la luna compariva fugacemente tra le nuvole, specchiandosi nelle acque del fiume.

«Che ne dici se passiamo da casa mia a bere il bicchiere della staffa? Il tempo di farti ascoltare i miei brani solisti e ti riaccompagno a casa, promesso.»

Leda ci rifletté su brevemente. «Vada per i brani, ma il bicchiere sarà meglio che sia d'acqua.»

«Giusto. L'idratazione prima di tutto.»

Salirono sulla bici e Ludwig si diresse verso i colli, pedalando energicamente per vincere la pendenza della strada.

62

Salvatore Canu aveva il volto dai lineamenti sfuggenti e il naso aquilino, che lo facevano assomigliare a un Roberto Benigni con i capelli ossigenati e la zazzera. Indossava una camicia hawaiana dai colori sgargianti che faceva risaltare la pelle olivastra. Gli occhi erano cupi come l'asfalto con un accentuato strabismo, al punto che, quando cominciò a parlare, Costanza non era del tutto sicuro che si stesse rivolgendo a lui.

«Ci sono un'infinità di modi a disposizione per un uomo che voglia tentare il suicidio, ma questo è decisamente creativo» disse. «Portare soldi falsi nel mio locale... Sono impressionato, non c'è che dire.»

«Sta parlando con me?» fece Costanza.

Il gorilla che stava alle sue spalle gli diede uno spintone. «E con chi, se no?»

Costanza barcollò in avanti, aggrappandosi alla scrivania per non perdere l'equilibrio. Ripresa la posizione eretta, si rassettò la giacca e puntò un dito malfermo verso il suo interlocutore. «Signor Canu, lei deve decisamente rivedere la politica di accoglienza del suo personale. Questo scimmione non ha fatto che trascinarmi avanti e indietro per i corridoi come se fossi un pacco postale.»

«Sei idiota o solo ubriaco?» chiese Canu.

Forse per simpatia o per spirito di compiacimento, anche il gorilla si mise a ridere, subito imitato da Fornasier.

«Lei chi è?»

«Una puttana, credo.»

Canu la squadrò per alcuni istanti. «Per chi lavori?»

«Freelance» fece lei, imitando goffamente la pronuncia anglosassone.

«Come avete fatto a sapere di questo posto?»

Costanza fece spallucce. «Le voci girano…»

«Cosa vuol dire "girano"? Dove? Come?»

«Un mio collega all'ufficio postale mi ha detto che al Caligola si gioca forte. *Ad maiora!*, mi ha detto.»

L'espressione di Canu si incupì. Studiò il suo interlocutore per alcuni, lunghissimi secondi, come se si fosse reso conto di averlo già incontrato da qualche parte. «Come si chiama il tuo collega?»

«Paolo Ginestra» disse seccamente Costanza.

Le sue parole fecero piombare la stanza in un silenzio glaciale.

Quello che né Canu né il gorilla al suo servizio potevano sapere era che quel nome costituiva il segnale che Costanza e Fornasier avevano concordato per smetterla con la recita e passare all'azione.

E, in effetti, la sorpresa si lesse ben chiara sul volto dei due uomini allorché Costanza fece un balzo e, afferrato Canu per il colletto della camicia, lo trascinò oltre la scrivania, scaraventandolo sul pavimento, facendo cadere la macchina contabanconote, la lampada, il computer e tutto ciò che vi era collegato.

Ora non c'era alcun dubbio: non solo non era idiota o ubriaco, ma possedeva anche una forza inconsueta per la sua età.

L'energumeno fece per scattare in avanti per fermarlo, ma il suo movimento venne bruscamente interrotto da qualcosa che lo urtò con violenza all'altezza delle caviglie, facendolo maldestramente crollare a terra.

Il suo sguardo saettò nei dintorni. Era così sbalordito e spaesato da aver perso per un attimo la cognizione dello spazio. I suoi occhi sgranati incontrarono quelli dell'agente Fornasier, che si stava ricomponendo dopo averlo colpito con una spazzata.

C'era un'altra cosa che né lui né il suo capo potevano sapere: Fornasier, prima di arruolarsi in polizia, aveva vissuto con la madre in Thailandia, dove aveva appreso le tecniche più letali del Muay Thai, combattendo fin da adolescente nelle arene miste dove non contano le differenze di genere tra i lottatori, ma solo l'abilità.

Fornasier si liberò delle scarpe col tacco e fece un cenno al gorilla di rialzarsi. Quello indietreggiò gattonando fino alla parete, poi portò la mano sotto la giacca, verso la fondina ascellare che conteneva la sua pistola.

Lei fece "no" con piccoli movimenti della testa, ma non bastò a dissuaderlo. Il gorilla riuscì a malapena a estrarla, che l'arma venne scagliata via da un calcio così potente che l'uomo temette di essersi fratturato un polso. Tuttavia, non ebbe il tempo di leccarsi le ferite. Si ritrovò la ragazza a cavalcioni che lo martellava con dei pugni in faccia così calibrati e potenti che avrebbero steso un orso di media stazza.

Canu, nel frattempo, era riuscito a sgusciare via dalla presa di Costanza. Si asciugò il sangue a lato della bocca. «Si può sapere chi cazzo sei?»

«Lo sai benissimo, chi sono.»

All'improvviso, lo sguardo di Canu fu attraversato da un lampo di consapevolezza. «Che mi prenda... Sei quello sbirro di merda che stava con Scalvia...»

Non riuscì a terminare la frase perché il commissario, senza alcun preavviso, lo caricò con forza, schiacciandolo contro il muro, per poi afferrargli un polso e rigirarglielo dietro la schiena, costringendolo a inginocchiarsi.

Il gorilla riuscì ad assestare una testata a Fornasier, che istintivamente si portò le mani a protezione del naso. Quell'attimo di incertezza fu sufficiente perché l'uomo riuscisse a respingerla, per poi rialzarsi e correre verso la porta.

Sfiorò a malapena la maniglia. Fornasier gli avvinghiò il collo con un braccio e strinse forte nel tentativo di fargli perdere conoscenza. Quando sembrava che l'uomo fosse sul punto di cedere, riuscì a colpirla con una serie di gomitate alle costole, costringendola a lasciare la presa.

La donna indietreggiò fino a incontrare la scrivania. Il dolore per i colpi subiti le si leggeva nello sguardo.

Vedendola in difficoltà, il gorilla tentò un assalto, lanciando una combinazione di diretti e di ganci che, nelle sue intenzioni, avrebbero dovuto colpirla in faccia. Ma lei riuscì a schivare ogni singolo pugno, saltellando lateralmente per aggirare il suo aggressore e al tempo stesso ridurre la distanza che li separava, con lo spacco del vestito che, a ogni passo, copriva e scopriva le gambe in tensione. Poi, con un movimento insidioso, protese le mani e lo afferrò per la nuca.

Con uno strattone vinse la resistenza del gorilla, che si trovò suo malgrado con la testa inclinata verso il basso. Il mento incontrò l'esplosiva ginocchiata che Fornasier si era preparata ad assestare con sorprendente coordinazione. L'urto liberò un secco crepitio, come di legna spezzata.

Fornasier fece un rapido passo indietro. «E adesso, chi è la puttana?»

Mentre lo scimmione ciondolava, stordito, lo colpì con un calcio alla testa che lo mise definitivamente knock-out.

Costanza, a sua volta, aveva sopraffatto Canu. Prelevò le manette dalla tasca dei pantaloni e gli immobilizzò le mani dietro la schiena.

Poi cercò il contatto visivo con Fornasier. «Andiamo!»

La ragazza si precipitò verso la porta dell'ufficio. Una volta in corridoio, si diresse verso l'uscita posteriore del locale, seguita da Costanza che si trascinava dietro il suo prigioniero.

I tre sbucarono trafelati in un vicolo male illuminato, accanto a due cassonetti traboccanti di spazzatura.

Per un attimo ci fu soltanto silenzio, e la notte che sembrava guardarli dall'alto.

Non c'era nessuno ad aspettarli.

«Merda» sibilò Costanza. «Dove cazzo è Loiacono?»

63

Ludwig si fermò dinanzi a un cancello in ferro battuto e, dopo averlo aperto, condusse la bici a mano lungo il vialetto di una villa in stile Liberty fino a una porta d'ingresso laterale.

Seguito a un passo da Leda, scese alcuni gradini ed entrò in una tavernetta con un letto in un angolo, ai cui piedi era collocato un enorme amplificatore. C'erano svariati strumenti musicali appoggiati alle loro custodie tra cui una collezione di chitarre, un basso, due tastiere e persino un sassofono, mentre una parete era occupata da oscure apparecchiature elettroniche ordinatamente accatastate l'una sull'altra.

«Mi avevano detto che il tuo studio era in un seminterrato.»

«Sul serio qualcuno pensa che io viva in un seminterrato?»

Leda si avvicinò alla scrivania, su cui era appoggiato quello che sembrava un computer estremamente compatto, ben diverso da quelli a cui era abituata in redazione, con il monitor incorporato nel telaio che recava, accanto alla fessura del floppy disk, il simbolo di una coloratissima mela morsicata. Un curioso dispositivo dotato di un pulsante centrale sbucava accanto alla tastiera.

«Quello cos'è?»

Ludwig fece un sorriso soddisfatto. «Il mio apparecchio

più prezioso, un Macintosh Plus della Apple. Una bestia con processore Motorola 68000 a otto Megahertz e quattro megabyte di RAM, con interfaccia MIDI per connettersi al sintetizzatore.»

«Non ci ho capito niente.»

«Ti faccio vedere.» Il ragazzo si sedette alla scrivania e premette il pulsante di accensione. Preceduta da un piacevole accordo, comparve sul monitor una videata sui toni del grigio con delle icone fluttuanti sui lati. «Interfaccia grafica a finestre. Lo stato dell'arte per un personal computer.»

«Finestre, hai detto? Perché non una terrazza con vista mare?»

Ludwig rise, impugnando il dispositivo accanto alla tastiera. Lo mosse dolcemente sul ripiano della scrivania, provocando lo spostamento di una freccina sullo schermo. «Questo è un mouse. Basta un clic per scegliere il programma da avviare.» Fece comparire una schermata con dei riquadri, ognuno contenente una lista in cui ogni voce recava il nome di uno strumento musicale. «Ora sono connesso con il sintetizzatore. Non mi resta che scegliere un accompagnamento musicale, il tipo di suono che voglio e posso cominciare a registrare.»

Mentre dalla cassa cominciava a diffondersi una base ritmica, Ludwig prese possesso di una delle tastiere. Si accomodò sullo sgabello, appoggiò le dita sui tasti bianchi e fece un ampio respiro. Poi cominciò a premerli in progressione, improvvisando la *Toccata e fuga* di Bach con suoni che sembravano prodotti nello spazio profondo.

«Fantastico, ma si può usare per scrivere?»

«Vuoi scherzare? Col Mac ci faccio di tutto. Oltre a essere la mia stazione di composizione e mixaggio, lo uso per creare le grafiche dei flyer. Volendo, ci potrei impaginare un'intera fanzine.»

«Non avrei mai pensato di dire una cosa del genere, ma… Credo sia giunto il momento di pensionare la mia vecchia macchina da scrivere. Voglio assolutamente uno di questi anch'io.»

«Ottima idea.» Ludwig riprese possesso del computer e, dopo aver armeggiato un po' col mouse, annunciò: «Questo è un brano che avevo composto per il nuovo sette pollici degli Sturm und glory, ma a questo punto sarà il singolo d'esordio per il mio progetto solista. Manca solo la traccia vocale, ma posso rimediare all'istante.» Lanciò un'occhiata d'intesa a Leda, che si era seduta sul bordo del letto.

Mentre una vibrante base strumentale si diffondeva dalle casse, il ragazzo si sfilò la catenina dal collo e aprì il torace del ragno d'argento, versando sul ripiano della scrivania parte della polvere bianca che conteneva. Si armò di un tronco di cannuccia prelevato da un cassetto, si chinò e aspirò con forza. Poi impugnò un microfono e si posizionò al centro della stanza, cominciando a cantare mentre teneva il tempo con il piede.

«Si può sapere che cazzo fai?» proruppe Leda, alzandosi.

Lui la guardò meravigliato. «Sto… cantando?»

«Spegni quella cosa. Me ne vado.»

«Che ti prende? È così brutto il mio pezzo?»

«Che c'entra la canzone! Sei un coglione, ecco quello che sei.»

«Un co…» Ludwig scosse la testa. Staccò la musica e si posizionò di fronte a lei. «È per la coca? Scusa se non te l'ho offerta, ma guarda che puoi servirti liberamente.»

Leda alzò gli occhi al cielo. «Hai idea dei danni che provoca? Per prima cosa ti fotte il cervello, poi ti fotte la vita intera!»

«È solo per svago, sono un consumatore occasionale!» protestò.

«Sei un idiota che crede di poter tenere sotto controllo la sua dipendenza. Non hai idea di quello che ho passato a causa di roba come quella.»

Ludwig assunse un'espressione avvilita. «Hai una... dipendenza?»

«Antidolorifici. Combatto ogni giorno contro il desiderio di tornare a un angolo di strada e procurarmi un po' di quella merda che chiami "svago".»

«Mi dispiace... Io... non sapevo...»

«Lascia perdere, non voglio certo la tua compassione» mormorò. «E non pensare di riportarmi a casa con la tua trappola a due ruote. Ho ancora le chiappe quadrate.»

Ci fu un breve silenzio. Lui tentò senza successo di soffocare una risata.

Leda non riuscì a evitare di scoppiare a ridere a sua volta.

Si guardarono per alcuni istanti, troppo imbarazzati per dire qualsiasi cosa. Poi Ludwig le sfiorò una mano.

«Senti, mi spiace per quello che è successo. Sono un coglione, hai ragione. Ho fatto una cazzata e hai tutto il diritto di non volermi rivedere mai più. Ma taxi a quest'ora non ne troverai neanche a pregare San Cristoforo. Perché non dormi qui, questa notte? I miei sono in crociera e non torneranno fino alla prossima settimana. Posso sistemarmi sul divano, su in salotto.»

«Piuttosto vado a piedi.»

«Come puoi dire una cosa del genere, con quel mostro là fuori?»

Leda si strinse nelle spalle. «Non ti sei accorto che colpisce solo con la luna piena?»

«Ah.» Ludwig sembrò pensieroso. Aggiunse: «Scusa, ma che differenza fa? È un pazzo, potrebbe cambiare idea da un momento all'altro».

«Fidati, ho indagato abbastanza per conoscere il suo comportamento. Sarà anche un pazzo, ma dannatamente lucido.»

«Fammi capire. Stai conducendo una specie di... indagine privata?»

«Senza "specie"» ammise Leda. «A dire la verità, conoscevo la ragazza che è stata uccisa per via di un'altra inchiesta, e sto cercando di scoprire se c'è un collegamento.»

«Stai scherzando?» sbottò Ludwig, allibito.

«Mai stata così seria.»

«E non hai paura?»

«Me la sto facendo sotto, ma che c'entra?»

«Non dovresti parlarne con la polizia, e lasciare che facciano il loro lavoro?»

«Non godo esattamente della stima delle forze dell'ordine. Credo che nell'ufficio del giudice Scalviati ci sia un bersaglio per freccette con la mia faccia stampata sopra.»

«Sapevo che eri tosta, ma non immaginavo fino a questo punto.»

«Oppure sono soltanto incosciente. Ho scoperto che quella povera ragazza si incontrava il venerdì sera con uno spacciatore alla pista di pattinaggio. Uno che si fa chiamare il Farmacista...»

«Conosco più o meno tutti gli spacciatori alla pista di pattinaggio, ma non l'ho mai sentito nominare» ammise Ludwig. «Ora non pensare male, però!»

«Per quel che me ne frega, puoi gettare la tua vita nel cesso e tirare lo sciacquone tutte le volte che vuoi.»

«Intendevo dire che potrei aiutarti a guadagnare la fiducia di uno di loro. Non è mica gente a cui ti puoi presentare per fare domande, quella.»

Leda lo squadrò con un misto di perplessità e interesse. Poi scosse la testa. «Lascia perdere, è troppo rischioso. Non so ancora nemmeno io se seguire questa pista o se chiedere il trasferimento alla rubrica di costume e società e chiuderla qui.»

«Non rischierò niente, perché avrò te a guardarmi le spalle» dichiarò solennemente Ludwig. Poi le tese la mano. «Allora, che ne dici, partner? Andiamo a caccia di mostri?»

64

Il ruggito del furgone irruppe nel silenzio del vicolo dove si erano rifugiati Fornasier e Costanza. Quest'ultimo tratteneva Salvatore Canu vicino a sé, usando le manette come un cortissimo guinzaglio.

Una brusca frenata e Loiacono si sporse dal finestrino della cabina. «Chiedo scusa, commissario, ma non ricordavo più dove avevo parcheggiato.»

Costanza lo ignorò. Aprì il portellone posteriore con tanta foga da farlo quasi rimbalzare sulle cerniere. Balzò sul vano di carico, trascinandosi dentro Canu e ordinò a Fornasier di prendere il posto di guida.

«Via, via, via!» gridò poi, picchiando con la mano sulla parete divisoria.

Fornasier ingranò la retromarcia e premette a fondo il pedale dell'acceleratore. Il furgone partì all'indietro con stridore di pneumatici.

Una volta in strada, la ragazza inchiodò e fece ruotare il muso del veicolo, poi ripartì a tutta velocità.

«Finalmente soli» disse Costanza con una punta di ironia.

«Tu sei completamente pazzo» ringhiò Canu. «Ti rendi conto che hai appena firmato la tua condanna a morte?»

«Punti di vista. Al momento, tu sei quello con le manette e io quello che potrebbe buttarti in un fiume senza pensarci due volte. Ma non ti preoccupare, ho ben altri piani.»

«Che cazzo vorrebbe dire?»

«Che ora mi dirai tutto quello che voglio sapere.»

«Di qualunque cosa si tratti, non so un cazzo, va bene? Ora lasciami andare!» Canu strattonò le manette che gli immobilizzavano i polsi dietro la schiena.

«Non ti agitare, o finirai per farti male da solo. Ho bisogno che tu sia lucido e che risponda alle mie domande con calma. Tanto abbiamo tutto il tempo. La notte è ancora giovane...»

«Ti sbagli. Il tuo tempo è contato, sbirro.»

Costanza ignorò la provocazione. «Tanto per cominciare, torniamo al 6 settembre dell'anno scorso. Te lo ricordi cos'è successo quella notte, vero?»

«Si può sapere di cosa stai farneticando?»

«Andiamo! L'omicidio Dallara-Lescaux porta la tua firma, al punto che comincio a pensare che la storia del mostro sia una montatura per coprire altri traffici.»

«L'ho già detto al tuo capo! Non ero neanche in città quando quei due sono stati ammazzati.»

«Ero presente al tuo interrogatorio, ricordi? E non mi sono bevuto una sola parola di quello che hai detto. Ho sempre pensato che a premere il grilletto sia stato tu. Passa meno di un anno e spunta il tuo nome in un altro duplice omicidio. Vuoi farmi credere che sia una coincidenza?»

«Credi quello che ti pare. Non è un problema mio.»

Costanza fece una smorfia di disappunto. «Avrai ben altri problemi, se non ti decidi a vuotare il sacco.»

«Puoi torturarmi, ma non mi caverai niente.»

«Non ho alcuna intenzione di torturarti! Prima di tutto perché sarebbe una gran fatica, e io preferisco spendere le mie energie in attività più produttive che sporcarmi le mani con un rifiuto come te. Quello che ti offro, al contrario, è la possibilità di una vacanza. Che ne dici?»

«Di che stai vaneggiando, vecchio?»

«Una settimana di riposo, per esempio in un paesino remoto della Val di Susa. Dopo tutto il da fare che ti sei dato per mantenere in piedi le tue attività illecite te la meriti, non credi? Il problema, poi, sarà spiegarlo ai tuoi affiliati… Te le immagini le reazioni, in città? Starebbero tutti a chiedersi dove sei finito. Ma non ti preoccupare, ho una soluzione anche per questo. Ci penserei io a far circolare la voce che sei stato trasferito in una località segreta perché hai deciso di diventare un collaboratore di giustizia.» Costanza fece una pausa per scrutare la reazione del suo interlocutore. «E ora dimmi: come pensi la prenderebbero i tuoi amici colombiani che ti forniscono la droga che fai spacciare ai ragazzini per strada? Mi basterebbe una telefonata, anzi, potrei mandare un fottuto telegramma a Pablo Escobar in persona, per assicurarmi che lo venga a sapere. Poi, come per incanto, farei in modo di riportarti in città. Non credo che saresti accolto a tarallucci e vino, tu che ne dici?»

Canu respirò a fondo, poi espulse l'aria violentemente dal naso come un toro prima della carica. «Non puoi farlo. Sei uno sbirro. Sei costretto a rispettare le regole.»

Costanza scoppiò in una fragorosa risata. «È questo che pensi?» ribatté, appoggiandosi con la schiena al telaio del furgone. «Be', ho una notizia per te. Nessuno, né in questura né, tantomeno, in procura, è al corrente di questa operazione. Nessuno sa che siamo stati nel tuo locale. I ragazzi qui con me non dovevano neanche essere di turno, questa notte. E negherebbero di averti mai incontrato. Persino questo furgone non esiste ufficialmente! Non ha nemmeno la targa, erano anni che stava a marcire nel deposito giudiziario.»

«Stai bluffando.»

«Come ti pare» disse Costanza, allargando le braccia. «La scelta è tua. Ma ricordati di questo momento quando un sicario da strapazzo ti staccherà gli arti con la motosega perché qualche pezzo grosso si è convinto che sei una spia.» Poi si girò verso la parete divisoria e picchiò un paio di volte con la mano.

«Tutto bene, commissario?» chiese Fornasier.

«Punta verso la statale 25. Andiamo a fare un giro in montagna.»

65

Se gli sguardi potessero uccidere, a un certo punto del viaggio Costanza sarebbe rimasto folgorato da un fulmine proiettato dagli occhi di Salvatore Canu. E invece se ne stava seduto, in silenzio, con i gomiti sulle ginocchia, tranquillo come un bambino con la pancia piena di biscotti, mentre il suo prigioniero lo guardava con odio.

«Figlio di puttana... Te la farò pagare per questo.»

Il veicolo fece un sobbalzo per le asperità dell'asfalto, e il rumore di parti meccaniche poco oliate echeggiò nell'aria.

«A tempo debito» ribatté Costanza senza scomporsi. «Ma ora dimmi: Lescaux lavorava per te, vero?»

Canu digrignò i denti con tanta forza che sembrava volerli spezzare. «Faceva delle... consegne.»

«Cos'ha combinato per farti incazzare così tanto?»

«Tagliava la roba e rivendeva delle quote per conto suo. La prima volta che me ne sono accorto ci sono passato sopra, dopotutto era solo un ragazzo. L'ho avvertito di non sgarrare più, ma non mi ha dato ascolto.»

«Per questo hai sparato a lui e alla sua fidanzata? Per qualche grammo di polvere bianca?»

Ci fu un lungo silenzio, con soltanto il rumore degli penumatici che rotolavano sull'asfalto a fare da sottofondo al confronto tra i due.

«Non sono stato io.»

«Hai incaricato uno dei tuoi scagnozzi, vero? Sei troppo vigliacco per sporcarti le mani.»

Canu scosse energicamente la testa. «Tu non capisci. È una storia più grande di te, e anche di me. Io sono solo una comparsa. Volevo liberarmi di Lescaux, è vero. Ma era il protetto di mio fratello, non potevo espormi personalmente. Con Efisio è da un po' che siamo sul piede di guerra, quel *mincimortu* non fa che contestare ogni mia decisione. Sulla carta sembrava tutto perfetto. Ma quella povera ragazza... Non pensavo... Non credevo... che quel demonio arrivasse a tanto.»

«Illuminami» disse Costanza. «Qual era la tua parte?»

Il volto di Canu si contrasse, come se fosse in lotta con se stesso per trattenere le parole, ma allo stesso tempo non potesse fare a meno di parlare. «Ho fatto il suo nome. Tutto qui.»

«*A chi* hai fatto il nome di Lescaux?» incalzò Costanza. «Un complice?»

«Non era mio complice!» protestò.

«Sto perdendo la pazienza, Canu. E, credimi, non è qualcosa a cui ti auguro di assistere, ancora meno nella situazione in cui ti trovi. Sono stufo di tirarti fuori le parole con le pinzette. Sto seriamente pensando di prendere il cric e finirti direttamente qui, e poi lasciarti sul ciglio della strada a far divorare i tuoi resti dagli animali selvatici.» Costanza lo disse con voce talmente gelida che la temperatura in quello spazio angusto sembrò precipitare d'improvviso.

«L'ho incontrato una sola volta, quella notte, prima di partire per Saint-Vincent» mormorò Canu. «Ero convinto che volesse dei soldi, ma mi ha praticamente riso in faccia. Quando gli ho stretto la mano, ho avuto l'impressione di stringere un patto col diavolo.»

«Hai ingaggiato un sicario per assassinare un piccolo spacciatore?» sibilò Costanza. «Chi cazzo credevi di essere, Tony Montana?»

«Ma quale sicario! Non è una questione di soldi. Gli piace uccidere, a quello. È come una droga, per lui. È sempre alla ricerca di qualcuno da "far brillare alla luce della luna"... almeno, è quello che dice.»

«Far brillare alla luce della luna?» ripeté Costanza. «Cosa dovrebbe significare?»

Canu scosse la testa. «Non ne ho idea. Parlava per frasi sconnesse, non ho capito la metà delle cose che diceva, anche perché aveva un accento molto marcato. So solo che mi ha messo addosso una paura fottuta. Non ho mai conosciuto nessuno che provasse tanto piacere nell'uccidere un altro essere umano.»

«Un accento di che tipo?»

«Straniero.»

«Che tipo di straniero? Albanese? Francese? Colombiano? È uno del cartello?»

«No, il cartello non c'entra. Credo sia americano.»

«E vuoi farmi credere che si sia prestato ad aiutarti senza pretendere niente in cambio?»

«Ha solo detto che un giorno avrebbe preteso un favore da me, e che io non avrei potuto rifiutare.»

«Che tipo di favore?»

«E che ne so? Non ho più saputo niente di lui.»

«Come si chiama?»

«So solo che si fa chiamare Zenit.»

«Che razza di nome è?»

«C'è poco da scherzare. Quell'uomo è l'incarnazione del male.»

Vedere Canu così intimidito era straniante, dato che la freddezza dei membri del suo clan era proverbiale. «Come l'hai conosciuto?» incalzò Costanza. «Te l'ha presentato qualcuno?»

«Tutti i contatti sono avvenuti tramite BBS.»

Costanza apparve disorientato. «Cosa cazzo è un BBS?»

«*Bulletin Board System*» spiegò Canu. «Un sistema di comunicazione tra computer.»

«Mai sentito parlare di comunicazione tra computer. Sicuro che non mi stai prendendo per il culo?»

Canu era pallido in volto e continuava a umettarsi le labbra. Il suo atteggiamento era molto diverso dalla sfrontatezza che l'aveva contraddistinto durante l'interrogatorio di un anno prima. Sembrava davvero spaventato, come se affrontare quell'argomento stesse mettendo a dura prova i suoi nervi.

«Senti... ti ho detto quello che so. Ora lasciami andare.»

«Abbiamo appena cominciato» lo seccò Costanza. «Non metterai piede fuori da questo furgone finché non mi avrai raccontato com'è andata con Monica Ferretti e Paolo Ginestra.»

«Ti pare che farei ammazzare qualcuno che mi doveva dei soldi?»

«Non ho idea dei pensieri che passano per la tua testa di cazzo.»

«Non c'entro niente con quella storia! Ti ripeto che non ci sono stati altri contatti. Probabilmente Ginestra e quella ragazza si sono trovati soltanto nel posto sbagliato al momento sbagliato.»

«Perché dovrei crederti?»

«Perché è tutto nel mio computer. I messaggi che ci siamo scambiati, il numero di telefono della stazione BBS e tutto il resto. È nel mio ufficio, trovi tutto lì.»

«Numero di telefono? Non hai parlato di comunicazioni tra computer?»

«È così che funziona. Componi un numero tramite la linea telefonica utilizzando un dispositivo chiamato modem. A rispondere, però, non è una persona ma un altro computer.»

«Come un fax.»

«O una telescrivente.»

Costanza rimase in silenzio per alcuni istanti, riflettendo sulle parole di Canu. Ricordava di aver visto un computer nel suo ufficio, ma l'idea di dover tornare al locale per recuperarlo era tutt'altro che allettante.

Bussò alla parete per richiamare l'attenzione di Fornasier. «Trova una cabina telefonica e fermati» le disse, senza distogliere lo sguardo dal suo prigioniero. «Devo fare una chiamata.»

66

Alle 3:14 del mattino un blindato nero senza insegne partì dalla questura, scortato da due volanti a lampeggianti spenti. Poco più di dieci minuti dopo, il piccolo corteo giunse di fronte all'ingresso del Caligola e si fermò tra lo stridore degli pneumatici.

Dal blindato scesero quattro teste di cuoio in tenuta antisommossa con il passamontagna calato sul viso. Ogni operativo era identificato dallo stemma cucito sulla divisa con la dicitura *Sicut nox silentes* ed equipaggiato di giubbotto antiproiettile e mitraglietta M12.

Gli sportelli delle volanti si aprirono e gli agenti a bordo si sporsero con le pistole spianate.

L'entrata del locale era protetta da una serranda abbassata, agganciata a uno sperone che emergeva dall'asfalto con un voluminoso lucchetto. Uno degli operativi si chinò per spezzarne l'arco con una tenaglia.

Il primo a entrare fu il caposquadra, seguito al suo segnale dagli altri operativi, in formazione tattica.

All'interno della sala principale regnava un silenzio irreale. Le luci erano spente, gli sgabelli posizionati a ridosso del bancone, le sedie appoggiate capovolte sui tavoli.

«Libero» disse il caposquadra alla ricetrasmittente che portava sul petto, dopo averne perlustrato il perimetro. Poi si avvicinò alla porta laterale e rimase per qualche secondo in ascolto.

Oltre la soglia, c'era solo silenzio.

Bastò un suo cenno per farsi raggiungere da uno dei suoi. Dopo aver constatato che la porta era chiusa a chiave, quest'ultimo sfondò la serratura con un colpo ben assestato col calcio della mitraglietta.

Il gruppo sbucò all'interno del corridoio muovendosi con impeccabile coordinazione, tracciando cerchi di luce sulle pareti rosse con le torce elettriche. Il caposquadra si appoggiò con la schiena accanto alla porta di metallo e fece segno di sfondarla.

La sala era vuota, fatta eccezione per alcuni scatoloni accatastati che, una volta esaminati, si rivelarono contenitori di bottiglie di liquore.

L'aria era intrisa dell'odore acre di sudore misto a fumo di sigaretta stagnante. Non c'era traccia di tavoli da gioco o delle altre attrezzature che avevano visto Costanza e i suoi, ma i graffi sul pavimento testimoniavano che qualcosa di voluminoso e pesante era stato trascinato fuori di lì con una certa fretta.

Il gruppo si spostò verso il fondo del corridoio.

Giunti all'interno dell'ufficio di Salvatore Canu, i poliziotti trovarono ad attenderli soltanto una scrivania vuota e una poltrona accantonata in un angolo.

Non erano presenti computer o altre apparecchiature elettroniche.

L'ispezione durò una manciata di secondi: il tempo di verificare che non ci fossero nicchie nascoste nei muri o sotto il pavimento.

«Qui non c'è niente» disse il caposquadra alla trasmittente.

Uscì nel vicolo dalla porta sul retro e, insieme ai suoi uomini, diede un'occhiata al cassonetto. Vennero lacerati i sacchi di plastica, rivelando soltanto bottiglie vuote, cartacce e residui di cibo.

Qualunque cosa potesse incriminare Salvatore Canu o convalidare le sue dichiarazioni era stata portato via, al riparo da occhi indiscreti.

67

«Merda» grugnì Costanza, sbattendo giù la cornetta del telefono. «Il blitz è stato un buco nell'acqua. Hanno fatto sparire tutto, compreso il computer.»

Scalviati, che era seduto di fronte a lui nell'ufficio del commissario, lo guardò con una punta di rassegnazione. «C'era da aspettarselo. I Canu non sono degli sprovveduti.»

«Avrei dovuto tenere sott'occhio il locale, ma non potevo rischiare di restare nei paraggi con quel tanghero nel vano di carico del furgone. Qualcuno dei suoi scagnozzi avrebbe potuto tentare di liberarlo e chi lo sa come sarebbe andata. Non potevo fare altro che tornare qui in questura per formalizzare il suo arresto.»

«Un arresto per cui, a questo punto, non sussiste alcun elemento di convalida.»

Nonostante avesse fatto credere a Salvatore Canu che lo stavano trasportando in qualche sperduta località montana, Costanza lo aveva in realtà fatto scarrozzare lungo la tangenziale di Torino, girando a vuoto con la convinzione che prima o poi sarebbe crollato. Aveva visto giusto, ma ora si rendeva conto di aver sottovalutato le risorse del suo avversario.

Una volta raggiunta una cabina telefonica, Costanza aveva

chiamato Scalviati per aggiornarlo sulle ammissioni del malvivente e per chiedere l'intervento di una squadra tattica con l'incarico di sequestrare il computer e le attrezzature da gioco presenti al Caligola, che da sole avrebbero costituito un ottimo pretesto per trattenerlo agli arresti.

Il problema era che i tempi necessari all'organizzazione del blitz erano bastati ai suoi complici per prendere le opportune contromisure.

«Be', ci sono le sue dichiarazioni» suggerì Costanza.

«Dichiarazioni estorte in maniera del tutto estranea alla procedura, e su cui non possiamo fare alcun affidamento.»

«Ha ammesso il suo coinvolgimento nel duplice omicidio di Robert Lescaux e Alice Dallara!»

«E con questo? Ha anche detto di non aver materialmente premuto il grilletto, attribuendo la responsabilità degli omicidi a uno sconosciuto contattato tramite un'oscura rete telematica.»

Costanza scosse la testa. «Probabilmente quel bastardo ha detto solo cazzate per pararsi il culo. Quando ha detto il nome del suo complice, ho pensato che se lo fosse inventato sul momento.»

«Il nome?» proruppe Scalviati, sbigottito. «Perché non me l'ha detto subito?»

«Perché è un nome fittizio. Un americano che si fa chiamare Zenit... Come la marca degli orologi, capisce?»

Scalviati rimase come paralizzato. Se in principio la teoria di Stoner sul serial killer in trasferta gli era sembrata fantasiosa, ora era costretto a prenderla seriamente in considerazione. «Ne è sicuro?»

«Sì, perché? Le dice qualcosa?»

Scalviati schivò la domanda. Doveva ancora metabolizzare le rivelazioni di Stoner che quel nome tornava prepotentemente in primo piano. Ma aveva perso la possibilità di torchiare un probabile complice. Sapeva bene che Canu, in un interrogatorio formale, avrebbe ritrattato fino all'ultima parola.

«Quando le ho chiesto di occuparsi di Salvatore Canu, mi creda, non era questo che avevo in mente» si limitò a dire.

«Cosa si aspettava, che gli portassi la colazione a letto?»

«Speravo quantomeno che si attenesse alle più basilari norme del Codice di procedura penale! È un periodo delicato, la riforma della giustizia è ormai in dirittura d'arrivo. Tra poche settimane la legge delega verrà ratificata dal parlamento. Atteggiamenti inquisitori come questo saranno sempre meno tollerati, e di certo non sarò io a consentirli! Si rende conto che rischia un'indagine disciplinare?» Scalviati spostò lo sguardo verso la parete a cui era appesa la fotografia del presidente Cossiga e, come se si sentisse osservato, abbassò il tono. «Dobbiamo solo sperare che la notizia su quanto successo stanotte non trapeli alla stampa, o si scatenerebbe un putiferio.»

«Canu non parlerà con i giornali. Non è nel suo interesse.»

«E lei che ne sa?»

«Non ha visto il suo sguardo mentre lo interrogavo. Sarà pure uno squalo, ma ha paura di qualcosa. O, meglio, di qualcuno. Uno squalo ancora più grosso di lui...»

«Comunque sia, ci siamo giocati la nostra carta migliore per smuovere questa indagine dal pantano. In quanto a Zenit, probabilmente con la bravata di questa notte abbiamo ottenuto soltanto di metterlo in allerta.»

«Le bestie spaventate sono le più facili da catturare» disse Costanza in tono di sfida.

«E lei crede davvero che un individuo come quello sia così facile da spaventare? Uno che per anni è stato capace di uccidere a sangue freddo degli innocenti?»

«Per anni? Il primo omicidio risale al febbraio dell'anno scorso.»

Scalviati fece un sospiro. Avrebbe preferito tenere per sé la teoria di Stoner, almeno finché non avesse avuto la possibilità di scavare più a fondo. Ma ormai tanto valeva scoprire le carte. «Si ricorda dell'americano che è stato sorpreso sulla scena del crimine al Pian del Lot?»

«L'agente dell'FBI? Non avrà intenzione di coinvolgerlo nelle indagini.»

«È già stato coinvolto» ammise Scalviati. «Proprio questa mattina mi ha spiegato il motivo per cui si trova in Italia. Sta dando la caccia a un assassino che ha seminato il terrore nell'area di San Francisco tra la fine degli anni Sessanta e i primi Settanta, ma che da quindici anni è scomparso nel nulla. Si faceva chiamare Zenit.»

«Ma allora non è stato un buco nell'acqua» sbottò Costanza. «C'è qualcosa di vero in quello che ha detto Canu!»

«È presto per gli entusiasmi. In mano non abbiamo niente di concreto.»

«Dobbiamo trovare quel maledetto computer. Abbiamo quarantotto ore prima che scadano i termini della custodia cautelare. Metterò sotto torchio il fratello di Canu e i suoi sgherri, non darò loro tregua finché non salta fuori.»

«Lei non farà proprio niente» lo seccò il magistrato. «Ha già combinato abbastanza danni, e non possiamo permetterci altri passi falsi. Questa non è una crociata. In gioco c'è l'integrità delle indagini.»

«Maledizione» grugnì Costanza, sbattendo un pugno sulla scrivania. «Non possiamo gettare la spugna proprio adesso. Dobbiamo battere questa pista finché è calda.»

Scalviati si alzò. «Chi ha parlato di gettare la spugna?» disse guardandolo negli occhi. «Le assicuro, dottor Costanza, che non ho alcuna intenzione di lasciare la presa su Salvatore Canu. Ma ora è necessario prendere atto delle circostanze e allentare la stretta. Per il momento, quindi, la invito alla cautela. Sarà lui stesso a fare un passo falso, ne sono sicuro, e a quel punto ci faremo trovare pronti.»

68

Poche ore dopo, quando Scalviati si recò nel suo ufficio in procura, non fu sorpreso di ricevere la visita dell'avvocato di Salvatore Canu. Lo lasciò blaterare per una decina di minuti di principi di garanzia, abuso di potere e presunzione di innocenza senza ribattere. Al termine dell'incontro, fu stabilito che il suo assistito avrebbe potuto lasciare il carcere in giornata, non appena fossero state sbrigate le pratiche amministrative.

A metà mattinata, Cecilia consegnò al magistrato il referto delle analisi delle urine del piccolo Tito. Scoprire che conteneva tracce di Diazepam, il principio attivo del Valium, non contribuì a migliorare il suo umore.

Quel bambino era stato sedato dalla sua stessa madre e questo spiegava lo smarrimento di quella notte. Era terribile, ma Scalviati arrivò a chiedersi se, tutto sommato, non fosse stato meglio così. Quantomeno, le atroci immagini dell'omicidio della madre e del suo amante non lo avrebbero tormentato per il resto della vita.

L'unica cosa che probabilmente non avrebbe mai dimenticato erano gli alberi che "si muovevano forte". Ora Scalviati sapeva a cosa si riferiva il bambino durante il loro colloquio.

Attirato dalle grida della madre in fuga, probabilmente aveva spostato lo sguardo verso l'esterno dell'automobile.

E, inconsapevolmente, aveva assistito a qualcosa di terribile che avveniva nei pressi del bosco.

Una visione così sconvolgente che la sua mente, offuscata dal sedativo, si era rifiutata di assimilare, limitandosi a registrare i movimenti della vegetazione mentre il mostro incideva la carne della madre.

Scalviati dovette respirare profondamente per non farsi sopraffare dallo sconforto. Doveva catturare il mostro a qualunque costo. Prima che uccidesse ancora.

Ma più scavava a fondo in quella vicenda, e più aveva l'impressione di girare intorno alla verità, senza potersi avvicinare davvero. Si concesse qualche istante per riflettere.

"Valium" pensò. Un tranquillante molto potente, che necessitava di ricetta medica per essere acquistato.

Scattò in piedi. Recuperò il fascicolo di *Toro rosso sangue* e sfogliò febbrilmente tra la documentazione, alla ricerca del verbale dell'interrogatorio del padre di Tito. Quando lo trovò, si mise a leggere la trascrizione.

Gaetano Ferretti aveva detto che a nessuno, in famiglia, erano prescritti dei farmaci. Nemmeno a sua moglie.

Il magistrato si soffermò su una frase in particolare.

Una volta mi ha detto che stava parlando con il suo farmacista.

Sul momento non ci aveva dato peso. Aveva pensato che Monica Ferretti stesse prendendo in giro il marito. Ma se non fosse stato così? Se la donna avesse detto candidamente la verità, in un momento di esasperazione?

Monica Ferretti affibbiava dei soprannomi a chiunque. Così, come c'era un certo Marchese, poteva esserci anche un... Farmacista.

Qualcuno che la riforniva di tranquillanti per vincere l'insonnia, e che la donna aveva finito per somministrare anche al figlio per mitigarne l'esuberanza.

Più ci pensava, più Scalviati si convinceva che dietro quei soprannomi si celassero delle figure chiave nel duplice omicidio Ferretti-Ginestra.

Ma come si conciliava tutto questo con la teoria di Stoner di un assassino venuto da oltreoceano, che per di più ora veniva pressoché convalidata dalle ammissioni di Canu?

Era dunque possibile che negli omicidi fossero coinvolte più persone? L'ipotesi stendeva sulla vicenda una rete di complicità, i cui contorni e gli intenti, però, erano ben lontani dall'essere definiti.

Si trattava di criminalità organizzata? Di una setta? Un complotto?

L'ipotesi avrebbe spiegato perché qualcuno si fosse premurato di portare il piccolo Tito in salvo dopo gli omicidi. Un complice che, colto da un moto di compassione, aveva condotto il bambino a casa di Bergesio.

C'era poi quella frase detta da Canu, che gli aveva riferito Costanza nel suo resoconto:

Far brillare alla luce della luna.

Le stesse parole che aveva letto in uno dei messaggi inviati da Zenit alla stampa, con in calce, come firma, il simbolo dell'astrolabio.

Ma per capire cosa significassero era necessario entrare nella mente del killer.

E, per quanto detestasse doverlo ammettere, conosceva una sola persona in grado di farlo.

69

Si incontrarono al Rondò. Furono accolti con calore da Enzo, il proprietario, che ne approfittò per raccontare uno dei suoi aneddoti di quando solcava l'oceano a bordo delle navi da crociera.

Dopo che si furono accomodati, Stoner consegnò a Scalviati una cartellina contenente uno scarno documento dattiloscritto.

«Il profilo del mostro» annunciò.

Scalviati cominciò a sfogliarlo. «Non ha aggiunto molto, rispetto a ciò che mi ha mostrato ieri.»

«Ho lavorato più che altro sui riscontri.»

«Perché sostiene che dovrebbe avere tra i quarantacinque e i cinquant'anni?»

«Ci sono diversi motivi che fanno presumere che si tratti di un uomo maturo. Prima di tutto, l'alto livello di organizzazione. In secondo luogo, per una questione di statistica. Supponendo che avesse circa venticinque anni quando ha cominciato a uccidere, ora avrebbe su per giù quell'età. E poi, quando spara, lo fa da una distanza ravvicinata. È sempre stato un discreto tiratore, ma probabilmente la sua mira non è più quella di un tempo. Magari, con gli anni, ha perso qualche diottria. Preferisce non correre il rischio di mancare il bersaglio.»

Scalviati aveva avuto la stessa impressione durante il primo sopralluogo sulla scena del crimine. «Dà per scontato che Zenit sia il nostro uomo.»

«Non sarei qui, altrimenti.»

Il cameriere si avvicinò al tavolo e chiese se avevano già deciso le ordinazioni. Scalviati stava per chiedere di tornare più tardi, ma fu anticipato da Stoner, che chiese entusiasticamente una porzione di mozzarella di bufala con contorno di ortaggi di stagione.

«Per me un risotto alla piemontese, allora» disse il magistrato.

«Volete consultare la carta dei vini?»

«Non è necessario. L'acqua andrà benissimo.»

«Un calice di Pinot, grazie» intervenne Stoner.

«Come desidera.» Dopo che ebbe terminato di annotare la comanda nel suo bloc-notes, il cameriere si allontanò.

Scalviati riprese la consultazione del documento. «Lei parla di un ragionevole dubbio che ci sia stato l'intervento di uno o più complici…»

«Sono aperto all'ipotesi» ammise Stoner. «Così come sono convinto che i delitti di San Francisco siano opera di un singolo assalitore, comincio a pensare che qui in Italia ci troviamo di fronte a uno scenario più complesso.»

«A questo proposito. Questa notte, il commissario Costanza ha interrogato un esponente della malavita locale, Salvatore Canu, sospettato di aver preso parte a un omicidio.»

«Preso parte… in che modo? Sta dicendo che avete arrestato un possibile complice?»

«Arrestato non è esatto. Sfortunatamente, non è stato possibile trattenerlo per l'assenza di prove a convalida del fermo e per via delle… controverse modalità con cui si è svolto l'interrogatorio, su cui preferirei sorvolare. Le basti sapere che Canu ha ammesso di aver contattato un certo Zenit tramite un sistema telematico chiamato BBS, e di averlo incontrato la notte degli omicidi, il sei settembre dell'anno scorso.»

«Zenit?» proruppe Stoner. «*Holy shit!* Avevo ragione!»

Scalviati rimase imperturbabile. «Sfortunatamente, abbiamo perso la possibilità di analizzare il computer di Canu, per verificare l'esattezza delle sue affermazioni.»

«Be', conosco il sistema BBS. Se non sbaglio, lo scambio di dati tra computer avviene tramite la comune linea telefonica.» I suoi occhi rivelavano una vibrante eccitazione.

«Esatto. Prima di venire qui, mi sono confrontato con il dottor Di Cara e l'ho incaricato di richiedere i tabulati telefonici di Canu degli ultimi due anni. Uno dei numeri che ha chiamato dev'essere quello della stazione BBS.»

«Ma capire quale sarà come cercare un ago in un pagliaio.»

«È tutto quello che abbiamo, al momento.»

Stoner sembrò studiare il suo interlocutore, alla ricerca della più impercettibile incertezza. «Eppure, sono convinto che ci sia dell'altro. Qualcosa che non mi ha ancora detto.»

Scalviati trasse un ampio respiro. «Be', qualcosa c'è. Stando alle dichiarazioni di Canu, l'assassino è straniero, con un accento molto marcato, al punto che in certi momenti faticava a comprendere quello che diceva. Ma ricorda una frase in particolare. Una frase che lei mi ha mostrato in una delle lettere che Zenit ha inviato al *Chronicle*, in cui sosteneva che le sue vittime "brilleranno alla luce della luna".»

I due rimasero per qualche istante in silenzio, mentre il cameriere si dirigeva a passi spediti nella loro direzione. Il ragazzo appoggiò la bottiglia d'acqua al centro del tavolo e, accanto, posò un calice di cristallo. Versò una piccola quantità di vino. Poi rimase in attesa.

Dopo essersi guardato intorno con un certo imbarazzo, Stoner guardò il cameriere con aria interrogativa.

«Può assaggiare» intervenne Scalviati.

«Ah, certo» si schermì. Sorseggiò il vino, poi alzò il pollice in segno di assenso.

«Torniamo a noi» incalzò il magistrato. «Cosa pensa che significhi quella frase?»

«Ci arrivo subito. Prima, però, mi consenta una domanda. Lei mi sembra ancora dubbioso sull'identità del killer. Di cos'altro ha bisogno per accettare che ci troviamo di fronte allo stesso assassino che ha colpito a San Francisco?»

«Di elementi più concreti delle informazioni estrapolabili da un articolo di giornale. Fino a che non saranno emersi, la considererò soltanto un'ipotesi come un'altra.»

«Non crede che un eccesso di prudenza possa rivelarsi una *liability*, alla lunga?»

«È libero di pensarla come vuole, Mr. Stoner. Ma si ricordi che io rappresento l'autorità giudiziaria in questo caso, e le mie decisioni non sono oggetto di dibattito.»

«*Fair enough.*» Stoner si schiarì la voce. «Tornando a quella frase: si riferisce a una sorta di finalità più elevata che il soggetto si è proposto e che, per quanto sembri assurdo, intende raggiungere tramite i suoi delitti.»

«Si spieghi meglio.»

«È chiaro che si tratta di omicidi a sfondo esoterico. Per questo a due delle vittime, qui in Italia, è stata asportata la milza. In inglese la chiamiamo *spleen*, una parola che non indica soltanto l'organo ma che, per i poeti del passato, descriveva una sorta di malessere esistenziale. Una concezione che deriva dalla medicina greca degli umori, che attribuiva alla bile nera prodotta dalla milza la capacità di indurre uno stato d'animo negativo. Inquietudine, angoscia. Una condizione di cui il soggetto si libera tramite l'atto catartico dell'omicidio, elevandosi verso un ideale di pensiero più alto, rappresentato dalla luna.»

«Sofisticato, per qualcuno che aggredisce delle coppiette a colpi di pistola» obiettò Scalviati.

«Il soggetto ha una cultura e un quoziente intellettivo sopra la media. Svolge una professione di alto profilo, in un ambiente estremamente controllato.»

«Cosa intende per "ambiente estremamente controllato"?»

Stoner allargò le braccia. «Potrebbe essere un imprenditore, un ufficiale dell'esercito, l'amministratore delegato di una società… Il problema è che le responsabilità in ambito lavorativo e i vincoli etici gli impediscono l'elevazione di cui ha bisogno. E la sua inadeguatezza in ambito sessuale non fa che aumentare la sua frustrazione.»

«Lei crede che sia impotente?»

«Non necessariamente. Di sicuro ha subito una forma di castrazione psicologica.»

«Mi faccia capire, al di là delle suggestioni esoteriche, della luna e dello spleen, lei è convinto che i delitti abbiano in realtà una connotazione sessuale?»

«Assolutamente sì. Per questo aggredisce delle giovani coppie. Osserva le loro effusioni, alimentando le sue fantasie morbose fino al momento in cui scatena la sua furia omicida. Considera le vittime alla stregua di oggetti, mezzi con cui raggiungere la catarsi che gli è preclusa nella quotidianità.»

70

I due consumarono il pasto in silenzio, interrotto solo dagli occasionali commenti entusiastici di Stoner sulla qualità della mozzarella.

Al momento del caffè, Scalviati prese la parola. «Supponiamo che Zenit e il mostro siano la stessa persona. Riflettendoci su, c'è un particolare che non mi torna. Lei ha detto che c'è un motivo per cui sceglie delle giovani coppie, ma allora perché ha ucciso quel tassista, nel '72, a San Francisco?»

«Bella domanda» dichiarò Stoner. «La mia opinione è che si sia lasciato andare a un impulso del momento. Forse ha girato a vuoto per notti intere senza trovare vittime che corrispondessero alla sua tipologia preferita ed era così frustrato da accontentarsi della prima persona che gli è capitata a tiro. Forse ha reagito così al termine di un'accesa discussione. O sapeva che non avrebbe avuto altre occasioni. E infatti, poco dopo quell'omicidio, è praticamente scomparso.»

«In questo caso, però, manca del tutto la componente voyeuristica.»

«È vero. È un'anomalia. L'eccezione che conferma la regola.»

«Magari temeva di essere stato scoperto.»

«È possibile. Ho precisato nel profilo che il soggetto soffre di un disturbo ossessivo-compulsivo. Zenit ha l'esigenza di controllare tutto ciò che lo circonda, e questo bisogno di controllo potrebbe essere alla base di quell'omicidio.»

«M-mm» Scalviati abbassò lo sguardo, pensieroso.

«Qualcos'altro che non le torna?» incalzò Stoner.

Il magistrato rispose dopo una breve esitazione. «No, niente. Stavo pensando alle lettere inviate da Zenit alla stampa. Crede di potermene fare avere una copia?»

«Certamente. Si tratta comunque di materiale di dominio pubblico. Ha qualcosa in mente?»

«Non lo so ancora» ammise Scalviati. «Per il momento, vorrei dare un'occhiata a quel codice cifrato per farmi un'idea di cosa possa significare. Magari ha qualcosa a che fare con quello che sta succedendo, e vorrei chiedere al dottor Di Cara cosa ne pensa.»

«Sono certo che Di Cara sia un ottimo professionista nel suo campo, ma crede che abbia le competenze per riuscire in un'impresa in cui hanno fallito esperti di fama internazionale?»

«Non ho detto questo. Ma se lei vuole che io prenda seriamente in considerazione la sua teoria, dovrà condividere con me tutto il materiale sul caso in possesso dell'FBI.»

71

Era da poco passato il tramonto quando Leda e Ludwig si incontrarono nel parcheggio della pista di pattinaggio. Si rivolsero un breve cenno di saluto e si avviarono verso l'ingresso del locale senza dirsi una parola.

La sera prima, Leda si era rifiutata di restare da lui. Aveva dovuto aspettare un po', ma alla fine era riuscita a trovare un taxi per tornare a casa. Un po' per l'alcol e un po' per la stanchezza accumulata, aveva preso sonno non appena toccato il letto. Ma al mattino si era svegliata di soprassalto verso le sette, con una sgradevole oppressione alla bocca dello stomaco.

A colazione aveva preparato i *gofri* piemontesi, i preferiti di Carlo. Quasi sovrappensiero, il ragazzo le aveva detto che la sera prima, poco dopo che era uscita, era arrivata una strana telefonata. Di chiunque si trattasse, non aveva detto una parola: si era sentito soltanto un respiro cadenzato all'altro capo della linea, che gli aveva dato i brividi.

Dopo averlo accompagnato a prendere il treno, Leda si era recata in redazione. Ma durante tutta la giornata non aveva fatto che ripensare a quanto si fosse comportata da irresponsabile lasciandolo a casa da solo.

L'unica consolazione era che Carlo avesse lasciato la città

per raggiungere il padre in Toscana. Lontano da Torino e dai pericoli che sembravano annidarsi tra le sue ombre.

Leda era stata tentata di chiamare Ludwig per disdire l'appuntamento, ma poi aveva deciso di lasciarsi alle spalle le insicurezze, si era vestita in tutta fretta ed era uscita. Se c'era la possibilità di risalire all'identità del Farmacista, tanto valeva fare un tentativo.

Non poteva negare, tuttavia, un turbamento di fondo, che cercò di mascherare con un sorriso di circostanza quando Ludwig le rivolse la parola.

«Andiamo. Non vedo l'ora di mettermi alla prova.»

«Di che stai parlando?»

Lui inarcò un sopracciglio, come se la risposta fosse ovvia. «Ma dei pattini, ovviamente. Ormai siamo in pista. Tanto vale… pattinare.»

«Spero tu stia scherzando. Siamo venuti per interrogare uno spacciatore, non per volteggiare su delle ruotine buone solo per schiantarsi contro i muri.»

«Quanto sei disfattista! Possibile che tu debba sempre pensare al peggio?» Ludwig spinse la porta scorrevole e la precedette all'interno del locale.

L'atrio era spazioso, con le pareti rosa illuminate da luci al neon. Su un lato si trovava il bancone della caffetteria, di fronte ad alcuni tavolini occupati da adolescenti che chiacchieravano vivacemente. Alla parete opposta, accanto alla postazione dei flipper era collocata una schiera di videogiochi, tra cui spiccavano gli avveniristici cabinati di *Out run* dotati di sedile, volante e leva del cambio.

«Vorrei solo evitare di rompermi il coccige» bofonchiò Leda.

«È comunque troppo presto perché si faccia vivo il mio contatto, di solito arriva verso le nove» ribatté lui, avviandosi verso la cassa. «Mi sembra un'ottima occasione per un po' di esercizio fisico, prima di cena. Da quel che ho capito, hai una vita piuttosto sedentaria.»

«Capita di avere poco tempo da dedicare al benessere quando hai un figlio e un lavoro.»

«Ehi, anch'io ho un lavoro!»

«Fammi indovinare... Dog-sitter per ereditiere? Collaudatore di yacht in Costa Smeralda?»

Ludwig la dardeggiò con un'occhiataccia. «Sono il responsabile delle pubbliche relazioni dell'azienda di mio padre. Se ho del tempo libero per le mie passioni è solo perché ho degli orari flessibili.»

Leda indicò la sua cresta blu elettrico. «Tuo padre ha una ditta di tinte per capelli?»

«Colpo basso» fece lui. «Produce ricambi per auto sportive.» Pagò due ingressi e, seguito da una riluttante Leda, fece strada verso la postazione di distribuzione dei pattini.

«Numero di scarpe?» chiese la ragazza dietro il banco.

«Quarantaquattro» dichiarò Ludwig, per poi dirigere lo sguardo verso i piedi di Leda. «E direi un... trentasette?»

«Trentotto.»

Dopo aver rovistato tra le scatole, la ragazza consegnò loro un paio di pattini a testa.

Ludwig si sedette su uno dei pouf. Si sfilò le scarpe, poi si immobilizzò di colpo. «Aspetta... Hai un figlio?»

«Sì. Più o meno dell'età dei ragazzi che frequentano questo posto.»

«Quindi sei sposata?»

«Divorziata.»

Sul volto di Ludwig comparve uno strano sorriso. «Ah.»

«Guarda che non ti dà mica il permesso di provarci.»

«Ancora arrabbiata per ieri sera?»

«Che c'entra ieri sera?» Leda infilò i pattini e cominciò ad allacciarli. «Madre santa, non posso crederci che lo sto facendo per davvero.»

«Aspetta» fece lui. «Devi stringerli di più alla caviglia. Così.» Si chinò su di lei e armeggiò un po' con le stringhe, strizzandole i polpacci per verificare che fossero abbastanza aderenti.

«Giù i tentacoli, polipone.»

Ludwig arrossì visibilmente. «Non stavo mica... Va be', lascia perdere.» Con sorprendente disinvoltura, scattò in piedi e le protese una mano. «Un aiutino ad alzarti?»

«Grazie, ma faccio da sola.» Pur con qualche difficoltà, Leda riuscì a guadagnare un'instabile posizione eretta.

Ludwig, bilanciandosi con ampi movimenti delle braccia, si avviò lungo il corridoio che conduceva alla pista.

Leda, con andatura barcollante, fece del suo meglio per seguirlo, pregando che i dolori non scegliessero proprio quella sera per risvegliarsi.

Sbucarono in una grande sala ovale dal pavimento liscio, su cui si riflettevano le luci azzurre e viola dei neon, scomposte in una specie di mosaico luminoso dalle sfere specchiate agganciate al soffitto.

Un movimento maldestro e Leda si ritrovò con le gambe allineate su due traiettorie divergenti. Si aggrappò alla ringhiera e a fatica riuscì a fermarsi, mentre gruppi di adolescenti e coppiette le sciamavano intorno. L'aria era satura del profumo del popcorn proveniente dalla caffetteria, del fitto vociare dei presenti e delle note di *Self control* di Raf sparate a tutto volume dalle casse.

«Tutto bene?» chiese Ludwig.

«Ricordami per quale assurdo motivo dobbiamo rischiare la morte su questi strumenti di tortura.»

«È semplice. Dobbiamo sembrare due amici di vecchia data che passano un venerdì sera di svago, in modo che il mio contatto non sospetti che dietro le mie domande ci sia qualche strano motivo. Come un articolo sul giornale o un'indagine di polizia.»

Leda tentò di rimettersi in piedi, ma uno scivolone di troppo la fece desistere. «Sono troppo vecchia per queste cose.»

«È solo una questione di fiducia» la rassicurò lui. «Cerca di liberare la mente. Dimentica le regole che il cervello applica inconsciamente per camminare. Lasciati condurre dal flusso.»

«Facile a dirsi. Non so nemmeno come si frena!»

«I freni sono sotto le punte. Basta inclinare gli scarponi in avanti. Così.» Con due ancheggi prese velocità, compì un volteggio e tornò al punto di partenza, inchiodando a un passo da lei. «Pronta?» aggiunse.

Protese la mano e, questa volta, Leda la afferrò.

72

Seduta al tavolo della caffetteria, Leda addentò l'ultimo boccone del suo tramezzino al salmone. «Non avrei mai sospettato che avessi un talento nel pattinaggio. Mai pensato alle olimpiadi?»

«Prendimi pure in giro» ribatté Ludwig, appoggiandosi allo schienale della sedia. «E comunque, quando ti sei lasciata andare un po', non te la sei cavata affatto male. Sei quasi riuscita a fare un giro completo della pista senza neanche una caduta.»

«Quel "quasi" dice tutto. Comunque, i proprietari di questo posto dovrebbero ringraziarmi. Questa sera non dovranno nemmeno spolverare la pista.»

«Te l'ho detto. Sei troppo controllata. Dovresti aprirti un po' di più all'imprevedibilità della vita.»

«Questa è buona. Lo zen e l'arte del pattinaggio.»

Ludwig cambiò repentinamente espressione. «Non voltarti» disse. «Ferrero sta venendo verso di noi.»

«Chi?»

«Il mio contatto.»

«Ferrero? È uno spacciatore di cioccolatini?»

«Non è propriamente il mio...» Un sospiro. «Lascia stare. Comunque, è un cognome piuttosto diffuso da queste parti.»

«Da quanto tempo è qui?»

«L'ho intravisto mentre uscivamo dalla pista. Da come ti guardava, penso che tu abbia fatto colpo.»

«Il sogno di una vita.»

«Tutto considerato, è un tipo a posto. Cerca solo di non farlo insospettire.»

Leda incrociò le braccia al petto. «Così va bene?»

Un ragazzo dal caschetto di capelli scolpiti dal gel con indosso un giubbotto da aviatore si fermò di fronte al tavolo. Alzò una mano in segno di saluto. «Ludwig, vecchio mio.»

Lui si alzò e gliela strinse con enfasi. «Jader! Come ti butta?»

«Tutto regolare. Ci sono anche i ragazzi della tua band?»

«Ci siamo sciolti.»

«Le solite gelosie, vero?»

«Divergenze artistiche.»

«Be', sono loro a perderci. Non troveranno mai un frontman al tuo livello.» Ferrero si voltò verso Leda. «Parlando di cose serie, piuttosto... Non mi presenti la tua ragazza?»

«Hai ragione» farfugliò. «Jader, Leda. Leda, Jader.»

«Non ti ho mai vista da queste parti. Sei di Torino?»

«Sono nata a Barcellona, ma vivo qui da quando avevo undici anni.»

«*Encantado*» fece lui, baciandole la mano.

«*Esagerado*» ribatté lei con un mezzo sorriso.

«Ti va una partita a *Double Dragon*?» intervenne Ludwig.

«Con piacere.» Ferrero si congedò da Leda con un cenno, poi i due si trasferirono alla postazione dei videogiochi.

Ludwig inserì due monetine nel cabinato e prese possesso della levetta sinistra. «Pronto?»

L'altro annuì. Poi gli rivolse uno sguardo di sottecchi. «Non ha l'aria della tua solita groupie. Stai forse cercando di mettere la testa a posto?»

«Non so che dirti. È una tipa complicata, non ho ancora ben capito se le piaccio o se mi odia.»

Ferrero mosse con disinvoltura il suo personaggio sullo schermo e stese a cazzotti un paio di energumeni dalla testa pelata. «Da quel che ho visto in pista, mi sembrava piuttosto presa.»

«Tu credi? Speravo di portarla a casa mia, questa sera. Ma non ho molto da offrirle a parte un paio di birre, se capisci cosa intendo.»

«Capisco perfettamente. Ti serve un po' di bianca?»

«Pensavo a qualcosa di più sofisticato. Tu lo conosci quel tale che spaccia sostanze da farmacia?»

«Ehi, non usare la parola con la esse. Porta male.»

«Scusa.» Coordinando i movimenti della levetta con la rapida pressione dei pulsanti, Ludwig cercò di scansare gli assalti della gang rivale, ma fu travolto da un bruto a colpi di mazza da baseball. «Comunque, lo chiamano il Farmacista. Mi chiedevo se ci avevi mai avuto a che fare.»

Ferrero fece schioccare nervosamente la lingua. «Non mi starai dicendo che vuoi rivolgerti alla concorrenza.»

«No, figurati. Volevo solo sapere se anche tu...»

«Rispetto le preferenze di tutti, ma preferisco stare sul classico. E non credo che quella che ti sei portato appresso sia una tipa da antidolorifici.»

«In realtà, è esattamente quello che mi ha detto. A quanto pare ha un debole per il Fentanyl, o roba simile.»

«Ah, sì? Be', non lo trovi di certo da Capaldi. È roba di importazione.»

«Capaldi?»

«Il Farmacista. È così che si fa chiamare, ma in realtà fa l'infermiere. Si procura la mercanzia dalle scorte di medicinali dell'ospedale dove lavora. Deve avere qualcuno che gli para il culo, perché non esiste che nessuno si sia mai accorto di niente.» Distolse brevemente lo sguardo dallo schermo per guardarsi intorno. «Di solito viene qui il venerdì sera, ma oggi non si è fatto vivo. Gli avranno cambiato i turni.»

Il personaggio di Ludwig fu colpito da un pugnale lanciato da un'aggressiva bionda in salopette. «Merda» commentò. «Oggi non è serata.»

«Senti...» disse Ferrero. «Posso chiedere in giro se riesco a trovarti un po' di quella roba per domani. Non ti prometto niente, però.»

«Grazie. Sei un amico.» Si strinsero energicamente la mano, poi Ludwig raggiunse Leda al tavolo.

«Allora?» chiese lei.

«Ho il nome che cercavi» annunciò.

Leda non era sicura se sentirsi sollevata o preoccupata, e reagì con un'espressione distante.

«Frena l'entusiasmo» disse Ludwig. «Non vorrai mica alzare troppo la mia autostima!»

«Hai ragione» sorrise. «Ottimo lavoro, partner.»

«Siamo una bella squadra, no?»

«Ne ho viste di peggiori.»

«Allora, quando lo rifacciamo?»

«Spero mai più!»

«Intendevo un'uscita a due. Ci siamo divertiti, insieme. Anche in pista, intendo.»

«Stai implicitamente cercando di dirmi qualcosa?» chiese Leda, guardandolo sottecchi.

«No, niente» nicchiò Ludwig. «Piuttosto... Potresti riaccompagnarmi a casa? Per venire qui ho preso l'autobus, ma si è fatto fresco e non muoio dalla voglia di aspettare alla fermata.»

73

Greta si appoggiò con una spalla alla porta dello studio di Scalviati. «Vieni a letto?»

«Ho del lavoro da finire» rispose sovrappensiero, incapace di distogliere gli occhi dal documento cifrato che gli aveva consegnato Stoner, con l'ultimo messaggio inviato da Zenit alla stampa americana. Ma bastò il fruscio dei passi della moglie che si allontanava perché si scuotesse dal torpore. «Aspetta» e uscì trafelato.

Lei si fermò in corridoio e inclinò il viso di lato, ma senza guardarlo. «Che c'è?»

«Non volevo essere scontroso.»

Greta si strinse nel kimono di seta blu. «Non ti preoccupare, sono solo un po' stanca.»

«Ti aiuto a salire le scale.» La raggiunse e la cinse con una mano dietro la schiena.

«Guarda che sono incinta, mica invalida.»

Un sorriso. «Hai ragione, scusa.»

«Capisco la tua apprensione, ma l'ultima visita è andata bene e anch'io mi sento molto più tranquilla. In tutta onestà, non credo sia nemmeno necessario mettere casa nostra sotto sorveglianza.»

Scalviati scosse leggermente la testa, disorientato. «Cosa intendi con "sotto sorveglianza"?»

«Parlo di quel poliziotto» rispose lei candidamente. «Quello che era seduto in una macchina parcheggiata dall'altro lato della strada. Sarà rimasto lì per almeno un'ora.»

«Sicura che fosse un poliziotto e non una guardia giurata?»

«Ti pare che non riconosca la divisa della polizia, dopo tutti questi anni a fianco di un magistrato?»

«È solo che non capisco...» ribatté lui. Poi scosse la testa. «Ci sarà stato un disguido. Non ho disposto la sorveglianza di casa nostra, non mi sarei mai sognato di farlo senza avvisarti.»

Greta fece un sospiro e cominciò a salire le scale. «Comunque sia, qualcuno dovrebbe insegnare a quell'agente un po' di buona educazione, dato che quando sono uscita per chiedergli se gradiva un caffè ha ingranato la marcia e se n'è andato.»

«Magari non si è accorto della tua presenza...»

Greta fece spallucce. «Può darsi.»

«L'hai visto in faccia?»

«No. Il viso era coperto dalla visiera, ha sempre tenuto la testa bassa.»

«E si trovava in un'auto della polizia.»

«Non direi. Era un'auto scura, ma non chiedermi il modello, perché lo sai che per me le berline sono tutte uguali.»

Scalviati fece per salire a sua volta, ma si immobilizzò sul primo gradino. «Soltanto un attimo» disse rivolgendo una fugace occhiata all'orologio. «Faccio una breve telefonata e sono da te.»

«D'accordo. Tanto mi ci vorrà un po' per sistemarmi.»

Scalviati compose il numero del commissario Costanza sull'apparecchio della cucina. Alla risposta, non perse tempo in convenevoli. «Ha mandato uno dei suoi a sorvegliare la mia abitazione?»

Costanza ribatté dopo una lunga esitazione. «Mi perdoni... Ma di che sta parlando?»

«Mia moglie mi ha appena detto che un poliziotto è rimasto per un'ora di fronte a casa nostra.»

«È sicura che fosse uno dei nostri?»

«Era in divisa, ma guidava un'auto privata.»

«Strano» commentò. «Comunque, ci sono un'infinità di motivi per cui un agente poteva trovarsi lì. Magari era l'ultima chiamata prima di finire il turno.»

«Certo, sarà così di sicuro. Buonanotte, dottor Costanza. Mi scusi per l'orario.»

«Ci mancherebbe» ribatté l'altro. «Le saprò dire qualcosa domani mattina. Non mi costa niente fare un paio di telefonate ai commissariati per chiedere se oggi pomeriggio c'è stato del movimento in zona. Come ben sa, c'è gente che ci chiama con qualsiasi pretesto. Cerchiamo di star dietro a tutte le segnalazioni, considerando anche le tensioni del periodo, ma le confesso che ne ho piene le scatole di liti familiari e gatti sugli alberi.»

74

Leda avvicinò gli occhi al citofono e cominciò a scorrere i nomi sulle targhette accanto ai pulsanti.

Non era stato difficile rintracciare Diego Capaldi, un infermiere in servizio alle Molinette che abitava nel quartiere di San Salvario. Era bastata una telefonata al suo contatto alla Motorizzazione civile, una sua ex compagna di università a cui si rivolgeva occasionalmente per quel tipo di ricerche.

Capaldi, quarantaquattro anni, era il miglior candidato per il ruolo del Farmacista, lo spacciatore di psicofarmaci che, secondo Giulia, forniva il Valium a Monica Ferretti. Per assicurarsi di aver trovato la persona giusta, Leda aveva deciso di fargli visita di persona.

Per strada c'era un viavai di passanti, tra i fedeli in marcia verso la chiesa per la funzione del sabato mattina e chi era semplicemente in giro per fare commissioni.

Leda schiacciò il pulsante dell'interno di Capaldi e rimase in attesa della risposta. Per l'occasione, si era preparata una sommaria copertura. La sua doveva sembrare la visita di un'acquirente un po' ingenua. Avrebbe detto che aveva problemi d'ansia da quando il marito l'aveva lasciata, ma che non voleva che in famiglia si sapesse che aveva cominciato a fare uso di un certo tipo di sostanze, ed era dunque impossibilitata a chiedere la ricetta al suo medico curante, in quanto fratello del suo ex marito.

Se Capaldi le avesse chiesto come aveva saputo il suo indirizzo invece di raggiungerla alla pista di pattinaggio, avrebbe millantato una conoscenza in comune, una certa Rossella che si riforniva da lui abitualmente. Quante probabilità c'erano che si ricordasse il nome di tutte le sue clienti?

L'attesa si protraeva più a lungo di quanto sperasse. Forse Capaldi non era in casa, oppure stava ancora dormendo.

Magari era soltanto duro d'orecchi. Leda si risolse a schiacciare nuovamente il pulsante del citofono, rimanendo a fissare l'altoparlante come se servisse a sollecitare una risposta.

Stare in piedi le costava fatica. Nelle ultime serate aveva messo a dura prova il suo fisico, e si era svegliata al mattino con un persistente fastidio alle anche. Era dovuta uscire con il suo bastone da passeggio, pensando che le sarebbe stato utile anche nel caso in cui Capaldi si fosse rivelato aggressivo.

Gli occhi di Leda vagarono pigramente nei dintorni. Si soffermarono su un signore elegante con un levriero al guinzaglio, poi su una madre con la figlia dalla medesima permanente che uscivano da un salone di parrucchiere.

Quasi sobbalzò nell'udire il clangore metallico della serratura che veniva sbloccata dall'interno. Si voltò di scatto verso il citofono. Era muto.

Il portone si spalancò e un poliziotto in divisa col berretto calcato sulla fronte uscì con passi sicuri, quasi urtandole una spalla, per poi incamminarsi lungo il marciapiede senza degnarla di un'occhiata o accennare a un gesto di scuse.

Leda lo seguì con lo sguardo mentre si allontanava, chiedendosi se per caso la polizia non l'avesse preceduta nell'indagine.

Rimase per qualche istante immobile, indecisa se entrare o lasciar perdere. Poi impedì la chiusura del portone d'ingresso col suo bastone. Dopotutto, c'era la possibilità che quel poliziotto fosse un semplice inquilino, del tutto ignaro delle attività illecite condotte da uno dei suoi vicini di casa.

Si intrufolò nell'apertura prima di cambiare idea.

Si trovò in un atrio illuminato a malapena da un minuscolo lampadario fissato alla parete.

Per alcuni secondi, rimase in ascolto di rumori sospetti, per assicurarsi che non ci fossero altri agenti all'interno del palazzo. Ripensandoci, non sarebbe stata una grande idea presentarsi a casa di un sospettato al momento dell'arresto. Ma il silenzio era a malapena interrotto dal tenue brusio che proveniva da un appartamento ai piani superiori.

Si avviò su per le scale, fermandosi a ogni pianerottolo sia per riprendere fiato che per controllare i nomi degli inquilini sulle targhette dei campanelli.

Giunta al terzo piano, ecco finalmente l'ingresso dell'appartamento di Capaldi. Il suo cognome era scritto a pennarello su un adesivo mezzo staccato con grafia incerta. Al momento di premere il pulsante, tuttavia, si rese conto che la porta era socchiusa.

Seppur titubante, la sospinse leggermente.

«Signor Capaldi?» chiamò senza spostarsi dalla soglia.

Nessuna risposta.

Leda fece un incerto passo all'interno. Il corridoio era stretto, il pavimento di graniglia, con un appendiabiti in metallo sul lato da cui pendevano una giacca da infermiere e un impermeabile chiaro.

«Signor Capaldi, è in casa?»

A risponderle fu di nuovo il silenzio.

Sbirciò oltre la soglia del soggiorno. Era arredato con gusto anni Settanta, con il divano e le poltrone color mogano e un tavolino di vetro dalle tozze gambe squadrate posato sopra un disgustoso tappeto in pelle di mucca. Una pianta era rovesciata, alcune riviste erano sparpagliate sul pavimento.

Ma non c'era nessuno.

Possibile che l'avessero già portato via? Forse l'avevano davvero arrestato, ma l'assenza dei sigilli del tribunale davanti all'ingresso la spinse a pensare che ci fosse un'altra spiegazione. Forse Capaldi si era dato alla fuga perché aveva saputo che le forze dell'ordine erano sulle sue tracce.

Fece un profondo respiro. La curiosità da reporter la spingeva a proseguire, il buonsenso ad andarsene più in fretta che poteva.

Non avrebbe saputo spiegarne il motivo, ma provava una sensazione di oppressione all'interno di quell'appartamento.

Forse era soltanto il mobilio troppo fitto, la presenza di quadri di ogni dimensione a riempire ogni spazio alle pareti, il disordine o gli oggetti e i soprammobili sistemati ovunque, persino in cucina, dove sugli elettrodomestici erano appoggiati utensili, stoviglie e riserve di cibo in scatola, il tutto ammucchiato alla rinfusa, come se qualcuno avesse svuotato credenze e dispense per… cercare qualcosa?

E poi c'era qualcosa di strano nell'aria. Un'atmosfera sospesa, elettrica, che suggeriva che qualcosa di brutto stava per succedere.

O era già accaduto.

Un'occhiata alla camera da letto le provocò un brivido lungo la spina dorsale.

Il materasso era scoperto, con lenzuola e cuscini gettati sul pavimento. Le ante del guardaroba erano spalancate. I cassetti dei mobili erano aperti, quando non divelti e accantonati di traverso come se un'esplosione li avesse travolti dall'interno, spargendone a terra il contenuto.

Richiamata dalla luce del bagno, che filtrava opaca attraverso la porta a vetri, Leda era incapace di trattenere i passi. Continuavano ad avanzare nonostante le resistenze della sua parte razionale, che urlava nella sua mente di invertire la marcia.

"Esci e dimenticati di questa storia", suggeriva una voce interiore. "Perché c'è differenza tra cercare le notizie sul campo ed esserne travolti."

Una voce che rimase inascoltata.

Strinse il pomo del bastone come se bastasse a scacciare l'inquietudine. E proseguì.

Alcune gocce d'acqua sparse sul pavimento tracciavano un percorso verso la porta socchiusa del bagno, come un invito silenzioso ad attraversarne la soglia.

Non c'era alcun motivo di pensare che ci fosse qualcuno, all'interno. Leda non percepiva alcun movimento, ma soltanto un tenue, costante gocciolio.

Eppure, non poté fare a meno di entrare.

«Signor…»

Non fu soltanto ciò che vide a spezzarle la voce, ma una combinazione sensoriale che comprendeva l'olfatto, travolto dall'odore dolciastro, ferroso che saturava l'aria, provocandole un senso di nausea.

Un grido rimase intrappolato tra le corde vocali, mentre lo sguardo non riusciva a staccarsi dal corpo all'interno della vasca da bagno.

75

Il sangue era ovunque. Sul fianco della vasca, sulle piastrelle azzurre del pavimento e delle pareti, sui pomelli dei rubinetti, sulla tenda.

Il cadavere dell'uomo era immerso fino al mento nell'acqua rossastra, la testa reclinata di lato, il volto di un pallore cinereo, la bocca semiaperta, le pupille rovesciate e fisse come se stesse cercando di guardarsi l'attaccatura dei capelli.

La condensa sulla specchiera si stava ancora asciugando. Piccole volute di vapore emergevano dalla superficie dell'acqua, segno che era ancora calda. Ciò che si era consumato tra quelle pareti era avvenuto poco prima che lei arrivasse. Era quindi Diego Capaldi, l'involucro privo di vita nella vasca da bagno? Per quale motivo aveva deciso di farla finita.

Sui polsi erano praticate due incisioni, così profonde da mostrare quasi le ossa. Un braccio pendeva dal bordo della vasca, a sfiorare il pavimento con le dita, accanto a una lametta intrisa di sangue.

Una paura irrazionale le strinse le viscere. Leda rimase paralizzata da quella visione per un tempo indefinito, incapace di arginare i pensieri che vagavano ora verso gli scenari di guerra che aveva attraversato in passato, alle persone che aveva incontrato e che erano morte, ai campi di battaglia, ai corpi mutilati dalle esplosioni e dai colpi di artiglieria. A quel maledetto mercoledì notte in cui era tutto cambiato.

Poi, il rimbombo di una porta che sbatteva le fece riprendere bruscamente il contatto con la realtà.

Percorse a ritroso il corridoio, temendo che fosse entrato qualcuno nell'appartamento. Camminò con cautela, con la schiena radente alle pareti, brandendo il bastone da passeggio con due mani come una mazza da baseball, pronta a respingere un eventuale aggressore.

Ogni muscolo, ogni nervo del corpo era in tensione. I sensi vigili.

Quando fu in prossimità dell'ingresso si rese conto che la porta era ancora aperta, così come l'aveva lasciata.

Uscì sul pianerottolo, si sporse dalla ringhiera, gettando lo sguardo giù per la tromba delle scale. Non c'era nessuno.

Forse era stato un inquilino che era rientrato a casa sua. Leda rivolse un'ultima occhiata in fondo al corridoio dell'appartamento di Capaldi. Persino da quella posizione poteva vedere la pozza di sangue che, lentamente, si allargava sul pavimento del bagno.

Era nell'appartamento di uno spacciatore, con un cadavere nella vasca. Sapeva bene che sarebbe stato complicato spiegare come ci era arrivata, ma non aveva altra scelta: doveva chiamare la polizia.

"Ma certo… il poliziotto!", si disse.

Scese la scalinata più in fretta che poteva. Giunta nell'atrio, aprì il portone e sbucò fuori. Guardò nella direzione in cui era scomparso l'agente che aveva incontrato poco prima, ma c'erano soltanto persone di passaggio. Difficile immaginare dove fosse andato.

«Scusate» disse sforzandosi di gridare per farsi sentire dai passanti più vicini, ma le uscì poco più di un lamento. Deglutì, e fu come ingoiare cemento. Si schiarì la voce un paio di volte. «Scusate!» Questa volta, la voce uscì forte e chiara.

Si voltò una coppia di ragazzi, che la guardarono con aria interrogativa.

«Avete visto dov'è andato quel poliziotto che era qui poco fa?»

Uno dei due allargò le braccia. «Quale poliziotto?»

Leda scosse la testa, sconsolata. Come poteva aspettarsi che fosse rimasto nei paraggi?

Fu soltanto un attimo. In un'associazione involontaria, la mente la riportò al momento dell'incontro con l'agente. Come se il suo inconscio avesse registrato qualcosa di insolito, un particolare fuori posto, ma non riuscisse ancora a metterlo a fuoco.

Il poliziotto era uscito in tutta fretta, senza rivolgerle nemmeno un'occhiata. Aveva tenuto la testa bassa, col berretto calcato così in profondità sulla fronte che lei non avrebbe saputo in alcun modo descriverne i lineamenti.

Ripensò a quando lo aveva guardato allontanarsi. Aveva un'immagine nitida della sua sagoma di spalle, mentre camminava sul marciapiede, con la divisa un po' stretta per la sua corporatura, i guanti di pelle nera che gli fasciavano le mani, sbucando dal polsino della giacca.

Fu allora che riuscì a capire qual era il particolare fuori posto.

Sul momento non vi aveva prestato attenzione, ma la manica della giacca sembrava composta di tessuti di due tonalità diverse. A ripensarci, doveva essere macchiata.

Anzi, bagnata.

Un atroce sospetto si fece strada tra i pensieri.

Che proprio quel poliziotto fosse il responsabile della morte di Capaldi, o chiunque fosse l'uomo morto nel suo appartamento.

Si appoggiò al portone col cuore che batteva all'impazzata, sforzandosi di controllare il respiro, con la convinzione sempre più netta che, forse, non si era trattato di un suicidio, ma di un omicidio ben orchestrato. Un omicidio in cui poteva essere coinvolto un esponente delle forze dell'ordine.

No, non poteva chiamare il 113. Non con la possibilità, per quanto remota, che lo stesso poliziotto che aveva incontrato poco prima venisse inviato di pattuglia a raccogliere le sue dichiarazioni.

Che fare, dunque?

Leda inghiottì un'avida boccata d'ossigeno, poi risalì le scale.

Attraversare nuovamente la soglia dell'appartamento di Capaldi le fece accapponare la pelle. Evitò di rivolgere lo sguardo in direzione del bagno.

Sollevò il ricevitore del telefono posizionato sul mobile all'ingresso e, con le dita che tremavano, compose il numero di un interno della questura.

76

«Tra tutte le persone da cui mi sarei aspettato una telefonata, lei era davvero l'ultima della lista» mugugnò il commissario Costanza.

Seduta sul primo gradino del pianerottolo, Leda aveva l'espressione avvilita. «Se è per questo, nemmeno io avrei mai pensato di dover chiedere il suo aiuto.»

«Ora vuole spiegarmi perché ha chiesto espressamente di me? Come può ben immaginare, ho ben altro di cui preoccuparmi che del suicidio di un infermiere.»

«Non credo si tratti di un suicidio.»

La porta dell'appartamento di fronte si aprì di scatto e uscì un uomo in vestaglia, con metà faccia rasata e l'altra metà coperta dalla schiuma da barba. «Si può sapere cos'avete da trafficare qui davanti? È tutta la mattina che sento del casino.»

Costanza gli sventolò davanti il tesserino di riconoscimento. «Tutta la mattina, ha detto? Ha qualcosa da segnalare?»

L'uomo retrocesse di un passo. «No di certo. Io... non ho visto niente.»

«Però ha *sentito* qualcosa, vero?»

«Non saprei» farfugliò. «Ho sentito delle voci, questo sì.

Credo che provenissero dall'appartamento di Capaldi, ma non...»

«Che tipo di voci?»

«Capaldi e un altro uomo. Litigavano, credo. Sono andati avanti per un po'.»

«Lo ha visto in faccia, quest'altro uomo?»

«Come avrei potuto? Io mi faccio i fatti miei.»

«Non ho avuto quest'impressione.»

L'uomo in vestaglia si riparò dietro la porta del suo appartamento. «Be', arrivederci.»

«Quanta fretta! Guardi che c'è un cadavere là dentro, quindi cerchi di restare a disposizione. Più tardi invierò un agente per raccogliere la sua testimonianza.»

«Cadavere?» Così dicendo, l'uomo in vestaglia si affrettò a barricarsi in casa.

«Che elemento» farfugliò Costanza.

Nel frattempo, Diana Fornasier era uscita dall'appartamento di Capaldi. «Ho chiamato il medico legale» disse rivolgendosi al commissario. «E un'ambulanza per trasportare il corpo di Capaldi all'obitorio.»

«Sicura che sia proprio lui?»

«Ho trovato il portafoglio in un cassetto, all'ingresso. La foto sulla carta di identità corrisponde.»

«Ottimo lavoro.» Vedendo che la ragazza rimaneva immobile di fronte a lui continuò: «Ha qualcosa da aggiungere, agente?»

Fornasier si strinse nelle spalle. «Be', si tratta sicuramente di un suicidio insolito. Le stanze sono sottosopra, come se prima di uccidersi avesse rovistato alla ricerca di qualcosa. Il che è piuttosto strano, dato che presumo sapesse dove teneva le sue cose.»

«Magari aveva perso qualcosa a cui teneva particolarmente.»

«Oppure c'era qualcun altro con lui» suggerì Leda. «Qualcuno con cui ha avuto un litigio, come ha appena detto il suo dirimpettaio, e che poi l'ha ammazzato a sangue freddo, simulando un suicidio, e ha rovistato in giro alla ricerca di materiale compromettente.»

«In tal caso è stato piuttosto maldestro» precisò Fornasier. «Non tanto nella messa in scena del suicidio, ma lasciando l'appartamento in uno stato di disordine tale che… anche l'investigatore più disattento si farebbe due domande.»

«È stato interrotto» sentenziò Leda. Da me, quando ho suonato il campanello, evitò di aggiungere.

«Sembra molto sicura di quello che dice» ribatté l'altra.

«Basta così, Fornasier» intervenne Costanza. «Può occuparsi di stendere il nastro di contenimento, mentre io vado alla macchina per avvisare la centrale?»

«Certamente.»

«De Almeida, con me» fece Costanza, prendendola a braccetto.

I due si avviarono in silenzio giù per la scalinata.

Oltrepassato il portone d'ingresso, Costanza si fermò sul marciapiede ed estrasse un pacchetto di MS rosse. Lo aprì ma invece di prelevare una sigaretta, prese un fiammifero.

«Sta cercando di smettere?» chiese Leda.

In tutta risposta, lui si infilò il fiammifero tra le labbra e la guardò negli occhi. «Allora? Cosa mi sta nascondendo?»

«Le avevo chiesto di venire solo» replicò lei.

«Che si aspettava? Non sono mica il suo maggiordomo.»

«È stato un poliziotto.»

«A fare cosa?»

«Ad ammazzare quell'uomo.»

Costanza scosse la testa. «Stronzate.»

«L'ho visto» affermò Leda. «Quando sono arrivata, ho suonato il campanello di Capaldi un paio di volte senza ricevere risposta. Poco dopo, un poliziotto in divisa è uscito dal portone in tutta fretta.»

«Saprebbe descriverlo?»

«Purtroppo no. Teneva la testa bassa e il berretto calcato sulla fronte. Quando ho scoperto il cadavere, era troppo tardi per rintracciarlo.»

«Per la miseria, De Almeida!» disse Costanza, esasperato. «Le è bastato incrociare un poliziotto per affermare che uno dei miei ha ammazzato quel povero diavolo?»

«Non so ancora come, ma quel "povero diavolo" è coinvolto negli omicidi del mostro.»

Costanza si guardò nervosamente intorno. «Spero non abbia intenzione di scriverlo sul giornale di domani.»

«Tutt'altro» ribatté lei. «Passerò a un collega l'incarico di scrivere un trafiletto. Non voglio avere niente a che fare con questa vicenda.»

«Mi sembra un'ottima idea. Ora vuole dirmi chi era quel Capaldi e cosa ci faceva lei a casa sua?»

«Sono spiacente, commissario. Ma quello che so lo dirò al giudice Scalviati, e soltanto a lui.»

77

«Un poliziotto, eh?» commentò Scalviati.

Seduta sul sedile passeggero della Croma del magistrato, Leda rimase a osservarlo mentre scriveva nell'agenda degli appunti. «Non mi crede, vero?»

Scalviati chiuse l'agenda e si girò verso di lei. «Al contrario. Solo, mi piacerebbe sapere perché non si è rivolta a me prima di improvvisarsi detective. Per non parlare del fatto che avrebbe dovuto informarmi subito, quando ha riconosciuto Monica Ferretti in quella foto.»

«Volevo essere sicura che la mia fonte fosse attendibile. Sappia comunque che l'altro giorno ho chiamato il suo ufficio, ma la sua segretaria è stata ben chiara nel precisare che non aveva tempo per ricevermi.»

«Strano. Cecilia non mi ha detto niente.»

«Evidentemente non nutre molta stima per la sottoscritta.»

«Be', le chiedo scusa se il mio atteggiamento, o quello dei miei collaboratori, le è sembrato pregiudiziale nei suoi confronti» ribatté Scalviati. «Non era nelle mie intenzioni.»

«Grazie. Lo apprezzo.»

«Lei sostiene che Capaldi collaborava con un'organizzazione dedita allo sfruttamento della prostituzione, rifornendo le ragazze di ansiolitici e altri farmaci che necessitano di ricetta medica...»

«Sonniferi, antidepressivi, probabilmente anche anfetamine, a seconda delle necessità» precisò Leda. «A quanto pare si procurava i farmaci saccheggiando le scorte dell'ospedale in cui lavorava. Per questo motivo, Mimì... Monica Ferretti intendo, lo chiamava il Farmacista.»

Nel sentire quella parola, Scalviati ebbe un sussulto.

Inaspettatamente, ecco che un tassello trovava posto nel complesso mosaico delle indagini. Proprio come aveva immaginato, Monica era sincera quando aveva detto al marito che era al telefono con il suo farmacista, sapendo che lui non le avrebbe dato peso. Era dunque così che si era procurata il Valium che somministrava occasionalmente anche al figlio.

Le circostanze in cui era maturato il duplice omicidio del Pian del Lot stavano lentamente prendendo forma. Alla ricostruzione mancavano ancora dei tasselli, ma doveva ammettere che quella reporter sapeva il fatto suo.

«L'avevo sottovalutata, De Almeida» disse. «Il lavoro che ha svolto è impressionante. Il problema è che il sopralluogo nell'appartamento di Capaldi non ha evidenziato alcuna traccia di sostanze di quel tipo.»

«Mi sembra ovvio che il suo assassino si sia preoccupato di far sparire tutto il materiale compromettente. Avrebbe rimesso tutto in ordine, se non l'avessi interrotto con la mia visita.»

«Per lei sarà anche ovvio. Ma io ho ben poco in mano per giustificare un'indagine su quello che sembra un evidente suicidio. Potrebbe essere più precisa riguardo l'identità della sua fonte? Se mi offrisse la possibilità di interrogarla, potrebbe chiarire la vicenda molto più delle nostre congetture.»

«Sa bene che non posso farlo. Quella ragazza ne ha già passate tante, e non posso correre il rischio di metterla in pericolo.»

«Se può tranquillizzarla, non esiterei a metterla sotto scorta.»

«Quale potrebbe essere una protezione adeguata, quando c'è il sospetto del coinvolgimento di un poliziotto?»

«Mi perdoni, ma questo è ancora tutto da dimostrare.» Scalviati lo disse con convinzione ma, per quanto si sforzasse di mantenere un atteggiamento distaccato, non poteva fare a meno di ripensare a quello che gli aveva detto Greta la sera precedente, riguardo a quel poliziotto che aveva sostato di fronte a casa loro.

Nemmeno le ricerche di Costanza avevano permesso di chiarire di chi potesse trattarsi o la ragione della sua presenza: apparentemente, né in questura né in alcun commissariato della città sapevano qualcosa.

Era precipitoso affermare che si trattasse dello stesso individuo che aveva incontrato Leda, ma il tempismo tra i due avvenimenti era sconcertante. A peggiorare le cose, dalle prime dichiarazioni raccolte dagli agenti tra il vicinato di Capaldi, era emerso che nel palazzo non abitava nessun poliziotto.

«Ma non è nemmeno da escludere» ribatté Leda. «Per questo devo chiederle di lasciarmi fuori dai verbali che riguardano la morte di Capaldi. Ci sono già stati alcuni episodi... inquietanti, che mi hanno convinta di essere finita nel mirino di gente molto pericolosa.»

«Che tipo di episodi?»

«Negli ultimi giorni ho ricevuto delle strane telefonate.»

«Minacce?»

«Non esattamente. Dall'altro capo della linea si sente soltanto un respiro cadenzato. Sono sicura che si tratta di una forma di intimidazione. Non credo sia per gli articoli che ho scritto sul mostro… Piuttosto, potrebbe trattarsi di qualcuno dell'organizzazione su cui indagavo in precedenza che mi sta tenendo d'occhio. Giovedì sera non ero a casa, e ha risposto mio figlio.»

«Posso immaginare come si senta. Ma cosa le fa credere che quelle telefonate siano collegate alla sua inchiesta?»

«Be'… Non mi era mai capitato di riceverne. E comunque, la prima è arrivata la sera stessa in cui ho incontrato la mia fonte.»

Scalviati ci rifletté brevemente su. Per quanto qualche telefonata anonima potesse sembrare innocua, le circostanze imponevano cautela. Aveva l'impressione che si fossero messe in moto forze occulte di cui non riusciva ancora a comprendere la portata, e non intendeva sottovalutare la situazione.

«Senta, magari non è niente e si tratta solo di un burlone che l'ha presa di mira per altri motivi, ma a questo punto non possiamo escludere alcuna eventualità. Quando avranno finito con i rilievi, invierò la scientifica a casa sua per mettere sotto controllo il telefono.»

Leda annuì. «E per quanto riguarda il mio nome sui verbali?»

«Farò risultare che si è trattato di una segnalazione anonima.»

«Grazie.»

«Non c'è di che» ribatté Scalviati. Si schiarì la voce, prima di aggiungere: «Ora, però, sono io a doverle chiedere un favore».

78

Luigi Di Cara si presentò a casa di Leda poco dopo mezzogiorno. «Lieto di conoscerla, signora De Almeida» disse dalla soglia. «Sono un suo lettore, sa? Da quando è cominciata questa storia, non mi sono perso neanche uno dei suoi articoli.»

Leda gli strinse la mano. «Davvero? Mi fa piacere, ma non credo che i miei pezzi aggiungano molto a quello che già sapete voi addetti ai lavori.»

«In parte è vero. Anche se le confesso che la comunicazione all'interno delle istituzioni a volte lascia a desiderare. Per dirla semplice, non sempre la mano destra sa quello che fa la sinistra e può capitare che qualche informazione si perda per strada. Quel che apprezzo dei suoi articoli, comunque, è l'attenzione alla realtà dei fatti, che esprime sempre con obiettività e in modo comprensibile a tutti.»

«Be', la ringrazio per la stima. A essere sincera, ero convinta che tra le autorità il mio nome fosse diventato una specie di spauracchio.»

Di Cara scoppiò a ridere. «In mezzo a tanta gente che si prende troppo sul serio, lei possiede il raro dono dell'ironia. Ma veniamo a noi. Il dottor Scalviati mi ha detto che ha ricevuto delle telefonate piuttosto inquietanti.»

«È così. E la ringrazio di essere venuto così tempestivamente.»

«Ci mancherebbe. Da quel che ho capito, lei ha motivo di credere che si tratti di una forma di intimidazione.» L'attenzione di Di Cara venne attirata da una fotografia incorniciata, appoggiata sul pavimento del corridoio. Si avvicinò, incuriosito. «Posso?»

«Prego» fece lei. «L'avevo appesa in camera di mio figlio, ma proprio non ne vuole sapere di tenerla lì. E pensare che l'ha scattata lui, lo scorso fine settimana a ponte Vittorio. A quanto pare, è stato uno dei primi ad accorgersi della presenza dei ragni.»

«Devo ammettere che suo figlio ha un vero talento per le inquadrature. Come mai ha voluto spostarla?»

«Bella domanda» sospirò Leda. «Appenderla in camera sua mi sembrava un bel modo per incoraggiarlo a seguire le orme di suo nonno, che è fotoreporter. Ma a quanto pare Carlos la trova inquietante, e mi ha chiesto di spostarla altrove. Non ho ben capito se sono i ragni a fargli impressione o il fatto che sia stata scattata la notte in cui è avvenuto l'omicidio al Pian del Lot.»

«Certo, il ragazzo non ha tutti i torti» ribatté Di Cara. «Un po' per il soggetto e un po' per la composizione, l'immagine ha un impatto emotivo non da poco. In senso positivo, secondo me.»

«Grazie. Riferirò i suoi complimenti a Carlos quando lo sentirò al telefono. È partito ieri per la Toscana.»

Di Cara annuì distrattamente. Continuava a osservare la foto come se ne fosse ipnotizzato. «Mi scusi se le sembro indiscreto. Pensava di appenderla in corridoio?»

«Non lo so ancora. Forse non si integra molto bene con la mia collezione di repliche di Mondrian. Perché me lo chiede?»

«Niente, è che ho una parete libera nel mio ufficio. Non è che sarebbe disposta a vendermela?»

«Dice sul serio?»

«Sarebbe un bell'incoraggiamento per suo figlio, no?»

Leda sorrise, vagamente imbarazzata. «Certamente. Però non me la sento di chiederle dei soldi... Lo consideri un modo per ripagarla della sua visita.»

«Affare fatto. A buon rendere, allora.»

«Si figuri. È un piacere. Quando Scalviati ha detto che avrebbe inviato qualcuno a casa, non mi aspettavo che si sarebbe presentato addirittura il capo della scientifica.»

«Il piacere è mio» disse l'uomo. «A questo proposito, dove preferisce installare il registratore?»

«Sull'apparecchio telefonico in cucina.» Leda gli fece strada e indicò il telefono appeso alla parete.

«Perfetto.» Di Cara appoggiò la sua valigetta sul tavolo, la aprì e ne estrasse un dispositivo simile a una segreteria telefonica. «Funziona in modo molto semplice. Qualora dovesse ricevere un'altra telefonata anonima, non dovrà fare altro che schiacciare questo pulsante per iniziare la registrazione.»

«Tutto qui?»

«Tutto qui. Per fermarla, lo prema di nuovo dopo aver riagganciato. Il contenuto della conversazione sarà memorizzato nel nastro magnetico all'interno.»

«E non c'è modo di risalire all'apparecchio da cui è partita la chiamata?»

«Per quello bisognerà contattare la compagnia telefonica» rispose Di Cara. «Se il dottor Scalviati dovesse ritenere rilevante il contenuto delle registrazioni, ci occuperemo anche di quello.»

79

Domenica mattina, Scalviati e Greta si recarono al caffè San Carlo, nell'omonima piazza, per fare colazione. Una consuetudine che affondava le sue radici nel periodo in cui ancora si frequentavano da fidanzati, e a cui erano legati innumerevoli ricordi. Era stato lì che avevano stabilito di incontrarsi, il mattino dopo la prima di *Come tu mi vuoi* di Pirandello al teatro Gobetti.

Scalviati era andato a teatro quasi per caso. Aveva accettato di accompagnare un collega, la cui moglie si era buscata un'influenza, ed era rimasto così impressionato dall'interpretazione dell'Ignota da parte di Greta, che al termine dello spettacolo aveva preso coraggio e l'aveva raggiunta nel camerino per farle i complimenti.

Con sua grande sorpresa, l'aveva trovata in lacrime. Ai suoi impacciati tentativi di confortarla, lei aveva risposto di non preoccuparsi, che era soltanto la tensione che si scaricava. Gli aveva spiegato che si sentiva svuotata perché entrare nella testa di un personaggio poteva essere estenuante. Non era sempre così: a volte, al contrario, dopo una rappresentazione veniva colta da un'euforia tale da non riuscire a dormire per tutta la notte.

Scalviati le aveva offerto il suo fazzoletto da taschino ed era rimasto a osservarla mentre, garbatamente, Greta si asciugava le lacrime con quelle sue mani affusolate. Mani delicate, che però sembravano in grado di afferrare tutto ciò che lei desiderava dalla vita.

Al momento di congedarsi, Scalviati avrebbe voluto invitarla a cena, ma gli era sembrato troppo formale, e di certo presuntuoso, così i due si erano accordati per un più amichevole caffè in un territorio neutrale, dove Greta avrebbe potuto piantarlo in asso senza troppe cerimonie nel caso in cui la conversazione non fosse stata all'altezza delle aspettative.

Col tempo, quel locale era diventato il loro punto di ritrovo prima di qualsiasi impegno, che fosse per una cena (e ce ne furono svariate, prima che lei accettasse di considerarlo ufficialmente un corteggiatore), per la visita a un museo, un'uscita a teatro o una gita fuori porta.

Greta era schiva, probabilmente la ragazza più schiva che Scalviati avesse mai conosciuto. Forse, fu proprio la frattura tra la padronanza del palcoscenico e la sua riservatezza a colpirlo maggiormente, a soggiogare la sua parte razionale e spingerlo ad abbracciare l'incognita che lei rappresentava.

Era stato in quello stesso locale che lui le aveva comunicato della nomina a pubblico ministero, ed era stato lì che, quasi nove mesi prima, Greta gli aveva annunciato che sarebbero diventati genitori.

Il cielo era coperto e il borbottio delle nuvole insistente, ma non c'era vento e la temperatura era mite, così si sistemarono in un tavolino all'esterno dove, protetti dall'ombrellone, avrebbero potuto osservare la pioggia cadere sulla città.

Greta era affascinata dalla pioggia, diceva sempre che risvegliava il suo lato infantile, ricordandole quanto amasse, da bambina, correre scalza nel cortile di casa durante gli acquazzoni estivi.

Indossava un elegante vestito color malva dalle spalle squadrate, su cui spiccava una lunga collana di perle a cui, di tanto in tanto, intrecciava le dita fasciate dai guanti di pelle.

Scalviati si protese verso un tavolo vicino per recuperare una copia del giorno della *Stampa.* Ordinò un cappuccino e un cornetto come d'abitudine, Greta un caffè macchiato e dei biscotti alle nocciole. Cambiava ordinazione quasi ogni volta, ed era pressoché impossibile stabilire quali fossero le sue preferenze in fatto di colazione.

Vedendo che il marito controllava spesso l'orologio, chiese: «Stai aspettando qualcuno, per caso?».

«Ci dovrebbe raggiungere a momenti quell'americano di cui ti ho parlato.»

«Il celebre agente Stoner… Finalmente lo conoscerò.»

«Celebre?» ripeté.

«Non fai che parlare di lui, ultimamente.»

Scalviati abbozzò un sorriso. Poi cominciò a sfogliare velocemente il quotidiano, fino a che non individuò la prima pagina dell'inserto settimanale di enigmistica. La rivolse verso di lei, indicando un rettangolo in cui erano allineate delle colonne con degli strani simboli, sormontato dalla scritta: "Sei in grado di interpretare questo codice cifrato?".

«Cosa ci vedi?» le chiese.

Greta gli diede un'occhiata distratta. «Un'accozzaglia di scarabocchi?»

«Forse hai ragione. Ma c'è anche la possibilità che si tratti di un tassello fondamentale per risolvere il caso del mostro.»

«Niente meno. E cosa ci fa sul giornale? Che fine ha fatto la segretezza dell'attività giudiziaria?»

«In realtà si tratta di un documento di dominio pubblico, una lettera che un noto pluriomicida ha inviato alla stampa americana una quindicina di anni fa. Ho chiesto a una giornalista di farlo pubblicare, ma senza rendere noto che si tratta di materiale inerente le indagini. La speranza è che si faccia avanti qualcuno in grado di decifrarlo, anche se fino a oggi nessuno ci è riuscito.»

«Non sto a chiederti cosa c'entri un assassino americano con quello che sta succedendo a Torino, ma immagino abbia a che fare con la presenza di Stoner in città.»

«È così.»

Mentre il cameriere consegnava le ordinazioni, Greta sfilò i guanti e li appoggiò sul tavolino. «La giornalista a cui ti riferisci è per caso la De Almeida?»

«Proprio lei.»

«Quindi ora andate d'amore e d'accordo?»

«Esagerata» rispose Scalviati, leggermente imbarazzato. «Diciamo che abbiamo chiarito i rispettivi punti di vista. Mi sono reso conto che in fondo non è quella belva assetata di sangue che descrivono i miei colleghi.»

«Ti confesso che la cosa non mi dispiace. Quella ragazza ha carattere.»

«Su questo non c'è alcun dubbio.» Scalviati si accorse che Stoner era comparso nella piazza e si aggirava tra le auto parcheggiate, guardandosi intorno. Alzò una mano per attirare la sua attenzione e gli fece cenno di raggiungerli.

«Chiedo scusa per il ritardo» disse l'americano, avvicinandosi al tavolo. «Temo di aver frainteso le indicazioni stradali.»

«Non si preoccupi, siamo appena arrivati» ribatté Scalviati. «Le presento mia moglie Greta.»

«*Nice to meet you,* Mr. Stoner» disse lei.

Stoner sfiorò la sua mano con le labbra, come dinanzi a un'autentica diva. «Il piacere è mio. Mi permetta di dirle che è incantevole.»

«Solo se mi permette di complimentarmi per il suo ottimo italiano» si schermì lei.

«Per questo devo ringraziare mia moglie Patricia. Come ho già spiegato a suo marito, ho cominciato a studiare la vostra lingua grazie alla sua passione per la lirica.»

«Lirica?» ripeté Greta. «Sono un'attrice teatrale, ma mi hanno sempre detto che ho una voce da soprano.»

«Lei è una donna piena di sorprese, Mrs. Scalviati.»

«Mi chiami pure Greta.»

«Isaak, piacere. Quanto manca al lieto evento?»

«La mia ginecologa dice una settimana, dieci giorni al massimo. Ma da come scalcia la piccola ho l'impressione che voglia uscire da un momento all'altro.»

Stoner sorrise. «Avete già deciso il nome?» Vedendo che l'espressione della donna si incupiva, guardò Scalviati con aria interrogativa.

«Siamo ancora in... trattativa» intervenne quest'ultimo.

«Capisco. Chiedo scusa per aver toccato un tasto dolente.»

«Non si preoccupi» lo rassicurò Greta. «Non poteva saperlo.»

«Be', il nome è una faccenda importante. Vostra figlia dovrà portarlo con sé per tutta la vita. È comprensibile che vogliate rifletterci attentamente.»

«Lei ha figli, Isaak?»

«Non ancora» rispose. «Al momento, siamo entrambi concentrati sulle rispettive carriere. Patricia è *marketing assistant* in un'azienda farmaceutica ed è spesso via per lavoro, e lo stesso vale per me.»

«Non è semplice conciliare maternità e carriera» commentò Greta.

Scalviati le prese una mano e la strinse. Si guardarono fugacemente, quasi con pudore, mentre dal cielo cominciavano a scendere le prime gocce di pioggia.

80

«Cattive notizie, dottor Scalviati» disse la voce di Costanza dall'altro capo della linea.

Erano da poco passate le otto di lunedì mattina. Il magistrato si era appena accomodato in ufficio. «Di cosa si tratta?»

«Questa notte c'è stato un incidente sulla provinciale 142, dalle parti di Rivoli. Una Fiat Tipo è uscita di strada a tutta velocità, schiantandosi contro un albero. Pare che il conducente sia morto sul colpo. Si tratta di Efisio, il fratello di Salvatore Canu.»

Scalviati rimase per alcuni istanti in silenzio. «Non può essere un caso. Si sa qualcosa di Salvatore?»

«Al momento risulta irreperibile. Può darsi che fosse in auto col fratello, ma nel bollettino che ho ricevuto dalla stradale non si fa alcun riferimento a eventuali passeggeri. In ogni caso sto andando sul posto, se vuole le do un passaggio.»

«D'accordo. La aspetto.»

81

Non aveva ancora smesso di piovere dal giorno prima. A causa del traffico intenso, Costanza e Scalviati dovettero viaggiare a sirene spiegate. Impiegarono comunque quasi un'ora per raggiungere il luogo dell'incidente, dove erano già presenti l'ambulanza e il carro attrezzi del soccorso stradale. In una piazzola poco lontano stazionava una camionetta dei vigili del fuoco con il personale a bordo.

Il commissario accostò e scese trafelato dalla sua Giulietta. Raggiunse ad ampie falcate l'agente che si stava occupando di disciplinare la coda formata dalle automobili di passaggio e gli mostrò il tesserino di riconoscimento. «Commissario Costanza, questura di Torino.»

«Assistente Pinetti, piacere di conoscerla.»

«Mi sto occupando di un'indagine che riguarda il conducente. Può aggiornarmi sulla situazione?»

Pinetti indicò l'albero che fiancheggiava la carreggiata in corrispondenza della curva. L'impatto era stato così devastante da sembrare che il muso della berlina ne avesse ingoiato il tronco. «La dinamica non è ancora chiara, ma tutto fa pensare a un colpo di sonno. A giudicare dalle condizioni del veicolo presumiamo che stesse procedendo a velocità elevata, ma non ci sono segni di frenata sull'asfalto.»

«Testimoni?»

«Nessuno. Supponiamo che l'incidente sia avvenuto tra la mezzanotte e le cinque di questa mattina, quando la strada era pressoché deserta. La segnalazione è arrivata da un autotrasportatore di passaggio, che si è fermato verso le cinque e mezza per prestare soccorso. Dopo aver constatato che non c'era più niente da fare per il guidatore, ha raggiunto la stazione di servizio più vicina e ha chiamato il 113.»

«Dove si trova questo tizio, adesso?»

«L'abbiamo lasciato andare. Il mio collega si è occupato di raccogliere la sua dichiarazione e i suoi dati personali.»

«C'erano altri passeggeri?»

«Non che io sappia.»

«Molto bene. Si assicuri di trasmettere il verbale presso il mio ufficio in questura al più presto.»

«Senz'altro.»

Nel frattempo, incurante della pioggia che rendeva il terreno fangoso, Scalviati si era inoltrato tra la vegetazione e aveva raggiunto la carcassa della Fiat Tipo su cui viaggiava Efisio Canu.

Era stato sbalzato fuori dal posto di guida. Il suo cadavere sbucava prono dallo squarcio sul parabrezza, con la fronte appoggiata sul cofano. Un lenzuolo macchiato di sangue gli copriva la nuca e parte della schiena. Il magistrato sollevò cautamente un lembo di tessuto, solo per rendersi conto che il volto dell'uomo era stato orrendamente sfigurato dall'urto.

La fronte era ammaccata come un panetto di creta mal modellato, con diversi cristalli di vetro conficcati nella carne e negli occhi. Tra i capelli, intrisi di sangue e materia cerebrale, si intravedeva il biancore delle ossa del cranio. La cassa toracica era diventata tutt'uno con la plancia dell'auto, con il volante che emergeva sotto le costole come in una scultura d'avanguardia.

Dalla sua postazione, il magistrato diede un'occhiata all'interno del veicolo. Sui sedili e sui tappetini, tra i frammenti del parabrezza, erano sparpagliati mozziconi di sigarette, monetine, chiavi e documenti che erano stati vomitati dal portaoggetti del cruscotto. Ma a catalizzare la sua attenzione furono le tracce di sangue presenti sulla maniglia interna della portiera del passeggero.

Si allontanò di un passo e osservò la portiera dal lato di guida. Si chinò per esaminare un'ammaccatura sulla carrozzeria che presentava tracce di vernice blu, ben diversa dal grigio metallizzato della Tipo.

Poi si avviò verso la strada.

«Sostituto procuratore Francesco Scalviati» disse rivolto all'assistente Pinetti. «Voglio che l'area intorno all'automobile sia delimitata da un nastro di contenimento e che sia sorvegliata in attesa della scientifica. Questa dev'essere trattata esattamente come la scena di un omicidio, e qualsiasi violazione dei protocolli di sicurezza e integrità della scena dovrà essere notificata con la massima urgenza al mio ufficio in tribunale.»

Il poliziotto, frastornato, ribatté dopo un istante di incertezza. «Certo, dottor Scalviati. Se lo ritiene necessario…»

Il magistrato si voltò verso Costanza. «Andiamo.»

L'altro non se lo fece ripetere. Rivolse un cenno di saluto all'assistente Pinetti e seguì Scalviati verso la macchina.

Una volta che entrambi furono a bordo, il commissario riaccese il lampeggiante per farsi largo tra la colonna di veicoli che si era formata nei dintorni del luogo dell'incidente. Compì un'inversione di marcia e ripartì in direzione Torino.

Dopo aver contattato Di Cara per chiedere l'intervento della scientifica, i due non si rivolsero la parola finché non dovettero fermarsi in corrispondenza di un semaforo rosso.

«Allora? Mi vuol dire cosa le passa per la testa?»

Scalviati gli rivolse un'occhiata inquieta. «Sta succedendo qualcosa, Costanza. Qualcosa di molto grave. Sabato mattina il suicidio di Capaldi, questa notte un incidente mortale che, guarda caso, coinvolge da vicino un uomo legato all'indagine sul mostro.»

«Mi scusi, ma che c'entra Capaldi? Non abbiamo trovato niente che faccia presumere che fosse davvero uno spacciatore di farmaci.»

«De Almeida è convinta che fosse il Farmacista a cui ha accennato il marito di Monica Ferretti. Secondo lei, l'assassino ha fatto sparire le sue riserve per depistare le indagini.»

«Se anche fosse, non crede che il collegamento col mostro sia abbastanza debole?»

«Non se è stato Capaldi a procurare il Valium a Monica Ferretti. Le ricordo che il piccolo Tito è risultato positivo al Diazepam.»

«Anche questo è vero. Ma c'è un'infinità di modi con cui la Ferretti potrebbe esserne venuta in possesso.»

«Ci stiamo avvicinando alla verità» insisté Scalviati. «Qualcuno si sta muovendo per impedire che ne veniamo a capo, coprendo le tracce, eliminando chiunque sappia qualcosa.»

«Qualcuno?»

«Sa bene a chi mi riferisco.»

«Mi sta dicendo che l'incidente di Efisio Canu potrebbe *non* essere un incidente?»

«Credo che l'auto di Canu sia stata spinta fuori strada» ribatté Scalviati con fermezza. «Non ci sono tracce di frenata perché stava tentando di fuggire da un inseguitore e, forse, ha accelerato più del dovuto. Un inseguitore che guidava un'auto dalla carrozzeria blu, e che l'ha speronato in corrispondenza di quella curva. Ci sono tracce fresche di vernice blu sulla fiancata della Fiat Tipo. Ne sapremo di più dopo che Di Cara avrà esaminato il veicolo, ma credo siano compatibili con una collisione ad alta velocità.»

Costanza trasse un ampio respiro. «D'accordo, ma Canu non ha fatto alcun riferimento a un presunto coinvolgimento del fratello. Se davvero qualcuno voleva metterlo a tacere, perché darsi tanto da fare per eliminare Efisio?»

«Il bersaglio era Salvatore. Doveva trovarsi in auto col fratello al momento dell'incidente. Ci sono delle impronte insanguinate sulla maniglia del passeggero. Potrebbe essere sfuggito ai suoi inseguitori dopo l'impatto.»

Costanza diede un'occhiata allo specchietto retrovisore. «Un'automobile blu, ha detto?»

«Probabilmente un veicolo di grossa cilindrata, che poteva reggere un impatto in corsa senza perdere stabilità.»

«Si tenga forte!» Costanza strattonò energicamente il volante, imboccando una stradina sterrata che si inoltrava nelle campagne. Per un attimo, le ruote posteriori dell'auto persero aderenza per via del fondo stradale bagnato.

«Che sta facendo?»

«È da quando abbiamo lasciato il luogo dell'incidente che una Mercedes blu ci sta addosso. Temo ci stia seguendo.»

82

Leda era alle prese con un paragrafo che proprio non riusciva a sbrogliare. Sapeva bene il concetto che intendeva esprimere, ma ogni volta che rileggeva il testo che aveva scritto, le risultava farraginoso e poco comprensibile. Era così concentrata a fissare lo schermo, spostando virgole e cercando sinonimi, che quasi sobbalzò quando sentì squillare il telefono.

«Pronto?»

Dall'altro capo della linea la sorprese una voce maschile con un marcato accento meridionale. «Mi scusi… è *La Stampa*?»

«Leda De Almeida, redazione cronaca. Con chi ho il piacere di parlare?»

«Buongiorno, signora De Almeida. Mi chiamo Rosario Varriale, ma… temo di aver sbagliato numero. Chiamavo per la soluzione a quel gioco che avete pubblicato nel giornale di ieri.»

Leda si risistemò sulla sedia, raddrizzando la schiena. Si era quasi dimenticata che, in calce al rompicapo che le aveva chiesto di pubblicare Scalviati, aveva fatto inserire il suo numero diretto come contatto per chi fosse riuscito a interpretare il codice cifrato. A essere sincera, era convinta che non avrebbe chiamato nessuno.

Scalviati le aveva accennato al fatto che, in precedenza, uno staff di esperti in crittografia si era cimentato nell'interpretazione di quei simboli, ma senza successo. Non aveva chiesto al magistrato di cosa si trattasse, ma aveva la netta impressione che fosse inerente alle indagini sul mostro.

Enrico Loi non aveva avuto obiezioni alla pubblicazione, forse perché intrigato dall'idea di una collaborazione con la magistratura. Era stato lui a suggerire che al primo lettore che avesse fornito la soluzione fosse offerta in premio una visita guidata alla sede del quotidiano, e si era personalmente occupato di fare da mediatore con la redazione dell'inserto di enigmistica, che si era vista sottrarre lo spazio per il consueto cruciverba settimanale.

«Non si preoccupi, il numero va benissimo. Mi occupo io della questione. Ha dei dubbi sul quesito?»

«No di certo, anche se devo ammettere che non era proprio chiaro di che tipo di enigma si trattasse.»

«Fa parte del gioco… almeno credo.»

Dall'altro capo della linea ci fu una risatina. «Eh, immagino che fosse questo che l'autore aveva in mente.»

«Vuole dirmi il motivo della chiamata, signor Varriale?»

«Ecco, vede, io… credo di avere la soluzione.»

«Lei ha decifrato il codice? Be', complimenti. Da quel che ho capito, era piuttosto impegnativo.»

«No… non io» replicò Varriale. «A dire la verità, l'enigmistica non è il mio forte. Pensi che mia moglie mi prende sempre in giro perché sulla "Settimana Enigmistica" riesco a risolvere soltanto le parole crociate facilitate. No, è stato mio figlio, Ciro.»

«Ah» fece Leda. «Vuole passarmelo?»

Un breve silenzio. «Glielo passerei, ma non credo che accetterebbe di parlare con lei al telefono. Vede, Ciro è un po'... particolare. Ha un modo tutto suo di esprimersi, e a volte si rifiuta categoricamente di parlare. Però ha una memoria prodigiosa ed è straordinariamente dotato in matematica, al punto che la sua prof di algebra ha suggerito di trasferirlo in una scuola per ragazzi particolarmente dotati. Anche per via di certi episodi avvenuti in classe. Capita spesso che venga preso di mira dai bulli, purtroppo.»

«Mi perdoni se le sembro indiscreta, ma... quanti anni ha suo figlio?»

«Dieci» rispose candidamente.

«Suo figlio di dieci anni ha decifrato un codice irrisolvibile per schiere di esperti?»

«Sì, signora. A dire la verità, non ha nemmeno impiegato molto tempo. Dato che Ciro ha questo talento, in famiglia abbiamo l'abitudine di risolvere insieme i giochi che si trovano sui settimanali e, naturalmente, anche quelli proposti nel vostro inserto della domenica. Immagini la nostra sorpresa quando abbiamo visto che al posto del solito cruciverba c'era questo strano rompicapo, che ovviamente né io né mia moglie eravamo in grado di interpretare, ma che ha attirato l'attenzione di mio figlio come una calamita.»

Sebbene incredula, Leda si sentiva elettrizzata. La richiesta di Scalviati le era sembrata a dir poco stravagante, ma ora non poteva negare una certa curiosità per la soluzione del codice cifrato. «Molto bene, signor Varriale. Come vogliamo accordarci? Vuole dirmi la soluzione al telefono?»

«Questo non posso farlo, purtroppo. Innanzitutto non saprei bene come spiegarla. E poi mio figlio ci terrebbe a fornirvela di persona.»

«Se preferisce raggiungermi in redazione in via Marenco, sarò qui per tutto il giorno.»

«Ecco, pure questo sarebbe un problema... Non siamo di Torino. Ho un paio di cugini che si sono trasferiti lì al nord, ma noi abitiamo ad Acerra, in provincia di Napoli.»

«Capisco.» Leda rifletté per qualche istante. «Senta, possiamo fare così. Il premio per chi fosse riuscito a risolvere il rompicapo è una visita alla nostra redazione. Che ne dice di salire qui a Torino col treno, domani? Il costo dei biglietti per lei e suo figlio le sarà rimborsato dal giornale, naturalmente. Potreste persino approfittarne per far visita ai cugini.»

«Mi sembra un'ottima idea. A domani allora, signora De Almeida.»

83

Costanza impugnava con forza il volante, schiacciando l'acceleratore quanto bastava per mantenere un'andatura sostenuta nonostante le asperità del fondo stradale.

«Lo sapevo» ringhiò, controllando lo specchietto retrovisore.

«Ci sta ancora seguendo?»

«Non molla, il bastardo.»

Scalviati si voltò indietro. Attraverso il vetro del lunotto individuò, dietro la nube d'acqua sollevata dagli pneumatici, la sagoma scura di un'automobile che si manteneva stabilmente alla distanza di un centinaio di metri.

«Non crederà che sia il responsabile dell'incidente di Canu.»

«Non ne ho idea, ma non mi piace.»

«Quali saranno le sue intenzioni? Tra pochi chilometri saremmo arrivati nell'area urbana, e ci avrebbe comunque persi in mezzo al traffico.»

«Forse vuole farci fare la stessa fine di quel sardo.»

«Oppure sta cercando di spaventarci, come ha fatto con De Almeida.»

«Con tutto il rispetto, dottor Scalviati, questo mi sembra un tantino più minaccioso di qualche telefonata anonima.»

Una buca fece sobbalzare l'abitacolo, e Scalviati si aggrappò alla maniglia della portiera per non sbattere contro il finestrino. «Al diavolo, chiamo la centrale!» sbottò.

«Qualunque cosa abbia in mente il tizio là dietro, non credo che la cavalleria arriverebbe in tempo.»

«Vale la pena fare un tentativo. Magari c'è una pattuglia in zona.» Impugnò la ricetrasmittente e, dopo aver spiegato la situazione, comunicò la loro posizione all'operatore.

«Diramo subito un allerta a tutte le volanti» rispose la voce attraverso l'altoparlante.

«D'accordo, ma faccia presto» disse Scalviati prima di riagganciare.

Giunto a un bivio, Costanza imboccò la strada alla sua sinistra. Controllò se l'inseguitore facesse lo stesso.

«Figlio di...» grugnì, rendendosi conto che la Mercedes, dopo la svolta, stava addirittura riducendo la distanza.

«Sta accelerando» gli fece eco Scalviati. «Vuole speronarci!»

I tergicristalli a pieno regime saettavano a destra e a sinistra sul parabrezza, stridendo a ogni passaggio. «C'è un'abitazione, laggiù. Forse riusciamo ad arrivarci prima che ci raggiunga.»

«Non possiamo rischiare di coinvolgere dei civili. È troppo pericoloso, quello potrebbe essere armato!»

«Merda.»

La Mercedes dietro di loro era una presenza costante. Procedeva inesorabile, avvicinandosi gradualmente, come un predatore che avesse percepito un'incertezza nella sua preda e si preparasse all'assalto finale.

«Dobbiamo reagire» disse Scalviati.

«Mi dia la pistola» fece Costanza. «È nel portaoggetti.»

Scalviati aprì il cruscotto ed estrasse la Beretta dalla fondina. «Cos'ha intenzione di fare?»

«Ancora non lo so. Ma lei ha ragione. È ora di piantarla di giocare al gatto e al topo.» Staccò il piede dall'acceleratore. Schiacciò il freno con forza e scalò ripetutamente le marce. L'auto perse leggermente stabilità, ma si fermò nello spazio di qualche decina di metri, sollevando la ghiaia intrisa dell'acqua accumulata sul fondo stradale.

Costanza impugnò la pistola, scarrellò per inserire il colpo in canna, rimosse la sicura e uscì. Mantenendo una posizione ribassata, aprì di scatto la portiera posteriore, usandola come riparo di fortuna, sporgendosi quanto bastava per tenere sott'occhio la posizione del suo inseguitore. Si aspettava di essere raggiunto da un momento all'altro ed era pronto a reagire.

Ma si rese conto che la Mercedes si era fermata. Il guidatore non sembrava intenzionato ad avvicinarsi più di così.

"Che stai aspettando?" mormorò Costanza tra sé, lo sguardo puntato sul muso del veicolo. Immobile, mentre la pioggia continuava a cadere incessante.

Trascorsero alcuni, lunghissimi secondi senza che succedesse nulla. Persino la campagna intorno sembrava trattenere il respiro.

Poi Costanza si alzò e cominciò a camminare verso la Mercedes, la pistola puntata sul parabrezza dal lato di guida. «Polizia!» gridò. «Scendi dalla macchina con le mani bene in vista!»

L'auto rimase ferma. Il motore acceso emetteva un borbottio sommesso, echeggiando nello spazio aperto.

Costanza continuò ad avanzare, lo sguardo allineato alla canna della sua arma d'ordinanza. Aveva i muscoli contratti, e il sudore liberato dalla tensione che si mescolava alla pioggia.

Il dito indice accarezzava il grilletto della sua Beretta, pronto a scattare al minimo segnale di pericolo.

Poi, avvenne qualcosa di inaspettato.

Si udì lo stridio di organi meccanici che venivano ingranati. La Mercedes cominciò a indietreggiare, dapprima lentamente, poi con crescente velocità, fino a compiere una vertiginosa inversione in corrispondenza della piazzola di ingresso di un campo di barbabietole.

Costanza cominciò a correre, sperando almeno di riuscire a leggere la targa. Ma era ancora troppo lontano, la visibilità era scarsa, e a piedi non era possibile stargli dietro.

Nel frattempo, Scalviati aveva preso il posto di guida e con un paio di manovre aveva invertito il senso di marcia.

Schiacciò l'acceleratore a fondo, sollevando alla partenza una gettata di ghiaia bagnata. Quando si affiancò a Costanza, si protese per spalancare la portiera del passeggero. «Salga, presto!»

Il commissario montò a bordo dell'auto in corsa, i vestiti fradici, il fiato spezzato e l'arma ancora in mano.

«Più forte, Scalviati! Forse possiamo ancora prenderlo!»

Ma nonostante gli sforzi non fu possibile recuperare il distacco.

La Mercedes raggiunse l'incrocio con la provinciale e proseguì senza fermarsi, provocando una sinfonia di clacson tra i veicoli che sopraggiungevano, per poi scomparire dalla vista dopo una serie di spericolati sorpassi.

84

«Un bambino di dieci anni?» proruppe Enrico Loi.

Leda annuì. «Spero solo non sia un bidone.»

«Per un viaggio a Torino e una visita guidata alla redazione? *Nah*, al massimo si tratta di un genitore convinto che il figlio sia un enfant prodige solo perché è più bravo di lui alle parole crociate.»

«Forse. Però sembrava davvero sicuro di avere la soluzione in pugno.»

Loi fece un sorrisetto. «In ogni caso, lo scopriremo presto. Quando arrivano?»

«Domani, in tarda mattinata. Ho già fatto prenotare una stanza d'albergo. Non mi sembrava corretto farli ripartire in giornata, con dieci ore di treno sulle spalle.»

«Hai fatto bene. Hai già informato il giudice Scalviati?»

«Non ancora» rispose Leda. «Ho chiamato in procura, ma mi hanno detto che è fuori città. A questo punto, gli farò sapere domani se l'incontro è stato fruttuoso o se si è trattato di un buco nell'acqua.»

Loi le rivolse un'occhiata complice. «Detto tra noi, non è strano che ti abbia chiesto di pubblicare quegli scarabocchi?»

«A dir poco.»

«E secondo te, di cosa si tratta?»

«Non ne ho la più pallida idea» rispose allargando le braccia. «Ma deve avere a che fare col mostro, o non avrebbe così tanta fretta.»

«Pensi di riuscire a scoprirlo? Se quel bambino ha davvero decifrato quel codice, sarebbe un bello scoop.»

«Ne parlerò con Scalviati, ma dubito che al momento sia disposto a divulgare un'informazione del genere.»

«E per quanto riguarda la tua inchiesta?»

Leda si trincerò dietro un'espressione distante. «Per il momento ho messo la questione in sospeso.»

«Per quale motivo? Sono giorni che non pubblichiamo qualcosa di rilevante sull'attività degli inquirenti. La gente vuole sapere se si stanno dando da fare per catturare il mostro.»

«Be', non credo che ci sia molto da dire, almeno fino alla prossima conferenza stampa della procura.»

«Andiamo» sospirò Loi. «Ti conosco abbastanza bene da sapere che non ti accontenti di trascrivere le veline delle agenzie o, peggio, i prudenti comunicati della procura. Sei sempre stata allergica alle ricostruzioni ufficiali, sei il tipo di reporter che raccoglie le informazioni direttamente sul campo.»

«Diciamo che la mia pista si è rivelata un vicolo cieco.» Non si sentiva pronta a dirgli che temeva di essere finita nel mirino dell'organizzazione su cui aveva indagato. Un po' per paura di essere considerata paranoica, un po' per non rendere reale la sua paura.

«Riguarda la ragazza che è venuta in redazione l'altro giorno?»

«Perché lo pensi?»

«Perché quando è andata via avevi l'aria di una che si è ritrovata in tasca la schedina vincente del Totocalcio. Eppure non hai voluto rivelarmi niente, né aggiornarmi sugli sviluppi.»

Leda si guardò brevemente intorno, come alla ricerca di una via di fuga dalla discussione. «Possiamo parlarne un'altra volta? Ti prometto che se dovesse uscire qualcosa di interessante sarai il primo a saperlo.»

«Non me la racconti giusta, De Almeida. Si tratta di una questione personale?»

«Come ti dicevo, era un vicolo cieco.»

Loi la osservò per qualche istante. «E va bene. Se mai dovesse venirti voglia di parlarne, sai dove trovarmi.» Fece per allontanarsi, ma si fermò a un passo di distanza dalla scrivania di Leda. «Quasi dimenticavo... Un mio informatore mi ha confidato che lo scorso giovedì notte c'è stato del movimento dalle parti dei Murazzi. È stata mobilitata una squadra di teste di cuoio per perquisire il Caligola, un locale di proprietà dei fratelli Canu che pare fosse la sede di una bisca clandestina. Ne sai qualcosa, per caso?»

Leda non riuscì a ribattere. Un'associazione involontaria le riportò alla mente una frase che aveva detto Giulia riguardo a Paolo Ginestra.

Frequentava i tavoli da gioco e aveva finito per accumulare debiti con tutti, compresi i fratelli Canu.

Il sangue le gelò nelle vene.

È brutta gente, quella. Gente pericolosa.

«Allora?» incalzò Loi.

Leda si sforzò di mantenere un tono conciliante. «Non è stato diramato alcun comunicato ufficiale» mormorò. Ma si sentiva aggredita da un vortice di pensieri.

In che modo era implicato il clan dei Canu? C'era dunque

una vera e propria associazione criminale dietro gli omicidi? Perché Scalviati aveva condotto in segreto l'operazione, nel completo disprezzo del diritto di cronaca?

Era inaccettabile. La gente aveva diritto di sapere se c'erano stati sviluppi nelle indagini. Aveva bisogno di sperare che, un giorno, quell'orrenda vicenda sarebbe stata solo un brutto ricordo. Soprattutto perché la paura del mostro serpeggiava per la città, svuotando le sue strade e le sue piazze dopo il tramonto.

«È stato proprio questo a farmi riflettere» ammise Loi. «Dev'esserci sotto qualcosa di grosso, se hanno fatto in modo che non trapelasse la notizia. E non credo proprio si tratti soltanto di contrasto al gioco d'azzardo. Secondo la mia fonte, tra l'altro, il commissario Costanza è stato visto all'interno di quel locale poche ore prima del blitz.»

85

A convincere definitivamente Scalviati di essere finito nell'occhio del ciclone fu un'inquietante missiva, recapitata in procura martedì 6 settembre e che, con una certa titubanza, gli venne consegnata dalla sua segretaria poco prima di mezzogiorno.

L'indirizzo sulla busta era stato composto con lettere ritagliate da un quotidiano:

DOTT.
SCALVIATI FRANCESCO
PROCURA DELLA REPUBLI-
CA 10I21 TORINO

Il magistrato la soppesò tra le mani, osservando l'affrancatura da cinquecento lire e il timbro postale di Rivoli con la data del giorno prima: lunedì 5 settembre.

Emanava un odore strano, e sembrava che dentro ci fosse qualcosa di più che un semplice documento, che al tocco risultava molliccio.

Trovò curioso che l'indirizzo fosse approssimativo (il codice di avviamento postale non era nemmeno corretto) e che alla parola "repubblica" mancasse una "b", ma che allo stesso tempo il mittente, non riuscendo a farla stare sulla riga, si fosse premurato di inserire il trattino a capo.

Appoggiò la busta sulla scrivania e si armò di tagliacarte. Stava per aprirla quando squillò il telefono. Era Luigi Di Cara.

«Aveva ragione» disse. «Efisio Canu non è stato vittima di un incidente.»

«E scommetto che non era solo, su quell'automobile.»

«Ho già provveduto a controllare le impronte digitali presenti sulla maniglia del passeggero. Appartengono a Salvatore Canu.»

Sostenendo la cornetta del telefono tra la spalla e la guancia, Scalviati cominciò a tagliare il bordo superiore della busta col tagliacarte. Ne estrasse un foglio piegato in due che, una volta aperto, rivelò tra i lembi qualcosa che sembrava tessuto organico impacchettato nel cellophane.

Rimase in silenzio, incapace di ribattere.

«Dottor Scalviati?» incalzò Di Cara. «È ancora lì?»

«Crede di potermi raggiungere in procura?» fu la risposta.

«Intende... adesso?»

«Sì. Convocherò anche il commissario Costanza e Isaak Stoner. Dobbiamo stabilire una strategia per dare una svolta alle indagini. Credo che l'assassino mi abbia preso di mira. Personalmente.»

86

La lettera, scritta di pugno a lettere maiuscole, presentava alcuni errori di ortografia, cancellazioni e correzioni al testo, ma il contenuto era perfettamente comprensibile e diceva:

In me la notte non finisce mai.
Mentre vi dedicate ai giochi di enigmistica, mi preparo per tornare a caccia.
Sei sono ancora pochi. Il numero finale è ancora lontano.
Altri brilleranno alla luce della luna.

Nessuna firma in calce.

«Cos'è, una specie di scherzo?» mugugnò Costanza.

«Niente affatto» ribatté il magistrato. «Come vede, fa riferimento a particolari delle indagini che non sono mai stati divulgati.»

«Particolari di cui solo l'assassino può essere a conoscenza» intervenne Di Cara.

«*Brilleranno alla luce della luna*» commentò Scalviati. «Le stesse parole dette da Salvatore Canu l'altra notte. Le stesse presenti in una delle lettere inviate dal pluriomicida noto come Zenit alla stampa americana. E non è tutto. La seconda frase si riferisce a un gioco di enigmistica...»

Costanza scosse il capo. «E in che modo riguarderebbe le indagini?»

Fu Stoner a rispondere dalla sua postazione, all'estremità del tavolo della sala riunioni in cui i quattro si erano radunati. «Si riferisce al codice cifrato che il dottor Scalviati ha fatto pubblicare domenica sul giornale.»

Costanza guardò il magistrato, disorientato. «Si può sapere di cosa sta parlando, quello?»

Scalviati gli mostrò la prima pagina dell'inserto del quotidiano dove era pubblicato il codice cifrato. «Questo criptico messaggio è stato inviato da Zenit al "San Francisco Chronicle" esattamente quindici anni fa, nel settembre del 1973. Il suo contenuto non è mai stato decifrato.»

Il commissario osservò il riquadro contenente il codice per un pugno di istanti. «E ha chiesto lei che fosse pubblicato?»

Annuì. «Leda De Almeida ha fatto da tramite con la redazione. La speranza è che qualcuno dei lettori riesca nell'impresa in cui hanno fallito gli esperti che l'hanno analizzato in passato.»

«Scusi la franchezza, ma non credo sia stata una buona idea coinvolgere quella giornalista.»

«Era l'unico modo. Se c'è una relazione tra Zenit e il mostro, la soluzione potrebbe fornire degli indizi preziosi.»

Costanza si voltò verso Di Cara. «Lei ne sapeva qualcosa?»

Quest'ultimo si strinse nelle spalle. «Il dottor Scalviati ha chiesto la mia opinione sul codice cifrato. Purtroppo, non sono stato in grado di offrire un'interpretazione.»

Scalviati si schiarì la voce. «Mi rendo conto che si tratta di una procedura insolita, dottor Costanza. Ma le assicuro che non ho preso alla leggera la decisione di rivolgermi alla stampa. Al punto in cui siamo, non possiamo lasciare niente di intentato. Soprattutto adesso, alla luce di ciò che ho trovato all'interno della busta.» Così dicendo, posò al centro del tavolo l'involto di cellophane.

Il commissario non riuscì a trattenere una smorfia di disgusto. «Che roba è?»

«Ritengo si tratti del frammento della milza di una delle vittime» rispose Di Cara. «Farò svolgere delle analisi per stabilire se appartiene ad Alice Dallara o a Monica Ferretti.»

«Per la miseria! È orribile.»

«Zenit aveva l'abitudine di sfidare apertamente le autorità con messaggi deliranti» intervenne Stoner. «Le buste talvolta contenevano degli oggetti appartenenti alle vittime. Mi chiedevo quando sarebbe successo anche qui in Italia. Con questo gesto, intende affermare la sua superiorità nei confronti delle persone che indagano su di lui.»

«Quindi è tutto vero? Ci troviamo di fronte allo stesso assassino che ha colpito a San Francisco?»

«È una possibilità che a questo punto dobbiamo seriamente considerare» affermò Scalviati. «A meno che non si tratti di qualcuno che conosce molto bene il suo modo di operare, al punto da replicarlo nei minimi dettagli.»

Di Cara si accarezzò il mento, pensieroso. «Posso dire che il testo denota una buona familiarità con la lingua italiana, ma i numerosi errori grammaticali fanno presumere che non si tratti di un madrelingua.»

«Agente Stoner, lei ha passato diversi mesi a studiare il comportamento di Zenit. Cosa ne pensa di questo messaggio? È possibile che sia stato scritto di suo pugno?»

Costanza incrociò le braccia al petto, l'espressione contrariata. Era evidente che disapprovava la presenza dell'americano alla riunione del pool investigativo.

«Non ho alcun dubbio» rispose Stoner. «Il modo di esprimersi è il medesimo.»

Scalviati aprì una cartellina, ne estrasse una copia delle lettere inviate da Zenit al *Chronicle* e la consegnò a Di Cara. «Lei che ne pensa?»

Quest'ultimo le osservò per alcuni istanti. «Dovremo interpellare un perito per averne la certezza, ma la calligrafia sembra la stessa.»

Nella sala scese il silenzio, durante il quale il magistrato passò in rassegna lo sguardo dei presenti, uno dopo l'altro. «Da questo momento dobbiamo presumere che Zenit e il mostro siano la stessa persona. Vi farò avere una copia del profilo psicologico comportamentale redatto dall'agente Stoner, che dovrà essere diramato a tutti i nostri operativi e che servirà a indirizzare le indagini.»

Costanza si protese leggermente in avanti. «Mi perdoni, dottor Scalviati, ma non possiamo nemmeno ignorare il coinvolgimento negli omicidi di individui appartenenti alla malavita locale, Salvatore Canu in primis.»

«Lei ha ragione, dottor Costanza. Per questo ho bisogno che lei lo rintracci. Prima che lo faccia Zenit.»

87

Dopo aver terminato di scrivere il verbale del suo ultimo servizio di pattuglia, l'unico pensiero del sovrintendente Loiacono era raggiungere il bagno al più presto. Non aveva idea se fosse a causa di qualcosa che aveva mangiato a colazione o se si era buscato un virus gastrointestinale, ma il borbottio che proveniva dall'addome era tutt'altro che rassicurante.

Mentre si avviava verso i servizi igienici, tuttavia, venne avvicinato da un uomo dai capelli radi e la barba sfatta che indossava un giaccone verde oliva e teneva una coppola dello stesso colore tra le mani.

«Mi scusi.» Aveva un alone livido intorno agli occhi, come se non dormisse da giorni. «Vorrei parlare con il responsabile delle indagini sul mostro.»

«Il commissario Costanza?» fece Loiacono, rallentando a malapena l'andatura. «Spiacente, è fuori sede. Non so dirle a che ora torna.»

«Potrebbe contattarlo? Si tratta di una questione estremamente importante.»

«Ha un appuntamento?» sospirò Loiacono, fermandosi a qualche passo di distanza.

L'altro scosse la testa.

«Allora non posso aiutarla. Provi a telefonare in segreteria.

Consideri però che in questi giorni il dottor Costanza è molto impegnato.»

«Non potrebbe fare un'eccezione?»

«Senta, se deve presentare una denuncia può rivolgersi alla mia collega, all'ufficio laggiù.» Loiacono indicò una porta a circa metà del corridoio.

L'uomo era visibilmente turbato, esitava, come se una preoccupazione lo rodesse dall'interno. Pareva quasi combattuto tra la volontà di gridare e il desiderio di lasciare l'edificio il prima possibile.

«No, io...» farfugliò.

Loiacono si sentiva sui carboni ardenti. Si sforzava di mostrarsi disinvolto, ma non poteva più ignorare i crampi che gli infiammavano il basso ventre. Probabilmente si trattava soltanto di un colpo di freddo, ma era come se il suo corpo gli stesse lanciando un ultimo segnale di soccorso prima di gettare gli ormeggi. Gli sbalzi di temperatura col cambio di stagione gli creavano sempre qualche grattacapo. Ogni anno si riprometteva di indossare per tempo la maglietta della salute, e magari aggiungere degli integratori di vitamine alla dieta come gli suggeriva sempre sua moglie, e ogni anno si trovava a fare i conti con i soliti imbarazzanti malesseri.

«Senta, non posso aiutarla se non mi dice di cosa si tratta. Vado piuttosto di fretta, quindi...»

«Sono io» lo interruppe l'uomo.

«Prego?»

«Il mostro» sentenziò. La sua espressione mutò in sollievo, come se si fosse liberato di un peso.

Loiacono non riuscì a trattenere un sorrisetto nervoso. «In che senso, scusi?»

«Sono venuto a costituirmi» disse l'uomo. «Non riesco più a sopportare il peso della mia colpa.»

Di fronte a una dichiarazione così solenne, il giovane sovrintendente non aveva idea di come reagire. Era evidente che si trovava di fronte a una persona dai nervi fragili. Lo si deduceva dallo sguardo stremato, probabilmente per l'insonnia, e dal lieve tremore alle mani. Ma, col viso arrotondato dal mento sfuggente e le dita paffute che si ritrovava, non aveva di certo i tratti distintivi del criminale. Non aveva mai incontrato un pluriomicida, ma si sarebbe aspettato un tipo minaccioso alla Jack Torrance, o quantomeno inquietante alla Norman Bates, mentre quell'uomo sembrava soltanto impaurito.

Si trattava di un mitomane, probabilmente. O un autentico psicotico, magari in libera uscita dal reparto psichiatrico dell'ospedale in cui era recluso, che a seconda del piede con cui scendeva dal letto era convinto di essere il mostro o Mussolini.

In casi come quello, come aveva appreso in decine di film, la strategia migliore era di assecondare il proprio interlocutore per non scatenare una reazione inconsulta. «Può dirmi il suo nome?»

L'uomo glielo disse.

«Perfetto. Che ne dice di sedersi in sala d'attesa e aspettare il mio ritorno? Ho una faccenda urgente da sbrigare, ma non mi ci vorrà molto.»

Loiacono si dileguò prima che l'uomo potesse ribattere.

Quest'ultimo, seppur titubante, entrò in sala d'attesa e si sistemò sulla sedia più vicina all'ingresso, tenendo d'occhio dalla soglia l'andirivieni dei dipendenti della questura e, di tanto in tanto, alzando una mano nella speranza di attirare l'attenzione di uno di loro.

Ma quelli erano troppo distratti o impegnati per far caso a lui, così, dopo qualche minuto, l'uomo si accontentò di prelevare una copia di «Polizia e democrazia» che stava appoggiata su un tavolino, solo per constatare che risaliva a un paio d'anni prima.

Sospirò, si alzò, fece avanti e indietro per qualche passo, poi si affacciò sul corridoio. Vedendo una poliziotta che si approssimava con un sorriso gentile, tentò di rivolgerle la parola, ma ebbe la netta impressione che quella facesse finta di non essersene accorta, perché si limitò a svoltare l'angolo in tutta fretta, per poi scomparire oltre la porta di un ufficio.

Recuperò infine il suo cappello, lo calcò sul capo e si avviò verso l'uscita.

88

«La lettera di questa mattina è soltanto l'ultimo di una serie di inquietanti eventi che, ritengo, mira a creare un clima di intimidazione nell'ambiente delle indagini» disse Scalviati.

«A cosa si riferisce?» chiese Di Cara.

Fu Costanza a rispondere. «Ieri, io e il dottor Scalviati siamo stati pedinati e pressoché aggrediti da qualcuno a bordo di una Mercedes blu scuro, dopo il sopralluogo sul posto dell'incidente di Efisio Canu.»

«Siete riusciti a vederlo in faccia, o almeno a prendere la targa?»

«Niente da fare. L'auto è sempre rimasta a distanza, e con quella pioggia non si vedeva un tubo. È un miracolo che non siamo usciti di strada anche noi, come quel disgraziato di Canu.»

Scalviati appoggiò le mani sul tavolo e assunse un'espressione determinata. «E non è tutto. L'altro giorno mia moglie ha visto un agente appostato davanti a casa nostra. Mi è sembrato strano fin da subito, ma ho cominciato a preoccuparmi solo quando De Almeida mi ha parlato di un agente uscito dalla palazzina di Capaldi, la mattina in cui è stato trovato morto.»

«Un poliziotto?» proruppe Di Cara. «Pensa che sia implicato un esponente delle forze dell'ordine?»

«Non ho detto questo.»

«E vorrei ben vedere» intervenne Costanza.

«Un vero poliziotto non si sarebbe fatto vedere in giro in divisa. No, si tratta di qualcuno che utilizza un travestimento per muoversi liberamente senza destare sospetti, guadagnandosi la fiducia delle persone che prende di mira, e che sta cercando di fare terra bruciata intorno alla vicenda. Ma non ho intenzione di farmi depistare, ho già aperto un fascicolo per omicidio sulle morti di Canu e Capaldi.»

«Mi perdoni, dottor Scalviati, ma questo Capaldi cosa c'entra con Zenit?» chiese Stoner.

«Abbiamo il sospetto che lavorasse per un'organizzazione di sfruttamento della prostituzione di cui aveva fatto parte in passato anche Monica Ferretti. Secondo De Almeida, Capaldi spacciava tranquillanti alle ragazze; li sottraeva alla riserva di medicinali dell'ospedale in cui lavorava.»

«Non sta dando troppo credito a quella cronista?» obiettò Costanza. «Le ricordo che solo pochi giorni fa non si è fatta scrupoli a denigrare pubblicamente la procura sulle pagine del suo giornale da strapazzo.»

«Acqua passata» lo seccò Scalviati. «Comunque, i precedenti di Capaldi sono tutt'altro che limpidi. Nel suo curriculum c'è una denuncia per furto ed estorsione da parte del suo precedente datore di lavoro. Quell'uomo era un criminale recidivo. Stando alle testimonianze, conduceva una vita ben al di sopra delle possibilità garantite dal suo impiego. Possedeva un'auto sportiva, il suo appartamento era crocevia di piccoli malavitosi e festini a luci rosse. Lei crede davvero alla tesi del suicidio di un individuo del genere?»

«Magari era depresso, che ne so! In ogni caso, lo considero una figura irrilevante ai fini delle indagini.»

«Il suo assassino, evidentemente, non la pensava come lei.»

«Magari la Ferretti si sentiva in pericolo e si era confidata con lui» suggerì Di Cara. «È possibile che conoscesse l'identità di Zenit.»

«Dubito che quella ragazza conoscesse il suo assassino» intervenne Stoner. «Zenit sceglie le proprie vittime sulla base di una tipologia ben precisa – coppie appartate in luoghi isolati – con cui possiede un legame simbolico, probabilmente risalente ad avvenimenti della sua infanzia, ma non personale.»

«Forse Capaldi ha scoperto qualcosa che ha decretato la sua condanna a morte. Forse faceva parte della cerchia che era al corrente delle modalità con cui Zenit veniva contattato dai suoi complici occasionali, ma non ha saputo stare al suo posto.»

«Complici occasionali?» ripeté Di Cara, aggrottando le sopracciglia.

«Reclutati tramite un sistema telematico chiamato BBS» precisò Scalviati.

«Lo conosco bene. È frequentato da appassionati di tecnologia, che possono commentare articoli scientifici o scambiarsi pareri sul cinema o la letteratura. Le posso mostrare come funziona, se vuole. Posso assicurarle che non ci sono collegamenti con attività illecite, io stesso sono iscritto a un gruppo di discussione sull'astronomia.»

«Un sistema dalle immense potenzialità, ma apparentemente innocuo. Proprio per questo una copertura perfetta.»

«In effetti i messaggi, nonostante corrano lungo la linea telefonica, sono di fatto impossibili da intercettare senza avere accesso alla stazione a cui sono destinati. È l'avanguardia delle comunicazioni, un sistema pionieristico non ancora regolamentato.»

«Ha ricevuto i tabulati telefonici di Canu?»

«Sì, questa mattina. Ma non creda che basti a risalire alla stazione BBS. Si tratta di un numero di telefono come un altro, tra le centinaia in lista...»

«Ne sono consapevole, dottor Di Cara.»

«Un'organizzazione criminale che comunica attraverso il computer» commentò Costanza. «A me sembra fantascienza.»

«Eppure è stato lei a darmi l'idea» ribatté Scalviati. «Canu le ha detto di aver "fatto il nome" di Lescaux. Il mostro potrebbe agire in combutta con qualcuno che gli segnala le potenziali vittime, forse senza nemmeno essere consapevole delle reali conseguenze.»

«La tendenza alla manipolazione è frequente nei serial killer» osservò Stoner. «È possibile che Zenit utilizzi il sistema BBS per attirare individui sedotti da impulsi criminali, facendo leva sulle loro pulsioni represse, rendendoli burattini da manovrare per conseguire i suoi fini, senza che se ne rendano conto finché non è troppo tardi. Prima di incontrarlo, Canu era soltanto un piccolo trafficante di stupefacenti. Zenit lo ha reso complice di un efferato, duplice omicidio.»

«D'accordo, ma perché costruire un meccanismo così sofisticato?» chiese Costanza. «Alla fine dei conti, si tratta di un volgare assassino, uno psicopatico che aggredisce ragazzi inermi a colpi di pistola.»

«Nella sua lettera, Zenit si definisce un cacciatore» affermò Stoner. «Se ci pensa bene, questo potrebbe essere un metodo ingegnoso quanto spietato per trovare le sue prede. Il sistema gli permette di estendere la sua influenza su altri potenziali criminali, tenendoli in pugno e spargendo il suo veleno nel ventre stesso della città.»

Le parole di Salvatore Canu si materializzarono nella mente di Costanza: *Ha detto che un giorno avrebbe preteso un favore da me, e che io non avrei potuto rifiutare.* No, non si trattava di un comune delinquente, ma di un ragno che stava tessendo la sua tela, allargandola in più direzioni, visibili e invisibili agli occhi. «Una vera e propria strategia del terrore» si limitò a dire. «Precisamente. Zenit è un fanatico, convinto di essere depositario di una verità occulta, che lo eleva al di sopra dei giudizi della morale comune, persino dei concetti stessi di bene e male.»

«Il che ci riporta all'uomo travestito da poliziotto» intervenne Scalviati. «Se si tratta davvero di Zenit, dobbiamo presumere che non solo io, ma ognuno dei presenti in questa stanza è in grave pericolo. Chiunque di noi potrebbe essere il suo prossimo bersaglio.»

89

«Tu devi essere Ciro» disse Leda, tendendogli la mano.

Il bambino, magrissimo e di certo più alto della media per la sua età, la scrutava di sottecchi con l'espressione apparentemente accigliata. Si limitò a un impercettibile cenno di assenso.

«Non si preoccupi, è solo un po' diffidente nei confronti degli estranei» intervenne il padre.

«Avete fatto buon viaggio?» gli chiese Enrico Loi.

«Sì, grazie, anche se poco prima di Pisa il convoglio si è fermato in mezzo alle colline e sembrava non voler ripartire più. Ho temuto il peggio, ma poi ha quasi recuperato il ritardo.»

«In effetti, ci sono spesso disagi su quella linea per via di certi interminabili lavori in corso. Spero che abbiate avuto il tempo per rinfrescarvi un po' in albergo, dopo un viaggio così lungo.»

Rosario Varriale giunse le mani come in preghiera. «A questo proposito, vi vorrei ringraziare per la stanza che ci avete riservato. È molto accogliente e anche Ciro, che normalmente non ama lasciare la sua cameretta, si è subito trovato a suo agio.»

«In barba a chi sostiene che l'ospitalità al nord lascia a desiderare» commentò Loi con malcelato orgoglio.

«Sarà un piacere ricambiare, se mai doveste farci visita ad Acerra.»

Leda annuì. «Senz'altro. Siete riusciti a mangiare qualcosa?»

«Purtroppo no. L'albergo non effettua il servizio a pranzo e speravo che poteste consigliarci un buon ristorante.»

«Sciocchezze» fece Loi, controllando l'orario sull'orologio da polso. «Conosco io un posticino nelle vicinanze che serve ottime specialità locali. Se ci sbrighiamo, dovremmo trovare la cucina ancora aperta.»

I quattro uscirono dalla redazione e, dopo pochi passi, raggiunsero un locale in corso Dante. Si accomodarono all'esterno, dove una brezza leggera scuoteva le fronde degli alberi che fiancheggiavano la strada.

Terminata l'incombenza delle ordinazioni, Leda si rivolse a Ciro. «Tuo padre mi ha detto che possiedi un grande talento. Hai mai pensato a cosa ti piacerebbe fare da grande?»

Quello si strinse cautamente nelle spalle, con uno sguardo che mescolava ritrosia a curiosità.

«Mia madre lavorava in una casa editrice» continuò lei. «Quando avevo circa la tua età, mi ha portato in visita alla sua tipografia. Si trattava di una piccola impresa, niente di paragonabile alle moderne rotative in servizio al giornale. È stata la prima volta che ho pensato che avrei fatto la giornalista. All'interno di quella grande sala, tra i linotipisti alle prese con le matrici e l'odore acido dell'inchiostro, non facevo che riflettere sulle parole che venivano composte tramite un ingegnoso sistema inventato cinquecento anni fa, stampate e poi diffuse in tutto il paese. Parole così potenti da essere in grado di descrivere il mondo. E a volte cambiarlo, persino.»

Ciro si era incantato ad ascoltarla, con gli occhi sgranati e le labbra curvate in un sorriso. «Vorrei diventare pilota di caccia» proruppe.

«Mica male» commentò Loi.

«Mio figlio va pazzo per *Top Gun*» intervenne Rosario. «L'avrà visto dieci volte. Ha letto persino i manuali di volo dei cadetti dell'accademia. Ovviamente, il nostro cane l'ha chiamato Maverick.»

«Che tipo di cane è?» chiese Leda a Ciro.

Fu il padre a rispondere. «Uno spinone.»

Leda lo ammonì con uno sguardo, poi spostò di nuovo gli occhi sul bambino. «Anch'io avevo un cane quando ancora vivevo a Barcellona. Si chiamava Alvaro, era un trovatello.»

«Maverick lo abbiamo preso al canile» ribatté Rosario. «Mia sorella lavora lì come volontaria, e mi disse che proveniva da una situazione difficile.»

«Capisco il suo entusiasmo, signor Varriale, ma non dovrebbe dare il tempo a suo figlio di rispondere?»

Quello si guardò intorno con un sorriso imbarazzato. «Ma certo, si figuri. Cercavo solo di vivacizzare la conversazione. Come le dicevo, Ciro ha una mente acuta ma non è di certo una scheggia in quanto a tempi di reazione.»

«Be', la interpellerò se dovessi aver bisogno della sua mediazione» lo seccò Leda, attirandosi un'occhiata contrariata da parte di Loi.

«Vivevi in Spagna?» chiese Ciro.

«È lì che sono nata.»

«Come mai te ne sei andata?»

«È una storia complicata» sospirò Leda. «Per farla breve, il mio papà viaggiava molto per lavoro, ma un giorno ha deciso di fermarsi per un po' qui a Torino. Ci è rimasto qualche anno e, quando è ripartito, io ormai ero maggiorenne e ho deciso di restare qui.»

«E la tua mamma?»

«Non si è mai voluta spostare da Barcellona. Considerava il suo lavoro quasi una missione. Ai tempi della dittatura franchista, pubblicava poesie che nascondevano delle forti critiche al regime.»

Ciro reagì con una smorfia indecifrabile.

Leda abbozzò un sorriso. «Allora, sei curioso di visitare la redazione del giornale? Potrei persino mostrarti cosa abbiamo in programma per l'inserto di enigmistica di domenica prossima.»

«Abbastanza.»

«Io, invece, sono molto curiosa di sapere come hai fatto a decifrare quel codice. Lo sapevi che ci hanno provato dei professoroni senza combinare nulla?»

«In realtà è stato semplice» rispose candidamente. «Se non ci sono riusciti, probabilmente è perché pensavano che fosse un messaggio.»

«Non è un messaggio?» chiese Leda, disorientata.

Ciro scosse la testa. «Di solito, nei codici segreti bisogna sostituire delle lettere ai simboli, secondo le regole del cifrario. Ma ho capito subito che questo era diverso. I simboli non nascondevano delle lettere dell'alfabeto, ma delle cifre.»

«Posso chiederti come hai fatto a capirlo?» intervenne Loi.

Seguì un breve silenzio durante il quale Ciro sembrò cercare l'approvazione del padre per rispondere.

«Se mi consente...» disse Rosario.

Leda annuì riluttante.

«Ciro è fatto così» continuò. «Non sappiamo di preciso cosa scatta nella sua mente quando si trova di fronte a un problema di logica o matematica. Semplicemente, lui... *vede* la soluzione.»

«È così, Ciro?» disse Leda. «Hai visto la soluzione?»

Il piccolo annuì.

«Ed erano dei numeri.»

«Numeri e simboli.»

Leda strinse gli occhi, disorientata. «Simboli che nascondono numeri e... altri simboli?»

Annuì. «I numeri stanno per latitudine e longitudine espressi in formato sessagesimale, i simboli per gradi, minuti, secondi, nord, sud, ovest, est.»

«Coordinate geografiche» intervenne Loi.

«E cosa indicano?» incalzò Leda.

«Una figura geometrica sulla superficie terrestre.»

«Che tipo di figura?»

Ogni esitazione si era dissolta sul volto del bambino, che aveva assunto un'espressione risoluta. «Un triangolo» fu la risposta.

90

La riunione tra i quattro esponenti del pool investigativo andò per le lunghe, arenandosi nella discussione sui provvedimenti da adottare in materia di sicurezza. Costanza avrebbe voluto assegnare una scorta a Scalviati, un'idea che il magistrato respinse categoricamente, considerandola un eccesso di prudenza.

Secondo Stoner, inoltre, Zenit lo avrebbe considerato un segnale di debolezza.

Al termine del dibattito, si accordarono per una serie di indicazioni di massima per i dirigenti, mentre all'agente Stoner fu semplicemente raccomandato di rimanere nella sua stanza d'albergo fino a nuove disposizioni.

Di Cara aveva poi illustrato al magistrato le modalità di accesso alla stazione BBS che frequentava abitualmente.

Mentre si congedava dai suoi collaboratori, Scalviati venne raggiunto da Cecilia che, soprabito e borsetta alla mano, gli ricordò che stava uscendo in anticipo per via di una visita medica lungamente attesa.

«Non c'è problema. A domani, allora» le disse, per poi dirigersi verso il suo ufficio.

Seduto alla scrivania, il magistrato studiò la missiva dell'assassino, convinto che nascondesse più di quanto esprimessero le parole. Ne aveva conservato la fotocopia, avendo consegnato l'originale a Di Cara per le analisi delle impronte e la perizia calligrafica.

In me la notte non finisce mai.

A cosa si riferiva? Si trattava del delirio di un uomo che si guarda dentro e vede soltanto oscurità? O Zenit era consapevole della sua natura disumana, aberrante, dell'atrocità delle sue azioni, ma al punto da compiacersene?

Una lucida follia guidava i suoi passi, attraverso un buio in cui a brillare erano le fiammate della pistola che usava per uccidere. Più che una minaccia, quelle poche righe costituivano una dichiarazione di intenti.

Mi preparo per tornare a caccia.

Parole che trasudavano arroganza e disprezzo per gli inquirenti.

Il mostro sapeva che l'allusione ai giochi di enigmistica avrebbe permesso di collegare definitivamente gli omicidi di San Francisco con quelli di Torino. Pur senza alcun riferimento esplicito, rivendicava orgogliosamente la sua identità.

Voleva che Scalviati sapesse con chi aveva a che fare: qualcuno che per anni era riuscito a farsi beffa delle autorità americane, macchiandosi di atroci delitti e rimanendo impunito.

Qualcuno che considerava gli esseri umani nient'altro che prede per soddisfare la sua sete di sangue e che ora, per qualche motivo, aveva scelto Torino come territorio di caccia. Abbastanza scaltro da non lasciare tracce, così scrupoloso da eliminare chiunque potesse compromettere i suoi piani.

Rintracciare Salvatore Canu era la priorità, dopotutto era l'unico testimone che al momento potesse fornire qualche dettaglio sul sistema telematico tramite cui era entrato in contatto con Zenit.

Ma le sue ammissioni evidenziavano anche l'urgenza di scavare più a fondo nell'ambiente in cui erano maturati gli omicidi. Scalviati era convinto che nel caso Ferretti-Ginestra non fosse stato fatto abbastanza per ricostruire la vita segreta della ragazza. E che dietro quel nomignolo, il Marchese, si celasse la persona in grado di spiegare il motivo per cui era diventata bersaglio di un pluriomicida.

Se era vero che Monica Ferretti aveva un altro amante oltre a Paolo Ginestra, qualcuno doveva pur sapere chi fosse.

Rifletté per qualche istante sulla prossima mossa.

Doveva ottenere da De Almeida il nome della sua fonte. Sapeva che non sarebbe stato facile convincere la reporter a collaborare, ma se il suo contatto conosceva lo spacciatore che riforniva la Ferretti, di certo sarà stato al corrente di altri dettagli sulla vita della ragazza.

Non poteva permettersi di temporeggiare, né di tollerare reticenze.

Perché Zenit, per quanto squilibrato, non sceglieva le sue vittime a caso. E forse anche adesso qualcuno stava entrando in contatto con lui, con la stessa facilità di una semplice telefonata.

Il trillo del telefono lo distolse dalle sue riflessioni. Con una certa sorpresa, udì dall'altro capo della linea la voce del commissario Costanza.

«Appena sono rientrato in ufficio, mi hanno riferito un curioso episodio» disse quest'ultimo. «Probabilmente non è niente di che, ma ho pensato di informarla immediatamente.»

«Mi dica.»

«Si è presentato in questura un individuo, mentre ero fuori sede. Ha detto che voleva parlare con me e… a quanto pare si voleva costituire, sostenendo di essere addirittura il mostro.»

Scalviati rimase in silenzio per un istante di troppo. «Dove si trova adesso?»

«Svanito nel nulla. A quanto pare, Loiacono lo ha abbandonato in sala d'attesa, trascurando il suo dovere di sorvegliarlo. Al suo ritorno, quello si era semplicemente volatilizzato. Gli ho fatto un bel cazziatone, ma sono certo che non ci sia niente di cui preoccuparsi. Si tratterà del solito mitomane. Non le sto a elencare le telefonate che riceviamo pressoché a ogni ora del giorno e della notte da parte di qualcuno che si addossa la responsabilità di qualche fatto di sangue, soprattutto quando si tratta di casi come questo, dall'enorme copertura mediatica. Quest'uomo si distingue dagli altri soltanto per l'intraprendenza e la faccia tosta.»

«Abbiamo un nome, o almeno una descrizione?»

«Nome ignoto. Loiacono se l'è fatto dire, ma purtroppo non se lo ricorda. Tutto quello che mi ha saputo dire è che indossava un cappello verde.»

Qualcuno bussò prima che potesse ribattere. Lo sguardo di Scalviati saettò verso la porta dell'ufficio.

Si aprì uno spiraglio, e una figura conosciuta comparve sulla soglia.

«Ne parliamo domani.» E chiuse la comunicazione.

91

«De Almeida» disse Scalviati. «Si accomodi. Poco fa stavo giusto pensando a lei.»

«Sul serio?» ribatté la donna, sedendosi di fronte alla scrivania. «Non so se sentirmi lusingata o preoccupata.»

«Mi stavo semplicemente chiedendo quando si deciderà a darmi il nome della persona che l'ha condotta al Farmacista.»

«Le ho già detto che è impossibile. Non solo per deontologia professionale, ma anche perché la esporrei a un grave pericolo.»

«Per come la vedo io, è già in pericolo. Se la morte di Capaldi mi ha insegnato qualcosa, è che il mostro non si fa scrupoli a eliminare chiunque possa intralciare i suoi piani. Non parliamo di un criminale comune mosso da un movente specifico, ma di un individuo perverso e imprevedibile che si eccita compiendo efferati omicidi. Sono in gioco le vite di altre persone. Tocca a lei, ora, scegliere da che parte vuole stare.»

«Dalla parte della gente, naturalmente. Dei ragazzi che ora temono di uscire di casa per paura di imbattersi nel mostro, dei genitori preoccupati per l'incolumità dei propri figli, dei bambini che cresceranno con la convinzione che l'uomo nero esiste per davvero, e che nessun luogo è sicuro. Per questo ho deciso di venire qui, adesso. Perché è ora di rendere conto a loro di quello che stanno facendo le autorità per proteggerli.»

«Sta cercando di insinuare qualcosa?»

«So quello che è successo giovedì notte. L'incursione di Costanza al Caligola, il blitz delle teste di cuoio. Pensava davvero di riuscire a mantenere il segreto ancora a lungo, senza che qualcuno cominciasse a porsi delle domande?»

Scalviati fece un ampio respiro. «Definirlo blitz mi pare decisamente un'iperbole. Si è trattato di un'iniziativa mirata ad acquisire informazioni, non certo di un'operazione su vasta scala.»

«Se Salvatore Canu è indagato per i delitti del mostro, era lecito aspettarsi almeno un annuncio formale, se non una conferenza stampa. Mentre ho la sensazione che sia in atto un tentativo di occultamento della notizia.»

«Non sia ridicola. Comunque, Canu non è stato formalmente iscritto nel registro degli indagati.»

«Quindi per lei non è un problema se domani mattina uscirò con un articolo che riguarda l'intervento delle forze speciali al Caligola e l'incidente stradale di domenica notte in cui, guarda caso, ha perso la vita Efisio, il fratello di Salvatore, mentre quest'ultimo risulta irreperibile.»

«È ben informata.»

«Ho fatto i compiti a casa.»

«Be', immagino che a questo punto non possa dire granché per dissuaderla» affermò Scalviati, impassibile.

Leda fronteggiò lo sguardo del suo interlocutore. «In realtà, qualcosa ci sarebbe.»

«La ascolto.»

«Mi conceda un'intervista. L'unico vincolo è che dovrà spiegare i motivi che hanno portato all'operazione di giovedì notte. Del resto, avrà modo di fare il punto delle indagini ed esprimere il suo punto di vista. Se rifiuta, non avrò altra scelta che proporre ai lettori del giornale il mio.»

Per Scalviati, la proposta giunse del tutto inaspettata. La tenacia di De Almeida non cessava di meravigliarlo e, se la loro fosse stata una partita a scacchi, doveva ammettere che la reporter aveva fatto una discreta breccia nelle sue difese.

«E va bene» mugugnò.

In fin dei conti, era un'occasione perfetta per lanciare un segnale forte e chiaro a Zenit, affermando che l'autorità giudiziaria era indifferente ai suoi tentativi di intimidazione. E chissà se sbattere il suo nome sul giornale non avrebbe spinto Salvatore Canu allo scoperto.

L'ombra di un sorriso comparve sul viso di Leda. Si risistemò con pochi movimenti misurati la coda di capelli dietro la nuca e si sedette di fronte al magistrato. Poi estrasse dalla borsa il registratore portatile e lo appoggiò sul ripiano.

«Ma a una condizione» aggiunse Scalviati.

«Sentiamo.»

«Al termine dell'intervista, mi dirà il nome della sua fonte.»

Leda prelevò una cassetta vergine e la soppesò tra le dita. «Farò di meglio. Le fornirò la soluzione al codice cifrato che mi ha chiesto di pubblicare nel giornale di domenica.»

92

Quella notte, Scalviati continuava a rigirarsi nel letto senza riuscire a prendere sonno. Ancora non riusciva a credere che Zenit avesse avuto la spudoratezza di consegnare ai giornali la risposta – pur protetta da un codice cifrato – alla domanda che gli investigatori che gli avevano dato la caccia si sarebbero posti per anni.

Sfilandosi la giacca aveva avuto l'impressione di togliersi una corazza. Mentre si spazzolava i denti, aveva visto il riflesso di qualcuno che lo osservava dall'altro lato dello specchio. Un'immagine sfuggente, dai contorni indefiniti.

Inafferrabile.

Solo ora si rendeva conto di quanto indagare sui delitti del mostro lo avesse risucchiato in un vortice di oscurità che sembrava non avere mai fine. La notte eterna evocata da Zenit con la lettera in cui lo sfidava apertamente, su un terreno scosceso e ricco di insidie. Il territorio degli incubi, tempio di fobie e ossessioni, di alberi d'ossa e torrenti di sangue, dominato da una mente perversa che sembrava voler piegare il mondo al suo volere.

Da quando De Almeida gli aveva consegnato la soluzione del codice cifrato, Scalviati non aveva smesso di pensare che la verità era stata a portata di mano dal principio, quando si era trovato a riflettere sul modus operandi dell'assassino.

Quella fissazione per la figura del triangolo aveva un'origine ben precisa e aveva proprio in Torino uno dei suoi cardini. Una meta stabilita fin da quando Zenit si trovava ancora a San Francisco e aveva cominciato ad attuare i suoi propositi omicidi.

Greta gli accarezzò un braccio. «Non riesci a dormire?» chiese sottovoce.

Non le aveva ancora rivelato della lettera dell'assassino, né del misterioso inseguitore sull'automobile scura.

Non era nemmeno sicuro del motivo per cui avesse taciuto. Se fosse per la volontà di non turbarla o per il bisogno inconscio di ritagliarsi qualche ora di sollievo, di ordinaria quotidianità, almeno tra le mura domestiche. Un proposito che si era rivelato comunque fallimentare, dato che i pensieri continuavano a riportarlo alle scene del crimine, ai corridoi del tribunale e poi tra le righe di quel messaggio, con ancora limpida la sensazione che aveva provato tastando la busta che conteneva il brandello umano.

Si era ripromesso di parlargliene l'indomani mattina, giusto in tempo perché non lo apprendesse dai giornali.

Prima di lasciare l'ufficio, aveva informato Bevilacqua degli avvenimenti degli ultimi giorni. Contrariamente alle sue aspettative, il procuratore capo era stato conciliante, ammettendo che qualcosa bisognava pur concedere alla stampa, visto il clima di tensione che serpeggiava in città. Gli era sembrato persino sollevato all'idea che Canu fosse scomparso, dato che per com'era andata al Caligola l'intera procura rischiava di perdere la faccia.

«Qualche grattacapo al lavoro» si limitò a rispondere. «Qual è la tua scusa?»

Greta fece una piccola smorfia. «Ho il sangue che non circola bene. Mi sembra di avere delle puntine conficcate sotto la pelle.»

«Potrei farti un massaggio ai piedi. Ti va?»

«A quest'ora?»

Scalviati uscì dalle coperte e si sedette accanto a lei. «Rientra nei doveri di un buon marito, no?»

«In tal caso…»

Trattenendo il tallone con una mano, cominciò a esercitare con le dita una leggera pressione sulle caviglie e sul dorso del piede, scivolando gradualmente verso la pianta. «Va meglio?»

In tutta risposta, Greta fece un gemito di approvazione.

Lui continuò in silenzio, spostando opportunamente i punti di pressione.

«Mille lire per i tuoi pensieri» mormorò lei.

Scalviati la guardò con intensità. «Vuoi saperlo davvero?»

«È così sconvolgente?»

«Tutt'altro. Pensavo solo a quanto mi mancassero momenti come questo, in cui ci siamo soltanto io e te, e sembra che tutte le cose brutte del mondo siano chiuse fuori dalla soglia di casa. E a quanto non me ne fossi nemmeno reso conto.»

Greta sembrò sul punto di ribattere, ma non disse una parola.

«Sono fortunato ad avere te al mio fianco» continuò lui. «Sei una donna meravigliosa, non dimenticare mai quanto ti amo.»

«Ora sto seriamente cominciando a preoccuparmi.»

«Non ce n'è motivo. Si sistemerà tutto. Ti chiedo solo un piccolo favore.»

«Dimmi.»

«Se per caso dovesse ripresentarsi quel poliziotto fuori da casa nostra, chiamami immediatamente.»

93

Isaak Stoner aveva appena appoggiato sul tavolo il piatto con uova e pancetta quando vide entrare in sala colazioni il sostituto procuratore Francesco Scalviati.

«Non mi aspettavo di rivederla così presto» disse quando se lo trovò di fronte. «Ci sono novità?»

«Ha letto i giornali?»

«A dire la verità, sono appena uscito dalla mia stanza.»

Scalviati gli consegnò una copia del giorno della *Stampa*. «C'è un piccolo riferimento anche a lei. Non al nome, s'intende, ma in quanto consulente americano dell'FBI ingaggiato dalla procura per tracciare il profilo criminale dell'assassino.»

Lo sguardo di Stoner esplorò la prima pagina, su cui campeggiava il titolo a caratteri cubitali: "In me la notte non finisce mai". L'immagine a corredo dell'articolo riproduceva la lettera di Zenit. Nel riquadro accanto, erano riportate le prime battute dell'intervista che il magistrato aveva rilasciato a De Almeida, che proseguiva in terza pagina.

«Non pensavo le piacessero i riflettori.»

«Non l'ho fatto di certo per vanità. Zenit ha lanciato la sua sfida. Questa è la mia risposta.»

«Attento, Scalviati» esortò Stoner. «È un gioco pericoloso, in cui nessuno di noi è davvero al corrente delle regole.»

«Be', ho intenzione di riscriverle, se necessario. Non starò ad aspettare che sia lui a compiere la prossima mossa. Contrattaccherò con ogni risorsa a mia disposizione. Zenit si definisce un cacciatore. Io voglio che si senta braccato. Voglio che sappia che non gli darò tregua finché non l'avrò tolto dalla circolazione.»

«Ma l'attenzione mediatica non fa che alimentare il suo narcisismo. L'ho già visto succedere e non è finita bene.»

«Pensa davvero che esista un modo per impedire che i giornali parlino di lui?»

«No di certo. Quello che mi preoccupa è che parlino di *lei*.»

«Apprezzo la sua preoccupazione, ma non ho paura.»

«Meglio così. Ora vuol dirmi il motivo della sua visita? Dubito che sia venuto solo per aggiornarmi sulle ultime notizie.»

«No, infatti.» Scalviati si sedette al tavolo e invitò il suo interlocutore a fare lo stesso. «Ci sono sviluppi sul messaggio cifrato.»

«Che tipo di sviluppi?»

In tutta risposta, Scalviati aprì la sua agenda, ne estrasse un foglio ripiegato in quattro e lo consegnò a Stoner.

Dopo averlo dispiegato, quest'ultimo lo guardò con attenzione per alcuni istanti. Poi sgranò gli occhi. «*Holy shit!*»

«Per quanto sembri assurdo, la soluzione all'enigma è un triangolo» commentò Scalviati. «Tre punti sulla superficie terrestre espressi in forma di coordinate geografiche, che corrispondono a...»

«San Francisco, Torino e Londra» lo interruppe.

«Il triangolo esoterico del male» concluse Scalviati.

94

«Complimenti, De Almeida» disse trionfante Enrico Loi. «Anche se abbiamo raddoppiato la tiratura, probabilmente già nel primo pomeriggio sarà difficile trovare una copia del giornale in edicola.»

«Grazie» si schermì lei. «Ma è anche merito tuo.»

Nel cucinotto della redazione irruppe il fischio del bollitore. Loi spense la fiamma del fornello e, dopo aver messo una bustina di tè nella sua tazza, cominciò a versare acqua bollente. «Non ho fatto altro che consegnarti un'esca, ma tu ne hai fatto il miglior uso possibile. Non solo hai fatto sbottonare il giudice Scalviati – notoriamente refrattario a qualsiasi dichiarazione pubblica – ma sei persino riuscita a fargli rilasciare un'intervista. Si può sapere come hai fatto?»

«Sinceramente? Ho avuto l'impressione che non aspettasse altro che un modo per rispondere alla lettera del mostro. Io gli ho solo offerto un'occasione per farlo.»

«Già, la lettera. Dannatamente inquietante…»

«Non so come avrei reagito, al suo posto.» Leda non aveva mai smesso di rimuginare sulle strane telefonate che aveva ricevuto nei giorni precedenti. Il fatto che il mostro si fosse messo in contatto con l'autorità giudiziaria la costringeva a inquadrarle sotto una nuova prospettiva.

Era possibile che si trattasse proprio di *lui*?

Era possibile che l'assassino stesse seguendo da vicino gli sviluppi delle sue ricerche, per assicurarsi che non si stesse avvicinando troppo alla verità? La sola idea le faceva gelare il sangue nelle vene. Ma se c'era la possibilità che le cose stessero così, doveva chiamare Giulia al più presto per avvisarla del pericolo che stava correndo.

Loi si armò di coltello e, dopo aver prelevato un limone dal frigo, lo tagliò e ne mise una fetta nella tazza, per poi rimescolare il tè con la lama. «Che ne pensi del riferimento ai giochi di enigmistica? È chiaro che allude al messaggio cifrato che abbiamo pubblicato domenica.»

«A quanto pare, anche il mostro legge *La Stampa*.»

«E ha riconosciuto quel codice. Mi viene da pensare che sia lui l'autore.»

«È possibile» ammise Leda. «Ma come ne è venuto in possesso Scalviati? Non ha fatto alcun riferimento ad altre missive ricevute dal mostro. Non ha nemmeno voluto spiegarmene il significato. Quello che mi fa riflettere è che la soluzione siano le coordinate geografiche di tre città già correlate tra loro da una vecchia diceria.»

«Che tipo di diceria?»

«Mai sentito parlare del triangolo del male?»

Loi corrugò le sopracciglia. «Vagamente, ma non credo di aver mai approfondito l'argomento.»

«È una leggenda che ha avuto una notevole diffusione ai primi del secolo, quando il sensitivo Gustavo Rol era all'apice della sua popolarità, ma che affonda le sue radici nell'Ottocento, in pieno clima risorgimentale. A quell'epoca, fu messa in atto una vera e propria campagna di discredito della Curia romana, che era contraria all'unificazione d'Italia. La corte sabauda si trovò quindi a tollerare – quando non incoraggiare – la proliferazione di circoli massonici e associazioni esoteriche, in nome della libertà di pensiero, ma soprattutto in opposizione allo spirito clericale. Occultismo e spiritismo divennero di gran moda tra la nobiltà cittadina, al punto che se ne trovano tracce nell'architettura, nei monumenti e persino nelle tombe di alcune personalità di spicco dell'epoca. Fu così che si diffuse la voce che Torino fosse al vertice di due triangoli esoterici: quello legato alla magia bianca la collega a Lione e Praga, quello legato alla magia nera a Londra e San Francisco.»

«E tu come le sai tutte queste cose?»

Leda si strinse nelle spalle. «Scrissi una tesina su Rol, ai tempi dell'università.»

«Non dirmi che l'hai incontrato.»

«Gli mandai una lettera, a cui rispose in maniera molto garbata. Incluse alcuni ritagli di giornale che mi furono molto utili.»

Loi assaporò un sorso di tè. «L'assassino, dunque, è un seguace dell'esoterismo?»

«Mi sembra ovvio. Il fatto che uccida sempre con la luna piena, per esempio, è già di per sé un indizio.»

«Non ti seguo.»

«La luna piena, nei rituali, è un potente catalizzatore.»

«Hai scritto una tesina anche su questo?»

«Semplice saggezza popolare. Mia nonna, per esempio, caricava il suo anello di granato con la luna piena.»

«Tua nonna era una strega?»

«Era una levatrice. E una curatrice. Era originaria di un piccolo paese nell'entroterra, dove erano ancora forti certe consuetudini che poi si sono perse con il tempo. Quando sentì di essere arrivata alla fine della sua vita, ha cercato di passare il dono a mia madre come da tradizione, ma lei si è rifiutata di accettarlo. La nonna è stata la prima persona che ho intervistato nella mia carriera, sai? Ci tenevo che rimanesse una traccia del suo antico sapere, che non scomparisse con l'avvicendarsi delle generazioni.»

«Padre fotoreporter, madre rivoluzionaria e nonna curatrice. Una famiglia decisamente *sui generis*.»

«Lo prenderò come un complimento!»

«Lo è» sorrise Loi. «E così abbiamo finalmente il nome di un sospettato.»

«Dubito che Salvatore Canu sia il killer.»

«Però è considerato latitante.»

«Forse si sta solo nascondendo dal vero mostro.»

«Che mi dici di quell'agente dell'FBI citato da Scalviati come consulente nelle indagini?»

«È la prima volta che ne sento parlare, ma credo di sapere come sia entrato in contatto con la procura. Ho fatto qualche ricerca nell'archivio del giornale e ho scoperto che la scorsa primavera Luigi Di Cara ha partecipato a un seminario presso la sede dell'FBI a Quantico, in Virginia.»

«D'accordo, ma che interesse possono avere gli americani in un nostro fatto di cronaca?»

«Il codice cifrato. Deve esistere un legame tra ciò che sta succedendo qui e qualcosa che è accaduto a Londra e a San Francisco. Forse quel codice proviene proprio da San Francisco. Spiegherebbe la presenza di un agente federale a Torino.» Leda uscì dal cucinotto, facendo segno a Loi di seguirla. Giunta alla scrivania, recuperò una copia del quotidiano di domenica e, nel riquadro dedicato al codice cifrato, indicò una delle ricorrenze del simbolo dell'astrolabio. «Secondo Ciro Varriale, quel simbolo rappresenta il nord. Più lo guardo, più mi sembra familiare.»

Loi la osservò per qualche istante, poi si portò una mano alla fronte. «Come ho fatto a non accorgermene prima! Quel simbolo era la firma di Zenit, uno dei più feroci pluriomicidi della storia americana. Più o meno quindici anni fa, quando ero ancora solo un redattore, il giornale pubblicò un reportage sui delitti. L'assassino è rimasto impunito. La cosa inquietante è che comunicava con gli inquirenti attraverso una sorta di codice cifrato.»

95

Scalviati raccontò a Stoner di quella vecchia storia che circolava a Torino quando era ragazzo. Poco più di una leggenda metropolitana in grado di pervadere la città di un alone misterioso agli occhi dei più suggestionabili, ma che ora assumeva un significato ben più inquietante.

Due triangoli esoterici, uno legato alla magia bianca, l'altro alla magia nera. E agli omicidi del mostro.

«La soluzione del codice cifrato sembra portare a un'unica conclusione: che prima di ricomparire a Torino, Zenit si sia nascosto a Londra.»

«Dove, con ogni probabilità, ha continuato a colpire indisturbato» ribatté Stoner. «Affinando sempre di più la sua abilità nell'eludere gli sforzi degli investigatori per catturarlo.»

«Londra, la terza città del cosiddetto triangolo esoterico del male. Un male che il nostro uomo sembra voler evocare tramite i suoi omicidi.»

Stoner scosse la testa. «Ho sempre pensato che Zenit fosse un serial killer atipico, che uccidesse non soltanto in preda a una compulsione, ma anche per una specie di movente occulto. Ora è più che mai evidente che c'è un vero e proprio progetto, dietro le sue imprese criminali.»

«Un progetto di morte che troverà il suo compimento proprio qui, a Torino, se non riusciamo a fermarlo.»

«Finalmente mi spiego il motivo per cui ha scelto di firmarsi con il simbolo dell'astrolabio...»

Scalviati fece un cenno di assenso. «Uno strumento di navigazione, per sottolineare la sua natura di viaggiatore.»

«Zenit ha fatto perdere le sue tracce tra il 1973 e il 1986» disse Stoner. «Dobbiamo scoprire se in quel periodo a Londra si sono verificati degli omicidi riconducibili a lui.»

«È proprio per questo che sono qui. Mi sono già messo in contatto con Scotland Yard per chiedere la loro collaborazione. Forse il nostro rapporto non è cominciato nel migliore dei modi, agente Stoner. Ma ora vorrei che fosse i miei occhi e le mie orecchie sul campo. Se non ha altri programmi, ho intenzione di prenotare per lei il primo volo disponibile per Londra.»

96

«Pronto?» La voce giunse dall'altro capo della linea dopo una lunga serie di squilli.

«Giulia, sono Leda.»

«Leda?»

«Anna» precisò, ricordando il nome con cui l'aveva conosciuta l'amica.

La replica arrivò dopo qualche istante. «Cosa vuoi?»

«Lo so che ho promesso di non cercarti più» rispose accorata. «Ma non ho avuto altra scelta che chiamarti. Ora non posso spiegarti tutto, ma credo che tu sia in pericolo.»

Di nuovo, un'esitazione. «Cosa vuoi dire?»

«Il Farmacista è morto. Hanno inscenato un suicidio, ma sono convinta che sia stato il mostro. E non è l'unico caso. C'è stata un'altra morte sospetta, domenica notte.»

Dall'altoparlante della cornetta si udiva soltanto l'ansimare cadenzato di Giulia. Che rimase in silenzio.

«Ho ricevuto delle telefonate anonime» continuò Leda. «Qualcuno sta cercando di intimidirmi, forse mi sono avvicinata troppo alla verità. La prima volta è successo dopo essere venuta a casa tua. Credo che ti stessero tenendo d'occhio, e sono preoccupata che possa succedere qualcosa a te o alla piccola Carlotta.»

«Non lo so, Leda… Io… non so più…» La frase rimase appesa nel silenzio che seguì.

«È capitato anche a te, vero?» incalzò Leda.

«Sì.» Poco più di un sussurro. «Anche questa mattina.»

«So che la domanda potrà sembrarti strana, ma hai mai visto un poliziotto aggirarsi dalle parti di casa tua, senza un apparente motivo?»

«Come lo sai?» La voce di Giulia tradiva una certa apprensione. «È… qui. È sotto casa mia. Adesso.»

Leda respinse un moto di sgomento. Aveva l'impressione di dibattersi in una rete che si stringeva a ogni tentativo di liberarsi.

«Ascoltami attentamente» disse. «Chiama il 113 e barricati in casa. Mi raccomando, non aprire a nessuno. Per nessun motivo. Metti un paio di scarpe comode, ficca qualcosa in valigia e prepara quello che serve per Carlotta. Fatevi trovare pronte. Mi metto in macchina e corro da voi.»

97

Quando Scalviati uscì dal Principi di Piemonte, ebbe l'impressione di scorgere un volto conosciuto all'interno di una volante parcheggiata all'altro lato della strada. Si avvicinò con passo spedito e bussò al finestrino.

«Loiacono, si può sapere che ci fa qui?»

Il giovane sovrintendente quasi sobbalzò. «Dottor Scalviati, buongiorno! Sto… ehm… aspettando il mio collega per cominciare il turno di pattuglia.»

Scalviati si guardò brevemente intorno, poi gli rivolse un'occhiata inquisitoria. «Ne è sicuro? Non è che mi stava sorvegliando?»

«Io? No di certo… non mi permetterei mai!»

«E invece penso che il commissario Costanza le abbia chiesto di tenermi d'occhio. Mi sbaglio?»

Loiacono fece un respiro fiacco. «Non se la prenda… È solo preoccupato per la sua incolumità.»

«Be', gli dica che non è necessario. Arrivederci!» E si avviò lungo il marciapiede.

Loiacono mulinò rapidamente la leva dell'alzacristalli e si sporse dal finestrino. «Aspetti!»

«Che c'è, adesso?»

«Ormai sono qui. Non le farebbe comodo un passaggio fino alla procura?»

A dire la verità, Scalviati avrebbe preferito rientrare a piedi, dopotutto era poco più di un chilometro. Camminare lo aiutava a pensare, e aveva molto su cui riflettere.

Stava per declinare, quando Loiacono aggiunse che aveva qualcosa di importante da dirgli. Si arrese dunque di fronte alla sua insistenza e salì a bordo della volante.

«Allora, che c'è?»

Loiacono si schiarì la voce. «Il dottor Costanza l'avrà informata del piccolo inconveniente che è capitato ieri in questura.»

«Mi ha spiegato tutto, non si preoccupi.» Scalviati protese una mano in avanti. «Che dice, partiamo?»

Loiacono ignorò il gesto, come se stesse seguendo il filo di un ragionamento che rischiava di sfuggirgli. «Avrebbe dovuto vedere quel tale. Non molto alto di statura, un po' goffo nei movimenti e con uno sguardo che comunicava tutto tranne che un intento criminale.»

«D'accordo. Non è necessario che si giustifichi con me.»

«Non è mia intenzione» fece l'altro. «Sia chiaro che sono molto dispiaciuto di aver creato un disguido. Vede, quell'uomo mi ha detto il suo nome, ma per qualche motivo l'ho dimenticato subito dopo. Mia moglie sostiene che è una specie di malattia, che ne soffrono anche dei personaggi famosi. Far fatica a ricordarsi i nomi, intendo.»

«Può mettersi l'animo in pace. A dire la verità, nemmeno io sono convinto che si trattasse del mostro. Ora può mettere in moto la macchina, per favore? Ho delle questioni urgenti di cui occuparmi in ufficio.»

«Certo, certo.» Loiacono girò la chiave nel quadro di accensione e partì in direzione della procura. Giunto all'incrocio, si voltò verso il magistrato. «Questa notte non sono proprio riuscito a dormire, sa?»

«A chi lo dice.»

«Non facevo che pensare e ripensare a quel nome. L'unica cosa di cui ero sicuro era che cominciava con la emme, del resto era come se la memoria fosse avvolta in una coltre di nebbia.»

«Non si affligga, sono cose che capitano» sospirò.

Un sorriso sornione comparve sul viso di Loiacono. «Si dice che le illuminazioni arrivino quando meno te l'aspetti. Come è successo a quell'inventore greco, come si chiamava... Pitagora, ecco, mentre stava innaffiando le piante e ha esultato: Eureka!»

«Si riferisce ad Archimede?»

«Proprio lui!»

«Comunque, stava facendo un bagno e non annaffiando le piante quando ha scoperto l'esistenza della spinta idrostatica.»

«Piante, bagno, non fa molta differenza. Quel che conta è che a me è successa la stessa cosa mentre aspettavo che lei uscisse dall'albergo. A far scattare la scintilla è stata proprio l'insegna. Principi di Piemonte. Continuavo a leggerla e rileggerla. È stata una specie di associazione mentale involontaria. *Signori si nasce*, dice Totò in quel vecchio film. Sarà una questione di titoli nobiliari, ma tra principi, duchi e marchesi, ecco che all'improvviso quel nome mi è balzato in mente. Giorgio Marchesini, ecco come si chiamava quel tale che si voleva costituire!»

Scalviati lo guardò allibito. Per qualche istante fu incapace di ribattere. «Ne è sicuro?» chiese poi.

«Sì, perché?»

«Inverta la marcia, presto! Mi porti in questura, devo subito parlare con il commissario Costanza.»

98

Scendendo dall'auto, Leda si guardò febbrilmente intorno. Non c'era traccia del minaccioso poliziotto che aveva incontrato da Capaldi, né di volanti della polizia parcheggiate nei dintorni. Non che si aspettasse un intervento tempestivo da parte delle forze dell'ordine, d'altronde. Sempre che Giulia avesse davvero chiamato i soccorsi.

Oltrepassò una Mercedes blu parcheggiata di traverso con una vistosa ammaccatura su un parafango. Si diresse con sicurezza verso l'ingresso della palazzina dove abitava Giulia.

Premette più volte il pulsante del citofono.

Rimase inutilmente in attesa per qualche istante, spostando nervosamente il peso da una gamba all'altra.

"Forza, andiamo" disse tra sé.

Nessuna risposta.

Suonò ancora, ma l'attesa di un segnale da parte dell'amica le stava logorando i nervi.

Spazientita, cominciò a schiacciare i pulsanti di altri interni a caso, sperando che qualcuno le rispondesse.

Dopo alcuni, interminabili secondi, dall'altoparlante si udì la voce di un'anziana signora. «Chi è?»

«Mi apra, per favore! Giulia potrebbe essere in pericolo!»

«Chi?»

«La ragazza del secondo piano! Apra, non c'è tempo!»

Si udì il clic del ricevitore che veniva riagganciato.

In un impeto di sconforto, Leda strattonò il portone, ma quello si limitò a sobbalzare sui cardini.

Poi fece un passo indietro. Il suo sguardo saettò verso la finestra della cucina dell'appartamento di Giulia.

Fu soltanto un attimo.

Le parve di scorgere un movimento all'interno della stanza. Un'ombra fugace oscurare le tende, per poi eclissarsi subito dopo dietro la parete.

«Giulia!» gridò. «Aprimi, sono Leda!»

Le poche persone di passaggio le rivolsero occhiate di sufficienza, ma non le importava cosa pensassero di lei. Aveva bisogno di sapere che la sua amica era al sicuro, che era riuscita ad arrivare in tempo.

«Giuliaaa!»

Due bambini che giocavano a palla poco più avanti, sul marciapiede, si fermarono e cominciarono a farle il verso. «Giulia» cantilenavano.

Leda continuava a fissare la finestra della cucina, come se si aspettasse di veder comparire la ragazza da un momento all'altro. Ma non avvenne.

Si udì la voce di qualcuno dal palazzo adiacente. «Si può sapere che c'è da strillare?»

La ignorò, spostandosi lungo il perimetro, tenendo sott'occhio le finestre del secondo piano. La mente era in turbolenza, i pensieri vorticavano intorno ai peggiori scenari. L'idea che fosse davvero successo qualcosa di brutto la gettò nel panico.

Poi, inaspettatamente, il portone si spalancò.

Sulla soglia comparve Giulia, con indosso la vestaglia e le scarpe da tennis, e in braccio Carlotta. Si mise a correre verso Leda, che rimase per un attimo paralizzata a osservarla, sospesa tra sollievo e incredulità.

«Andiamo via!» disse Giulia trafelata. «È nel mio appartamento!»

Leda fece strada verso la sua macchina. Aprì la portiera con uno strattone ed entrò a bordo.

Giulia salì al posto del passeggero, tenendo la bambina in grembo. La piccola aveva un'espressione spaurita e piagnucolava sommessamente.

Leda infilò le chiavi nel quadro e avviò il motore, lanciando un'occhiata intensa all'altra ragazza. «Ma come...»

«Sono uscita subito dopo la tua chiamata. Mi sono nascosta nella lavanderia del seminterrato. Ho sentito il portone aprirsi e mi sono affacciata. L'ho visto, Leda! Era quel poliziotto! Deve aver forzato la serratura, sono sicura che è entrato in casa mia!»

Leda ingranò la prima e schiacciò l'acceleratore a tavoletta. L'auto partì sgommando.

Mentre stringeva il volante, Leda non si voltò indietro.

Ma se l'avesse fatto, l'avrebbe visto.

Affacciato alla finestra della cucina di Giulia, un uomo in divisa, immobile, con lo sguardo rivolto verso la strada, che osservava la sua auto allontanarsi.

99

«Abbiamo identificato il misterioso amante di Monica Ferretti a cui si riferiva la sorella» annunciò Scalviati.

«Il Marchese?»

Annuì. «Sono convinto che sia l'uomo che ieri si è presentato in questura.»

Costanza aggrottò le sopracciglia. «Scusi, non la seguo.»

«Il Marchese. Un soprannome appropriato per qualcuno che si chiama Marchesini, non trova?»

«Loiacono si è ricordato il nome, finalmente! Sono sollevato anche perché questa mattina mi ha dato il tormento. Ogni volta che lo incrociavo in corridoio era un'occasione per scusarsi.»

«Gli ha chiesto di pedinarmi per… sbarazzarsi di lui?»

Costanza allargò le braccia in segno di resa. «Certo che no! È che di questi tempi le precauzioni non sono mai troppe.»

«Cerchi di non prendere più iniziative del genere» lo seccò Scalviati. «Capisco la sua preoccupazione, ma posso badare a me stesso. Sono stato chiaro?»

«Cristallino.»

Il magistrato fece un cenno di assenso. «Ora cerchiamo di rintracciare questo Marchesini. Se davvero vuole costituirsi, ho tutta l'intenzione di accontentarlo.»

100

Ludwig comparve sulla soglia della tavernetta. «Leda?» proruppe, aggiustandosi gli occhiali sul naso con un dito.

«Scusa se sono piombata qui senza avvisarti» disse lei dal cancelletto. «Ma è una giornata allucinante. Disturbo?»

«Figurati, sono solo sorpreso. Piacevolmente, s'intende.» Si schiarì la voce. «Un attimo che ti apro.» Premette un interruttore sulla parete e si avviò lungo il vialetto.

«Non sapevo portassi gli occhiali da vista» disse Leda andandogli incontro.

«Era il mio segreto meglio custodito. Fino a oggi, almeno.»

«Ti donano. Sembri quasi una persona seria.»

Si strinse nelle spalle. «Non ti ho più sentita da venerdì scorso. Allora, come procedono le indagini?»

«Ecco, è proprio di questo che ti volevo parlare.» Riconoscendo le note di *Careless memories* che provenivano dall'interno, Leda gli rivolse un'occhiata furtiva. «Duran Duran? Sul serio?»

«Ehi, quel pezzo è una perla della new wav...» Ludwig si interruppe nel momento in cui il suo sguardo incrociò quello di una ragazza in vestaglia con una bambina in braccio che stazionava sul marciapiede, di fronte al cancelletto d'entrata. «Loro sono... con te?»

«Giulia, ti presento Ludwig» disse Leda, facendo cenno all'amica di raggiungerla. «Ludwig, Giulia. Lei invece è Carlotta, sua figlia.»

«Piacere di conoscervi.» Ludwig strinse la mano a Giulia. Incerto su come rivolgersi alla piccola Carlotta, fece un cenno d'intesa col capo, che la bambina ricambiò con un sorriso vispo. «Vi va di entrare?»

«Grazie» fece Leda, seguendo Ludwig nella tavernetta.

Giulia si guardò intorno, incantata di fronte alle numerose apparecchiature e agli strumenti presenti in sala. «Sei un musicista?»

«Si nota così tanto?» Rivolgendosi a Leda, aggiunse sottovoce: «Si può sapere che sta succedendo?».

Lei lo prese a braccetto e lo trascinò verso le scale. «Andiamo a prendere qualcosa da bere per Carlotta» annunciò.

Giulia si limitò ad annuire.

Una volta in soggiorno, Ludwig incrociò le braccia al petto. «Mi spieghi perché quella ragazza è in vestaglia?»

Un sospiro. «Te l'ho detto che è una giornata allucinante.»

101

Il corteo di auto della polizia capitanato dalla Giulietta del commissario Costanza percorse corso Francia a tutta velocità, sfrecciando a sirene spiegate tra il traffico, per poi svoltare a sinistra e addentrarsi nell'area urbana di Grugliasco. Superato il centro abitato, dopo una serie di curve si inoltrarono in periferia, per poi arrestarsi di fronte a una casetta dalla linea elegante, circondata da un giardino ben curato.

Era stata sufficiente una ricerca sull'elenco telefonico per scoprire l'indirizzo di Giorgio Marchesini. I tentativi di chiamarlo, tuttavia, si erano rivelati infruttuosi. Il telefono aveva continuato a squillare a vuoto senza che nessuno rispondesse. Cinquantadue anni, celibe, incensurato. Secondo i dati in possesso dell'anagrafe, abitava da solo nella casa della madre, recentemente deceduta.

Scalviati scese dall'auto di Costanza e si diresse verso il cancello d'ingresso, dinanzi al quale stazionava la pattuglia di carabinieri che aveva inviato in avanscoperta.

«Sostituto procuratore Francesco Scalviati» disse a uno degli agenti. «Qualcosa da segnalare?»

Il carabiniere rispose dopo un saluto militare. «Sembra non ci sia nessuno in casa, dottor Scalviati. Dall'interno non proviene alcun rumore. Abbiamo suonato il campanello diverse volte senza ricevere risposta.»

«Forse, in questo stesso istante, si starà presentando in questura nel tentativo di costituirsi di nuovo» sogghignò Costanza.

«C'è poco da scherzare» disse Scalviati. «Quest'uomo è sospettato di complicità in un duplice omicidio. Finché non rintracciamo Salvatore Canu, è l'unico che può condurci sulle tracce del mostro.»

«Io dico di entrare» suggerì il commissario. «Ma è lei l'autorità sul campo.»

Scalviati scrutò brevemente il vialetto di accesso. Una station-wagon bianca era parcheggiata di fronte al garage.

Dalle ricerche che avevano effettuato, Marchesini era architetto presso uno studio tecnico in città. Il magistrato aveva chiamato in ufficio e si era sentito dire che quel giorno non si era presentato al lavoro, senza preavviso. Non era di certo un buon segno.

«Procedete» ordinò.

Un poliziotto si occupò di forzare il cancello, e in pochi istanti gli altri uomini in divisa sciamarono nel vialetto d'accesso.

«Fornasier, con me» disse Costanza, avviandosi verso il garage.

L'agente sollevò il basculante che, sorprendentemente, non era chiuso a chiave. Entrando, i due diedero un'occhiata veloce alle pareti con affissi utensili per il fai da te. Poi si avvicinarono alla porta sul fondo.

Fornasier tentò senza successo di aprirla.

«Ci penso io» fece Costanza. Prelevò un martello con la

testa in metallo. Lo abbatté ripetutamente sulla serratura, fracassandola in pochi tentativi. Un calcio ben piazzato e la porta si spalancò.

Fornasier estrasse la pistola di ordinanza e scarrellò per inserire il colpo in canna. Poi si sporse oltre la soglia, gettando lo sguardo all'interno di un minuscolo corridoio.

«Libero» mormorò. Compì un passo in avanti, seguita da Costanza che si manteneva a distanza di sicurezza.

Aprì uno spiraglio della porta sul fondo, appoggiandosi con la schiena al battente, e rivelando un accesso al soggiorno della casa. Gli occhi vagarono rapidamente nello spazio, attenti a qualunque presenza. Ma non c'era nessuno.

Era arredato in modo funzionale, con pochi mobili dalle linee squadrate sui toni del bianco e del nero, bassi tavolini di plastica e qualche mensola su cui erano allineati libri e videocassette. Un divano di pelle nera era collocato a ridosso del muro, sormontato da gigantografie in stile pop art.

Accanto alla TV stazionava una scrivania con un computer. Sorvegliata da una longilinea statua di arte africana, da un'estremità della sala partiva la scala che conduceva al piano superiore.

Dalla porta d'ingresso proveniva il vociare degli altri agenti.

«Risparmiamo ai ragazzi la fatica di sfondarla» commentò Costanza.

Aprì, permettendo ai poliziotti di entrare in casa.

Fornasier, intanto, si era spostata in cucina. Dalla portafinestra si intravedeva il cortile sul retro, dove un capanno degli attrezzi era affiancato da un olmo che arrivava quasi ad appoggiargli addosso i rami sporgenti.

Percepì un rapido movimento alla sua destra, come una

macchia che attraversò la visuale periferica. Si voltò di scatto con la pistola spianata, trovandosi davanti un gattone tigrato che era comparso sulla lavastoviglie.

«Tu da dove sbuchi?»

Rinfoderò la pistola e protese una mano verso il felino. Aveva una medaglietta al collo con la scritta "Mimì".

«E così sei una lei.»

In tutta risposta, la micia oscillò sinuosamente la coda. Spalancò le fauci, ma tutto ciò che emise fu un miagolio prolungato. Balzò sul pavimento, per poi strusciarsi per qualche istante agli stivali della ragazza. Infine, procedette a passi felpati verso la sala.

«Tutto bene?» chiese Costanza dalla soglia.

Fornasier si limitò ad annuire.

I due rientrarono in soggiorno, dove furono raggiunti da Scalviati.

Loiacono scese le scale, annunciando che anche al piano di sopra non c'era nessuno.

«Un altro *desaparecido*» commentò Costanza.

«Non lo so» ribatté il magistrato. «Ha notato che è tutto in perfetto ordine?»

«Già. Fin troppo.»

«Lo sente questo odore persistente?»

«Candeggina.»

«Questa casa è appena stata pulita da cima a fondo.»

«Forse Marchesini non voleva sfigurare, sapendo che avrebbe ricevuto la visita degli inquirenti.»

«M-mm» fece Scalviati. Si guardò intorno, intercettando il gatto nel momento in cui usciva dalla porta d'ingresso.

«Qualcuno pensi a quel gatto» disse Costanza. «Abbiamo

appena perso un sospettato, cerchiamo di non perdere anche il suo animale da compagnia.»

«Ci penso io» intervenne Fornasier, seguendo la bestiola all'esterno.

Scalviati entrò in cucina e aprì lo sportello sotto il lavabo. Nel vano c'erano diversi prodotti per le pulizie ordinatamente riposti, accanto al cestino dell'immondizia.

Ne sollevò il coperchio, rivelando che era vuoto. Non c'era nemmeno un sacchetto per la raccolta dei rifiuti.

C'era qualcosa di strano, in quella casa. Come se l'ordine e la pulizia servissero a coprire le tracce di qualcosa che si era consumato al suo interno. Qualcosa di terribile.

Un rumore proveniente dal cortile lo distolse dalle sue riflessioni.

Dalla portafinestra vide che il gatto stava pattugliando il capanno degli attrezzi, girovagando nei pressi dell'entrata. Quando Fornasier si avvicinò alla bestiola, quella fece una serie di balzi che la portarono sul tettuccio.

«Diamo un'occhiata al capanno» disse Scalviati, uscendo in cortile.

Fornasier fece un cenno di assenso. Aprì cautamente la porta.

Ma non fu necessario setacciare quello spazio angusto per cercare indizi su quello che era successo al suo proprietario.

Il corpo di Giorgio Marchesini era sospeso, immobile, circondato da scatoloni e attrezzi da giardinaggio.

Era come insaccato negli abiti che indossava, gli occhi stralunati, iniettati di sangue, il volto paonazzo e la lingua che fuoriusciva dalla bocca semiaperta. La corda che gli stringeva il collo era stata agganciata a un anello piantato nel soffitto.

Indossava una sola scarpa. L'altra era sul pavimento, accanto a uno sgabello rovesciato.

Fornasier fece un sospiro. «A quanto pare, il nostro *desaparecido* non ha fatto poi tanta strada.»

102

«Brutta storia davvero.» Ludwig dovette sedersi per non farsi sopraffare dalle emozioni suscitate dal racconto di Leda. «Pensi che quel poliziotto sia… il mostro?»

Leda annuì. «Capaldi riforniva di tranquillanti la ragazza che è stata uccisa. Forse ha scoperto qualcosa ed è stato tolto di mezzo in un modo che non destasse clamore.»

«D'accordo, ma perché prendersela con Giulia?»

«Credo che sappia più di quello che crede di sapere.»

«Dimmi solo cosa posso fare per te» dichiarò solennemente Ludwig. «Per… voi, insomma.»

«I tuoi genitori sono ancora in crociera?»

«Dovrebbero tornare domenica. Perché me lo chiedi?»

«Credi di poterci ospitare, almeno finché non rientrano?» Lo disse d'un fiato, come se bastasse a respingere l'imbarazzo.

Dopo aver fatto salire Giulia in macchina, si era diretta a casa di Ludwig senza nemmeno fare tappa al suo appartamento per prendere un cambio d'abiti o lo spazzolino da denti. Non lo considerava più un luogo sicuro.

«Puoi contarci, socia.»

Leda gli prese il viso tra le mani e, con impeto, gli stampò un bacio sulle labbra. «Grazie. Sei un amico.»

«Figurati» farfugliò, arrossendo.

Leda mantenne gli occhi puntati su di lui. «Dico sul serio. Sei l'unica persona di cui mi fidi veramente, in questa città.»

Seguì un breve silenzio, in cui i due rimasero sospesi nei reciproci sguardi.

«N-non so che dire» fece Ludwig, infine.

«Be', allora non resta che stabilire come sistemarci.»

«Facciamo così. Se per te va bene dormire in tavernetta, io posso stare sul divano. Per la tua amica e sua figlia posso preparare la camera degli ospiti al piano di sopra. Mi fa anche piacere, non la sfrutta mai nessuno.»

«Non sarà necessario. Preferisco che restino con me. Io e Giulia abbiamo un sacco di cose da raccontarci.»

«Nessun problema.»

I due si avviarono verso la tavernetta. A mano a mano che si avvicinavano, le note di pianoforte che provenivano da oltre la porta si facevano sempre più forti.

Quando Ludwig la aprì, trovò Giulia seduta alla tastiera, l'espressione concentrata e la schiena dritta come un'allieva del conservatorio al saggio di fine anno, intenta a eseguire *Vivere una favola* di Vasco Rossi, canticchiando come suo solito un testo palesemente improvvisato.

Si voltò con un sorriso dipinto sul volto. Sembrava persino serena. «Scusa, non ho saputo resistere.»

«Ci mancherebbe! Anzi, se ti va questa sera potremmo fare una jam session.»

«Anche Carlotta sembra gradire» intervenne Leda.

Seduta sul letto, la piccola osservava rapita la madre, muovendo la testolina a tempo per seguire la melodia.

103

Mentre i paramedici caricavano il cadavere di Marchesini sull'ambulanza, Scalviati si rivolse al medico legale.

«Che ne pensa?»

«Confido di darle una valutazione più precisa dopo l'autopsia, ma dallo stato della salma direi che il decesso è avvenuto indicativamente tra le otto di sera e la mezzanotte di ieri.»

Scalviati si concesse qualche istante per riflettere. Il giorno prima, Marchesini si era presentato in questura per costituirsi poco dopo l'una, probabilmente approfittando della pausa pranzo. Da quanto riferito dalla segretaria, in seguito era regolarmente rientrato sul posto di lavoro, per poi lasciarlo verso le sei e mezza. Da quel momento, nessuno aveva più saputo niente di lui.

Si guardò brevemente intorno. Era un quartiere residenziale piuttosto tranquillo, caratterizzato da abitazioni monofamiliari e qualche villetta a schiera di recente costruzione, con strade in buono stato e giardini pubblici in cui i bambini potevano giocare all'aperto.

Alcuni abitanti erano usciti sulla soglia di casa, attirati dall'insolito dispiegamento di forze dell'ordine. Un uomo con la tuta da jogging stava parlando con uno degli agenti per informarsi sull'accaduto.

Scalviati immaginava che in una zona del genere il vicinato fosse ben informato su quello che succedeva agli altri residenti. La tipica comunità in cui i pettegolezzi corrono veloci e tutti sanno tutto di tutti.

Si spostò nel vialetto di accesso, dove Costanza aveva radunato i suoi uomini in attesa che i tecnici della scientifica terminassero i rilievi delle impronte, in modo da poter cominciare una perquisizione approfondita. Era stata un'esplicita richiesta del magistrato che la scena fosse trattata al pari di un omicidio, chiedendo l'intervento immediato della squadra di Di Cara.

«Vorrei che inviasse uno dei suoi a raccogliere le testimonianze dei residenti» disse al commissario. «Qualcuno potrebbe aver visto se Marchesini ha ricevuto visite o se ci sono stati movimenti sospetti nei dintorni della casa.»

«Senz'altro.» Costanza convocò Fornasier e le affidò il compito di interrogare il vicinato.

Al momento di rientrare in procura, Scalviati chiese un passaggio al sovrintendente Loiacono.

Mentre osservava la strada srotolarsi di fronte a lui, si trovò a riflettere sul ruolo che doveva avere avuto Giorgio Marchesini negli omicidi di Monica Ferretti e Paolo Ginestra.

Non sapeva molto sulle abitudini di Marchesini. Di una cosa era sicuro, però. A differenza di Salvatore Canu, non era un criminale, ma un uomo dalla vita ordinaria, con un lavoro rispettabile. Cosa l'aveva spinto a invischiarsi in un duplice omicidio tanto efferato?

La risposta doveva celarsi nel suo rapporto con Monica Ferretti. Un rapporto di amore malato che aveva assunto i contorni dell'ossessione e che lo aveva spinto, infine, ad attraversare la linea d'ombra tra la volontà di possesso e il desiderio di morte.

Poteva immaginare com'era andata. Marchesini aveva messo Monica alle strette, imponendole di smettere di incontrare l'altro suo amante. Lei si era rifiutata. Il loro rapporto si era deteriorato. La mente di Marchesini lo aveva portato sempre più alla deriva, fino a maturare l'inconfessabile desiderio di ucciderla per gelosia.

Una gelosia che lo aveva consumato, corrompendolo dall'interno, togliendogli il sonno, tingendo di oscurità il suo mondo interiore. Fino all'incontro con *qualcuno*, tramite il sistema telematico, in grado di canalizzare quell'oscurità, fino a trasformarla in una rappresentazione di inaudita ferocia.

Il magistrato era convinto che Marchesini fosse presente al Pian del Lot la notte del 26 agosto.

Doveva essere stato lui a condurre in salvo il piccolo Tito dopo i delitti, accompagnandolo a casa del signor Bergesio in un moto di compassione. Forse persino di pentimento di fronte all'orrore di cui era stato partecipe.

104

Leda considerò doveroso chiamare in redazione per rassicurare Enrico Loi. Dopotutto, aveva lasciato la sua scrivania da diverse ore. Era uscita di gran fretta, senza fornire alcuna spiegazione.

«Tutto bene?» chiese lui.

«Sì... più o meno.»

Un sospiro dall'altro capo della linea. «Voglio che tu sappia che se c'è qualcosa che non va nella tua vita, puoi parlarne con me. Se hai bisogno di sostegno, non devi far altro che chiedere. Non solo come caporedattore, ma come amico. So quello che hai passato e mi rendo conto che il mio ruolo può incutere un po' di soggezione. Ma ti assicuro che so essere un ottimo ascoltatore.»

Non era necessario che lo dicesse apertamente, era chiaro a cosa si riferiva. Temeva che avesse avuto una ricaduta.

Non poteva negare, Leda, che il suo comportamento sul luogo di lavoro, negli ultimi tempi, era stato tutt'altro che esemplare.

Aveva orari irregolari, le sue risposte erano il più delle volte evasive, si comportava in modo sfuggente e spesso non diceva la verità. Insomma, una sintesi dei più comuni segnali d'allarme di quando hai a che fare con un tossicodipendente recidivo.

Riuscì tuttavia a ironizzare sulle parole di Loi. «Soggezione? Enrico, sei un pezzo di pane. Quando mai hai messo in soggezione qualcuno dei tuoi dipendenti?»

«Va be', hai capito.»

«Non devi preoccuparti. Sto bene, davvero. Giuro che appena sarà finita questa storia ti spiegherò tutto. E se le cose vanno per il verso giusto, ti consegnerò un pezzo che farà saltare il direttore sulla sedia.»

«Lo sapevo che eri ancora sul campo! Non ho creduto neanche per un istante che ti fossi tirata indietro.»

«Infatti. E proprio per questo ti chiedo di portare un po' di pazienza. Sarò via per qualche giorno, ma cercherò di mettermi in contatto con te con una certa regolarità.»

«In che senso sarai via per qualche giorno?»

«Ci sono alcune cose che devo sistemare.»

«Sei in pericolo?»

Leda evitò di rispondere.

«E Carlos?» incalzò Loi.

«Per fortuna è da suo padre fino all'inizio della scuola.»

«Scusa, devo chiedertelo. Sei sicura di quello che stai facendo?»

«Sì» rispose con fermezza. «C'è qualcuno sulle mie tracce, ma per il momento la situazione è sotto controllo.»

«*Qualcuno?*»

«Non posso essere più precisa, per ora.»

«Da dove stai chiamando?»

Una breve esitazione. «Non posso dirtelo. Otterrei soltanto di mettere in pericolo anche te.»

«Per la miseria, De Almeida! In che razza di guaio ti sei cacciata? Devi subito rivolgerti alla polizia. Ho saputo che hanno trovato un altro cadavere.»

«Cosa? Chi...»

«Un certo Giorgio Marchesini. A quanto pare, si tratta di un suicidio piuttosto sospetto. Stando alle voci, era implicato negli omicidi di Monica Ferretti e Paolo Ginestra.»

«Marchesini?» ripeté Leda. Poi la sua attenzione fu richiamata dall'impatto di qualcosa che si infrangeva a terra. Si voltò di scatto.

Giulia era immobile dall'altro lato della sala, il volto terreo, gli occhi sgranati. Ai suoi piedi, il bicchiere rotto con il succo d'arancia che si spargeva sul pavimento. Scosse leggermente la testa, poi si avviò verso lo sgabuzzino per prendere uno strofinaccio. Ripulì senza dire una parola, mentre Leda concludeva la sua telefonata.

Infine, si diresse verso la tavernetta, scomparendo oltre la porta d'ingresso.

105

Scalviati osservò la cartuccia all'interno della busta trasparente che gli aveva consegnato Di Cara. Era perfettamente integra, con la pallottola rivestita di rame scintillante e il fondello del bossolo con incisa la lettera H.

«Dove l'avete trovata?» chiese.

«In un luogo banalissimo» rispose Di Cara. «Era riposta nel cassetto della scrivania del computer. Come vede, si tratta di una calibro .22 long rifle.»

«La stessa utilizzata dal mostro. E non ce n'erano altre?»

«Abbiamo setacciato la casa, ma non abbiamo trovato altre cartucce» intervenne Costanza. «Né, tantomeno, un'arma compatibile con questa tipologia. Del resto, non risulta che Marchesini avesse il porto d'armi.»

I tre si erano riuniti nell'ufficio del capo della scientifica per fare il punto sulla situazione. Erano quasi le sette di sera, e l'angolo di cielo visibile attraverso la finestra era tinto delle sfumature rosate che precedevano il tramonto.

«Una Beretta serie 70 non è difficile da trovare, per qualcuno che abbia le conoscenze giuste» disse Di Cara.

«Improbabile che un colletto bianco come lui avesse le conoscenze giuste. Era il tipo di persona che lavava la macchina la domenica mattina e nel tempo libero si dedicava al giardinaggio» disse Costanza. «Ma era anche un uomo che nascondeva un segreto.»

«Appunto.» Scalviati appoggiò la busta con la cartuccia sul tavolo. «Se si tratta davvero del Marchese, conosceva qualcuno che poteva procurargli ben più di una pistola semiautomatica: il mostro.»

«Sempre che non fosse lui, il mostro.»

Di Cara annuì con un cenno del capo. «Il senso di colpa per l'omicidio dell'amante potrebbe averlo spinto a consegnarsi alla polizia.»

«Su questo siamo d'accordo» fece Scalviati. «Loiacono ha riferito le sue testuali parole: *non riesco più a sopportare il peso della mia colpa*. E non c'è alcun dubbio, credo, che Marchesini fosse coinvolto nell'omicidio di Monica Ferretti. Ma siamo ben lontani da attribuirgli sei efferati omicidi. Anche questo suicidio, come quello di Capaldi, è evidentemente sospetto.»

Quando ebbe finito di parlare, nell'ufficio calò un silenzio carico di elettricità. Di Cara sembrava dubbioso, intento in una riflessione.

«Concordo in parte» disse poi. «Se qualcuno lo avesse aggredito, in casa avremmo trovato tracce di colluttazione. E magari segni di effrazione nella serratura dell'ingresso.»

«La casa è stata ripulita da cima a fondo poche ore prima del nostro arrivo» precisò Scalviati. «Forse, proprio per nascondere le tracce di colluttazione. Persino il cestino dell'immondizia era vuoto. Chi lo sa che qualche soprammobile non fosse andato rotto durante la lotta tra Marchesini e il suo aggressore. Quella cartuccia potrebbe essere un souvenir della notte del delitto, oppure essere stata collocata intenzionalmente per depistare le indagini. Per quanto riguarda l'assenza di effrazione, significa soltanto che Marchesini conosceva il suo assassino, e probabilmente gli ha aperto la porta di casa.»

«Lei dà per scontato la presenza di un aggressore, eppure tra i suoi vicini nessuno ha visto niente» intervenne Costanza. «Né visitatori, né movimenti sospetti intorno alla sua abitazione.»

«Io dico che forse è giunto il momento di considerare altri scenari» gli fece eco Di Cara. «Siamo tutti concordi che negli omicidi siano implicate diverse persone. Ma lei ha parlato di un possibile movente esoterico, e magari si tratta di una setta di aspiranti suicidi come quella di Jonestown, in Guyana. È successo solo dieci anni fa, non parliamo certo del Medioevo. Eppure, sotto le opportune circostanze, un uomo solo è riuscito a convincere centinaia di persone a ingerire cianuro e a somministrarlo ai propri figli.»

«Una setta suicida?» proruppe Scalviati. «Non so nulla delle convinzioni religiose di Marchesini, ma cose del genere sono lontanissime dalla mentalità di un individuo come Salvatore Canu. E l'incidente in cui ha perso la vita suo fratello non assomiglia per niente a un suicidio.»

Costanza si schiarì la voce. «Perdoni la franchezza, dottor Scalviati, ma temo che Di Cara abbia toccato un nervo scoperto. Ci stiamo concentrando su un solo punto di vista, mentre per venire a capo di questa vicenda, nella sua interezza, bisogna valutare anche altre ipotesi. Le idee di quell'americano stanno distogliendo le indagini dalla cruda analisi degli indizi. Ho letto il profilo del mostro, ma a me sembrano solo speculazioni campate in aria. Alla fine della storia, sono solo i fatti che contano.»

«I fatti parlano chiaro» affermò Scalviati, spazientito. «È vero che il lavoro di Stoner consiste più che altro nell'elaborare teorie piuttosto che seguire gli indizi, ma non c'è alcun dubbio che sappia il fatto suo. Proprio ora, mentre stiamo parlando, è su un volo per Londra. L'ho incaricato di investigare tra i casi di omicidio avvenuti nel Regno Unito tra il '73 e l'86, alla ricerca di delitti che possano essere attribuiti a Zenit.»

«Londra?» ripeté Costanza, allibito.

«L'ultimo messaggio di Zenit alla stampa americana è stato decifrato. Contiene le coordinate geografiche di tre città: San Francisco, Londra e Torino. Zenit è scomparso per quindici anni, quindi è possibile che si sia trasferito a Londra prima di giungere a Torino.»

Il commissario scosse la testa. «E perché avrebbe dovuto raccontarlo alla stampa?»

«Perché gli piace prendersi gioco degli inquirenti. Per come sono andate le cose, non si può dire che non ci sia riuscito.»

«Al diavolo Zenit. Comincio a pensare che sia solo fumo negli occhi.»

Scalviati si sforzò di mantenere un'espressione conciliante. A differenza dei suoi collaboratori, rifiutava di considerare la possibilità che ben due persone collegate alle indagini avessero deciso di togliersi la vita a pochi giorni di distanza. «A che punto siamo con le ricerche di Salvatore Canu?»

Costanza alzò leggermente una spalla. «Ho sguinzagliato tutti i miei informatori, ma in città nessuno sembra sapere dove si sia cacciato. L'unica cosa che ho scoperto è che è sparito anche uno dei suoi tirapiedi, tal Battista Mura, che è poi il gorilla che ho incontrato al Caligola.»

«Un uomo non può scomparire nel nulla da un giorno all'altro» fece Scalviati. «A maggior ragione dopo essere rimasto ferito in un grave incidente stradale.»

«Stiamo facendo il possibile...»

«Non ne dubito, dottor Costanza, ma quello che è successo a Marchesini e Capaldi, di qualunque cosa si tratti, è la dimostrazione che non possiamo perdere tempo a discutere tra di noi. Dobbiamo agire. Non avrei mai pensato di doverlo dire, ma bisogna rintracciare quel criminale da strapazzo al più presto per metterlo sotto protezione.»

«Già. Un bel controsenso.»

Il magistrato rifletté per qualche istante. «Voglio un elenco delle proprietà immobiliari che possano essere ricondotte al clan dei Canu, all'interno della regione. Quell'uomo non ha avuto molto tempo per organizzare la sua fuga. Ha dovuto improvvisare. Sono convinto che troveremo il suo rifugio tra queste.»

«Me ne occupo domani mattina alla riapertura degli uffici del catasto.»

Forse le cose non erano andate come aveva sperato – avrebbe di gran lunga preferito trovare vivo Marchesini per poterlo interrogare –, ma finalmente Scalviati aveva un'idea abbastanza chiara di come fosse organizzata la rete di complicità costruita dal mostro.

«Credo che dietro gli omicidi del 26 agosto ci sia la gelosia di Marchesini nei confronti di Monica Ferretti» disse. «Esattamente come dietro l'omicidio di Alice Dallara e Robert Lescaux c'era un affare di droga. Il mostro si comporta come un incubatore di energie negative, radunando intorno a sé persone con un movente per uccidere che lo indirizzano verso le potenziali vittime.» Aprì la sua agenda e la sfogliò alla ricerca di un'annotazione. Si fermò su una pagina in cui aveva riportato alcune riflessioni che riguardavano il primo duplice omicidio. «Per questo, vorrei convocare Lorenzo Colucci, l'ex fidanzato di Linda Frasso, per un nuovo interrogatorio alla luce dei recenti sviluppi.»

«Sarà fatto» disse Costanza.

Scalviati cercò lo sguardo di Di Cara. «Bisogna analizzare il computer di Marchesini. Potrebbero esserci tracce del sistema utilizzato per contattare Zenit.»

«Incaricherò uno dei miei tecnici.»

«E poi abbiamo bisogno dei tabulati della sua utenza telefonica. Una ricerca incrociata con quelli di Canu dovrebbe finalmente permetterci di rintracciare il numero della stazione BBS del mostro. Per non perdere altro tempo prezioso, sarebbe opportuno sottolineare il carattere urgente della richiesta.»

Di Cara annuì. «Conosco un dirigente della SIP che può aiutarci ad accelerare la pratica.»

Al momento di congedarsi, Scalviati si soffermò a osservare la fotografia appesa accanto alla finestra. Esercitava su di lui un fascino magnetico, al punto da dargli la sensazione che celasse qualcosa di importante dietro le ombre nette. «E quella? Non l'ho mai vista prima.»

«D'impatto, non trova?» ribatté l'altro. «L'ho avuta da De Almeida. Mi ha detto che l'ha scattata suo figlio la notte degli omicidi. È la prima testimonianza in assoluto della comparsa dei ragni a ponte Vittorio.»

«Ne parla come se ragni e omicidi fossero correlati.»

Di Cara abbozzò un sorriso. «Lungi da me pensare una cosa del genere. È solo che quella foto mi ha colpito al punto che ho voluto appenderla qui in ufficio. Un giorno, credo, quando i ragni se ne saranno andati e la situazione sarà tornata alla normalità, probabilmente nessuno se ne ricorderà più. Come scienziato, però, ritengo doveroso conservare la memoria di un fenomeno tanto insolito quanto affascinante.»

106

«A cosa stai pensando?» chiese Leda.

Giulia era stesa accanto a lei, di spalle, sotto la coperta. In mezzo alle due si era rannicchiata la piccola Carlotta, l'unica a essere riuscita a prendere sonno.

«Ho quasi paura ad addormentarmi» rispose la ragazza senza voltarsi. «Ogni notte è la stessa storia... È da quando Mimì è stata ammazzata che vivo così, sempre in allerta. Non mi perdonerei mai se dovesse succedere qualcosa alla mia bambina.»

«Siete al sicuro, qui.»

Era calata la notte e la città era assopita nel silenzioso abbraccio delle tenebre. Dall'esterno della tavernetta proveniva occasionalmente il rumore di un'auto di passaggio.

«Lo credi davvero?»

In tutta risposta, Leda sganciò la catenina che portava al collo. Sfilò l'anello che portava come pendente e, con fare cerimonioso, lo consegnò a Giulia. «Prendi questo. Mettilo sotto il cuscino.»

L'altra si rigirò il gioiello tra le dita per alcuni istanti, osservando la pietra incastonata nella punta. Alla luce tenue dell'abat-jour, appariva di un colore straordinariamente profondo. «È bellissimo, ma... non capisco.»

«Quando ero piccola, certe notti in cui mi sentivo particolarmente irrequieta, mia nonna mi dava questo anello da mettere sotto il cuscino. Diceva che il granato aiuta a scacciare gli incubi.»

«E funzionava sul serio?»

Leda fece spallucce. «Direi di sì. O forse era la sua voce a tranquillizzarmi, e il fatto di tenere vicino a me un oggetto che le apparteneva. Mia madre non è mai stata particolarmente affettuosa. Ora si è un po' addolcita con gli anni, ma era piuttosto rigida, controllata. In famiglia è lei quella severa, ha sempre trattato anche mio padre con una certa accondiscendenza, come un eterno adolescente. Tutto il contrario di nonna Jacinta, che era dolcissima e aveva sempre una buona parola per tutti.»

«Ti manca molto tua nonna?»

«Sì. Soprattutto in periodi come questo. Non sai cosa darei per un suo consiglio.»

Giulia sistemò l'anello di Leda sotto il cuscino, poi si raggomitolò in posizione fetale.

«Non sapevo che suonassi così bene il piano» continuò Leda.

«Strimpello qualche accordo, tutto qui. Quando stavo ancora al paese, la mia vicina di casa era un'insegnante di pianoforte. La ascoltavo suonare dalla finestra ogni giorno dopo la scuola. Si chiamava Luisa. Una volta, avrò avuto tredici anni, mia madre mi mandò da lei per delle commissioni. Mi accolse nella sala da pranzo, dove teneva il pianoforte a coda, e ricordo ancora l'emozione che provai di fronte a quello strumento così solenne. Ero come incantata. Luisa se ne accorse e mi fece una proposta. Sapeva che i miei genitori non potevano permettersi di pagarmi le lezioni di piano, ma siccome aveva un figlio piccolo, disse che mi avrebbe insegnato a suonare se accettavo di fargli occasionalmente da babysitter. Andammo avanti per più di un anno.»

«Direi che hai fatto un buon affare.»

«Mi sono persino affezionata a quel monello di Leonardo. All'epoca aveva tre anni, proprio come Carlotta. Dovevo sorvegliarlo di continuo perché aveva il vizio di sgattaiolare in bagno per svuotare i flaconi di sapone liquido. Ogni volta ero terrorizzata all'idea che potesse intossicarsi.»

«Forse aveva una propensione alla chimica.»

Nella penombra della stanza, gli oggetti sembravano galleggiare in un fluido indefinito. Il silenzio era un velo così sottile che forse persino i pensieri erano in grado di lacerarlo.

«Mi dispiace di aver ascoltato la tua telefonata» sospirò Giulia. «Non volevo essere indiscreta.»

«Non ti preoccupare.»

«Quando ho sentito quel nome è stato uno shock.»

«Marchesini?»

Giulia si voltò e accarezzò la testolina di Carlotta. Per qualche secondo rimase in ascolto del respiro della piccola, assicurandosi che stesse davvero dormendo. «Ricordi quella sera in cui sono rientrata con segni di percosse?» disse a bassa voce.

«Come potrei dimenticarlo?»

«È stato lui.»

«Che gran bastardo.» Leda dovette sforzarsi di moderare il tono. «È stato uno dei tuoi clienti?»

Annuì. «Quell'uomo è pericoloso.»

«Era.»

«È... morto?»

«Suicidio, pare.»

L'altra scosse il capo. «Giorgio non era tipo da togliersi la vita. Era un represso, un violento. Aveva una fantasia morbosa, si eccitava nel sottomettere le donne. Purtroppo l'ho scoperto a mie spese quando ormai era troppo tardi. Sono uscita con lui due volte. La prima sera è stata tutto sommato ordinaria, senza grossi scossoni. La seconda volta, durante la cena è stato gentile, persino galante. Poi, in camera da letto, è come se fosse scattato qualcosa nella sua mente. Mi ha girata di peso e mi ha strappato via la gonna. Per un attimo sono rimasta paralizzata, incapace di reagire. Mi ha cinta con un braccio intorno al collo, mentre sentivo che armeggiava con la cintura dei pantaloni. Non so dove io abbia trovato la forza di sottrarmi alla sua presa. Ho cercato di fuggire, ma lui ha perso la testa. Ha cominciato a colpirmi con la cornetta del telefono. Poi è passato alle mani. Schiaffi, pugni, calci. Per un attimo, ho creduto che mi avrebbe uccisa.»

«Mi dispiace...»

«Lo so.»

Le due rimasero per qualche istante senza dirsi nulla. Poi fu Leda a rompere il silenzio. «Sapevi che si incontrava con Monica?»

«Sì. Giorgio aveva una specie di fissazione per lei. Aveva chiamato persino la sua gatta Mimì. Lei diceva che riusciva a gestirlo, in qualche modo. Le facevano piacere le sue continue attenzioni, i regali costosi. Era convinta di essere in grado di tirar fuori il suo lato migliore. Ma qualcosa dev'essere andato storto, perché all'inizio dell'estate mi ha detto di aver rotto definitivamente con lui.»

107

Non fu possibile eseguire la richiesta di Scalviati di interrogare Lorenzo Colucci, l'ex fidanzato della prima vittima.

La mattina di giovedì 8 settembre, infatti, con una telefonata, il commissario Costanza comunicò al magistrato che il ragazzo era deceduto a marzo in un incidente sul lavoro, precipitando dal quinto piano di una palazzina.

Scalviati aveva ritenuto inaccettabile il fatto di non essere stato informato tempestivamente della sua morte. Si trattava, dopotutto, di qualcuno legato a un'indagine per omicidio.

Ma c'era ben poco da fare, ormai. Che si fosse trattato di un intoppo burocratico o della disattenzione di un funzionario, considerando le circostanze e il tempo trascorso, identificare il responsabile era di fatto impossibile.

Colucci, che di mestiere faceva l'elettricista, viveva in un appartamento in Borgo San Paolo insieme a dei colleghi.

La sua stanza era stata affittata a un altro inquilino, quindi l'unica perquisizione che si poté effettuare fu tra i suoi effetti personali, conservati in alcuni scatoloni che erano stati consegnati ai suoi genitori.

Tra i vestiti e le attrezzature di lavoro, non fu inaspettata la scoperta di una cartuccia calibro .22 identica a quella trovata a casa di Giorgio Marchesini, conservata all'interno del taschino della sua tuta da lavoro.

Per Scalviati fu la conferma che una cartuccia di quel tipo avesse una valenza simbolica nel patto con Zenit, una sorta di cimelio che consolidava l'accordo tra il killer e il suo complice occasionale. Quasi l'effigie di un culto scellerato in cui uno spietato assassino era profeta alla ricerca di apostoli.

Probabilmente, ne possedeva una identica anche Salvatore Canu, sempre che l'avesse conservata.

Considerando la scia di cadaveri che Zenit si stava lasciando alle spalle, era evidente che nel siglare il patto i suoi seguaci non si rendessero conto di firmare anche la loro condanna a morte, dal momento che diventavano scomodi testimoni della sua identità.

Scalviati si aspettava di trovare un computer tra gli effetti personali di Colucci, ma secondo i suoi genitori non ne aveva mai posseduto uno. Come era entrato, dunque, in contatto con il killer che aveva ucciso la sua ex fidanzata e il suo nuovo compagno?

Ogni volta che il magistrato aveva la sensazione di avvicinarsi alla verità, era come se i fatti potessero smentirlo. Ogni tentativo di identificare uno schema ricorrente nel comportamento di Zenit sembrava destinato a fallire.

Durante un colloquio telefonico, i genitori di Colucci dissero che non sapevano nulla di quella cartuccia e che il figlio non possedeva nemmeno una pistola. Che era vero che non aveva mai superato la rottura con Linda, ma che era rimasto così sconvolto per la sua morte da essere sprofondato nella depressione. Avevano interpretato quella caduta – da tutti i colleghi giudicata accidentale – come un suicidio.

Verso le cinque del pomeriggio, il dottor Di Cara annunciò di aver ricevuto i tabulati telefonici di Marchesini. Non aveva perso tempo, e aveva messo immediatamente al lavoro uno dei suoi tecnici per confrontarli con quelli di Salvatore Canu, in modo da trovare al più presto eventuali occorrenze in comune.

La risposta arrivò circa un'ora dopo.

C'era, effettivamente, un numero di telefono che sia Marchesini che Canu avevano chiamato più volte nelle settimane precedenti agli omicidi in cui erano coinvolti.

Era la svolta che Scalviati aspettava.

Doveva essere quello il numero del presidio telematico del mostro. L'elemento chiave che, dopo tanti ostacoli, avrebbe permesso di imprimere una decisa accelerazione alle indagini.

Un semplice numero di telefono che, una volta rintracciato, avrebbe permesso di identificare la stazione BBS con cui il mostro veniva contattato dai suoi complici occasionali.

Nei minuti che seguirono, ci furono consultazioni febbrili, ripetute chiamate e scambi di fax tra la procura, la sede del gabinetto scientifico e gli uffici della compagnia telefonica.

Il problema era che il domicilio dell'utenza fornito dai tecnici di rete, semplicemente, non poteva essere corretto.

Quel numero di telefono non avrebbe nemmeno dovuto esistere.

Perché l'indirizzo a cui era associato era quello dell'inferno.

108

Chiunque, in città, conosceva quella brutta storia. Un'immane, insensata tragedia che all'epoca aveva provocato sgomento e incredulità non solo a Torino, ma in tutto il paese.

Era una domenica, il 13 febbraio del 1983. Faceva freddo, e poco dopo il tramonto aveva cominciato a nevicare. Ma coloro che si erano radunati all'interno del cinema Statuto non se n'erano ancora accorti.

In programma c'era *La capra* con Gérard Depardieu. Complice il maltempo e il fatto che il film fosse alla tredicesima settimana di proiezione, aveva attirato solo un centinaio di spettatori rispetto agli oltre mille posti garantiti dalla capienza del locale.

Era la settimana del carnevale. Per le strade della città sfilavano pigramente i carri allegorici, tracciando solchi sulla neve mista a ghiaccio che si depositava sull'asfalto.

Verso le 18:15, una ventina di minuti dopo l'inizio dello spettacolo, qualcuno in platea aveva udito un tonfo sordo sovrapporsi alla traccia sonora del film, un rumore simile a quello di una stufa a gas quando viene accesa.

Si era levato un grido. «Al fuoco!»

Un cortocircuito nell'impianto elettrico aveva incendiato il tendone che separava la platea dal corridoio d'ingresso. Cadendo sulle poltroncine delle ultime file, le aveva avviluppate tra le fiamme nel giro di pochi istanti, sprigionando fin da subito un gran fumo.

Allo sconcerto era seguito il terrore.

Tra i presenti si era scatenata una corsa disperata per cercare una via di fuga. Una lotta per la sopravvivenza avanzando a tentoni nel buio, in una calca furiosa, tra le urla e i passi concitati di gente che non sapeva dove andare, le fiamme e il fumo denso che si stava propagando, inarrestabile, ammorbando l'aria, rendendola irrespirabile.

A volte, la rabbia provocata da una tragedia si deve misurare col significato delle parole. Parole come "ignifugo", per esempio, detto di materiale in grado di impedire o limitare la combustione.

Erano definiti ignifughi i tessuti dell'imbottitura delle poltroncine, la moquette, le tende, i solai, i rivestimenti delle lampade. Eppure erano composti di materiali in grado di produrre un miscuglio letale di ossido di carbonio e acido cianidrico in caso di esposizione alle alte temperature.

Materiali che erano stati certificati a norma di legge al termine della ristrutturazione, pochi mesi prima, da una commissione di sette ispettori ministeriali. La legislazione in materia di sicurezza, approssimativa e male applicata, non teneva in conto che il pericolo, in caso di incendio, potesse provenire dalle esalazioni, e non soltanto dalle fiamme.

Enfisema polmonare fulminante. Il fumo denso, velenoso, che si stava diffondendo in sala, era in grado di uccidere in quaranta secondi.

Dalla biglietteria, il proprietario aveva cominciato a sentire rumori convulsi che provenivano dalla platea. Erano le spallate, i pugni, i calci contro le porte delle uscite di sicurezza. Porte che erano state chiuse a chiave per impedire l'ingresso dei cosiddetti "portoghesi", gli spettatori non paganti.

Solo una avrebbe ceduto: da quel varco alcuni spettatori avrebbero trovato scampo in strada, rotolando l'uno sull'altro, traendo il primo respiro dopo aver tenuto naso e bocca tappati e gli occhi chiusi durante la fuga.

Altri erano riusciti a superare la barriera di fuoco sul fondo della platea, raggiungendo l'atrio attraverso il corridoio laterale.

Il proprietario si era precipitato in sala. Era convinto che fosse ancora possibile salvare tutti. Ma la sua decisione di non sospendere la proiezione e di non accendere le luci di emergenza – a suo dire, per non provocare il panico – si sarebbe rivelata catastrofica.

Mentre sullo schermo scorrevano indifferenti le immagini del film, in galleria il pericolo era stato percepito con drammatico ritardo. Lì non si era visto il fuoco, era arrivato solo il fumo. Tossico. Letale.

A causa delle esalazioni che si levavano dalla platea sottostante, non si sarebbe salvato nessuno.

I primi soccorritori a entrare in galleria, che si erano inerpicati per la scala estesa dall'autopompa dei vigili del fuoco al primo piano dell'edificio mentre i colleghi ancora si davano da fare per domare le fiamme, non avrebbero mai dimenticato l'orrore che li attendeva tra quelle mura.

Con l'autorespiratore sul volto, le bombole sulle spalle e i fasci delle torce elettriche come unica sorgente di luce, si erano addentrati in un inferno di fumo densissimo e calore insopportabile.

Corpi disseminati sul pavimento. Nei corridoi, a ridosso delle porte, tra le file delle poltroncine. Alcuni ancora seduti, asfissiati dalle esalazioni prima di poter reagire.

Sotto lo sguardo attonito e impotente di autorità, giornalisti, sopravvissuti e semplici cittadini radunati in strada oltre le transenne, era cominciato il pietoso trasporto delle salme all'esterno dell'edificio. Alcuni corpi avevano le braccia levate al cielo, come un ultimo gesto di resa: un effetto fisiologico del calore che ne aveva stirato i tendini.

Dapprima i cadaveri erano stati radunati sul marciapiede. Corpi neri allineati sulla neve bianca che continuava a cadere, illuminati dalle fotoelettriche e dalla vibrante luce blu dei lampeggianti delle ambulanze.

Poi si era deciso di utilizzare la rimessa del vicino autonoleggio come improvvisata camera ardente. Ed erano iniziate le strazianti procedure di riconoscimento delle vittime.

Alle 21, il colpo di coda di una tragedia che sembrava non voler finire mai: la scoperta di altri ventisette cadaveri ammassati tra il bagno della galleria e uno stanzino adiacente. A tentoni, nel buio, dovevano aver cercato una via di uscita, solo per finire in una trappola mortale fatta di muri invalicabili e fumo tossico.

Sessantaquattro morti, tra cui due bambini.

La strage più grave avvenuta a Torino dai tempi del dopoguerra.

Una strage di giovani.

Era la vigilia di San Valentino e tra gli spettatori c'erano tante coppiette che avevano scelto di festeggiare la ricorrenza al cinema. Due fidanzati erano stati trovati abbracciati. Per loro, le famiglie avevano chiesto di officiare un matrimonio postumo. Non essendo possibile, avevano scelto di seppellirli con gli abiti da sposi.

Si dice che ogni incendio distrugge le sue cause. Per accertare la verità fu necessario eseguire un "esperimento giudiziale", durante il quale venne nuovamente appiccato il fuoco in vari punti della platea alla presenza di alcuni sopravvissuti e degli investigatori.

In assenza di prove che dimostrassero la manomissione dell'impianto elettrico da parte di un piromane, la causa del cortocircuito fu attribuita a un guasto.

Al processo furono condannati sei degli undici imputati per concorso in omicidio colposo, tra cui il proprietario del cinema, il geometra che ne aveva supervisionato la ristrutturazione, il tappezziere e una maschera. Ma le ragioni della tragedia andavano oltre le responsabilità degli individui.

La strage dello Statuto aveva messo in evidenza le carenze di una normativa troppo ambigua in materia di sicurezza dei locali pubblici. Persino la chiusura delle uscite di emergenza non violava la legge, che prescriveva genericamente che dovessero essere "apribili". I maniglioni antipanico erano poco diffusi e non obbligatori, così come i rilevatori antincendio. Gli impianti elettrici erano datati e le certificazioni sui rivestimenti ignifughi inadeguate.

C'erano volute sessantaquattro persone morte in un locale perfettamente in regola per spingere il governo a una radicale revisione della normativa, a cui era seguita una corsa contro il tempo per adeguare teatri, ristoranti e discoteche in tutto il paese.

Adesso, a più di cinque anni di distanza, il cinema Statuto era ancora lì, a pochi passi di distanza dall'omonima piazza, nello stesso stato in cui si trovava dopo la tragedia, con la sua facciata annerita, i bordi dell'insegna corrosi dalle intemperie, gli ingressi sbarrati e l'intonaco sbrecciato per l'assenza di manutenzione.

Gli echi della sciagura non si erano mai spenti, e a fronte dei costi onerosi per ristrutturarlo, da tempo si vociferava che sarebbe stato abbattuto, senza che dall'amministrazione comunale fosse mai arrivata una decisione definitiva in merito a tempi e modi.

Il cinema Statuto era un edificio fantasma, motivo di imbarazzo per la città intera. Il volto di una sconfitta di fronte al quale la maggior parte dei passanti preferiva distogliere lo sguardo.

Di certo, non c'era alcun motivo che avesse ancora una linea telefonica attiva.

Eppure era proprio quello, l'indirizzo fornito dalla SIP.

Per quanto sembrasse impossibile, il modo utilizzato dai complici di Zenit per entrare in contatto con lui era una telefonata, tramite un computer predisposto, al cuore oscuro della città.

109

Scalviati decise di procedere con discrezione, in modo da non attirare l'attenzione di cittadini e media. Non voleva che Zenit venisse a conoscenza dello stato di avanzamento delle indagini. La perquisizione al cinema Statuto doveva sembrare un intervento di routine. Chiunque avrebbe dovuto pensare che si trattasse del sopralluogo di una squadra di tecnici, magari inviata da uno scrupoloso funzionario comunale, per la valutazione della struttura in vista della demolizione.

Poco prima dell'alba di venerdì 9 settembre, un furgone con le insegne identificative del comune parcheggiò di fronte alla facciata dell'edificio.

Ne scesero il commissario Costanza, l'agente scelto Fornasier e il sovrintendente Loiacono, questi ultimi in tuta da lavoro e i caschetti antinfortunistica calcati sulla testa. I tre erano accompagnati da un vigile del fuoco e da Daniele Pernotti, un tecnico della scientifica, esperto in comunicazioni elettriche.

Nel vano posteriore del furgone rimase il giudice Scalviati, seduto alla postazione radio allestita per l'occasione, in contatto con la squadra tramite ricetrasmittente.

L'analisi del computer di Marchesini non aveva fornito alcun elemento di interesse. Nei floppy disk erano presenti soltanto pochi programmi di uso comune e nessuna traccia di messaggi scambiati tramite la rete telematica. Era probabile che il suo assassino si fosse premurato di cancellare ogni traccia, esattamente come aveva fatto con le scorte di medicinali di Capaldi.

Prima di definire i dettagli dell'operazione, la sera del giorno precedente, il magistrato si era quindi riunito con Di Cara e Costanza per verificare l'accesso alla stazione BBS del mostro tramite un computer opportunamente equipaggiato.

Di Cara aveva composto il numero di telefono del cinema Statuto tramite la linea di comando. In tutta risposta, il modem aveva emesso una serie di toni, terminando la sequenza con un gracchiante rumore prolungato. Era seguito un silenzio carico di aspettative, in cui i presenti avevano gli occhi inchiodati sul monitor del computer.

Pochi istanti dopo, era comparsa una videata composta da caratteri alfanumerici che tracciavano un logo dalla forma spigolosa, sormontato dal simbolo stilizzato dell'astrolabio.

Zenit's lair, c'era scritto. L'antro di Zenit.

Non avrebbe potuto esserci segnale più esplicito per chiarire con chi avevano a che fare.

Il cursore lampeggiava sul fondo della schermata, al termine dell'indicazione:

Inserire password o digitare "request" per richiederla.

Scalviati aveva deciso di non procedere oltre. Il computer era stato spento e scollegato dalla rete telefonica.

Ora, mentre attendeva che gli uomini sul campo gli confermassero che all'interno di un cinema bruciato cinque anni prima fosse presente il terminale che rispondeva alle richieste dei complici di Zenit, il magistrato si trovò a ripensare all'inquietante affinità tra gli omicidi e l'incendio al cinema Statuto.

13 febbraio 1983, la data dell'incendio.

13 febbraio 1987, la data dei primi omicidi del mostro.

Non poteva essere un caso.

Come non poteva essere un caso che le attività del mostro fossero collegate al cosiddetto triangolo del male che proprio in piazza Statuto, secondo la leggenda, ha uno dei suoi vertici.

Era come se Zenit avesse trovato in quel luogo il seme del male che era pronto a spargere in tutta la città.

Dopo aver effettuato un giro di perlustrazione del perimetro dell'edificio, il pompiere che accompagnava la squadra di Costanza indicò una delle porte di sicurezza come il punto più agevole da cui entrare.

Servendosi di un piede di porco, rimosse le travi di sbarramento. Con uno strattone spalancò la porta e fece il primo passo all'interno.

Il gruppo si ritrovò nella platea del cinema, e fu come addentrarsi in un sepolcro a lungo inviolato.

Costanza accese la sua torcia elettrica, subito imitato dagli altri. I fasci di luce saettarono attraverso le file di poltroncine annerite dai gas, schierate come in attesa dell'arrivo di un pubblico di fantasmi.

Dominata dal gigantesco schermo che sovrastava il palco, la sala era ammantata di un'atmosfera di tetro disfacimento.

Era un luogo malsano, un contenitore di brutte sensazioni, in cui si potevano percepire residui dell'orrore che vi si era consumato. Come se il silenzio potesse essere rotto da un momento all'altro dall'eco di grida, di pugni contro le uscite di sicurezza e passi concitati che, battendo sul solaio della platea, si spegnevano poi lungo i corridoi della galleria.

La moquette era strappata e annerita in più punti, l'intonaco dei muri scrostato, costellato da enormi macchie di muffa scura che sembrava capace di ingoiare la luce delle pile. L'aria era intrisa dell'odore acre di bruciato e di composti chimici stagnanti.

«Siamo certi che sia sicuro?» chiese Loiacono.

«Non si preoccupi» rispose il pompiere. «Dopo tutti questi anni non c'è più alcun pericolo.»

«Lei ha partecipato alle attività di soccorso?»

«Ero fuori servizio, fui richiamato d'urgenza. Quando sono arrivato, non c'era più nessuno da salvare.» La voce si estinse in un mormorio, calando come una sentenza.

«Siamo dentro» disse Costanza alla ricetrasmittente.

«Procedete» rispose la voce di Scalviati.

I quattro avanzarono con circospezione, dividendosi per esaminare l'ambiente alla ricerca di qualsiasi elemento fuori posto.

Un movimento improvviso a livello del pavimento fece sobbalzare Loiacono, che si lasciò sfuggire un gridolino. Tutti si voltarono verso di lui.

Fornasier indirizzò la luce della torcia ai piedi del collega, rivelando un branco di topi che, squittendo, si stavano disperdendo in tutte le direzioni. «Falso allarme» disse.

Il gruppo attraversò un corridoio sul fondo, dove le colonne annerite testimoniavano che era da lì che l'incendio si era scatenato.

«Questo posto mi dà i brividi» commentò Loiacono.

«Già. Mi chiedo cosa aspettino a demolirlo» gli fece eco Fornasier.

I cinque giunsero infine nell'atrio dell'edificio.

Costanza esaminò sommariamente il banco della biglietteria, poi si avviò verso le scale laterali. Fece cenno ai suoi accompagnatori di seguirlo in galleria.

Giunta al primo piano, Fornasier aprì una porta del corridoio, rivelando l'ingresso della cabina del proiezionista.

Si immobilizzò, sconcertata.

«C'è qualcosa, qui» annunciò alla ricetrasmittente.

110

L'incredulità per ciò che era presente all'interno di quello stanzino angusto si leggeva in faccia ai componenti della squadra.

Posizionato su un tavolino a ridosso di una parete, tra schedari, cataste di vecchie bobine e malandate apparecchiature di proiezione, c'era un computer perfettamente integro, senza bruciature né segni di danneggiamento, col monitor a fosforo verde acceso che mostrava una schermata analoga a quella vista da Scalviati al momento dell'accesso al BBS del mostro, con tanto di richiesta di inserimento della password nella parte bassa.

Zenit's lair.

Dal computer partivano dei cavi che scomparivano in un buco del muro. Ma a rigor di logica, l'edificio doveva essere privo di un impianto elettrico che ne garantisse il funzionamento.

«Allora? L'avete trovato?» La voce di Scalviati echeggiò nel silenzio attraverso la ricetrasmittente di Costanza.

«Sì, c'è un computer» rispose quest'ultimo, avvicinandosi con cautela. «È acceso, ma i cavi non sono attaccati a delle vere e proprie prese. Si infilano direttamente in un buco che sembra essere stato praticato di recente nel muro. Dev'esserci un impianto elettrico da qualche parte, forse nello scantinato.»

«Per ora limitatevi a intervenire come stabilito.»

«Ricevuto. Procediamo.»

Costanza fece un cenno di intesa a Pernotti. Il tecnico della scientifica indossò un paio di guanti in lattice e aprì la valigetta che portava con sé. Ne estrasse un piccolo contenitore cilindrico e, con l'ausilio di un pennello, cominciò a spargere la polvere per il rilievo delle impronte digitali sul telaio del computer e sui bordi del monitor.

Mentre il resto della squadra lasciava lo stanzino per proseguire l'ispezione del locale, Fornasier si armò di macchina fotografica per documentare ciò che avevano trovato.

Ma non riuscì a effettuare nemmeno il primo scatto.

Nel momento in cui Pernotti spostò la tastiera del computer per distribuire la polvere, si udì un rumore meccanico simile a quello di una serratura che veniva sbloccata.

Clic.

Lo sguardo di Fornasier saettò verso l'ordigno esplosivo collegato al computer, abilmente mimetizzato tra le altre apparecchiature.

Fu come se le percezioni si fossero dilatate al momento dell'innesco.

Adrenalina e cortisolo si mescolarono nel sangue, scatenando la risposta delle terminazioni nervose nota come attacco o fuga.

Una reazione primordiale.

Puro istinto di sopravvivenza.

Tutto si consumò in un pugno di istanti.

Meno di un secondo che avrebbe fatto la differenza tra la vita e la morte.

«Giù!!!» gridò.

Gettò la macchina fotografica e con un guizzo strattonò Pernotti per la manica della giacca, trascinandolo con sé sul pavimento, per poi rotolare sotto un tavolo dalla parte opposta della stanza, abbracciando stretto il collega, proteggendolo con il suo stesso corpo.

La deflagrazione risuonò assordante all'interno della stanza, provocando un'onda d'urto che per un attimo soffocò il vuoto, scagliando in tutte le direzioni una pioggia di schegge di vetro, pezzi di metallo e frammenti di intonaco.

Poi, un silenzio irreale, tra la nube di polvere che si dissolveva e l'odore di tritolo e reagenti chimici che saturava l'aria.

111

Quando Scalviati rientrò a casa, poco dopo le dieci del mattino, era sfinito per la notte insonne e per le interminabili ore trascorse nella sala d'attesa del pronto soccorso, stritolato dall'inquietudine e dal senso di colpa, logorato dall'attesa di notizie sulle condizioni dell'agente Fornasier.

Prognosi riservata, gli avevano detto i medici che l'avevano in cura. Parole che in quel momento erano risuonate come una condanna.

A mano a mano che passavano i minuti, aveva sentito lo sconforto impadronirsi di lui, dominarlo come un'onda in grado di oscurare i pensieri.

All'esplosione all'interno della cabina di proiezione era seguita una disperata corsa in ospedale, sfrecciando a tutta velocità per le strade della città, mentre Costanza cercava di mantenere cosciente l'agente Fornasier, tamponandole le ferite, incoraggiandola a parlare.

Pernotti se l'era cavata con qualche ammaccatura per la caduta e una momentanea perdita dell'udito, ma non era in pericolo di vita. Fornasier lo aveva protetto con il suo corpo, incurante delle conseguenze.

Scalviati chiuse la porta alle sue spalle con le dita che tremavano.

Greta era in soggiorno, seduta composta sul divano, una mano posata sul pancione, la valigia sistemata accanto al bracciolo.

«Cosa significa?»

«Mi trasferisco a Chivasso, da mia madre.»

Per Scalviati fu come uno schiaffo sferrato da una mano invisibile. «Tua madre? Perché dovresti fare una cosa del genere?»

Lei si voltò per incontrare i suoi occhi. «Sono alla quarantesima settimana, Francesco! La piccola potrebbe nascere da un momento all'altro. Non puoi pretendere che affronti gli ultimi giorni da sola.»

«Certo che no! Ma non pensi che dovremmo parlarne, quantomeno?»

«È un po' tardi per parlarne. Sparisci per giorni interi, quando sei a casa mi rivolgi a malapena la parola. Ormai parlo più spesso con la tua segretaria che con te. Non avrei mai pensato di doverlo dire, ma ho la sensazione che stiamo diventando due estranei.» Il tono tradiva amarezza, più che risentimento.

«Aspetta.» Scalviati appoggiò la borsa di pelle sulla sedia e si avvicinò cautamente alla moglie. «Mi rendo conto di quanto sia stato difficile per te l'ultimo periodo, lo è stato anche per me. Una poliziotta è appena finita al pronto soccorso e sta lottando per la vita. Non puoi farmi questo, adesso. So di aver sbagliato, ma la soluzione non può essere allontanarci.»

«Mi dispiace per quella poliziotta, ma questa situazione mi sta logorando i nervi… Sarà una sistemazione temporanea, ho solo bisogno di cambiare aria per un po'.»

«Possiamo ancora trovare un compromesso. Basta volerlo.»

Un sospiro. «Non credere che abbia preso questa decisione a cuor leggero. Non rendere tutto più difficile.»

Scalviati sentiva le gambe cedere. Era come se ogni cellula del suo corpo stesse gridando. Non c'era stato il tempo di esultare per la scoperta al cinema Statuto che ogni prova era stata distrutta. E la responsabilità per quello che era successo a Fornasier era soltanto sua.

Restava solo scoraggiamento. E inquietudine.

Aveva sottovalutato l'impatto che inseguire l'ombra del mostro avrebbe avuto sulla sua vita privata. Gli artigli dell'indagine lo avevano avvinghiato al punto da smettere di prestare attenzione alle piccole cose che rendono unico ogni giorno.

Mentre la nascita di sua figlia si avvicinava, lui sentiva di vagare in un mondo ostile dominato dall'oscurità.

«È solo che... non era così che avevo immaginato questo momento.»

Un'esitazione. «Nemmeno io.»

Scalviati si sedette accanto a Greta e le accarezzò i capelli, raccolti in un'elaborata crocchia sulla nuca. «Non potremmo chiedere a tua madre di stare da noi per un paio di settimane?»

«Ne abbiamo già parlato. Sai benissimo che non si sentirebbe a suo agio lontana dalle sue comodità.»

«Potrei chiedere a mia madre.»

«Non insistere, ti prego. Non ce la faccio a discutere. Non oggi.»

«Mi dispiace che ti sia sentita abbandonata, perché è l'ultima cosa che avrei voluto. Se siamo arrivati a questo punto è solo colpa mia. Mi dispiace di non essere l'uomo che hai bisogno che io sia.»

«Quello che stai facendo è importante, lo so. Ma tu hai il tuo lavoro, mentre io... sento che sto perdendo me stessa. Non ho più niente, a parte la responsabilità di portare al mondo nostra figlia.»

Scalviati fu incapace di ribattere. Sentiva un peso al centro del petto e un nodo alla gola che avrebbe impedito a qualsiasi parola di uscire.

Greta si alzò e gli prese una mano. Gli lasciò un bacio sul palmo. «Ora scusami, ma devo sbrigarmi. Mio padre ha accettato volentieri di venirmi a prendere, sapendo quanto tu sia impegnato.»

Così dicendo, Greta raccolse la valigia dal pavimento e si avviò alla porta.

La aprì.

Mentre la luce del mattino si posava sul suo viso altero, lanciò un fugace sguardo verso il marito. «Abbi cura di te» mormorò.

112

L'impianto stereo portatile appoggiato sulla dispensa diffondeva le note di *Change* dei Tears for Fears.

Ludwig appoggiò trionfalmente un vassoio di cornetti caldi sul tavolo della cucina. «Ho pensato di passare in pasticceria a prendere qualcosa per la prima colazione.»

«Mi stavo giusto chiedendo dove fossi finito» ribatté Leda.

La prima a tentare di accaparrarsene uno fu la piccola Carlotta, protendendosi con entrambe le braccia come un portiere di fronte a una palla insidiosa.

«Ehi» la richiamò Giulia. «Come si dice?»

La bambina guardò la madre con aria smarrita, poi fece un timido sorriso. «*Arcie*» bofonchiò.

«Non c'è di che» ribatté Ludwig.

«Faccio il caffè» annunciò Leda. Svitò la moka e, mentre versava l'acqua nel serbatoio, gli rivolse un'occhiata furtiva. «C'è un motivo per cui ti sei vestito come Sonny Crockett di *Miami Vice*?»

Ludwig indossava un completo bianco dalle vistose spalline su una polo color rosa pallido. «Devo andare in ufficio. Mi spiace lasciarvi sole, ma non starò via molto, soltanto fino all'ora di pranzo. Con i miei fuori sede, devo farmi vedere in ditta per assicurarmi che non ci siano intoppi nella produzione.»

«Non ti occupavi di pubbliche relazioni?»

«Con delega a supervisore generale in caso di assenza dei pezzi grossi.» Prelevò dal cabaret un cornetto e gli diede un morso.

Lei posò la macchinetta sul fuoco. «Hai bisogno di uno strappo?»

«*Nah.* Vado in bici, come al solito.»

«Sul serio? Conciato così?»

«Perché? È un mezzo estremamente versatile, e un ottimo modo per evitare le code dell'ora di punta.»

Leda si voltò verso Giulia, che assisteva la piccola Carlotta nella solenne operazione di spezzettare il cibo. «Non ha la patente» sussurrò.

«Guarda che ti ho sentito.»

In tutta risposta, Leda si strinse nelle spalle.

«Allora vi lascio» continuò lui. «Se avete bisogno di latte per Carlotta, dovrebbe esserci una confezione aperta in frigo. E per qualsiasi cosa, non esitate a chiamarmi. Ho scritto il numero dell'ufficio sulla lavagnetta.»

Si avviò verso la porta ma, prima di uscire, fu raggiunto in corridoio da Leda. «Aspetta.»

Ludwig si voltò verso di lei con aria interrogativa.

Lei gli spolverò il bavero della giacca, spazzando via alcune briciole che vi si erano attaccate. «Ora va meglio.»

«Ehm… grazie.»

Leda lo osservò per alcuni istanti senza dire nulla.

Ludwig afferrò il walkman dal mobile all'ingresso. «Senti… c'è una cosa che ti volevo chiedere da un po'.»

«Dimmi.»

«Quando sarà finita questa storia, insomma... Pensavo... Accetteresti un invito a cena?»

Lei sorrise. «Da parte tua?»

«E di chi, se no?»

Finse di pensarci su. «Vedremo. Tanto per cominciare, cerca di non farti investire. Okay?»

Ludwig le rivolse un'ultima occhiata, poi scomparve oltre la soglia.

Mentre Leda rientrava in cucina, quasi sobbalzò nel trovare Giulia appoggiata allo stipite della porta, le braccia incrociate, che la fissava.

«Tutto bene?» le chiese.

L'altra annuì. «Sono pronta.»

Leda la guardò con una punta di smarrimento. «Come, scusa?»

«Ti dirò tutto quello che so. I nomi degli organizzatori del giro, le modalità di reclutamento, il sistema degli appuntamenti. Ormai ci sono dentro da abbastanza tempo da conoscere tutti i dettagli.»

«Sei sicura?»

Sul viso di Giulia comparve l'ombra di un sorriso. La sua espressione era determinata come Leda non aveva mai visto. «Troppe ragazze stanno soffrendo per questa situazione. In troppe vorrebbero uscirne ma hanno paura di parlare. È giunta l'ora di porre fine a questa storia. E se sei ancora d'accordo, possiamo farlo insieme.»

113

Scalviati riuscì a dormire un paio d'ore prima di essere svegliato dagli squilli insistenti del telefono.

Intontito per essere stato strappato a un sonno agitato, sollevò il ricevitore dell'apparecchio accanto al letto e si schiarì la gola prima di rispondere.

Non aveva idea di che ore fossero. Era convinto che si trattasse di Greta, ma dall'altro capo della linea lo sorprese la voce di Cecilia.

«Chiedo scusa, dottore. Non volevo disturbarla, ma mi ha detto di non esitare a contattarla se ci fossero state novità.»

«Sa qualcosa di Fornasier?»

«No, mi spiace. I medici non hanno ancora sciolto la prognosi. Ha chiamato il signor Stoner da Londra, sostiene di aver fatto una scoperta interessante.»

«Le ha detto di cosa si tratta?»

«Non è entrato nei dettagli, si è solo raccomandato di informarla che rientrerà con il primo volo disponibile. Proprio in questi minuti, però, sto ricevendo via fax da parte di Scotland Yard una serie di documenti che credo vorrà consultare al più presto.»

«Grazie mille. Arrivo subito.»

Scalviati scese dal letto, prese dall'armadio degli abiti puliti e si rivestì. Prese dal cassetto una cravatta nuova, ma al momento di stringere il nodo si paralizzò, osservando la sua immagine allo specchio, l'incarnato pallido, lo sguardo fiacco. Con un gesto di stizza, la sfilò dal colletto della camicia e la gettò via.

Percorse in fretta le scale, facendo tappa nello studio il tempo necessario per riordinare il contenuto della sua borsa di pelle e bere un bicchier d'acqua.

Afferrò le chiavi della macchina dal mobiletto all'ingresso e, prima di uscire, si soffermò sulla soglia del salotto.

Greta non c'era.

In un altro momento, si sarebbe aspettato di trovarla seduta sul divano, magari intenta nella lettura di un libro o dell'inserto culturale del giornale. Si sarebbe voltata verso di lui, avrebbe sorriso, per poi commentare la recensione di uno spettacolo che avrebbe voluto vedere o di cui conosceva i dietro le quinte. Gli avrebbe annodato la cravatta guardandolo negli occhi, facendolo sentire ancora una volta l'uomo più fortunato sulla faccia della terra.

Il vuoto per la sua assenza gridava in silenzio, provocandogli una stretta al cuore. Come aveva potuto essere così disattento? Come aveva potuto permettere che le loro vite prendessero due direzioni divergenti?

Scalviati aveva sempre saputo che non sarebbe stato semplice conciliare i loro due caratteri. Greta era una donna orgogliosa e di grande talento. Era ostinata e impaziente, ma anche incredibilmente generosa. Adesso, sentiva di averla lasciata sola nel momento in cui avevano più bisogno l'uno dell'altra. Di averla in qualche modo punita per gli stessi motivi che lo avevano fatto innamorare di lei.

Avrebbe voluto prendere il telefono e chiamarla a casa dei suoi genitori, ma si trattenne. Le doveva concedere tempo per sistemarsi, riflettere. Per quanto fosse doloroso pensarlo, forse solo dalla distanza avrebbero trovato il coraggio di riconciliarsi.

Anche lui aveva bisogno di riflettere. E trovare le parole giuste, finalmente, per farle capire che persino respirare era difficile senza di lei. Gli era bastato vederla scomparire oltre la porta per sentirsi spezzato.

Voleva ricucire lo strappo che aveva lacerato l'armonia del loro rapporto, ma era consapevole di non poterla forzare a perdonarlo.

Era ancora assorto in quei pensieri mentre guidava per andare in procura; il rumore del traffico gli giungeva ovattato, e i minuti sembravano rallentare, dilatando la percezione del tempo.

L'auto di fronte a lui inchiodò bruscamente a un incrocio, scuotendolo dal torpore. Fu sul punto di suonare il clacson, poi ritrasse la mano e scosse la testa. Non poteva negare un certo nervosismo, ma non doveva permettere che i suoi problemi privati si mettessero di traverso alle indagini.

Aveva l'impressione che Zenit fosse sempre due passi avanti a lui. Doveva mantenere la lucidità se voleva impedire che l'incidente al cinema Statuto si trasformasse in una disfatta per le indagini.

Se Stoner era davvero riuscito a trovare indizi della sua presenza nella capitale britannica, era la prova che consolidava la connessione tra gli omicidi di Torino e quelli di San Francisco.

La conferma arrivò non appena giunse in ufficio e Cecilia gli consegnò il plico di documenti ricevuti da Scotland Yard.

Si trattava di una serie di verbali relativi a cinque casi di omicidio avvenuti a Londra e nei dintorni nell'arco di otto anni; il primo nel marzo del 1975, l'ultimo nell'agosto del 1983. In quattro casi le vittime erano coppie, l'unica eccezione era l'omicidio di una ragazza.

Con la costante che le aggressioni erano avvenute in luoghi isolati durante una notte di plenilunio, e sempre nelle vicinanze di un corso d'acqua, che fosse il Tamigi, il City Mill River o persino il Canale della Manica. L'arma del delitto, sempre dello stesso tipo: una pistola calibro .22 caricata a munizioni long rifle.

Non tutti i casi erano considerati irrisolti. Per le morti di Patrick Taylor e Brian Hewitt, uccisi all'uscita di una discoteca nel marzo del 1975, e di Nigel McKenzie e Bernard Grant, uccisi nell'ottobre del 1976 nei pressi del South Dock, era stato indagato un certo Gary Egan, ex postino dalla precaria salute mentale che era stato più volte ospite del reparto psichiatrico del Bethlem Royal Hospital.

Una delirante missiva indirizzata al quotidiano «The Guardian» e infarcita di odio per la comunità gay aveva orientato le indagini sulla pista dell'intolleranza. Egan, un fanatico religioso con una particolare avversione nei confronti di omosessuali e minoranze etniche, era così finito in cima alla lista dei sospettati.

Siccome diversi testimoni l'avevano visto aggirarsi dalle parti dell'abitazione di uno dei ragazzi assassinati, Egan era stato interrogato, ma non era stato in grado di fornire un alibi per le notti degli omicidi.

La sua vicenda giudiziaria, tuttavia, era giunta a una brusca interruzione quando il suo cadavere era stato ritrovato nel seminterrato di casa sua, impiccato a una trave. Si era pensato che si fosse suicidato per non dover affrontare il processo, così il caso era stato archiviato senza un ulteriore approfondimento delle indagini. Nella tasca dei pantaloni di Egan, infatti, era stata rinvenuta una cartuccia calibro .22 identica a quelle usate dal killer. L'arma usata nei delitti, tuttavia, non era mai stata trovata.

Tra i casi emersi dalle ricerche di Stoner figuravano gli omicidi di Leah Bathurst e Sean Doyle e di Aislin Pryce. I primi erano stati aggrediti in un parcheggio in cui si erano appartati nei pressi del Greenwich Park nel marzo del 1980, la seconda fu ritrovata priva di vita sulla riva del Tamigi nel novembre dell'anno successivo, a qualche isolato di distanza dal parco. La vicinanza tra i luoghi dei delitti e l'orrenda mutilazione subita da Aislin Pryce, a cui dopo il decesso era stata rimossa la milza, aveva spinto la stampa ad agitare lo spauracchio di un presunto "squartatore di Greenwich", il quale, al pari del suo illustre predecessore, non sarebbe mai stato identificato.

Di certo era difficile che gli investigatori inglesi collegassero questi casi con quello di Karoline Hofmann e Roland Nielsen, due turisti tedeschi aggrediti all'interno del loro camper nei pressi di Portsmouth, centoventi chilometri a sud della capitale britannica, nell'agosto del 1983. Nonostante la singolare modalità degli omicidi (entrambi erano stati freddati da tre colpi di pistola, disposti sul triangolo formato da testa, cuore e polmone destro), gli investigatori avevano considerato come più probabile l'ipotesi di una rapina finita in tragedia. Le indagini si erano protratte per diversi mesi senza che si arrivasse mai all'individuazione di un possibile colpevole.

Scalviati era sconcertato per l'inquietante analogia tra i fatti di Londra e quello che stava succedendo a Torino.

Non c'era più alcun dubbio che Zenit e il mostro fossero la stessa persona, sebbene durante la permanenza in Inghilterra il killer sembrava essersi fatto più prudente, mantenendo un basso profilo, rinunciando a rivendicare personalmente gli omicidi in modo da evitare possibili collegamenti con quelli avvenuti qualche anno prima a San Francisco. Era stato abile nel depistare gli investigatori di Scotland Yard, impedendo loro di riconoscere uno schema ricorrente nelle sue azioni criminali.

Uno schema che per lui, adesso, risultava drammaticamente chiaro.

Forse era per lo stesso motivo che, in Italia, Zenit aveva scelto di coinvolgere complici occasionali come Canu o Marchesini. Era così astuto da assicurarsi un piano di riserva nel caso in cui le indagini si fossero avvicinate troppo alla verità.

Il magistrato si chiese come sarebbe andata se Stoner non si fosse presentato alla sua porta con la sua teoria e le sue competenze nel campo del *criminal profiling*.

Avrebbero avuto la meglio le pressioni sulla procura da parte dei media e di certi esponenti della politica che auspicavano una rapida conclusione delle indagini, a costo di accontentarsi di un capro espiatorio?

Ma non dovette fare uno sforzo di immaginazione per farsi un'idea di come sarebbe andata a finire. La risposta alla domanda giunse poco dopo, quando ricevette la convocazione del procuratore capo Bevilacqua.

114

«Si accomodi» disse Bevilacqua. «Spero di non averla disturbata in un momento inopportuno.»

«Non si preoccupi, stavo consultando dei documenti» ribatté Scalviati, sedendosi alla scrivania di fronte al procuratore.

«Meglio così.» L'altro congiunse le mani e trasse un profondo respiro. «Non mi piacciono i preamboli, quindi verrò subito al dunque. Mi spiega cosa sta cercando di dimostrare?»

«Mi perdoni, a cosa si riferisce?»

«Ho saputo che un'agente è rimasta ferita durante la perquisizione al cinema Statuto. Si rende conto che se non dovesse riprendersi ci sarebbero gravi conseguenze per l'intera procura?»

«Sono pronto ad assumermi le mie responsabilità» disse Scalviati con una punta di amarezza. «L'intera operazione è stata coordinata con il supporto dei vigili del fuoco, nel rispetto delle normative in materia di sicurezza, ma era inimmaginabile che qualcuno avesse nascosto un ordigno esplosivo all'interno della cabina di proiezione.»

«Chi piazzerebbe un ordigno in un cinema chiuso da anni? Dopo quello che è successo, poi!»

«Soggetto ignoto, al momento. Ma temo si tratti del mostro.»

L'espressione di Bevilacqua si fece rapace. «Vuol farmi credere che l'assassino delle coppiette si è trasformato in un terrorista a tempo perso?»

«Non si è trattato di un attentato. Sono in corso gli accertamenti per determinare il tipo di innesco, ma è mia opinione che l'ordigno fosse messo a protezione di una prova di particolare rilevanza per l'identificazione del soggetto.»

«Che tipo di prova?»

«Un computer che conteneva informazioni sensibili sull'attività dell'omicida.»

Bevilacqua si appoggiò allo schienale della sedia. Per alcuni, interminabili istanti, non disse nulla, limitandosi a scrutare il suo interlocutore come alla ricerca di un cedimento.

«Non potrebbe trattarsi di una ritorsione da parte della malavita organizzata?» chiese poi.

«Non la seguo.»

«Parlo, ovviamente, delle indagini che sta conducendo sul clan dei Canu.»

«Dubito che Canu abbia a che fare con questo.»

«Come fa a dirlo?»

«Saprà bene che è latitante da giorni. Nessuno in città ha più saputo niente di lui dal giorno dell'incidente stradale in cui ha perso la vita suo fratello Efisio.»

«Be', di una cosa sono sicuro. Lei avrà avuto le sue buone ragioni per tirare in ballo i Canu, ma se dovessimo considerare tutti i crimini avvenuti nella nostra giurisdizione come collegati all'attività del mostro, di questo passo finiremmo per non venirne più a capo. Per non parlare di quei due suicidi che ha deciso di classificare come presunti omicidi. Non si può analizzare al microscopio qualsiasi decesso in una città di un milione e duecentomila abitanti.»

«Mi permetta una precisazione. Le mie decisioni sono state prese dopo un'attenta valutazione delle circostanze e di certo non per capriccio o per eccesso di zelo. Se ho ritenuto opportuno scavare più a fondo sulle morti di Capaldi e Marchesini è perché presentano elementi sospetti che non posso permettermi di ignorare.»

«Non ne dubito» affermò Bevilacqua. «Ma è mio dovere assicurarmi che non si sia fatto prendere la mano nella gestione di un'indagine che, mi rendo conto, si è rivelata molto più complessa di quanto inizialmente preventivato. Mi riferisco anche al coinvolgimento di quell'agente americano. Non metto in discussione le sue competenze, ma l'approccio che propone non mi pare di certo il Santo Graal dell'attività investigativa. L'allusione a un presunto complotto internazionale dietro i delitti, poi, mi pare francamente inverosimile.»

«Pensa che mi sia fatto influenzare dai metodi dell'agente Stoner?»

«Non mi piace che un funzionario straniero possa ficcare il naso nelle attività della procura. Avrei preferito che si consultasse con me, prima di prendere un'iniziativa di questo genere.»

«Credo di aver agito nei limiti delle mie prerogative.»

«Il mio vuole essere soltanto un invito alla moderazione, e un appello a mantenere gli occhi ben saldi sull'obiettivo del suo incarico. Lei ha sempre goduto del mio sostegno, cerchi di non approfittare della mia pazienza. Arginare le voci di scontento che si stanno levando da certi ambienti sta diventando sempre più difficile.»

«A quali ambienti si riferisce?»

Bevilacqua abbassò il tono di voce, come se temesse che ci fosse qualcun altro in ascolto. «Questa città ha bisogno di un po' di tregua dal polverone mediatico che si è sollevato intorno alla vicenda del mostro e… tutto il resto. Di certo non giova rivangare una brutta storia come quella del cinema Statuto. Ho appena ricevuto la telefonata del prefetto, che auspica un'azione risoluta per chiudere la questione una volta per tutte. Anche il sindaco è preoccupato per le ricadute sulla reputazione della città. Non dimentichi che siamo reduci da una lunga stagione di conflitti sociali che ha messo a dura prova la tenuta delle istituzioni. È il momento di dare un segnale forte di stabilità.»

Pur avendo ben calibrato le parole, era evidente che ormai Bevilacqua condivideva la stessa insofferenza dei suoi altolocati referenti per il modo con cui Scalviati stava gestendo l'attività investigativa. Anche se nessuno si azzardava a dirlo apertamente, l'idea che un pubblico ministero relativamente inesperto si stesse occupando di un'indagine di così alto profilo non era vista di buon occhio nemmeno dai colleghi.

Quando gli era stato affidato l'incarico di indagare sugli omicidi al parco del Valentino, l'anno precedente, nessuno avrebbe immaginato che ne scaturisse uno scenario tanto articolato quanto inquietante. Ancora meno che il principale sospettato fosse un pluriomicida venuto da oltreoceano.

Scalviati era consapevole che il discorso del procuratore nascondeva in realtà un ultimatum. Forse Bevilacqua gli avrebbe concesso qualche giorno di tregua, ma alla luce di quanto era successo al cinema Statuto c'era da aspettarsi ben presto una revisione degli incarichi, probabilmente con l'istituzione di un nuovo pool investigativo che, ripartendo con le indagini da zero, avrebbe di fatto annullato i suoi sforzi.

Prima che potesse ribattere, qualcuno bussò alla porta.

«Avanti.»

Cecilia comparve sulla soglia. Sembrava sulle spine. «Chiedo scusa per il disturbo. Il commissario Costanza è qui. Chiede di parlare urgentemente con il dottor Scalviati.»

«Be', se è tutto...» Scalviati si alzò e fece per avviarsi verso l'uscita dell'ufficio.

«Vada pure» disse Bevilacqua. «E si ricordi di quello che le ho detto.»

115

Costanza appoggiò sulla scrivania di Scalviati una cartina dell'Italia settentrionale, in cui alcune aree erano evidenziate con dei cerchi tracciati a pennarello rosso. «È da ieri che sono in corso gli accertamenti nelle proprietà dei Canu sul territorio regionale e nelle zone limitrofe» annunciò.

«Ha trovato indizi su dove si sia nascosto Salvatore?»

«Non c'è ancora niente di certo, ma circa un'ora fa una pattuglia si è recata per un controllo in un casolare tra Settimo e Caselle. Gli agenti hanno informato la sala operativa al loro arrivo. È da allora che non sappiamo più niente di loro.»

«Avete provato a contattarli via radio?»

«Naturalmente, ma invano» rispose Costanza. «E non è l'unico problema. Pochi minuti fa, un allevatore della zona ha chiamato il 113 per segnalare degli spari provenienti da quel casolare. Mi sono precipitato qui non appena ho saputo la notizia.»

«Pensa che gli agenti siano rimasti coinvolti in un conflitto a fuoco?»

«Finché non sappiamo qualcosa di più, ogni ipotesi è valida. Si trattava soltanto di un sopralluogo, ma Salvatore Canu è una testa calda. Se i miei ragazzi hanno scoperto il suo rifugio potrebbe aver opposto resistenza.»

Scalviati non esitò. Afferrò il soprabito dall'attaccapanni e si avviò verso la porta. «Raduni subito una squadra di intervento tra i suoi agenti. E faccia diramare un'allerta alle volanti in zona. Voglio il maggior numero di unità sul posto nel minor tempo possibile. Dobbiamo catturare Canu a ogni costo e convincerlo a collaborare.» Guardò Costanza con espressione determinata. «Potrebbe essere la nostra ultima occasione di chiudere questa storia. Cerchiamo di non farcela sfuggire.»

116

Quando Stoner uscì dal gate dell'aeroporto, fu sorpreso di scorgere tra la folla radunata nell'atrio un volto conosciuto.

«Sovrintendente Loiacono» lo apostrofò.

L'altro gli andò incontro e, anche se con una certa reticenza, gli strinse la mano. «Il dottor Scalviati mi ha chiesto di venirla a prendere.»

«Gentile da parte sua.»

L'altro si limitò a un cenno del capo. I due si avviarono verso l'uscita senza dirsi altro.

Dopo pochi passi, raggiunsero la volante di Loiacono, che era parcheggiata in un posto riservato alle forze dell'ordine. Stoner caricò il bagaglio nel baule e si accomodò sul sedile del passeggero.

«Mi sembra turbato. Va tutto bene?»

Loiacono accese il motore e si avviò lungo la rampa di uscita. «C'è stato un incidente, questa mattina. Una mia collega è stata ferita gravemente. Ora è in ospedale, non sappiamo ancora se se la caverà.»

«Un incidente?»

«Be', non esattamente» si corresse. «Il dottor Scalviati è riuscito a localizzare il computer del mostro. Si trovava all'interno di un edificio abbandonato, un vecchio cinema che è andato a fuoco anni fa. L'agente Fornasier e un tecnico della scientifica stavano facendo dei rilievi, quando qualcosa ha innescato un ordigno esplosivo nascosto tra le apparecchiature. Fornasier ha fatto scudo con il suo corpo per proteggere il collega, e adesso...» Pronunciò le ultime parole con la voce incrinata dall'emozione.

«Una trappola. *That bastard.*»

«Già. E ci siamo cascati come dei piccioni.»

Stoner gli rivolse uno sguardo amareggiato. «Mi dispiace per la sua collega. Siete molto legati?»

«Che posso dirle? Noi che facciamo questo lavoro non siamo semplici colleghi. Siamo una famiglia.»

«Conosco bene quella sensazione.»

«Ero con Fornasier fino a pochi minuti prima. È stato un caso che ci fosse lei in quella stanza al momento dell'esplosione. Potevo esserci io al suo posto. E chissà come sarebbe andata.»

«Su con la vita, Loiacono. È inutile rimuginarci su. Non conosco Fornasier, ma sono certo che sta lottando con tutte le sue forze per rimettersi in sesto.»

«Di sicuro ha la pelle dura. È la poliziotta più cazzuta della procura.»

Mentre l'auto si accodava al traffico per rientrare in città, tra i due scese il silenzio. Vedendo che il giovane sovrintendente stringeva il volante con un certo nervosismo, sbuffando a ogni rallentamento, fu Stoner a riprendere la parola. «Mi rendo conto che non abbiamo mai avuto occasione di chiarirci, dopo quello che è successo quella notte.»

«Quale notte?»

«Quella degli omicidi.»

«Non si preoccupi» si schermì Loiacono. «Non serbo mica rancore.»

Stoner aggrottò le sopracciglia. «*Lei* non serba rancore? Se non ricordo male, mi voleva arrestare! Mi ha ammanettato e mi ha lasciato per ore sul sedile posteriore della macchina.»

«Ah. Certo. Be', lei mi ha costretto a camminare per tutta Torino sotto un sole cocente, quindi siamo pari, no?»

Un mezzo sorriso. «*Fair enough.*»

La radio emise una scarica di elettricità statica, a cui seguì la voce concitata dell'operatore: «A tutte le unità, questo è un codice M010» scandì. «Sparatoria in corso al civico 64 della provinciale 16 tra Settimo e Caselle. Coinvolti due operatori di pattuglia. Confermare disponibilità all'intervento. M784, ripeto: M784.»

«Provinciale 16? È a cinque minuti da qui!»

«Cosa significano quei codici?»

«M010 sta per emergenza» rispose Loiacono. «M784 è il codice di massima allerta.» Sganciò il ricevitore dalla radio e lo portò alle labbra. «Qui Como due, sovrintendente Loiacono. Ricevuto, sono nelle vicinanze. Mi reco immediatamente sul posto.»

Inchiodò in corrispondenza di un crocevia, accese lampeggianti e sirena e invertì bruscamente il senso di marcia, per poi schiacciare a fondo il pedale dell'acceleratore.

117

Un vialetto affiancato da alberi dalla chioma rigogliosa conduceva a un piazzale di ghiaia, intorno a cui si disponevano alcuni edifici rurali. Tra questi spiccava il casolare principale, dalla facciata rossa e il portale ad arco. Una fontana di pietra dominava il cortile prospiciente come un'enorme conchiglia che fosse stata strappata al mare per finire chissà come nel mezzo della campagna.

Il complesso era recintato da una rudimentale rete di filo spinato, che si chiudeva intorno a due pilastri di mattoni.

Una volante era parcheggiata al termine del vialetto, a ridosso di un cancello spalancato.

«Quella laggiù dev'essere l'auto di servizio dei nostri ragazzi» disse il commissario Costanza, scrutandola dalla strada.

Scalviati si limitò ad annuire.

L'area circostante era dominata da campi a perdita d'occhio, spazzati da una leggera brezza, con solo qualche albero a rompere la linea dell'orizzonte.

Due volanti con i lampeggianti accesi erano allineate sulla strada, in corrispondenza dell'ingresso del vialetto. Accanto alla Giulietta del commissario si erano radunati quattro agenti con indosso giubbotti antiproiettile ed equipaggiati di mitraglietta M12.

«Caruso, Scognamiglio» chiamò Costanza. «Voi, sul retro. Mi raccomando, l'uso della forza è autorizzato solo come ultima risorsa. Non possiamo permetterci che succeda qualcosa a Salvatore Canu.»

«Sissignore.» Così dicendo, i due si inoltrarono sul terreno erboso, dirigendosi verso il lato del complesso per aggirare la recinzione.

Scalviati rimase in osservazione per alcuni istanti, passando in rassegna le finestre del casolare in lontananza, attento a qualsiasi movimento che spezzasse la quiete irreale che regnava in quel luogo. La struttura sembrava disabitata. Tutto era tranquillo.

Quasi inerte.

«Questa calma non mi convince.»

«La quiete dopo la tempesta» mugugnò Costanza.

Alle sue parole si sovrappose una specie di ululato che proveniva dall'incrocio in fondo alla strada.

Scalviati seguì con lo sguardo una volante in avvicinamento a sirene spiegate. «Quello dev'essere Loiacono.»

«Per ora è stato l'unico a rispondere alla chiamata.» Costanza estrasse la pistola dalla fondina e scarrellò per inserire il colpo in canna, poi afferrò la ricetrasmittente. «Be', non perdiamo altro tempo. Di Leo, Tagliaferri, con me. Cerchiamo di capire cos'è successo qua.»

Camminando radente ai fusti degli alberi, il commissario iniziò a percorrere il vialetto di ingresso, scortato a pochi passi di distanza dai suoi agenti.

La volante di Loiacono si fermò di traverso sulla strada, a pochi metri da Scalviati. Ne scesero trafelati il giovane sovrintendente e l'agente Stoner.

«Spero che abbia fatto buon viaggio, Stoner» disse il magistrato andando loro incontro. «Ci sono stati sviluppi inattesi, mentre si trovava a Londra.»

«Ho saputo cos'è successo a Fornasier.»

«Già. E ora ci ritroviamo con due agenti di pattuglia scomparsi e un sospettato armato a piede libero.»

«Salvatore Canu?»

Come in risposta, un colpo d'arma da fuoco echeggiò nell'aria.

Uno stormo di uccelli si levò dalle chiome degli alberi, disperdendosi tra i tracciati delle nuvole.

D'istinto, Costanza e i suoi cercarono una copertura improvvisata tra la vegetazione.

Scalviati schiacciò il tasto della ricetrasmittente. «Chi ha sparato?»

«Non lo so. Proveniva dall'interno del cas...»

Due deflagrazioni in rapida successione non permisero al commissario di terminare la frase.

Dalla sua postazione sulla strada, Scalviati rivolse occhiate convulse ai dintorni dell'edificio. «La sparatoria è ancora in corso!»

«Merda» grugnì Costanza.

La porta del casale si spalancò e ne uscì zoppicando un agente dal volto stralunato, con la divisa completamente inzuppata di liquido scuro.

Sangue. Ovunque.

Sul torace, l'addome, le cosce.

In una mano stringeva la pistola, mentre con l'altra si tamponava un fianco.

Riuscì a fare pochi passi malfermi. Si aggrappò al bordo

della fontana, come in un ultimo tentativo di sostenersi, per poi accasciarsi, esanime, sulla ghiaia.

«Agente a terra!» gridò Costanza, sporgendosi dalla postazione.

Il poliziotto ferito rimaneva immobile, come un sacco di stracci gettato al suolo. Dalla distanza, era impossibile stabilire se respirasse ancora.

«Trasportate qui il ferito e rientrate immediatamente» proruppe la voce di Scalviati attraverso la ricetrasmittente. «Chiamo rinforzi.»

«Siamo noi i rinforzi, per la miseria!» grugnì Costanza. «Uno dei nostri è ancora dentro. Dobbiamo darci una mossa o sarà una carneficina!» Costanza fece un cenno a un poliziotto. «Di Leo, occupati del ferito. Io e Tagliaferri andiamo dentro.» Lasciò il suo riparo di fortuna e, mantenendo una posizione abbassata, si avviò verso il piazzale.

«No!» intimò Scalviati. «È troppo pericoloso!»

«Siamo di fronte alla porta sul retro, è aperta» annunciò la voce dell'agente Caruso attraverso l'altoparlante. «Quali sono gli ordini?»

«Sospendete l'azione» intervenne Scalviati.

«Mi rifiuto!» sbottò Costanza. «Aspettate il mio segnale. Forse l'altro agente si sta nascondendo da qualche parte. Possiamo ancora salvarlo!»

«Costanza, maledizione! Si fermi! Non abbiamo idea di cosa stia succedendo lì dentro!»

«Be', lo scopriremo presto.» Costanza e Tagliaferri raggiunsero la facciata del casale e si coordinarono con lo sguardo per affiancarsi alla porta.

«Le ordino di ritirarsi immediatamente!»

Costanza lo ignorò. «Caruso, Scognamiglio: entrate dal retro! Noi vi raggiungiamo dalla porta principale. Passo e chiudo.» Agganciò la ricetrasmittente alla cintura e si sporse dal portone a pistola spianata.

Un passo in avanti e scomparve oltre la soglia, seguito un istante dopo da Tagliaferri.

Scalviati non riuscì a trattenere un gesto di stizza. Ma conosceva troppo bene Costanza per aspettarsi che rinunciasse a intervenire. Non con uno dei suoi a terra. Non con Fornasier in terapia intensiva dopo l'incursione al cinema Statuto.

«Loiacono, chiama la centrale. Che mandino un'ambulanza e facciano convergere qui tutte le pattuglie in servizio. Per davvero, questa volta!»

Il giovane sovrintendente fece un cenno di assenso. Entrò nell'abitacolo della volante e prese possesso della radio.

Scalviati scrutava il cortile dalla strada, mentre l'agente Di Leo, cautamente, si avvicinava al corpo del poliziotto accasciato nei pressi della fontana.

Lo vide chinarsi e protendere una mano verso il collo del collega per controllare il battito.

«Di Leo, quali sono le condizioni del ferito?»

«È messo male, ma respira ancora» fu la risposta.

«Grazie al cielo.»

Il sollievo durò il tempo di un battito di ciglia. Il poliziotto ferito fece una serie di scatti repentini, come se fosse colto da convulsioni.

Stoner si avvicinò al magistrato. «Guardi. Si muove!»

«Ha ragione, ma… c'è qualcosa di strano. Che sta facendo?»

Fu allora che accadde l'inaspettato.

118

Costanza avanzava con circospezione nella penombra del corridoio, la pistola puntata avanti a sé. I sensi erano vigili, attenti a ogni ombra, a ogni rumore che potesse suggerire un pericolo imminente. Ma a rimbombare nel silenzio erano soltanto i suoi passi calibrati e quelli dell'agente Tagliaferri, che procedeva accanto a lui con la mitraglietta spianata e la schiena radente alla parete.

C'era una scalinata che conduceva al piano superiore. Con un cenno del capo, Costanza ordinò a Tagliaferri di avviarsi su.

Poi si avvicinò a una porta socchiusa sul lato, sporgendosi sulla soglia per controllare l'interno della stanza.

Era un ampio salotto dall'arredamento rustico con un caminetto sul fondo. Tra mobili fracassati e cocci di suppellettili sparsi sul pavimento, c'era il corpo di un uomo, riverso a terra a faccia in giù, con un braccio raggomitolato, scomposto, e l'altro sul divano, come se fosse rimasto paralizzato mentre vi si aggrappava nel tentativo di rialzarsi. Un lago di sangue si allargava sotto di lui, impregnando il tappeto a motivi geometrici su cui era accasciato.

Costanza si avvicinò e diede un calcio alla pistola accanto

al corpo. Si chinò su di lui, lo afferrò per le spalle e lo voltò di peso.

Gli bastò un'occhiata per identificarlo. Si trattava di Battista Mura, il guardaspalle di Canu con cui si era scontrato al Caligola.

Gli occhi erano sbarrati, l'incarnato livido. Il cadavere non presentava *rigor mortis* ed era ancora tiepido. Il decesso risaliva a poco prima.

Ma non ci fu il tempo di interrogarsi su cosa fosse successo.

Il rumore di passi provenienti dal corridoio spinse Costanza a ripararsi dietro una poltrona, mantenendo la pistola puntata verso l'ingresso della sala. Si rannicchiò, sbirciando a lato della spalliera, in attesa.

Trascorsero alcuni istanti carichi di tensione.

Una figura comparve sulla soglia, immobilizzandosi alla vista del corpo di Mura. «Ehi, c'è un cadavere, qui.»

Riconoscendo la voce dell'agente Caruso, Costanza abbassò la pistola e si alzò.

Il poliziotto spianò istintivamente la mitraglietta.

«Tranquillo, Caruso. Sono io.»

Il poliziotto tirò un sospiro di sollievo. «Tutto bene, commissario?»

«Questo poveraccio era già morto quando sono entrato. A giudicare dalla confusione, sembra che si sia difeso energicamente.»

Il sovrintendente Scognamiglio sbucò alle spalle del collega ed entrò nella sala. «Ha idea di chi si tratti?»

«Uno scagnozzo al servizio del clan dei sardi. Era scomparso insieme a Canu qualche giorno fa. Voi avete qualcosa da segnalare?»

«Abbiamo perlustrato le altre stanze al pianterreno. Tutto tranquillo, finora.»

Mentre Costanza rivolgeva un'occhiata alle impronte insanguinate che puntavano all'uscita della sala, la voce di Tagliaferri echeggiò dal piano superiore.

«Quassù, presto!»

Il gruppo si precipitò verso le scale. Il primo a raggiungere la sommità fu il commissario Costanza.

E quello che vide lo riempì di sgomento.

Accasciato sul fondo del pianerottolo c'era un agente di polizia, con ancora la pistola in mano. Era in posizione seduta, quasi stesa, con le gambe divaricate e la testa reclinata di lato, appoggiata allo spigolo della parete. La giacca della divisa era lacerata in più punti, corrispondenti ai fori di ingresso dei proiettili da cui era stato crivellato. Il sangue aveva imbevuto il tessuto e si era riversato sul pavimento, tingendo di rosso le piastrelle.

A qualche passo di distanza, all'ingresso di un piccolo studio, il cadavere di un altro agente era riverso a terra, con un braccio proteso verso l'arma d'ordinanza che si trovava poco più in là e la schiena perforata da svariati colpi d'arma da fuoco.

«Quello è l'assistente Foschi» disse Scognamiglio con un filo di voce. «L'altro è il vice ispettore Vincenzi. Li ho incontrati questa mattina prima che uscissero di pattuglia.»

L'aria era intrisa dell'odore del sangue e della polvere da sparo. Costanza non riusciva a distogliere lo sguardo da quello spettacolo di inaudita violenza.

Conosceva bene i due agenti caduti, erano stati al suo fianco durante innumerevoli azioni. Li conosceva per la loro affidabilità, il loro coraggio, ma anche per la loro semplicità.

Foschi aveva ventinove anni, aveva perso da poco il padre e aveva una fidanzata con cui avrebbe voluto sposarsi il prossimo anno. Vincenzi aveva trentadue anni e un figlio che tra pochi giorni avrebbe cominciato le elementari, e non avrebbe potuto accompagnare in classe il primo giorno di scuola.

Emiliano Foschi e Alessandro Vincenzi avevano tutta la vita davanti. Di certo non avrebbero mai immaginato che si sarebbe interrotta con tale brutalità, in un casolare sperduto nella campagna torinese, durante un turno di pattuglia.

«C'è n'è un altro, di qua!» La voce di Tagliaferri risuonò dalla stanza in fondo al corridoio.

Il commissario scaricò la rabbia in un pugno contro lo stipite della porta. Poi si spostò in camera da letto.

A ridosso della finestra, pressoché immerso nel proprio sangue, c'era il corpo di Salvatore Canu, un fucile in braccio e numerose ferite d'arma da fuoco sul torace. Il volto era stato sfigurato da un colpo sferrato con un corpo contundente che gli aveva asportato parte della scatola cranica, spargendo sul telaio della finestra chiazze di sangue e frammenti di ossa e materia cerebrale.

«Sembra che qui si sia scatenato l'inferno» commentò Tagliaferri.

Costanza scosse la testa. «Questi uomini sono stati colti di sorpresa e finiti con un colpo di grazia.» Poi si voltò verso l'agente, l'espressione carica di sgomento. «Ma se i due agenti di pattuglia sono morti qui, chi cazzo è l'agente ferito che abbiamo incontrato in cortile?»

119

Il poliziotto ferito si muoveva convulsamente, sotto gli occhi attoniti di Scalviati e Stoner che osservavano la scena dalla distanza. L'agente Di Leo, chino su di lui, sembrava sforzarsi di mantenerlo fermo.

Ma c'era qualcosa di sbagliato, in quella scena.

Era come se i due fossero intenti in una zuffa. Di Leo rotolò a terra e, per un attimo, sembrò persino che stesse cercando di strangolare il collega.

«Che sta succedendo?» gridò Scalviati. Deciso a intervenire, si precipitò nel vialetto d'accesso, seguito a un passo da Stoner.

Avevano superato la metà quando la colluttazione cessò all'improvviso. Un agente rimase a terra, mentre l'altro si alzò di scatto, cominciando a muoversi in direzione dei due.

Si trattava dell'agente che era uscito zoppicando dal casale.

Solo che adesso camminava spedito, apparentemente incurante delle ferite. Nonostante il sangue che gli impregnava la divisa facesse presumere che fosse in condizioni critiche, non aveva alcuna difficoltà nel mantenere un'andatura decisa, quasi marziale.

Quando fu a pochi metri di distanza, Scalviati si immobilizzò.

Si rese conto che quell'uomo non era affatto un poliziotto.

E di certo non era ferito. Il sangue sulla divisa, probabilmente, non era nemmeno il suo.

No, era qualcuno che aveva già incontrato in precedenza. Anche se in quell'occasione indossava un'altra uniforme.

Ma il viso granitico e lo sguardo tagliente erano gli stessi, così come la cicatrice che si estendeva da un lato del collo fin sotto la camicia.

«Kristof» gli sfuggì dalle labbra.

Non ebbe alcun dubbio nel riconoscere l'addetto alla sicurezza del consolato americano in cui si era imbattuto a Milano, due settimane prima.

Stoner si paralizzò, vedendo che il finto poliziotto alzava la mano con cui impugnava la pistola, puntandola verso il magistrato. «*Watch out!*» riuscì a gridare, urtando Scalviati con una vigorosa spallata, spingendolo verso la volante parcheggiata di fronte al cancello.

I due riuscirono a rifugiarsi dietro l'automobile, uscendo dalla linea di tiro appena in tempo.

Il finto poliziotto sparò ancora senza la minima esitazione. Il proiettile si conficcò nella carrozzeria, producendo all'impatto uno schiocco, come di una noce che veniva schiacciata.

L'energumeno spostò la mira, seguendo col braccio armato i movimenti rapidi di Scalviati che cercava riparo dietro la fiancata del veicolo, poi fece fuoco di nuovo. Un finestrino laterale esplose in una miriade di frammenti di vetro.

Scalviati strisciò a lato per cercare protezione dietro una ruota.

Stoner si rannicchiò accanto a lui. «Chi diavolo è quello?»

«L'ha detto, Stoner» rispose Scalviati. «Il diavolo in persona, ecco chi è.»

«Ce l'ha una pistola?»

«Sì. A casa. In cassaforte.»

«*Dam'it*. Pagherei per avere la mia arma d'ordinanza!» Si asciugò il sudore che gli imperlava la fronte. «Se dovessimo sopravvivere, non sarebbe il caso di darci del tu?»

«Affare fatto.» Scalviati si sporse con cautela per controllare la posizione dell'aggressore.

La sagoma dell'energumeno comparve attraverso il parabrezza, il braccio teso, il dito sul grilletto pronto a far fuoco. Esplose due colpi in rapida sequenza, frantumando il vetro.

Scalviati e Stoner riuscirono a malapena a sgusciare via, tra i proiettili che saettavano loro accanto, sibilando.

Ma erano gli ultimi del caricatore. Il carrello della pistola rimase aperto. Il finto poliziotto gettò l'arma e si diresse fulmineo verso i due.

Stoner se lo trovò addosso prima di riuscire a reagire. Provò a sottrarsi all'assalto ma non riuscì a coordinare una difesa efficace.

Kristof lo afferrò per il colletto della camicia e lo colpì violentemente con un diretto in faccia. Poi lo afferrò per la nuca e gli fece sbattere la fronte contro il cofano della volante.

Una, due volte. E poi ancora.

In un impeto di disperazione, Scalviati lo strattonò per la giacca, riuscendo a fargli lasciare la presa.

Stoner stramazzò al suolo, privo di sensi.

Kristof si voltò verso il magistrato e lo afferrò per la gola, per poi proiettarlo contro la fiancata dell'automobile.

Senza smettere di guardarlo negli occhi, estrasse un coltello da combattimento dal lato dello stivale.

Nonostante il dolore che gli incendiava la schiena, Scalviati riuscì a bloccare l'affondo. Afferrò il polso che impugnava il coltello e fece appello a tutta la forza che aveva per tentare di respingerlo.

Ma il suo avversario era troppo forte. Era una macchina inarrestabile, la sua furia non conosceva tregua.

Scalviati sentiva la pressione farsi insostenibile. Quanto a lungo sarebbe stato in grado di tenere duro?

«Sei tu!» ringhiò. «Sei sempre stato tu!»

Sul volto di Kristof si allargò un ghigno sinistro. Non proferì parola, mentre premeva per vincere la resistenza di Scalviati e affondargli il coltello nel petto. Che si avvicinava sempre più pericolosamente.

Il magistrato sentì il freddo acuminato della punta di metallo attraverso il tessuto della camicia.

"È finita", pensò.

La mente corse fugacemente al viso di Greta, a quella fotografia scattata dietro le quinte in cui sorrideva e sembrava altrove, lo sguardo inafferrabile, quasi sognante, come se avesse raggiunto un luogo interiore dove niente poteva turbarla.

«Lascialo andare!» Una voce echeggiò nel silenzio.

Kristof si voltò.

Loiacono era immobile, a pochi metri di distanza. Impugnava la pistola di ordinanza con entrambe le mani, il dito sul grilletto, il corpo in tensione.

«Lascialo o sparo!»

Approfittando della momentanea disattenzione del suo aggressore, Scalviati compì una torsione che lo fece uscire dalla linea di affondo.

Kristof si sbilanciò in avanti, ma in un attimo fu di nuovo pronto all'assalto.

Loiacono non esitò a fare fuoco.

Il proiettile colpì Kristof alla spalla, strappandogli un gemito gutturale.

L'uomo con la cicatrice si voltò verso il poliziotto, l'espressione priva di alcun barlume di umanità. C'era solo collera e istinto omicida.

Cominciò a correre per vincere la distanza con Loiacono, brandendo il coltello nel pugno come fosse un'estensione del proprio corpo.

Per un attimo, sembrò che il giovane sovrintendente fosse intimorito dall'aggressività del suo antagonista.

Che avesse un'esitazione.

Prima di allora, dopotutto, non era mai stato coinvolto in un conflitto a fuoco. Non aveva mai sparato a un altro essere umano, ma soltanto alle sagome del poligono, dove trascorreva gran parte del tempo libero.

Aveva sempre detto che lo aiutava a scaricare i nervi dopo i turni in quinta più massacranti.

Da anni, il suo punteggio medio era il migliore di tutta la questura.

Adesso, un attento osservatore si sarebbe reso conto che si stava soltanto bilanciando, per assicurarsi di non sbagliare il colpo che avrebbe fatto la differenza tra la vita e la morte. Perché di certo in uno scontro fisico sarebbe stato sopraffatto dall'energumeno.

Il problema non era solo la distanza, ma il fatto che il bersaglio fosse in movimento.

Loiacono trattenne l'aria nei polmoni quanto bastava per garantire alla canna della sua pistola un saldo allineamento con la tacca di mira.

Poi premette il grilletto.

Uno schianto squarciò l'aria.

Il proiettile si conficcò nella fronte di Kristof.

Mentre Costanza e gli altri poliziotti uscivano di corsa dal casale, gridando qualcosa di incomprensibile, quello fece uno scatto convulso, come se fosse stato attraversato da una scossa elettrica ad alto voltaggio.

Il coltello gli scivolò dalla mano.

Il corpo, pur privato dello slancio vitale, mosse ancora alcuni passi incerti, disarticolati, per poi crollare faccia a terra ai piedi di Loiacono.

E rimanere immobile.

120

Leda infilò la chiave nella serratura con l'inquietudine che le mordeva le viscere. Da più di ventiquattro ore non era rientrata nel suo appartamento.

"Troppo rischioso", si era detta.

Ma aveva deciso di fare una veloce incursione per recuperare gli appunti della sua inchiesta sotto copertura per effettuare alcuni riscontri. Ora che aveva i nomi delle persone coinvolte nel giro, era pronta a scrivere il reportage che li avrebbe inchiodati alle loro responsabilità.

Giulia le aveva rivelato di essere stata reclutata da un dipendente del consultorio a cui si rivolgeva abitualmente. Ma a tirare le fila dell'organizzazione erano un avvocato, ex candidato alle elezioni regionali, e un imprenditore edile notoriamente in affari con il clan dei Canu.

A confortarla c'era il fatto che i loro agganci nel mondo della Torino bene non sarebbero serviti a niente quando la sua storia fosse finalmente venuta a galla.

Quando Leda compì il primo passo nel corridoio, ebbe la conferma che aveva fatto bene a passare la notte fuori. Era come se l'aria, in casa, avesse un odore diverso dal solito.

C'erano svariati fogli dattiloscritti sparpagliati sul pavimento, come se fossero stati trasportati da una stanza all'altra da una forte corrente. Li riconosceva bene, contenevano annotazioni e bozze di alcuni articoli che aveva scritto nei giorni precedenti.

Rimase per qualche istante in ascolto di rumori sospetti. Era tentata di voltare le spalle e fuggire via. Ma inghiottì la paura e, quasi trattenendo il respiro, si avvicinò all'ingresso dello studio.

Sul momento non riuscì a entrare. Rimase sulla soglia a osservare il caos che regnava all'interno.

Le sedie erano capovolte. I cassetti erano stati divelti, il contenuto rovesciato sul pavimento. La macchina da scrivere era stata spostata, la scrivania liberata da tutti i documenti spazzati via e gettati a terra insieme a libri, giornali, fotografie e cancelleria. Persino le bollette erano state passate al setaccio.

Qualcuno aveva rovistato tra le sue cose alla ricerca di informazioni su di lei e su ciò a cui stava lavorando.

Qualcuno che voleva conoscere cosa sapeva. E non aveva esitato a introdursi nel suo appartamento per farlo.

Un'inconscia associazione mentale la riportò all'istante in cui aveva incrociato l'uomo vestito da poliziotto all'uscita della palazzina di Diego Capaldi.

Un brivido le attraversò la schiena. Cosa sarebbe potuto accadere se fosse stata presente al momento dell'intrusione? Come sarebbe andata se non avesse avuto la prontezza di spirito di rivolgersi a Ludwig per farsi ospitare? Avrebbe fatto anche lei la stessa fine di Capaldi?

In un angolo c'era la segreteria telefonica con l'indicatore dei messaggi lampeggiante.

Leda schiacciò il tasto per avviare la riproduzione.

Erano quattro, tutti di Enrico Loi.

Nell'ultimo, il tono di voce si faceva concitato. «Leda, maledizione, ho bisogno di te. Dove cazzo sei?!! Hanno preso il mostro, richiamami appena senti questo messaggio!»

121

Erano le undici del mattino di sabato 10 settembre quando il procuratore Bevilacqua terminò il suo discorso. Nella sala della procura che ospitava la conferenza stampa esplose un coro di voci concitate. Gran parte dei giornalisti presenti scattarono in piedi per porre domande, provocando un trambusto in cui ognuno tentava di sovrastare le voci degli altri. Mantenere l'ordine, per gli addetti alla sicurezza, fu un'impresa tutt'altro che semplice.

Tutti volevano saperne di più sulle circostanze che avevano portato all'uccisione del mostro, al termine di un'operazione che era costata la vita a due agenti di polizia. Di Leo, fortunatamente, se l'era cavata con una commozione cerebrale, anche se era ancora in osservazione presso il reparto traumatologia dell'Umberto I.

Mentre il commissario Costanza si sbracciava per disciplinare gli interventi dei giornalisti, Leda approfittò dello scompiglio per uscire dalla stanza. Ostentando disinvoltura per non insospettire gli agenti in guardiola, attraversò l'atrio del tribunale e si diresse verso le scale.

C'era qualcosa che non la convinceva nel modo in cui Bevilacqua aveva gestito la conferenza stampa. Tanto per cominciare, tra i relatori mancava il magistrato incaricato delle indagini, il sostituto procuratore Francesco Scalviati. A cosa era dovuta la sua assenza? Era forse in disaccordo con la versione ufficiale della procura?

Leda era al corrente che gli accertamenti fossero ancora in corso, ma la ricostruzione di Bevilacqua presentava troppi punti oscuri.

L'identità del mostro era attribuita a Kristof Leigh-Allen, veterano della guerra in Vietnam e membro della sicurezza interna del consolato americano. Costui avrebbe agito in combutta con Salvatore Canu, esponente di spicco della criminalità organizzata, le cui attività annoveravano spaccio, gioco d'azzardo e sfruttamento della prostituzione.

Canu si sarebbe servito di Allen per eliminare soggetti scomodi alle sue attività, camuffando gli omicidi secondo pratiche rituali per depistare le indagini.

Una disputa tra i due complici doveva essere alla base del conflitto che li aveva posti, infine, l'uno contro l'altro.

L'auto di Allen, una Mercedes blu scuro, era stata trovata parcheggiata nelle vicinanze del casolare dove si era rifugiato Salvatore Canu. Nel cruscotto era presente una radio in grado di sintonizzarsi sulle frequenze della polizia, che gli aveva permesso di individuare la posizione dell'ex complice, seguendo la pattuglia inviata per gli accertamenti.

Secondo Bevilacqua, Allen era rimasto traumatizzato dalle atrocità a cui aveva assistito durante la guerra. Uno squilibrato che non era riuscito ad adattarsi alla vita civile dopo il ritorno dal fronte. Dal consolato era giunto un comunicato ufficiale che esprimeva sgomento per la notizia e garantiva la massima collaborazione con gli inquirenti nelle ultime fasi delle indagini.

Bevilacqua non aveva fatto alcuna menzione a un possibile coinvolgimento di Diego Capaldi e Giorgio Marchesini. Né, tantomeno, all'esplosione all'interno del cinema Statuto, la cui causa era stata attribuita, tramite uno scarno annuncio della procura, a un imprecisato incidente avvenuto durante un'ispezione di routine.

Leda, tuttavia, aveva le sue ragioni per ritenere che si trattasse di un tentativo di insabbiamento. La sera prima, Enrico Loi le aveva confidato di essere entrato in contatto col vigile del fuoco che aveva fornito supporto tecnico agli inquirenti durante l'incursione nell'ex cinema. Costui gli aveva rivelato che si trattava di una vera e propria perquisizione, e che la polizia era alla ricerca di un computer associato all'attività del mostro.

Secondo Loi, quel computer doveva contenere informazioni così compromettenti da aver spinto l'assassino a proteggerlo tramite un ordigno esplosivo.

Allen indossava un'uniforme da poliziotto quando era stato sorpreso all'interno della proprietà di Salvatore Canu. Leda era certa che fosse lui il finto poliziotto con cui si era quasi scontrata a casa di Capaldi.

Non lo aveva visto in faccia, ma ne riconobbe la corporatura nella fotografia mostrata in conferenza stampa. Doveva essere stato lui ad aver tentato di uccidere Giulia e a introdursi nel suo appartamento. Se Leda avesse avuto dei dubbi sul pericolo che aveva corso, ora si sarebbero definitivamente dissolti.

Attraversò spedita i corridoi vuoti della procura. Quando giunse di fronte all'ufficio di Scalviati, entrò senza bussare.

Nonostante non fosse orario di lavoro, il magistrato era seduto alla scrivania. Vedendola comparire sulla soglia, smise di colpo di parlare con l'uomo di fronte a lui, un tipo elegante che Leda non aveva mai visto.

Quest'ultimo si alzò e le tese la mano. «Leda De Almeida, presumo.»

Lei si limitò ad annuire.

«Ho sentito parlare molto di lei. Il mio nome è Isaak Stoner, sono un agente dell'FBI.»

122

«La sua visita giunge quanto mai opportuna, De Almeida» disse Scalviati. «L'avrei chiamata io stesso al termine della conferenza stampa.»

«Ah, sì?»

«Tanto per cominciare, dubito che si sia bevuta la ricostruzione ufficiale della procura.»

«Mi è sembrata fin troppo semplicistica. Ma quello che mi ha più sorpreso, dottor Scalviati, è stata la sua assenza alla conferenza stampa.»

«Mi sono rifiutato di partecipare. Per il rispetto che nutro nei confronti dei due agenti brutalmente assassinati durante l'esercizio delle loro funzioni e di tutte le altre vittime. Ma anche per la responsabilità che ho nei confronti dei cittadini di ristabilire la verità. Non posso accettare che un pluriomicida la faccia franca dopo aver seminato morte e terrore nella nostra città.»

«Immagino che il dottor Bevilacqua non l'abbia presa molto bene.»

«Sono consapevole delle conseguenze. Ma ho un criminale da assicurare alla giustizia. La rete di complicità intorno alla vicenda del mostro è ben più estesa di quello che vogliono far credere. Sebbene non ci sia alcun dubbio che Kristof Leigh-Allen sia stato l'esecutore dei delitti, c'era qualcun altro che lo manovrava. E non si tratta di certo di Salvatore Canu.»

«Come fa a esserne così sicuro?»

«Il profilo criminale del mostro non combacia con quello di Allen» intervenne Stoner.

«Profilo criminale?»

«La mia specialità è ricostruire i tratti psicologici e sociali degli assassini seriali a partire dall'analisi delle scene del crimine.»

«E Allen non corrisponde a questo profilo?»

«Lo verifichi lei stessa. È tutto qui.» Stoner le consegnò il documento col profilo del mostro.

Leda si soffermò sul nome Zenit. «Pensate che un serial killer scomparso da quindici anni si sia trasferito in Italia?»

Scalviati abbozzò un sorriso. «Sempre ben preparata, eh?»

«Me ne ha parlato il mio caporedattore. Scrisse un reportage per il giornale, all'epoca. Non gli è sfuggito che uno dei simboli del codice cifrato che mi ha fatto pubblicare era la firma con cui Zenit rivendicava i delitti. Un enigma la cui soluzione punta alle città del cosiddetto triangolo del male: Torino, Londra, San Francisco.»

«Tra il 1975 e il 1983, Kristof Leigh-Allen era un addetto alla sicurezza dell'ambasciata americana di Londra. Nello stesso periodo si verificarono alcuni omicidi con modalità analoghe a quelli commessi a Torino negli ultimi due anni.»

«E questo non rafforza la tesi di Bevilacqua?»

«Non se consideriamo che gli omicidi siano stati compiuti dallo stesso assassino che ha colpito a San Francisco tra il '69 e il '72.»

«Zenit» precisò Leda.

«Esatto» intervenne Stoner. «In quel periodo, Allen si trovava ancora a Saigon, dove prestava servizio alla *Screaming eagle*.»

«Allen è dunque un imitatore di Zenit?»

«Un discepolo, piuttosto» rispose Stoner. «Secondo un sopravvissuto, Zenit sarebbe un uomo dell'altezza di circa un metro e settantacinque. Ma secondo le perizie balistiche del dottor Di Cara, il mostro è alto almeno un metro e ottantacinque.»

«L'altezza di Kristof Leigh-Allen.»

Scalviati annuì. «La nostra ipotesi è che Zenit sia il responsabile materiale degli omicidi di San Francisco e Londra, mentre Allen sia intervenuto solo in seguito, come esecutore degli omicidi di Torino.»

«Per quale motivo avrebbe dovuto farlo?»

«Perché Zenit, a quel punto, aveva cominciato a soffrire di una forma precoce di Parkinson che gli impediva di maneggiare la pistola. Così, ha trovato in Allen un fedele alleato per proseguire il suo progetto di morte.»

«Una teoria affascinante.»

«Ormai conosco l'identità di Zenit. Io e l'agente Stoner abbiamo ricostruito i suoi movimenti, da San Francisco a Londra, fino a Torino.» Scalviati assunse uno sguardo determinato. «E, con il suo aiuto, ho intenzione di farlo uscire allo scoperto.»

«Il mio aiuto?» proruppe Leda. «Sono una reporter. Non vedo come...»

«Ci arriveremo. Prima, però, è necessario che la metta al corrente delle informazioni che abbiamo raccolto finora, confrontandoci con i colleghi dell'agente Stoner al quartier generale dell'FBI.»

«È stata una lunga notte» disse l'altro.

«Vi ascolto.»

«Secondo il profilo, Zenit ha tra i quarantacinque e i cinquant'anni. Ha ricevuto un'educazione di alto livello e riveste una posizione sociale di prestigio.»

«Kristof Leigh-Allen aveva trentotto anni e non ha nemmeno finito le scuole superiori» precisò Stoner. «A diciannove anni si è arruolato come volontario nell'esercito ed è partito per il Vietnam. È stato congedato nel 1973, dopo essere stato ferito in azione.»

«Nel 1975, grazie all'intercessione di un suo superiore, Allen viene assunto dal Ministero degli Esteri e assegnato ai servizi di sicurezza dell'ambasciata americana a Londra» continuò Scalviati. «È qui che entra in contatto con David Terrazzano, un funzionario con dei legami con la CIA. Allen diventa il suo collaboratore più fidato. Tra i due nasce un terribile sodalizio che proseguirà per gli anni a venire.»

«David Terrazzano è Zenit?»

«Corrisponde al profilo tracciato dall'agente Stoner. È alto un metro e settantacinque. È nato e cresciuto a San Francisco, dove ha frequentato l'Università di Stanford. Ha una posizione sociale di prestigio: è segretario presso il Consolato americano a Milano. Ed era presente in ogni città nel periodo in cui si sono verificati gli omicidi.»

«È comunque un po' poco per accusarlo, non crede?»

Prima di ribattere, Scalviati si chinò per raccogliere una fotografia incorniciata che era appoggiata a un lato della scrivania. «La riconosce?»

Leda sgranò gli occhi. «È una foto scattata da mio figlio ai ragni di ponte Vittorio. Il dottor Di Cara ne è rimasto così affascinato da chiedermi di vendergliela.»

«La prima volta che l'ho vista ho pensato che in questa foto si celasse qualcosa di importante. Mi ci è voluto un po' per rendermi conto che si trattava dell'automobile che compare nell'inquadratura.» Una pausa. «Questa foto è stata scattata la notte del 26 agosto, pochi minuti dopo gli omicidi del Pian del Lot. Involontariamente, suo figlio ha fotografato l'automobile dell'assassino.»

123

L'idea era talmente sconvolgente che a Leda si spezzò il respiro. «Carlos ha… incontrato l'assassino?»

«Osservi la targa» incalzò Scalviati. «Non nota qualcosa di strano?»

Leda si avvicinò per guardare meglio. L'immagine era piuttosto sgranata e faticava a distinguere tutti i dettagli, ma di una cosa era certa: quella non era una targa ordinaria. «È una targa diplomatica.»

Scalviati fece un cenno di assenso. «Le prime lettere sono CC, che identificano i veicoli del corpo consolare. I tre numeri al centro non sono leggibili per via delle aberrazioni cromatiche prodotte dai fanali, ma il codice SF, che si distingue sulla destra, corrisponde al consolato americano. La domanda è: cosa ci faceva un'auto consolare nelle vicinanze della scena del crimine, la notte in cui sono stati uccisi Monica Ferretti e Paolo Ginestra?»

«Vuol farmi credere che un membro della delegazione diplomatica avrebbe utilizzato un'auto di rappresentanza per commettere degli omicidi?»

«Non è così assurdo, se ci pensa bene. Spostarsi con un veicolo diplomatico gli permetteva di eludere qualsiasi controllo.»

«E non potrebbe trattarsi di Allen?»

«Solo i funzionari possono disporre dei veicoli. Allen era un semplice addetto alla sicurezza. Avrebbe rischiato una sanzione disciplinare se fosse stato sorpreso a usarne uno.»

«Abbiamo scavato nel passato di David Terrazzano, e ci sono diversi elementi che lo accomunano a Zenit» intervenne Stoner. «Quella del triangolo del male è una leggenda tipicamente italiana, pressoché sconosciuta all'estero, persino nelle città che ne fanno parte. Io stesso ne sono venuto a conoscenza solo dopo qualche tempo che ero a Torino. Il padre di David, Joe Terrazzano, era un immigrato italiano che aveva fatto carriera nel settore delle telecomunicazioni, accumulando un discreto patrimonio. Morì prima di compiere cinquant'anni per un tumore alla milza. David aveva otto anni quando al padre fu diagnosticato il tumore. Undici, quando ha esalato l'ultimo respiro. Abbiamo controllato ogni dettaglio che ci permettesse di risalire alle sue motivazioni, persino quelli apparentemente insignificanti...»

«Che sarebbero?»

«La notte in cui suo padre morì c'era la luna piena.» Stoner estrasse da un fascicolo una fotografia sbiadita che ritraeva una donna dall'aspetto dimesso e gli occhi spenti. «La madre, Angela, era una donna dai nervi fragili, e dopo la morte del marito ebbe gravi problemi psichiatrici. Quando fu ricoverata in un istituto, nei pressi della baia di San Francisco, David fu affidato alla famiglia degli zii. Credo che la situazione, in quella casa, fosse molto difficile. Lo zio era violento e autoritario, e fu arrestato pochi mesi prima che David partisse per il college: aveva quasi ucciso la moglie durante una lite. Nel 1962, il cadavere dello zio fu ritrovato su una spiaggia, ucciso a colpi di pistola. L'arma del delitto non fu mai ritrovata. Si considerò l'ipotesi di una rapina, ma il caso rimase irrisolto.»

«Pensate che sia stato Terrazzano?»

«L'infanzia degli assassini seriali è spesso costellata di eventi traumatici e violenze subite. Non possiamo sapere cosa abbia passato Terrazzano mentre viveva con lo zio, ma quell'esperienza deve averlo segnato profondamente. La mia ipotesi è che col tempo abbia cominciato a sublimare con l'omicidio gli abusi mai elaborati della sua infanzia.»

«Agghiacciante.»

«Mentre frequenta il college, si verificano diverse aggressioni nei confronti di alcune sue compagne di studi. Nel 1964, una di loro viene brutalmente assassinata mentre rientra al dormitorio. Un'altra si salva solo perché le sue grida attirano il custode. Entrambi i casi si svolgono durante una notte di luna piena. La descrizione dell'aggressore coincide con quella di Terrazzano, anche se all'epoca nessun indizio induce gli investigatori a sospettare di lui: uno studente modello con un curriculum di studi impeccabile.»

«La morte segue Terrazzano come un'ombra» commentò Scalviati. «A mano a mano che passano gli anni, si fa sempre più scrupoloso e letale, evolvendo il suo modo di agire, pianificando sempre più minuziosamente le aggressioni.»

«Secondo i miei colleghi del Bureau, i primi contatti di Terrazzano con la CIA risalgono al periodo del college, quando viene ingaggiato come reclutatore di cavie da sottoporre agli esperimenti del progetto MK-Ultra. Nel 1967, dopo la laurea in legge, viene assunto in uno studio legale della Bay Area. Cinque anni dopo parte per Londra, dove ricopre l'incarico di segretario dell'ambasciata americana. È lì che conosce Kristof Leigh-Allen.»

«Riteniamo che la prima volta che Terrazzano e Allen si trovano a cooperare sia in occasione di due duplici omicidi avvenuti nella capitale britannica tra il '75 e il '76» intervenne Scalviati. «È Terrazzano a uccidere le due coppie di ragazzi. In seguito, si serve di Allen per depistare le indagini. Gli fa poi eliminare il principale sospettato, simulandone il suicidio.»

«Come per Capaldi e Marchesini» sospirò Leda, mentre la mente la riportava al momento in cui era corsa a casa di Giulia, con il cuore in gola e la paura di non arrivare in tempo prima che il finto poliziotto mettesse a tacere anche lei.

«I due diventano inseparabili. Allen segue Terrazzano in Nicaragua nel 1984, quando quest'ultimo viene trasferito all'ambasciata di Managua. Secondo una fonte interna all'FBI, il loro compito consisteva nell'addestrare per conto della CIA le truppe dei *contras*, le milizie finanziate da Reagan per sabotare la rivoluzione sandinista.»

«I *contras* sono famigerati per i loro massacri indiscriminati di civili, le torture, gli stupri» proruppe Leda. «Due anni fa, la Corte internazionale ha condannato gli Stati Uniti per le atrocità commesse in Nicaragua.»

«È una pagina oscura della nostra storia, di cui non vado fiero» ammise Stoner.

«Nel novembre del 1986, Terrazzano e Allen vengono assegnati al consolato italiano. Non passa molto tempo perché si verifichi il primo omicidio, la notte del 13 febbraio 1987 al parco del Valentino. Una data emblematica: si tratta del quarto anniversario della strage del cinema Statuto.»

«Immagino che Terrazzano non abbia niente a che vedere con l'incendio, dato che all'epoca si trovava ancora a Londra.»

«No, certo che no. Tuttavia, la tragedia deve aver stimolato la sua immaginazione, al punto che decide di creare una rete di complici, reclutandoli nel sottobosco della criminalità organizzata o facendo leva sui peggiori impulsi di insospettabili come Marchesini. Non a caso, stabilisce il suo quartier generale proprio all'interno del luogo del massacro.»

«D'accordo, ma qual è il suo scopo?»

«Seminare il caos» rispose Stoner. «Assaporare la paura nell'aria quando viene evocato il suo nome.»

«Nella sua lettera si definisce un cacciatore di esseri umani» aggiunse Scalviati. «La sua sete di sangue è implacabile. Uccidere è molto di più di una semplice pulsione. È la sua vocazione.»

124

«Ritengo che Terrazzano soffra di un disturbo narcisistico della personalità» disse Stoner. «La scelta di un soprannome come Zenit è significativa: un modo per rivendicare il suo ruolo nel mondo, affermando la sua superiorità nei confronti della gente comune, che considera alla stregua di prede a cui dare la caccia. E più la caccia è appassionante, più ne trae soddisfazione. Per questo motivo, a Torino, ha cominciato a scegliere le sue vittime secondo criteri più complessi che in passato.»

«Il cinema Statuto costituisce per lui una sorta di centro simbolico del male, da cui irradiare la sua influenza a tutta la città» disse Scalviati. «Da lì, ha cominciato ad aggregare una cerchia di seguaci, servendosi di un innovativo sistema telematico, le cui comunicazioni sono pressoché impossibili da intercettare.»

A Leda tornarono in mente le parole di Enrico Loi, quando le aveva accennato a un computer che gli inquirenti cercavano all'interno dell'edificio. «Canu e Marchesini, dunque, sono entrati in contatto con lui attraverso un computer.»

«La stazione di risposta era nascosta nella sala del proiezionista. Nessuno immaginava che fosse protetta da un ordigno che, esplodendo, ha causato il ferimento di una nostra agente.»

«Dunque non è stato un incidente?»

«Tutt'altro. Purtroppo, non ho potuto far altro che prendere atto della decisione del procuratore capo di minimizzare l'accaduto. A suo dire, è stato per non riaprire vecchie ferite della città.»

«Possibile che nessuno si sia mai accorto della presenza di un computer all'interno del cinema Statuto?»

«Dall'epoca della tragedia, nessuno ci ha mai più messo piede. Per mantenere operativa la stazione, Terrazzano ha fatto realizzare un impianto elettrico pirata nei sotterranei dell'edificio, servendosi di un complice inconsapevole: Lorenzo Colucci, che nel 1983 era sopravvissuto al rogo insieme alla sua fidanzata di allora, Linda Frasso. Abbiamo interrogato i suoi colleghi. Hanno raccontato che nei primi mesi dell'anno scorso Colucci è stato contattato da un misterioso uomo d'affari per svolgere un lavoro molto ben pagato ma di cui non hanno mai saputo i particolari.»

«Linda Frasso? La ragazza uccisa al parco del Valentino?»

«Zenit ama rimescolare le carte, stabilire dei collegamenti tra le vittime, arricchendo di significato le sue imprese. Le sue aggressioni non sono mai casuali, ma frutto di un'attenta pianificazione. Oltre a Linda e il suo nuovo fidanzato, ha fatto uccidere anche Colucci, simulando un incidente sul lavoro. In una tasca della sua tuta abbiamo trovato una cartuccia calibro .22, dello stesso tipo utilizzato dal mostro. Una identica è stata trovata in un cassetto a casa di Marchesini. La nostra ipotesi è che le cartucce siano una sorta di pegno del sodalizio con Zenit. Che sia consapevole o meno.»

Leda si concesse alcuni istanti per riflettere. «Prima avete fatto riferimento a una forma di Parkinson di cui soffrirebbe Terrazzano.»

«Abbiamo ottenuto le sue cartelle cliniche» ribatté il magistrato. «Ma ho anche avuto modo di conoscerlo di persona. Dopo i delitti del Pian del Lot, mi sono recato al consolato per chiedere chiarimenti sulla presenza di Stoner in Italia. Naturalmente, Terrazzano ne ha approfittato per insinuare dei dubbi sull'integrità del suo concittadino, nel tentativo di screditarlo e impedirne il coinvolgimento nelle indagini. In quell'occasione, ho notato che gli tremavano le mani. All'inizio avevo pensato che fosse soltanto nervoso, ora sono convinto che la sua condizione si stia aggravando.»

«È anche per questo che si serve di altre persone per commettere gli omicidi» puntualizzò Stoner. «Assistere all'agonia delle vittime gli provoca piacere anche quando non è lui a infliggerla. È la condivisione di un orrore, e non solo. Credo che compiere omicidi rituali faccia parte di un folle progetto di guarigione.»

Leda non poteva negare che la ricostruzione di Scalviati e Stoner avesse una coerenza di fondo, ma sapeva che niente di tutto ciò sarebbe bastato a incriminare Terrazzano. A maggior ragione quando l'unico che avrebbe potuto eventualmente testimoniare contro di lui, Kristof Leigh-Allen, era chiuso in una cella dell'obitorio.

«A cosa si riferiva quando ha detto di aver bisogno del mio aiuto per costringerlo a uscire allo scoperto?»

Scalviati trasse un ampio sospiro. «All'inizio della prossima settimana, il procuratore incontrerà una delegazione consolare. Si tratta più che altro di una formalità, un gesto simbolico da parte delle autorità straniere a dimostrazione della loro trasparenza e della loro buona volontà a collaborare. Sono tutti molto ansiosi di lasciarsi alle spalle questa terribile vicenda ed evitare strascichi che potrebbero gettare un'ombra nei rapporti tra i nostri paesi. Ho motivo di ritenere che Terrazzano, in quanto segretario del consolato, farà parte della delegazione.»

«D'accordo, ma quale sarebbe il mio ruolo?»

«Quello che le riesce meglio, De Almeida. Quello per cui è conosciuta da tutti i lettori del suo giornale: dire la verità.»

«La verità?» incalzò Leda. «O la *sua* verità, dottor Scalviati?»

Il magistrato rispose senza scomporsi. «Capisco la sua diffidenza, e non ho alcuna intenzione di farle pressioni. A supporto delle mie affermazioni, dopotutto, non c'è alcuna prova diretta. Non che faccia alcuna differenza. Non potrei procedere contro di lui nemmeno se avessi delle prove schiaccianti, dato che gode dell'immunità diplomatica.»

«La situazione cambierebbe, però, se si trovasse sul suolo americano» intervenne Stoner. «Lì sarebbe perseguibile come un comune cittadino. Le assicuro che i miei colleghi dell'FBI stanno raccogliendo abbastanza riscontri per rinviarlo a giudizio per gli omicidi compiuti da Zenit.»

«Si tratta sicuramente di un azzardo» affermò Scalviati. «Ma se facessimo credere di avere in mano qualcosa che potrebbe inchiodarlo, il Ministero degli Esteri americano potrebbe decidere di richiamarlo in patria per evitare scandali.»

«Qualcosa ce l'avete. La fotografia di Carlos.»

«Non è necessario che sappiano di cosa si tratta. Si ricordi che quello che le ho detto ha carattere strettamente confidenziale.»

Leda osservò attentamente il volto del magistrato. Poteva scorgere una punta di disagio in fondo ai suoi occhi. Era evidente che quella situazione di stallo ne stesse mettendo alla prova la fiducia negli strumenti giudiziari. Come inchiodare un pluriomicida, dopotutto, se non era nemmeno perseguibile per legge?

Francesco Scalviati non era un uomo facile da leggere. Fino a quel momento, Leda lo aveva considerato un funzionario pragmatico e un po' ingessato. Ora, doveva riconoscere che aveva dimostrato di possedere una dote quanto mai rara: la flessibilità di pensiero.

Era stato in grado di reagire in maniera creativa a circostanze sfavorevoli. Anche se, per quanto cercasse di non darlo a vedere, non c'era alcun dubbio che considerasse una sconfitta personale l'aver dovuto escogitare un espediente per fermare Terrazzano.

E poi c'era dell'altro. Un dolore latente, il segno di un'assenza che si esprimeva con rapide fughe dello sguardo e impercettibili mutamenti d'espressione.

Leda non poteva sapere cosa lo tormentasse, ma provò una forte empatia nei suoi confronti, sperando inconsciamente che riuscisse a trovare quello che stava cercando.

«Avete fatto la vostra parte» disse, riponendo in borsa il documento con il profilo del mostro. «È il momento di fare la mia.»

125

A differenza dei toni trionfali con cui la maggior parte dei quotidiani nazionali annunciava la morte del mostro, *La Stampa* titolava l'articolo di fondo di domenica con un'inquietante domanda: *È davvero finita?*

La fotografia del cadavere di Kristof Leigh-Allen coperto da un lenzuolo e un suo primo piano tratto da un documento di identità occupavano la parte centrale della prima pagina.

Nell'articolo, De Almeida ripercorreva la vicenda del mostro a partire dal principio, esaminando le peculiarità di ogni aggressione e le circostanze in cui si erano verificate.

Non esitava a mettere in discussione la ricostruzione ufficiale della procura, insinuando che non tutti gli scenari possibili erano stati vagliati con la dovuta attenzione. A cominciare dalle morti sospette di persone che avevano un legame con le vittime.

Al presunto suicidio di Diego Capaldi aveva dedicato un lungo paragrafo, rivelando per la prima volta ai lettori del giornale di essere stata lei a trovare il suo cadavere nell'ambito di un'inchiesta su un giro di prostituzione.

Nelle ultime battute, scriveva che i troppi punti oscuri facevano presumere che ci fosse qualcun altro a tirare le fila della vicenda, e che Kristof Leigh-Allen e Salvatore Canu fossero soltanto pedine su una scacchiera dai contorni non ancora definiti.

Scalviati concluse la lettura e appoggiò la copia del giornale sul sedile del passeggero. De Almeida era stata di parola. Non aveva ancora sfoderato l'artiglieria pesante, ma per quello c'era ancora tempo. Bisognava procedere per gradi in modo da mantenere alta la pressione sul consolato.

Uscì dalla macchina. Raggiunse il portone della villetta dei genitori di Greta e, con una certa trepidazione, suonò il citofono.

Nell'udire la voce della moglie, il cuore perse un battito. L'ansia gli schiacciava il petto, facendogli sudare le mani come non gli succedeva nemmeno i primi tempi in cui si frequentavano.

«Sei splendida» le disse quando se la trovò di fronte. Era incantevole come sempre, impeccabile nell'abito di seta che le scendeva morbido al ginocchio e il rossetto che delineava perfettamente le linee delle labbra, spiccando sull'incarnato lunare.

«Piantala» si schermì. «Ormai non riesco più a guardarmi allo specchio senza aver paura di romperlo.»

Dopo aver salutato la madre di Greta, Scalviati seguì la moglie in soggiorno. Avrebbe voluto mostrarsi disinvolto. Ma dinanzi a lei si sentiva più che mai inadeguato. «Allora, come stai?»

«Mamma non mi fa mancare niente. Anzi, è fin troppo premurosa.» Ebbe un'esitazione, come se un rumore inatteso l'avesse distratta. «Ma la verità è che sono terrorizzata. Ho paura di non essere pronta.»

«Non si è mai preparati a diventare genitori. Lo si diventa e basta.»

«Se qualcosa dovesse andare storto durante il parto, io...»

«Andrà tutto bene» la rassicurò. «Ci sarò io a stringerti la mano.»

La tensione si sciolse nel viso di Greta, che si lasciò andare a un sorriso. «Sarà meglio. Ho bisogno che tu ci sia, mi hai già trascurato abbastanza. Ti farò telefonare quando sarà il momento, quindi cerca di farti trovare pronto.»

«Non mancherò.» Con una certa titubanza, protese la mano verso il pancione.

Lei gliela prese e se la portò al ventre. «Tranquillo. Credo che a tua figlia farà piacere sentirti vicino.»

Non appena Scalviati appoggiò la mano, ebbe l'impressione che la piccola facesse una capriola. «Ha scalciato!»

«Avrà riconosciuto il suo papà. Sai, dicono che i nascituri ci ascoltino da dentro la pancia. A volte, quando ero sola in casa, mi capitava di parlare con lei.»

«Temo che non abbia sentito abbastanza la mia voce.»

«Vorrà dire che dovrai impegnarti per recuperare.»

«Doveva essere tutto diverso. Avrei voluto prendermi un periodo di congedo per assicurarmi che non ti mancasse nulla. Trascorrere gli ultimi giorni prima del parto a casa, mentre eravamo indaffarati ad allestire la sua cameretta.»

All'inizio non si erano messi all'opera un po' per scaramanzia, un po' per insicurezza. Poi, gli ultimi mesi erano trascorsi così in fretta che adesso si ritrovavano completamente impreparati, a un passo dal termine della gravidanza.

«Lo so.»

Scalviati guardò la moglie con una punta di amarezza.

Avrebbe voluto esprimere la complessità delle emozioni che stava provando, ma era come se fossero cadute in un posto inaccessibile.

Non ce l'aveva con Greta per aver deciso di trascorrere quegli ultimi giorni dai genitori. Anzi, ora si sentiva quasi sollevato. Stare lontano da lei era doloroso, ma era un sacrificio necessario.

Era da troppo tempo che lui si trovava in un posto buio.

Aveva guardato troppo a lungo il volto del male per rimanere immune.

«Vorrei che smettessimo di sentirci così» riuscì a dire. «Vorrei che smettessimo di cercare sempre il lato freddo del letto. Ti prometto che mi impegnerò perché questo sia un nuovo inizio. E che torneremo insieme più forti di prima.»

«Anch'io lo voglio.»

Scalviati abbassò lo sguardo, avvicinando il viso al ventre di Greta. «Non è andata come avevo pianificato, e spero che tu mi possa perdonare per non essere stato presente come avrei voluto. Ma ora stai per arrivare e non vedo l'ora di poterti conoscere. Spero che prenderai gli occhi di tua madre e che sarai sempre in grado di dire quello che provi. Spero che mi perdonerai per aver scelto questo lavoro, e che un giorno capirai che l'ho fatto anche per te, nella speranza di rendere il mondo un posto migliore. Perché, nonostante tutto, voglio continuare a credere che la giustizia abbia ancora un significato.» Fece una breve pausa per sciogliere il nodo che gli stringeva la gola. «Mi dispiace che non abbiamo ancora scelto il tuo nome. Ma sappi che ti sto aspettando come si fa con le cose più preziose. Farò di tutto per proteggerti. E ci sarò sempre per te.»

126

Nel suo articolo di lunedì, Leda De Almeida alzò il tiro, annunciando di aver appreso da una fonte interna alla procura che gli inquirenti erano in possesso di prove inconfutabili, in grado di inchiodare il vero responsabile degli omicidi, e che una svolta era attesa da un momento all'altro.

In chiusura, lasciava intendere che l'identità del mostro si nascondesse tra il personale del consolato in cui era impiegato Kristof Leigh-Allen.

Il pezzo ebbe un effetto dirompente, monopolizzando le discussioni nei bar e nelle piazze, fomentando ipotesi di complotto e gettando scompiglio negli uffici dell'amministrazione cittadina.

Per tutta la mattina i telefoni della redazione squillarono senza sosta, al punto che Enrico Loi dovette assegnare a due praticanti il compito di smistare le chiamate, facendo loro recitare sempre lo stesso comunicato, un secco "no comment": eventuali sviluppi sarebbero stati divulgati esclusivamente sulle pagine del giornale.

Il sindaco chiamò il direttore responsabile della testata per chiedere di rendere nota la fonte della notizia. All'inevitabile rifiuto, lo accusò di speculare su una tragedia al solo scopo di vendere più copie e minacciò di presentare un esposto all'ordine dei giornalisti.

Il palinsesto televisivo delle principali reti nazionali fu modificato per far posto a programmi di approfondimento e talk show sull'argomento. Una troupe della RAI si appostò all'ingresso della sede del quotidiano nella speranza di intervistare De Almeida dopo i ripetuti, inutili tentativi di raggiungerla al telefono.

Poco prima dell'ora di pranzo, il procuratore capo Bevilacqua convocò Scalviati nel suo ufficio. Gli fece una specie di terzo grado per sapere se ci fosse lui dietro la fuga di notizie.

Il magistrato respinse l'accusa con forza, sostenendo che chiunque, in procura, poteva aver sbirciato tra i suoi fascicoli, e che doveva trattarsi di una manovra per confondere le acque e, forse, delegittimare il suo operato.

Non andava fiero di aver dovuto mentire, ma ora che il meccanismo era stato messo in moto, non poteva rischiare di compromettere l'operazione.

Nel pomeriggio, Scalviati incontrò il commissario Costanza e l'agente Stoner per discutere gli scenari possibili e concordare insieme una strategia d'azione.

«Spero che lei sappia quello che sta facendo, dottor Scalviati» gli disse Costanza al momento di congedarsi. «Perché qua stiamo rischiando l'osso del collo.»

Scalviati rientrò a casa che erano quasi le dieci di sera.

Cenò da solo, nel silenzio della cucina, riscaldando un pezzo di pane sulla piastra e accompagnandolo con qualche fetta di formaggio. Quando ebbe finito, andò nel suo studio.

Ora dopo ora, la tensione si faceva sempre più insopportabile. La stanchezza e le notti insonni stavano mettendo a dura prova i suoi nervi, e d'improvviso si sentì travolto dall'insicurezza. Si stava giocando il tutto per tutto, pur sapendo di non avere delle buone carte in mano. Cosa sarebbe successo se Terrazzano avesse visto il suo bluff?

In ballo c'era la sua integrità di magistrato, ma non solo. Avrebbe potuto subire l'onta di un'inchiesta disciplinare, perdere il posto di lavoro. Stava mettendo a repentaglio il suo futuro e quello della sua famiglia.

Con una certa trepidazione, aprì il mobiletto nell'angolo, rivelando lo sportello della cassaforte.

Digitò il codice di apertura e prelevò dall'interno la pistola, una calibro nove che gli aveva regalato suo padre in occasione della nomina a giudice istruttore. Erano gli anni del terrorismo e della strategia della tensione, delle stragi e degli attentati, in cui appartenere alla magistratura o alle forze dell'ordine ti poteva mettere nel mirino di gruppi radicali armati.

Da allora, era sempre rimasta chiusa lì dentro.

Scalviati la soppesò per qualche istante tra le mani, estrasse il caricatore e inserì le cartucce. Poi la infilò nella sua borsa di pelle.

Uscì dallo studio, lasciando la porta aperta.

127

Alle quattro del pomeriggio di martedì 13 settembre, la delegazione consolare composta dal segretario Terrazzano e da un impiegato dell'ufficio per gli affari pubblici varcò l'ingresso del tribunale.

Scalviati incrociò Terrazzano in corridoio mentre rientrava dalla caffetteria. I due si scambiarono un'occhiata fugace, senza dirsi nulla. Ma il nervosismo sul volto del segretario era palese, come se fosse in corso una feroce lotta interiore per mantenere la calma.

Erano cadute le maschere. Il loro era un confronto che non avrebbe ammesso tentennamenti. Sapevano entrambi di essere giunti alle ultime battute di un duello che si era consumato a distanza per troppo tempo.

E che non ci sarebbe stata alcuna opportunità per tornare indietro. Per nessuno dei due.

Nell'edizione del giorno, *La Stampa* aveva pubblicato il profilo criminale del mostro redatto dall'agente Stoner. Per la prima volta, il serial killer noto con il nome di Zenit veniva indicato come il vero responsabile degli omicidi del mostro. Era l'affondo finale per indurlo a commettere un errore. Ma non c'era alcuna certezza che sarebbe andata così.

Scalviati strinse i pugni. Mentre i due scomparivano oltre la soglia dell'ufficio di Bevilacqua, gli sfilarono davanti agli occhi le immagini a cui aveva assistito sulle scene dei delitti. Le visioni di quei corpi straziati erano incise nella mente come cicatrici. Il sangue versato gridava giustizia.

Ricordava bene i nomi di ognuna delle vittime.

Aveva indagato abbastanza a fondo da conoscere le loro storie, le amicizie, le aspirazioni. Era avvilente sapere che il responsabile della loro morte era a un passo da lui e non poteva fare niente per fermarlo.

"Non ancora" mormorò tra sé.

Era incredulo per la disinvoltura con cui Terrazzano si era presentato in procura. Di certo avrebbe raccontato qualche stupido aneddoto per confermare la tesi che inquadrava Kristof Leigh-Allen e Salvatore Canu come soli responsabili degli omicidi.

Scalviati era l'unica voce di dissenso. Sapeva bene che Allen, in fondo, era solo l'uomo delle pulizie di Terrazzano. Uno strumento al servizio delle sue ossessioni.

Ormai isolato dal resto della procura, gli restava soltanto un pugno di fedelissimi pronti a seguirlo. Un'improbabile squadra composta da elementi eterogenei ma accomunati da un senso della giustizia che superava il rispetto della legge.

Costanza, Loiacono, Stoner, De Almeida.

Ognuno con una buona ragione per mollare. Ognuno con l'intenzione di andare fino in fondo.

A confortarlo c'era il pensiero che le condizioni dell'agente Fornasier stavano finalmente migliorando. I medici avevano sciolto la prognosi ed erano ottimisti sulle prospettive di guarigione.

Il magistrato raggiunse il suo ufficio. Prelevò la borsa, salutò Cecilia e si diresse verso l'atrio.

Una volta fuori, salì sulla Giulietta del commissario Costanza, che era parcheggiata sull'altro lato della strada, e si accomodò sul sedile del passeggero.

«Terrazzano è nell'ufficio del procuratore» disse.

«Che faccia tosta. Siamo alla resa dei conti, dunque.»

«Pare di sì.»

«Per quel che vale, sappia che sono orgoglioso di essere stato al suo fianco in questa storia.»

Scalviati si voltò verso di lui. «È lo stesso per me.»

L'incontro tra Terrazzano e Bevilacqua durò una trentina di minuti. Nessuno poteva sapere cosa si fossero detti, ma di certo non dovevano aver avuto una discussione particolarmente approfondita.

Non c'era da stupirsene. Lo sapevano tutti che si trattava di una formalità, compresi i pochi giornalisti che si erano radunati in strada per documentare l'incontro e provare a strappare una dichiarazione a qualcuno dei partecipanti.

Alle 16:40 Scalviati vide uscire dal tribunale Terrazzano e il suo portaborse. Ignorando i fotografi e i microfoni dei cronisti, i due salirono a bordo dell'auto del consolato, che partì in direzione di piazza Savoia.

Costanza avviò il motore e procedette con un filo di gas, seguendola da una distanza ragionevole, cercando di non dare nell'occhio e allo stesso tempo di non perderla nel traffico.

Dopo aver percorso via Ludovico Ariosto, anziché svoltare in direzione Milano per rientrare al consolato, l'auto di Terrazzano proseguì diritto, imboccando via San Pietro in Vincoli, in direzione dell'aeroporto.

«Lo sapevo» commentò Scalviati.

«Non posso crederci. Hanno abboccato!»

L'entusiasmo durò poco. Dopo una sosta al semaforo, mentre l'auto di Terrazzano si immetteva in corso Principe Oddone, un furgone dai vetri oscurati tagliò bruscamente la strada a Costanza, che si trovò costretto a compiere una manovra evasiva per evitare lo scontro.

Il commissario schiacciò il clacson con un pugno e si sporse dal finestrino. «Che cazzo c'hai nella testa? Togliti di mezzo!»

Ma il furgone rimase fermo in mezzo alla strada, irremovibile, come se avesse avuto un guasto improvviso, provocando nel giro di pochi istanti un ingorgo nei pressi del bivio che impedì a Costanza di rimettersi in marcia.

«C'è qualcosa che non va» mormorò Scalviati.

«Crede che lì dentro ci sia un complice di Terrazzano?»

«Non lo escludo. Stoner ha detto che ha ancora parecchi agganci con i servizi segreti. Potrebbe trattarsi di un tentativo di esfiltrazione.»

Costanza uscì dall'auto e si diresse a passo spedito verso il furgone. Quando gli fu a ridosso, quello ripartì sgommando. «Figlio di...»

«Andiamo!» gridò Scalviati dal finestrino per sovrastare il rumore del traffico che ripartiva, in una sinfonia di clacson e il frastuono di motori in accelerazione.

«Merda, l'abbiamo perso» fece l'altro, affrettandosi a salire a bordo.

«Manteniamo la calma. Se si sta dirigendo verso l'aeroporto, Loiacono dovrebbe intercettarlo in corso Venezia.»

Costanza strappò il ricevitore radio dalla staffa. «Como due, mi ricevi?»

Una scarica di statica. Poi, attraverso l'altoparlante: «Qui Como due. Forte e chiaro, commissario». Avevano stabilito di utilizzare una frequenza alternativa per non essere disturbati dalle comunicazioni di servizio.

«Abbiamo avuto un imprevisto. L'obiettivo ci ha seminati, ma dovresti avere un contatto visivo tra poco dalla tua postazione.»

«Ricevuto. Resto in allerta.»

Mentre il commissario conduceva l'auto attraverso il ponte sulla Dora Riparia, Loiacono si fece nuovamente sentire.

«L'ho agganciato. Prosegue in direzione nord, verso Caselle.»

«Non perderlo di vista.» Costanza attaccò la sirena sul tettuccio e schiacciò il pedale dell'acceleratore.

128

Ci volle una trentina di minuti per raggiungere l'aeroporto.

E meno di un secondo per rendersi conto che qualcosa era andato storto.

Isaak Stoner attendeva Terrazzano nell'atrio, pronto a imbarcarsi sul volo per New York insieme a lui, in modo da assicurarsi che non si dileguasse durante uno scalo. Una squadra di agenti speciali dell'FBI era pronta a intervenire non appena Terrazzano avesse messo piede negli Stati Uniti.

Ma quando Costanza e Scalviati giunsero al parcheggio dell'aeroporto di Caselle, trovarono la volante di Loiacono con i lampeggianti accesi, affiancata all'auto consolare, con Stoner e il giovane sovrintendente che discutevano animatamente con l'autista.

Per prima cosa, Scalviati controllò dal finestrino l'interno del veicolo. Seduto sul sedile posteriore c'era soltanto l'impiegato che aveva accompagnato Terrazzano in procura. Aveva lo sguardo intimorito, e tratteneva la sua ventiquattrore al petto come se temesse una rapina.

«Dove diavolo è Terrazzano?»

«Non è mai arrivato» rispose Stoner, lapidario.

«Ho seguito la macchina fino a qui» intervenne Loiacono.

«Si è limitata a fare un giro del parcheggio. Stava per avviarsi verso l'uscita per rientrare in città e ho dovuto intervenire.»

«E dalla macchina non è sceso nessuno?»

«Non ho mai perso il contatto visivo.»

«Cosa dice l'autista?»

«Si rifiuta di parlare» disse Stoner.

Scalviati scosse la testa. «Non fa alcuna differenza, è chiaro che stava solo eseguendo gli ordini. Loiacono, lo lasci andare. Non credo che sia difficile capire cos'è successo.»

«Quel maledetto furgone!» sbottò Costanza.

Stoner lo guardò con stupore. «Quale furgone?»

Scalviati lo informò su quello che era successo poco prima. «Si trattava sicuramente di un complice. Un diversivo organizzato per farci perdere le sue tracce. Terrazzano dev'essere sceso dalla macchina mentre era fuori dalla nostra visuale. Ha dato istruzioni all'autista di continuare a guidare fino all'aeroporto come se niente fosse, sapendo che lo avremmo seguito fino a qui.»

«E ormai è tardi per piazzare dei posti di blocco» gli fece eco Costanza. «Non posso crederci che ci abbia fregati come dei pivelli.»

«A questo punto è impossibile stabilire dove sia andato» disse Stoner. «Potrebbe avere un rifugio in città di cui non sappiamo niente, esattamente come per anni è stato in grado di tenere nascosto un computer all'interno di quel cinema.»

Il magistrato alzò lo sguardo verso le Alpi in lontananza, maestose osservatrici silenziose che svettavano verso il cielo. «Sempre che abbia deciso di restare in città» pensò a voce alta.

«Cosa intende?» chiese Costanza.

Negli occhi di Scalviati si accese un bagliore predatorio.

«Forse vuole solo farci credere di non voler lasciare il paese. Vuole che pensiamo che si nasconda da qualche parte, mentre in realtà è già in viaggio verso la sua destinazione.»

«Non può mettere piede nell'aeroporto senza che ce ne accorgiamo» obiettò il commissario.

«Si guardi intorno, Costanza. Cosa vede?»

«Che ne so, il terminal?»

«Le montagne! A ovest, laggiù, sorge il monte Fréjus, che segna il passaggio con la Francia.»

«Il monumento di piazza Statuto è dedicato ai caduti del traforo del Fréjus» suggerì Stoner.

«Zenit ha scelto di lasciare l'Italia attraverso un passaggio simbolico» concluse Scalviati. «Ancora una volta, legato al triangolo del male.»

129

Scalviati attraversò di corsa l'atrio della stazione di Porta Nuova fino alla postazione della polizia ferroviaria.

«Sostituto procuratore Francesco Scalviati» disse ansimando. «Ho bisogno della sua assistenza.»

«Mi dica» rispose la poliziotta in guardiola, scrutandolo con una certa diffidenza. Il magistrato era paonazzo. Sudava copiosamente e aveva lo sguardo alterato.

«Dobbiamo perquisire le carrozze passeggeri del treno per Lione. Ho ragione di credere che sia salito a bordo un sospettato di omicidio.»

«Sono spiacente, dottor Scalviati. Il treno è partito mezz'ora fa.»

Il magistrato si lasciò andare a un gesto di stizza. Terrazzano aveva calcolato perfettamente i tempi, sapendo bene che i suoi inseguitori non sarebbero riusciti a raggiungere la stazione prima della partenza del treno, sempre che avessero capito le sue vere intenzioni. Non dopo aver seguito l'auto consolare in aeroporto. Nonostante Costanza avesse viaggiato a sirene spiegate, c'erano voluti quasi quaranta minuti per rientrare in città.

«Dobbiamo fermarlo prima che arrivi a Modane» disse asciugandosi la fronte con la manica della giacca.

«È sicuro di sentirsi bene?»

«Ho bisogno che si metta subito in contatto con il macchinista. Quel treno non deve assolutamente passare il confine!»

La poliziotta rimase per qualche istante in silenzio, come se fosse combattuta sul da farsi. Poi indurì lo sguardo. «Posso vedere un suo documento, prego?»

Scalviati si tastò istintivamente le tasche interne della giacca alla ricerca del portafoglio. Ma l'aveva lasciato in borsa, nell'auto di Costanza. «Senta, non ho tempo di stare a discutere con lei. Ogni minuto è prezioso!»

«Devo chiederle di lasciare l'ufficio» intimò la poliziotta, alzandosi in piedi. «O sarò costretta a prendere provvedimenti.»

«Provvedimenti? Ma di che... Lei non si rende conto della gravità della situazione! Mi faccia parlare con un suo superiore!»

«Che sta succedendo qui?» echeggiò la voce di Costanza dalla soglia. Anch'egli era visibilmente accaldato. Ansimava rumorosamente e si teneva con le mani le ginocchia.

«Lei è con quest'uomo?» chiese la poliziotta.

Costanza estrasse il tesserino dalla tasca e lo sbatté sulla scrivania. «Commissario capo Romano Costanza, questura di Torino. Lui è il sostituto procuratore Francesco Scalviati, incaricato delle indagini sul mostro, quindi le consiglio di calibrare bene le sue prossime parole.»

La donna si irrigidì, come se fosse sul punto di scattare sull'attenti. «Chiedo scusa. Cercavo solo di chiarire la situazione.»

Scalviati la guardò con intensità. «Quanto impiega il treno per arrivare al confine?»

«Due ore, più o meno.»

«Mi faccia vedere il tracciato della ferrovia.»

La poliziotta estrasse una cartina dal cassetto e la dispiegò sulla scrivania.

Scalviati la studiò brevemente. «Ce la possiamo fare, ma non c'è un attimo da perdere.» Rivolgendosi a Costanza, aggiunse: «Mi dia le chiavi della macchina. Tra mezz'ora quel maledetto treno dovrebbe arrivare a Bussoleno. Se mi sbrigo, posso raggiungerlo in tempi ragionevoli. Lei resti qui e si coordini con i ferrovieri in modo che, una volta arrivato, il treno non lasci più la stazione».

130

Scalviati stringeva il volante con forza, mantenendo il piede saldo sul fondo dell'acceleratore, facendo ruggire il motore, eseguendo sorpassi ad alta velocità.

Il sole era precipitato dietro le sagome delle alture.

Lo scenario urbano aveva lasciato il posto alla vegetazione rigogliosa e alle pendenze del paesaggio alpino. Ai parcheggi e ai cortili dei palazzi si erano succeduti i prati e i boschi, con gli alberi che sfrecciavano dal finestrino, sempre più vicini, man mano che la strada si restringeva.

Il sangue gli martellava le tempie al ritmo del battito del cuore. Non c'era più spazio per le esitazioni, né per elaborare stratagemmi. Ormai era una questione personale. In mente aveva un solo obiettivo.

Fermare Terrazzano a ogni costo.

Quando giunse in prossimità del centro abitato di Bussoleno, dovette rallentare per l'intensificarsi del traffico. Dopo aver svoltato per immettersi nel piazzale della stazione, lasciò l'auto di traverso di fronte alla facciata.

Aprì la borsa ed estrasse la pistola. La infilò dietro la cintola e si diresse a passo spedito verso la banchina dove sostava il treno per Lione.

C'erano svariate persone che camminavano nervosamente avanti e indietro, tra chi approfittava della sosta imprevista per fumare una sigaretta e chi per sgranchirsi le gambe.

Il capotreno stazionava accanto all'ingresso della motrice, guardandosi intorno con una certa insofferenza, controllando di continuo l'orologio da polso. Era così assorto nei suoi pensieri che la voce di Scalviati, alle sue spalle, lo fece quasi sobbalzare.

«Sostituto procuratore Francesco Scalviati. Devo ispezionare il treno alla ricerca di un pericoloso sospettato.»

Il capotreno tirò un sospiro di sollievo. «Buonasera, la stavo aspettando. Sono stato informato da Torino della situazione. Da questa parte, prego.» Compì un passo per salire i gradini della prima carrozza.

Scalviati seguì l'uomo lungo il corridoio, scrutando i volti dei passeggeri seduti nello scompartimento.

«Le confesso che la situazione mi stava mettendo un po' a disagio. Mi hanno dato istruzioni di riferire ai viaggiatori che si trattava di un guasto alla motrice, ma gli animi si stavano… surriscaldando, diciamo.»

«M-mm» fece distrattamente Scalviati. Gli occhi rimbalzavano da un passeggero all'altro, con la convinzione che avrebbero presto incontrato il volto di Terrazzano tra gli innumerevoli sconosciuti che gli sfilavano davanti.

Non dovette attendere a lungo.

Lo vide attraverso il vetro della porta della quarta carrozza. Era seduto nei pressi dell'uscita, e si sporgeva sospettoso nel corridoio. Doveva aver intuito che c'era qualcosa di strano dietro quella sosta forzata.

I loro sguardi si incrociarono per un attimo.

Terrazzano riconobbe il magistrato alle spalle del capotreno.

Non ebbe alcuna esitazione. Estrasse la Beretta calibro .22 da sotto il sedile e fece fuoco a ripetizione.

Scalviati reagì d'istinto, strattonando il suo accompagnatore per scostarlo dalla linea di tiro. Il vetro della porta si infranse, spargendo schegge ovunque.

Un coro di grida si levò nell'aria, tra i passeggeri che si alzavano e correvano verso le uscite e quelli che si gettavano a terra, cercando un riparo di fortuna.

Mentre le deflagrazioni si succedevano e i proiettili gli saettavano intorno, Scalviati aiutò il capotreno a sostenersi, perché d'un tratto sembrò perdere l'equilibrio.

Sentì un liquido caldo che gli colava tra le dita e si accorse che l'uomo stava sanguinando.

Era stato colpito al collo. Il sangue grondava copioso, inarrestabile.

Scalviati si affrettò a esercitare pressione sulla ferita nel disperato tentativo di fermare l'emorragia. «No, no, no!» disse, mentre vedeva spegnersi il barlume vitale negli occhi.

Lanciò un'occhiata rabbiosa a Terrazzano, che sgomitava tra i passeggeri in fuga per guadagnare l'uscita dall'altro lato dello scompartimento.

Scalviati si tolse la giacca e la appoggiò pietosamente sul cadavere del capotreno. Poi si precipitò fuori.

Le mani gocciolanti e la camicia intrisa di sangue lo rendevano un'apparizione terrificante, una funesta visione partorita da un incubo. Ma nessuno dei passeggeri sembrava curarsi di lui, intenti com'erano a disperdersi lungo la banchina per mettersi in salvo.

«Terrazzano!» gridò.

Quello oltrepassò i binari e si diresse verso il centro abitato.

Scalviati si inserì in scia, lo sguardo fisso sulla figura di Terrazzano che, raggiunta la strada, si sbracciava con l'arma in pugno nel tentativo di fermare un'auto di passaggio.

Una macchina inchiodò appena in tempo per evitare di investirlo, ma perse stabilità e finì in collisione con il veicolo che sopraggiungeva dalla direzione opposta, producendo all'impatto un fragore devastante. L'automobile sembrò contorcersi, sollevandosi su due ruote come se fosse sul punto di decollare, per poi appoggiarsi su un fianco e strisciare sull'asfalto col motore ancora acceso e le ruote che giravano a vuoto.

Terrazzano lanciò un'occhiata fugace alle sue spalle per controllare la posizione del suo inseguitore, poi scattò in avanti e imboccò un vicolo.

Scalviati era determinato a non farsi seminare. La minima indecisione sarebbe risultata fatale. Edifici dai margini sfocati gli sfrecciavano accanto mentre si sforzava di correre, nonostante la fatica e il respiro che si faceva sempre più corto.

Riuscì a ridurre la distanza all'uscita dal centro abitato, nei pressi del passaggio verso il bosco, ma Terrazzano fece uno scatto improvviso e riuscì a guadagnare metri preziosi.

Scalviati aveva i polmoni in fiamme e i muscoli al collasso. Dovette fermarsi per riprendere fiato, piegandosi in due e appoggiandosi alla ringhiera del ponte sulla Dora Riparia, le cui acque impetuose scorrevano sotto le arcate.

Sentiva lo stomaco contorcersi e un gusto acido in bocca, così intenso che temeva di dover vomitare.

Uno schianto spezzò l'aria e Scalviati si rannicchiò istintivamente dietro un pilastro di cemento.

Terrazzano era sotto di lui, immobile sulla riva del fiume, il braccio con la pistola in tensione. Sparò altri due colpi in rapida successione.

I proiettili fecero saltar via all'impatto dei frammenti di cemento, sollevando nubi di polvere. Scalviati raccolse le braccia sul petto come per stringere a sé qualcosa di estremamente prezioso. Non osò muoversi finché non sentì i passi concitati di Terrazzano che si allontanavano.

Il magistrato si sporse quanto bastava per accertarsi di non perderlo di vista. Ma la visione non era nitida e gli arbusti sembravano spirali in grado di avvinghiarlo. Lo vide un attimo prima che fosse ingoiato dalle ombre del bosco.

Fece appello alla sua forza di volontà e si rimise a correre. Percorse lo spazio che lo separava dall'altra estremità del ponte e si diresse spedito lungo il sentiero che scendeva verso il fiume. Quando raggiunse la riva, si guardò intorno.

Nessuna traccia di Terrazzano.

Erano bastati pochi attimi perché scomparisse dal campo visivo.

Scalviati rimase in ascolto per alcuni istanti.

C'erano soltanto il sibilo del vento e il mormorio del fiume che scorreva accanto a lui.

Si spostò verso la boscaglia, sperando di vedere Terrazzano ricomparire tra gli alberi. Avanzò cautamente, lo sguardo in lotta con il buio che aveva ingoiato il paesaggio.

Ma via via che si inoltrava nella vegetazione, si faceva sempre più concreta la possibilità di averlo perso.

Possibile che fosse stato tutto inutile?

Possibile che fosse riuscito a sfuggirgli proprio quando sentiva di averlo in pugno?

Scalviati proseguì lungo un sentiero battuto, inerpicandosi

sul terreno ripido, attraverso una successione di scenari l'uno identico all'altro, con l'unica compagnia degli alberi che svettavano verso il cielo senza luna.

Dopo alcuni giri a vuoto, ridiscese la china del monte, dirigendosi verso una radura in lontananza, sulla riva del fiume, dove sorgeva uno stabilimento industriale abbandonato. Il complesso si articolava in una serie di fabbricati fatiscenti, raccolti nei dintorni di una chiusa.

Il magistrato raggiunse l'edificio principale. Si sporse sulla soglia per controllare l'interno. Sul pavimento di cemento si allargavano pozzanghere torbide. Nello spazio tra i pilastri che si innalzavano al soffitto erano accatastate scaffalature ribaltate e macchine divorate dalla ruggine. Era una segheria in disuso. Una scheletrica scala di metallo si avvitava fino al piano rialzato che un tempo ospitava gli uffici.

Un fruscio alle sue spalle lo spinse a voltarsi di scatto.

Ma troppo tardi.

Rapido come un rettile, Terrazzano gli cinse un braccio intorno alla gola e cominciò a stringere, mentre con l'altra mano gli premeva la canna della pistola sul fianco.

«Shhh» mormorò. «Lasciati andare. La caccia è al termine. Oggi non c'è luna, ma sarai la mia preda più ambita.»

In un impeto di disperazione, Scalviati si spinse all'indietro con tutta la forza che aveva, costringendo Terrazzano a spostare la mano che reggeva la pistola per bilanciarsi.

Esplose un colpo, che si andò a conficcare in un pilastro, sollevando una nube di detriti.

I due rovinarono a terra, come avvinghiati in un abbraccio convulso.

Scalviati sgusciò via dalla presa con uno strattone e ruzzolò di lato. Le mani esplorarono rapidamente il pavimento alla ricerca di un oggetto con cui difendersi. Le dita trovarono il contatto con una vanga accantonata a ridosso del muro. La afferrò a due mani e, mentre si rialzava, vibrò un colpo selvaggio a Terrazzano nel tentativo di disarmarlo.

Quest'ultimo si riparò fulmineo, assorbendo l'impatto con gli avambracci. Riuscì a mantenere salda la presa sulla pistola. Sgattaiolò verso l'uscita, puntandola all'indietro, continuando a sparare all'impazzata.

Scalviati si appoggiò con la schiena alla soglia come alla ricerca di un riparo improvvisato. Estrasse la sua nove millimetri da dietro la cintola, scarrellò per inserire il colpo in canna. Sparò, rispondendo colpo su colpo, improvvisando un fuoco di copertura.

Poi scattò in avanti.

Dopo una corsa vertiginosa, i due si trovarono l'uno di fronte all'altro sulla riva del fiume. Il buio incombeva su di loro come se il cielo fosse precipitato in un abisso.

Terrazzano si guardò febbrilmente intorno. Scalviati lo teneva sotto tiro, mantenendosi a distanza. Non c'era via di fuga.

«Getta la pistola» intimò il magistrato. «C'è un volo per New York che ti aspetta.»

Terrazzano tentò di ribattere, ma dalle labbra uscì soltanto un gorgoglio disarticolato.

Barcollava, come se improvvisamente fosse incapace di reggersi in piedi.

Abbassò lo sguardo e vide le ferite dei proiettili che gli perforavano il petto e l'addome. Attonito, provò ad alzare il braccio per prendere la mira, ma l'arma gli scivolò dalle dita.

Rabbia e stupore. Nei suoi occhi baluginò l'incredulità per una sconfitta che non aveva mai contemplato. Come se fosse convinto che tutto il sangue che aveva versato l'avesse davvero reso immortale. Invece era solo un uomo.

Un uomo che poteva sanguinare.

Un uomo che poteva morire.

Fece un incerto passo indietro, come un ultimo tentativo di sorreggersi. Un fiotto scuro sgorgò dalla bocca. Le pupille si rovesciarono.

Perse l'equilibrio e cadde a peso morto nelle acque impetuose del fiume.

La corrente lo trascinò per un centinaio di metri, sbatacchiandolo tra le rocce che emergevano in superficie, finché non si arenò sulla riva.

Inutili i tentativi di Scalviati di rianimarlo.

Non c'era più niente da fare, e dovette accontentarsi di constatarne il decesso.

Terrazzano aveva ragione.

La caccia era finita.

Ma Scalviati non provava alcun sollievo. Aveva camminato così a lungo nell'oscurità da aver smarrito ogni punto di riferimento.

Il magistrato rimase chino sul cadavere per un tempo indefinito, incapace di muoversi.

Finché, dalla lontananza, non cominciò a udire voci concitate che si approssimavano sempre di più.

L'area fu inondata da bagliori in movimento. Tracciati di luce che saettavano nell'aria.

«C'è qualcuno, qui!»

Passi di corsa.

Il commissario Costanza gli comparve di fianco. «Dottor Scalviati, è ferito?»

«Il sangue non è mio» commentò, avvilito.

Costanza diresse la sua torcia elettrica sul corpo di Terrazzano, riverso sulla riva del fiume. Sembrava sprofondato in una catasta di alghe color sangue, tra sassi e rami spezzati. Tastò il collo alla ricerca del battito cardiaco. Scosse la testa.

«Dobbiamo rientrare subito a Torino.» C'era un senso di urgenza nella sua voce.

Mentre gli altri soccorritori circondavano l'area, Scalviati gli rivolse uno sguardo interrogativo.

Costanza sembrava preoccupato. «Si tratta di sua moglie.»

Epilogo

Scalviati percorse il corridoio dell'ospedale con il cuore che batteva all'impazzata, facendosi largo tra il personale e i degenti che lo scrutavano ammutoliti.

Con indosso il camice che gli avevano consegnato per entrare in reparto e il volto ancora macchiato di sangue, pareva quasi un paziente in fuga dalla sala operatoria.

Quando giunse di fronte alla stanza di Greta, si immobilizzò sulla soglia per guardarla. L'inquietudine si dissolse in un solo istante. Un istante perfetto, in cui sembrò che persino il tempo potesse fermarsi.

Greta era stesa sul letto, con due cuscini a sostenerle la schiena. Teneva tra le braccia un minuscolo fagotto, cullandolo dolcemente. Si voltò verso il marito con un sorriso radioso, nonostante gli occhi tradissero una certa stanchezza.

«Si è appena staccata dal seno.»

Scalviati si avvicinò trepidante. Fece una carezza sulla testolina della piccola, poi la baciò con cautela.

Avrebbe voluto fare mille domande a Greta. Voleva assicurarsi che non avesse sofferto troppo, voleva sapere quanto era durato il travaglio, se aveva avuto paura, se le avessero offerto il sostegno necessario. Se si era sentita sola. «Mi dispiace di non esserci stato» riuscì solo a dire, prima che la voce si spezzasse.

«Ci sarai ogni giorno. Un giorno alla volta.»

«È tutto quello che chiedo.»

«Vuoi prenderla in braccio?»

«Ho paura di farle male.»

«È sufficiente che le sostenga la nuca con la mano.»

Scalviati si chinò per farsela passare. Appoggiò la testolina della neonata nell'incavo della spalla, respirando il profumo della sua pelle. «È così... piccola.»

«Tre chili e sette. E l'animo di una combattente.»

Scalviati si sedette sul letto. «È la cosa più bella che io abbia mai visto.»

Greta si raggomitolò accanto a lui, guardandolo con occhi velati di malinconia.

«Che razza di genitori siamo?» mugolò. «La nostra bambina è nata e non ha neanche un nome.»

Scalviati volse lo sguardo alla finestra. Già la notte era alle spalle. I bagliori che precedevano la levata del sole cominciavano a scalfire l'oscurità. Il cielo era schiarito da limpide sfumature di luce.

«La chiameremo Aurora» mormorò. «Perché non debba mai camminare nel buio.»

Greta, con gli occhi colmi di emozione, sfiorò il viso della piccola. «Benvenuta al mondo, Aurora.»

Nota dell'autrice

Torino. È una sera di fine estate e un ragazzino percorre ponte Vittorio Emanuele I a bordo della sua BMX. Qualcosa attira la sua attenzione. Il parapetto è completamente ricoperto di ragnatele, tessute da ragni grossi come un pugno. Si ferma. Scatta una fotografia. Non c'erano fino al giorno prima: è come se fossero comparsi all'improvviso.

Finzione? No, un fenomeno reale. Raro, certo. Curioso quanto inspiegabile, a cui ho assistito personalmente in gioventù durante la visita a una città tedesca. Un prodigio, verrebbe da dire.

Ho deciso di cominciare così questo romanzo perché la parola *monstrum*, in latino, significa proprio "prodigio". E c'è un mostro, a Torino, che sta lasciando dietro di sé una scia di sangue innocente.

Perché è il 1988 e la definizione di *serial killer*, in Italia, non è ancora entrata nel lessico abituale. C'è tuttavia grande attenzione da parte degli inquirenti alle rivoluzionarie tecniche investigative che stanno prendendo piede negli Stati Uniti, tra cui la profilazione criminale codificata da John Douglas, Robert Ressler e Ann Burgess. Ed è proprio nel 1988 che il capo della scientifica torinese, Luigi La Sala, viene invitato a Quantico, alla sede dell'FBI, per partecipare a un incontro bilaterale tra forze di polizia. Appena un anno dopo, un team del Bureau viene chiamato in Italia per redigere il profilo criminale di uno dei serial killer più famigerati della storia: il mostro di Firenze.

Ho cominciato a documentarmi sulle origini del *criminal profiling* in Italia qualche anno fa, durante la stesura di *Osservatore oscuro.* Ancora non sapevo cosa stavo cercando di preciso, ma non potevo smettere di scavare. E l'idea di questo romanzo ha cominciato a formarsi nella mia mente. Documentari, interviste, vecchi articoli di giornale hanno tessuto una tela di indizi per ricostruire la mentalità di un'epoca in cui i nuovi metodi di indagine stavano guadagnando sempre maggior rilevanza, ma allo stesso tempo suscitavano una certa diffidenza tra gli esponenti della vecchia scuola.

Poi, a mano a mano che mi addentravo nella stesura del romanzo, è stato come se il suo mondo mi stesse risucchiando dentro di sé. E più mi guardavo intorno, tornando con la mente anche alla mia infanzia e alla mia esperienza personale, più mi rendevo conto che era un mondo tutt'altro che rassicurante.

«Non si esce vivi dagli anni Ottanta» cantavano gli Afterhours. Come a ricordare che dietro agli eccessi, al glamour e alla spasmodica ricerca del successo si nascondeva un lato oscuro. Un esempio? Chi come me è cresciuto in quel periodo, non era dell'uomo nero che aveva paura... ma proprio del mostro di Firenze. Una presenza che è stata in grado di ridefinire l'immaginario della paura per un'intera generazione. Da bambina, mi ero persino convinta che si fosse trasferito – in incognito – nel mio paese, e che se non mi fossi comportata bene avrebbe bussato alla mia porta.

Insicurezza e un senso di pericolo imminente erano fomentati non solo dalle onnipresenti voci di sottofondo dei notiziari a ore pasti, ma anche dal dissolvimento della percezione degli spazi pubblici come luoghi protetti. Erano gli anni dell'eroina, e poteva capitare di imbattersi al ritorno da scuola in un cadavere su un'altalena, con l'ago ancora nel braccio. Al parco, bisognava stare attenti a dove si mettevano i piedi per non calpestare le siringhe usate. Erano gli anni dell'AIDS e della nube tossica di Černobyl', ma anche di innumerevoli stragi di mafia, dei pattugliamenti in Aspromonte alla ricerca dei sequestrati, della strage di Ustica, dell'attentato al papa, del terremoto in Irpinia, della tragedia di Alfredino, gli anni della scoperta di Gladio e della P2. Per me che sono emiliana, il decennio iniziato con la deflagrazione alla stazione di Bologna si è chiuso col frastuono delle sparatorie della banda della Uno bianca ai supermercati e ai distributori di benzina.

Ho trasportato questa inquietudine a Torino, la più misteriosa ed esoterica città italiana. Una città ricca di fascino che non smette di raccontare storie, come dimostrano i capolavori del cinema e della letteratura a cui ha fatto da sfondo. Una città che porto nel cuore e in cui ritorno ogni volta che posso. E forse proprio per il ruolo importante che ha rivestito (e riveste) nel mio immaginario, ho aspettato a lungo prima di decidermi a raccontarla a mio modo.

La stagione dei ragni è una corsa a perdifiato tra le paure e le ossessioni di un'epoca, ma è anche un affresco dell'Italia di quegli anni. Le conseguenze dell'esplosione demografica di Torino nel periodo del boom economico. La strage del cinema Statuto, che ha costretto a riscrivere le norme in materia di sicurezza. I telefoni a disco, i primi videogiochi, le serie TV (anzi, i telefilm) come *Miami Vice* e *Magnum P.I.* La musica dei Simple Minds e dei Duran Duran, dei primi Litfiba, di Vasco Rossi e di Battiato, di Raf.

Ecco, la musica non poteva che avere un ruolo di primo piano nel romanzo, dato che negli anni Ottanta la scena musicale è stata fonte di continue innovazioni (e rivoluzioni) stilistiche, di novità imprevedibili. C'era questa creatività, questa voglia di stupire, di sperimentare, che col tempo ha lasciato il passo a una maggior ripetitività degli schemi consolidati. La colonna sonora che ho scelto è eclettica e vi ho riversato parte della mia personale "educazione musicale", di quando ero un'adolescente introversa, e vestirmi di nero era quasi una corazza per difendermi dal resto del mondo.

Fin dall'ideazione, non c'è mai stato alcun dubbio che il protagonista sarebbe stato un magistrato, una figura che troppo spesso rimane nelle retrovie nei romanzi gialli a dispetto del suo ruolo cruciale nel coordinamento delle indagini e, soprattutto, nella ricerca della verità. Una figura che per me è indissolubilmente legata all'impegno e al coraggio di eroi che hanno svolto questo mestiere, come Falcone e Borsellino. Magistrati che proprio in quegli anni erano in prima linea per ribadire il significato della parola "giustizia" quando troppo spesso viene dimenticato.

Francesco Scalviati, non lo nego, è stato inizialmente un po' sfuggente. Forse per via della sua espressione difficilmente leggibile e del suo carattere poco incline a manifestare le proprie emozioni. Forse per via del cognome un po'... ingombrante. Il padre di Aurora Scalviati era una figura quasi mitologica per me, anche per il modo in cui è stato idealizzato dalla figlia, e che in un certo senso mi ha contagiato.

La ritualità dei suoi gesti, come il modo con cui annota gli indizi sulla sua agenda, e il suo tono assertivo ma mai autoritario, sono stati la guida per avvicinarmi a lui, quasi con cautela, finché non è emerso in tutta la sua umanità, persino nella sua fallibilità. Francesco Scalviati non è un eroe senza macchia, ma una persona che si trova investita di un incarico cruciale e pericoloso nel momento più sbagliato: quando è sul punto di diventare padre.

La sua indagine si incrocia a più riprese con quella di Leda De Almeida, giornalista investigativa alla vecchia maniera, ex corrispondente di guerra, ispirata a figure come Graziella De Palo e Ilaria Alpi, che hanno pagato con la vita la loro caparbia ricerca della verità.

Oltre a un giovane (e arrogante) agente speciale Isaak Stoner, c'è una schiera di comprimari, come Greta, nella sua inafferrabile essenza, il commissario Costanza, il sovrintendente Loiacono, l'agente Fornasier e Ludovico "Ludwig" Vignali, ognuno dei quali ha preteso molto più spazio di quanto immaginavo in principio. Ne è uscita una narrazione molto più corale del previsto: per mantenere saldo il filo di tutte le sottotrame ho riempito un intero quaderno di appunti.

La stagione dei ragni è il primo romanzo di una nuova serie ambientata al crepuscolo dello scorso millennio, ma che crea un ponte tra passato e presente. Perché, alla fine dell'indagine, *lei* viene alla luce. All'alba, dopo una notte estenuante, il padre la tiene tra le braccia e pronuncia una frase a suo modo profetica: «La chiameremo Aurora, perché non debba mai camminare nel buio».

Lo consegno a voi lettori con grande emozione. Vi lascio esplorare questo nuovo mondo, fatto di nuove storie e nuovi personaggi. Che spero amerete quanto amo io. Grazie per essere con me in questa avventura.

FSC
www.fsc.org
MISTO
Carta da fonti gestite in maniera responsabile
FSC® C115118

Stampato presso Elcograf S.p.A.
Stabilimento di Cles